Über dieses Buch

Menschen auf der Flucht – das große Thema Henry Jaegers. Aber nicht mehr jene – wie in früheren Romanen Jaegers –, die durch ihren sozialen Tiefstand an dieser Flucht in eine bessere Welt gehindert und damit Gefangene sind, die für immer im Dunkel bleiben.
Nein – Menschen, die durch Können und finanzielle Möglichkeiten in der Lage sind, ihrer sie bedrängenden Umwelt zu entfliehen. Menschen auf der Suche nach Glück, auf der Suche nach dem Paradies.
Ihnen begegnet John Edwards, berühmter junger Schriftsteller, in Verbania, Künstlerdorf im Tessin, Modell Ascona. Hier treffen sie sich im »Club«: Künstler – gewesene und kommende –, Wirtschaftswunder-Industrielle, millionenschwere Individualisten aus der ganzen Welt. Hier suchen sie das Paradies. Ein Paradies aus Suff, Sex und Ehebruch. Sex ist ihre Ersatzreligion, die Jaeger in diesem Buch offener und schockierender zelebriert als je zuvor.
Der »Club« ist der Rahmen, in dem sie in ihre schuldhaften Verstrickungen geraten und wo sich die Hilflosigkeit des Menschen zeigt, sich selbst zu entfliehen.
Henry Jaeger ist eine der markantesten Erscheinungen der Gegenwartsliteratur. Einer der wenigen, die so klar, so einfach und aufrichtig den Leser anzusprechen vermögen.

Vollständige Taschenbuchausgabe
Droemersche Verlagsanstalt Th. Knaur Nachf.
München/Zürich

Umschlaggestaltung Studio Schwarzat
Foto: Peter Granow/Studio Benser
Gesamtherstellung Ebner, Ulm
Printed in Germany
ISBN 3-426-00259-0

1.–15. Tausend September 1971
16.–23. Tausend November 1971
24.–31. Tausend April 1972
32.–37. Tausend Oktober 1972
38.–49. Tausend Juli 1973
50.–59. Tausend März 1974

Henry Jaeger:
Der Club

Roman

Droemer Knaur

Dies ist ein Bericht über Menschen, und da er erfunden ist, kann man ihn auch Roman nennen. Der Schriftsteller befaßt sich im Roman nicht nur mit Tatsachen, sondern mit ihrer Auswahl. Er erfindet eine neue Wahrheit, die nur in der Wirklichkeit seines Buches wahr ist, das heißt, er verdeckt einiges, entblößt anderes, beleuchtet es, um so die Wirkung zu erzielen, die er beabsichtigt.

Ich habe eine Gruppe von Menschen bewußt ausgewählt, habe sie im »Club« zusammengefaßt und sie in Verbania angesiedelt. Verbania und den »Club« hat es nie gegeben. Aber es gibt ähnliche Plätze auf der Welt, die Individualisten und Künstler anziehen und sammeln. Der Eingeweihte wird unschwer erkennen, daß Ascona am Lago Maggiore als Muster gedient hat. Keiner meiner Roman-Charaktere hat existiert. Aber einige in Ascona lebende Künstler und Emigranten haben mich inspiriert.

Verbania ist ein Zustand, den ich darstellen wollte: Menschen auf der Suche nach dem Paradies. Der Inhalt des Buches ist die Beschreibung einer verzweifelten Suche. Mit der Tatsache, daß sie leben, verbinden meine Menschen das Recht auf Glück. Damit sind sie auf der Flucht vor einer sie bedrängenden Umwelt. Es sind meist reiche und arrivierte Menschen, deren Flucht ich darstelle. Sie schaffen sich Ersatz mit Sex, Alkohol und frivolen Spielen. Nur wenige erreichen ihr Paradies, das aber sind Menschen, die sich bescheiden. Die anderen sind zum Scheitern verurteilt. Sie erleiden, was ihnen aufgrund ihres Charakters zustoßen konnte, und die Art eines Unglücksfalls sagt viel aus über den, der davon betroffen wurde.

Ich habe nur ein großes Thema: die Auflehnung des Menschen gegen die Sinnlosigkeit dieser Welt. Ich erzähle Geschichten, Ereignisse, die Menschen zugestoßen sind oder zustoßen können.

Henry Jaeger

1

Als im Schauspielhaus von Zürich der Vorhang fiel, stand er im Halbdunkel neben einer Kulisse und wartete. Er war nervös. Obwohl sie ihn und sein Stück in New York, in London und Paris gefeiert hatten, war er noch nicht abgehärtet gegen diesen Augenblick. Es war die Sekunde vor der Urteilsverkündung: die Ungewißheit, ob das Stück angenommen oder verworfen würde. Sie warteten jetzt alle auf die Kurve des Beifalls, die nach oben klettern oder gleich wieder absinken würde. Die Schauspieler standen hinter dem Vorhang: ein verkrampftes Lächeln im Gesicht, noch befangen in ihrer Rolle.

Und dann bröckelte aus der Stille vor dem Vorhang der Beifall los, ein Prasseln wie von einsetzenden Hagelschauern, erreichte höchste Lautstärke und hielt sich auf diesem Gipfel der Anerkennung.

Das Lächeln der Schauspieler entspannte sich und wurde echt. Jetzt waren sie wieder in ihr eigenes Leben geschlüpft und bereit, das Lob zu kassieren. Rauschend schob sich der Vorhang auseinander. Die Schauspieler formierten sich, hielten sich an den Händen, bildeten eine Kette, die Glied um Glied in die Helligkeit der offenen Bühne gezogen wurde.

Sie holten ihn, klopften ihm auf die Schulter. Der Dramaturg nickte freundlich, die Bühnenarbeiter klatschten und nickten zustimmend mit den Köpfen. An der Hand eines Schauspielers trat er in das Licht der Scheinwerfer hinaus und verbeugte sich vor der dunklen Wand des Zuschauerraums. Linkisch stand er dort oben, bedankte sich dafür, daß sie ihn angenommen hatten, wollte gleich wieder zurück in die Dunkelheit der Kulisse, aber die Schauspieler liefen hinter ihm her und holten ihn zurück. Er verbeugte sich wieder und wieder, blinzelte in das grelle Licht und ließ unbeholfen diese Gewitter von Applaus über sich ergehen.

Er hieß John Edwards. Er war Engländer, aus Swansea in Wales, und hatte fünfzehn Jahre daran gedacht, ein Theaterstück zu schreiben, hatte sich aber fünfzehn Jahre davor gefürchtet und es dann in zwei Monaten niedergeschrieben. Er nannte es »Bruder Kain«.

2

Die »New York Times« hatte den Beginn dieser wunderlichen Karriere bestätigt. In einem Artikel, der fast über ein ganzes Blatt ging, war »Bruder Kain« besprochen worden. »Das erstaunliche Werk eines Unbekannten.« Über John Edwards wurde berichtet:

»Da steht dieser riesenlange Kerl, etwas indigniert, ein wenig verlegen, umringt von einer Schar Journalisten, und beantwortet Fragen. Das Stück läßt auf schwere Erfahrungen schließen, aber keine der Fragen bringt Schreckliches an den Tag. John Edwards war nicht im Krieg, er hat keinen Kriegsschauplatz gesehen. Er ist völlig naiv und hat als Naiver die Katastrophen dieser Welt verarbeitet ...«

»Mr. Edwards«, drängt ein Reporter, »erzählen Sie uns, was Sie geformt hat. Ein Ereignis aus Ihrem Leben. Ein schmerzliches Erlebnis ... Vielleicht aus Ihrer Jugend.«

Er überlegt einen kleinen Augenblick, dann sagt er langsam: »Ich hatte als Kind abstehende Ohren. Wenn unser Schülerchor irgendwo auftrat, stellte mich mein Lehrer deshalb stets in die letzte Reihe. Das war mir sehr schmerzlich ...«

Die Reporter lachen und halten es für einen Witz. Einer fragt: »Und was haben Sie mit Ihren Ohren gemacht, Mr. Edwards?«

»Ich habe sie angeklebt, mit Heftpflaster.«

Noch immer denken alle, er macht einen Spaß. Und einer sagt: »Es hat sich aber mit der Zeit gegeben, Mr. Edwards. Ihre Ohren sind ganz normal.«

»Ja«, antwortet Edwards ernst. »Es hat sich gegeben.«

Spätestens hier merken alle, daß er keinen Witz gemacht hat. Er meint genau, was er sagt. Auch das Winzige ist ihm von großer Bedeutung. Vielleicht waren unsere Fragen zu grob. Vielleicht konnten wir nicht vordringen zu einer höher organisierten Sensibilität. Beinahe unverständlich erscheint auch auf den ersten Blick die Thematik seines Stückes, sein Mitleid mit dem Bösen. In seinem Stück wird geklagt um einen Mörder großen Stils. Es wird kontrapunktisch dargestellt, was aus ihm hätte werden können.

John Edwards sagt dazu: »Die Welt hat als erstes zu beklagen, daß sie noch immer Mörder hervorbringt – dann erst, daß es Opfer gibt.«

Frage: »Aber halten Sie die Opfer nicht für beklagenswerter?«

Edwards: »Die Opfer sind zu betrauern, aber der Mörder scheint mir bedauernswerter.«

Frage: »Sind Sie ein Moralist?«
Edwards: »Ich weiß nicht, was Moral ist . . .«
Der Reporter, der diesen Artikel geschrieben hatte, war seit langer Zeit mit dem Dramaturgen bekannt. Er nahm ihn auf der Pressekonferenz zur Seite und fragte: »Was hältst du von ihm?«
Der Dramaturg sagte: »Ich denke, er ist ein geiler Bock. Außerdem säuft er manchmal zu viel. Ewig war was mit Weibern, und ein paarmal kam er besoffen zu Besprechungen. Ich weiß nur noch nicht, ob ihn seine Unruhe oder die Geilheit zu den Weibern treibt. Ich glaube, er hat sich mit keiner richtig verstanden. Eines ist sicher: Er ist eine große Begabung . . .«
Der Reporter schrieb nichts über Frauen, auch nichts über Alkohol. Er schloß seinen Bericht mit dem Satz: *»Eines ist sicher: John Edwards ist eine große Begabung . . .«*
Diesen Artikel trug John Edwards stets in seiner Brieftasche, denn ihm schien, damit war die bedeutende Phase seines Lebens eingeleitet und bestätigt worden.

Es war gut in Zürich. Die Uraufführung in deutscher Sprache war ein Erfolg gewesen. Die Schauspieler, die Dramaturgen, Edwards und viele andere hatten auf den Erfolg getrunken. Er war spät in sein Hotelzimmer gekommen – nicht allein. Ein Mädchen war bei ihm. Er wußte nicht einmal ihren Namen. Sie war dunkelhaarig und hatte große neugierige Augen. Er nahm sie wie eine Droge; nicht eine, die aufputscht, sondern eine, die lindert und beruhigt.
Sie trennten sich am Nachmittag im Zimmer vor der Tür. Sie hielt seine Hand fest und sah ihn an, mit einem halben Lächeln, das zu sagen schien: du wirst mich sowieso gleich vergessen. Dann huschte sie hinaus.
Tatsächlich vergaß er sie augenblicklich, nachdem sie gegangen war, vergaß sie ohne Absicht so gründlich, daß er sie nach einem Monat nicht wiedererkannt hätte, wäre sie ihm auf der Straße begegnet.
Noch eine Nacht blieb er in Zürich, ließ das Licht im Zimmer brennen, lag im Bett, ohne zu schlafen, und dachte darüber nach, daß es Zeit wäre, sich zu ordnen für eine neue Arbeit: ein Stück. Der Erfolg war anstrengender als der Mißerfolg gewesen. Er hatte diesem Prozeß der Zersplitterung nicht entgehen können. Wenn er darüber nachdachte, kam er zu dem Ergebnis, daß er Haare gelassen hatte. Die Interviews vor dem Fernsehen, Gespräche im Rundfunk, Pressekonferenzen, Bearbeitungen und

Überarbeitungen des Stückes, Zusammenarbeit und Kräche mit den Dramaturgen, dann sein Manager: Sie müssen dieses tun, Sie müssen jenes tun, Sie müssen eine Presseerklärung abgeben ... Sie müssen ... Sie müssen ...

Und dann das Geld: Auch das Geld hatte ihn beunruhigt. Er wußte nicht, wieviel er verdient hatte. Es war viel, aber das würde sich von selbst ordnen. Die Prozente an seinen Manager, an seinen Verleger, die Steuern ... Sache seines Managers. Er wollte saubere Abrechnungen haben, ohne die Notwendigkeit, sich noch mit Administrativem zu belasten. Ruhe war jetzt nötig. Die großen Etappen lagen hinter ihm. New York, London, Paris und Zürich. Er war seinem Stück nachgereist. Es hatte ihn nicht losgelassen, hatte ihn hinter sich hergezogen. Und jetzt? Sich sammeln, ansetzen zu einer neuen Sache. Den Alkohol reduzieren. Die Frauen? Reduzieren!

Und dann fiel ihm ein, daß auch seine Ehe, oder vielmehr das Ende seiner Ehe geordnet werden müsse. Für das alles war nun Zeit. Jetzt war er aus der Bedrängnis entlassen, und es war genau wie eine Entlassung aus einer Bestrafung. In allem, was er in den letzten fünfzehn Jahren getan hatte, war Flucht. Vielleicht war auch alles nur ein Provisorium gewesen, und er hatte das erkannt und war deshalb immer wieder geflüchtet: aus dem College, aus Arbeitsstellen, dann vor Jahren aus der englischen Armee in Deutschland – wofür er bestraft worden war – geflüchtet: vor dem deutschen Mädchen, das er zu lieben geglaubt hatte, von dem ihm außer einigen traurigen Erkenntnissen aber nur die Kenntnis der deutschen Sprache geblieben war. Er war nach Amerika gegangen, hatte sich dort in eine Ehe geflüchtet, um bald wieder daraus zu desertieren. Ein Flüchtling! Ja, ich bin ein Flüchtling, sagte er sich. Und es lag alles an diesem Stück, von dem ich wußte, daß ich es schreiben würde, vor dem ich aber Angst gehabt habe, weil ich glaubte, es nie schreiben zu können.

Und jetzt ist Ruhe. Jetzt werde ich ins Tessin fahren. Ich werde mir das Dorf ansehen, in dem mein Onkel gestorben ist. Dieser Sonderling, der meinen Vater verachtete. Vielleicht werde ich dort leben. Vielleicht kann man dort leben.

Er schlief erst gegen Morgen ein, als schon das Tageslicht ins Zimmer fiel. Am Nachmittag bezahlte er seine Hotelrechnung. Er fragte nach dem Betrag, sagte: »Danke ...« – »Bitte ...« – »Bringen Sie meine Koffer zum Taxi ...« Er wechselte Geld, bedankte sich, gab Trinkgeld, gab Anweisungen, sprach kein Wort über das Notwendige hinaus und empfing auch kein zusätzliches Wort, blieb in seiner Isolierung wie stets: ein Aus-

tausch von anonymen Anweisungen, von Handreichungen und bezahlten Hilfeleistungen. Im Bahnhof, zwischen der Masse von eilenden Menschen, unerkannt, dachte er: Ich lebe noch immer wie ein Flüchtling.
In den Schweizer Blättern, die im Bahnhof ausgerufen wurden, stand höchstes Lob über das Theaterstück »Bruder Kain«.

Am frühen Abend, es begann gerade zu dunkeln, kam er in Verbania an. Sein Hotelzimmer war vorbestellt. Er nahm ein Taxi, hatte nicht weit zu fahren. Vor dem Hotel hob der Fahrer die Koffer aus dem Gepäckraum. John Edwards stand neben dem Wagen. Er reckte sich, gähnte, atmete einmal tief und sog die Luft durch die Nase. Es war eine weiche, mildere Luft als auf der anderen Seite der Alpen.
Der Empfangschef begrüßte ihn freundlich, war unauffällig beflissen. Ein leises Hotel, Teppiche auf den Treppen, Stilmöbel, gediegene Schweizer Gastronomie. Er hatte ein Zimmer mit Seeblick. Vom Fenster aus konnte er in der Dunkelheit die wie Eis schimmernde Fläche des Wassers sehen, umrahmt von den Silhouetten der Berge. Ein weltbekannter See, ein berühmtes Land: berühmt für seinen Frieden. Er fühlte sich wohl in diesem Zimmer.
In Kleidern legte er sich auf das Bett und dachte daran, daß der ihm unbekannte Onkel hier gelebt hatte. Er war nicht deshalb hergekommen. Es gab keine innere Verbindung zu diesem Mann, obwohl seine ferne Existenz genügt hatte, in der Familie Edwards Spannungen hervorzurufen. Er war der Gegenpol gewesen, der bessere, glücklichere Mann der beiden Brüder, ein ständiger Vorwurf für die Schwäche seines Vaters.
Morgen oder an einem anderen Tag würde er nach dem Bruder des Vaters forschen. Aus Neugier – es war nicht mehr. Was lag schon daran, daß der eine mehr Geld besessen hatte als der andere? Sie waren beide tot, und wie es John Edwards schien, sie waren beide zu früh gestorben.
Er erinnerte sich: Vor siebzehn Jahren war aus der Schweiz ein handgeschriebener Brief in Swansea, in Wales, eingetroffen. Er war unterzeichnet von einem Dr. Samuel Jacobsohn. Die Todesnachricht hatte in der Familie keine Bestürzung ausgelöst, jedoch die verschämte Erwägung, ob von diesem Blutsverwandten vielleicht ein Erbteil zu erwarten wäre.
Den Brief in der Hand haltend, hatte Johns Mutter gesagt: »Er war immerhin Ingenieur ... Er ist in der Welt herumgekommen ...«

Das klang, als wollte die ältliche Frau etwas Glanz auf den Namen Edwards lenken, der seit Jahren in schwarzen Lettern auf weißem Grund über einem Lebensmittelgeschäft in Swansea hing. Kein einträgliches Geschäft, bei dem sich die Einlage etwa hoch verzinst hätte; gerade genug zum Leben, wenn dieses Leben ohne Ansprüche geführt wurde, aber wenig genug, um noch Grund zu haben für eine zur Schau getragene Unzufriedenheit. Aber selbst dieser Laden, in dem Brot, Wurst, Milch, Eier und Gemüse verkauft wurden, wäre nie eröffnet worden, wenn nicht das Geld vom Bruder aus der Schweiz gekommen wäre. Ein Almosen sei es gewesen, hatte Johns Mutter geklagt. Und nie wieder habe er sich gemeldet, oder ein Besuch in Swansea sei ihm erst gar nicht in den Sinn gekommen.

Und dann jammerte sie gleich weiter über ihren verstorbenen Mann. Zu zerstreut sei er von jeher gewesen; er habe auch Ingenieur werden wollen, aber die Ausdauer hätte ihm gefehlt. Und das war nicht das einzige, was ihm gefehlt hatte. Nach London habe er immer ziehen wollen. Das Geschäft vergrößern, dann verkaufen. Aber er habe keinen seiner Pläne verwirklicht.

»Er ist nie nach London gekommen, in Swansea ist er geblieben, hier, in dem Lebensmittelgeschäft, bis zu seinem Tod. Er hatte tausend Ideen im Kopf. Und außerdem blies er noch Trompete ...« Dabei seufzte sie, als wäre die Musikalität des Verstorbenen ihr besonders unerträglich gewesen. »Aber der andere, der war Ingenieur in einem Kohlenbergwerk bei Swansea. Und von da ging er weg und war in vielen Ländern. Schließlich war er in Südafrika, in einer Diamantenmine. Ein Vermögen hat der gemacht ...«

Von diesem Reichtum war ihnen nichts zugefallen. Der Brief des Dr. Samuel Jacobsohn teilte nur mit, daß die Reise des tüchtigen Mannes namens Edwards zu Ende war.

Sie hatten den Poststempel studiert, hatten den Namen des Dorfes, aus dem der Brief kam, niemals zuvor gehört, erfuhren aber, daß es in der Nähe Italiens liege: ein südliches Land, Ziel von Urlaubsreisenden, vielleicht eine Art Riviera. Verbania. Über der Briefmarke war eine Palme zu sehen gewesen. Johns Mutter und der ihm stets fremd gebliebene zweite Vater hatten darauf gedeutet, hatten fast wehmütig mit den Köpfen genickt und erklärt: »Palmen!« Und aus ihrer Betonung hörte er den Verzicht – nicht nur auf Palmen und südliche Länder. Es war die wiederholte Erklärung des Verzichts schlechthin. Es war, als hätten sie gesagt: Wer in Wales, in Swansea, ein kleines Lebensmittelgeschäft betreibt, kommt nie mehr von da fort, sondern wird für den Rest seiner Jahre hinter der Ladentheke stehen.

Es schien ihm eine Kränkung seines Daseins, als hätten sie ihm gesagt, es sei sinnlos von Anfang an, er solle alle Pläne begraben. Es war kränkend, die Frau mit der jammervollen Stimme anzuhören, die fortwährend das Leben seines Vaters entwertete, ohne zu erkennen, daß sie damit auch Diebstahl beging am Leben des Sohnes. Er fühlte sich fremd neben diesen beiden Menschen, die, wie ihm schien, in Dumpfheit und Mißverständnis lebten. In einer schwärmerischen Trauer um den schwachen Vater glaubte er zu begreifen, daß alle Menschen einander fremd bleiben und daß er dazu verurteilt wäre, es ständig zu wissen.
Mit achtzehn Jahren begann er seine Mutter und ihren Mann anzubrüllen, wenn sie von seinem Vater sprachen. Sie sahen erschreckt seine dunklen, fanatisch aufglühenden Augen, erkannten, daß er verwundet war, wußten aber keine Anwort auf seine Ausbrüche. Er war zu dieser Zeit schon ausgewachsen, war beinahe zwei Meter groß und ging, langbeinig und mit den Armen herumfuchtelnd, durch das Zimmer und hielt pathetische Reden. Er war mager, war von einer seltsam attraktiven Häßlichkeit – ein Kindergesicht, eine tiefe Baßstimme, die unverständliche hochfliegende Gedanken äußerte. Sie fanden diese Mischung komisch, und seine Mutter fühlte Bedauern für ihn, als sei er ohne eigene Schuld mißraten; daneben aber hatte sie die leise Furcht, eines Tages könne er überschnappen, die Nerven in diesem riesenlangen Körper seien dünn und überaus empfindlich, und was immer er anfange, es könne nicht gut ausgehen mit ihm.
Er erinnerte sich: Der Nachfolger seines Vaters hatte an einem Nachmittag gerufen: »Gib ihm eine Trompete wie deinem Alten. Dann ist er zufrieden und hält den Schnabel!« Und das war nichts anderes als die beleidigende Feststellung, jeder Narr brauche nun mal seine Narrenschelle. Und darauf hatte John geschrien: »Die Gänse haben einen Adler ausgebrütet! Darüber wundern sie sich! – Ihr seid Insekten! Ihr seid noch gar keine Menschen!«
Sie hatten sich noch eine ganze Weile im Gemüseladen beschimpft, und dann war er hinausgelaufen und hatte die Tür hinter sich zugeschlagen. Aber als er draußen war, überfiel ihn plötzlich die volle Erkenntnis der Sinnlosigkeit ihres Daseins und ihres trostlosen Zusammenlebens. Er war ungerecht gegen diese alte ergebene Frau gewesen, die, seit er denken konnte, still hinter ihm her seine Dinge geordnet hatte. Er rannte zurück, sah die beiden durch die Erkerscheiben drinnen hinter der Theke, wie sie die Arme gegeneinander reckten, wie sich ihre Münder

verzerrten in für ihn unhörbaren Vorwürfen. Sie gestikulierten, als würden sie stumm gegeneinander ankämpfen. In dem halbdunklen Laden schienen sie ihm gespenstisch wie die Karikaturen von Menschen oder wie Marionetten, die an unsichtbaren Fäden zappelten.
Sie sahen sein erschrecktes, bekümmertes Gesicht draußen, starrten sich an: er vor der Scheibe, die beiden hinter der Scheibe. Sie hielten sich fast für verrückt.
Während er jetzt auf dem Schweizer Hotelbett lag, erinnerte er sich, daß er schon damals gehofft hatte, sich selbst einen Sinn zu geben, mit einer Leistung, die er als Nachweis seiner notwendigen Existenz anbieten würde. Er hatte noch kein Mittel gegen die Sinnlosigkeit, und er hatte noch nicht angefangen zu schreiben.

3

Er stand einen Augenblick in der Tür, schaute sich zögernd um und ging dann zur Bar. Laura Thompson sah den Mann sofort. Er überragte alle anderen. Er war langsam in seinen Bewegungen, wie sie es oft bei zu lang geratenen Männern gesehen hatte. Sie dachte: Ich kenne ihn. Ich habe ihn irgendwo schon gesehen.
Er setzte sich auf einen Barhocker und bestellte Whisky. Und danach schaute er sich im Lokal um, mit hochgezogenen Brauen, wie es die Angewohnheit von ängstlichen oder äußerst empfindlichen Menschen ist. Ihre Augen begegneten sich kurz; sie spürte die knappe, behutsame Prüfung. Es war ein nachdenklicher Blick. Dann schaute er weg.
Sie sah, daß er zu der Band hinübergrüßte und daß Guido, der Besitzer der »Taverna«, zu ihm kam und ihm die Hand schüttelte. Als das Glas vom Barmann vor ihn hingestellt wurde, dankte er mit einem Kopfnicken. Dann hob er das Glas an und nahm einen langen Schluck. Sie dachte: Er trinkt. Ich weiß genau, wie ein Mann, der mit Alkohol lebt, den ersten Schluck nimmt, und ich bin sicher, daß ich ihn schon gesehen habe.
Laura Thompson war die Tochter von Peggy Thompson, einer zweiundvierzigjährigen Witwe, die jedes Jahr für ein paar Monate nach Verbania kam. Sie waren im Dorf bekannt, die Witwe und ihre Tochter. Vor zwölf Jahren hatte Mr. Thompson ein Haus über dem See bauen lassen. Er war ein erfolgreicher New Yorker Rechtsanwalt gewesen, hatte Anteile einer Ölge-

sellschaft geerbt und erinnerte sich im Alter von achtundvierzig Jahren daran, daß seine Großmutter aus der Schweiz eingewandert war und er verpflichtet wäre, dieses Land wenigstens einmal zu sehen.

Eines Tages trat Dr. Thompson mit Frau und Tochter die sentimentale Reise nach Europa an, um den Ort zu sehen, von dem die Großmutter ihr Leben lang gesprochen hatte. Auf dieser Reise kam er auch nach Verbania. Und hier blieb er hängen. »Ein Paradies«, sagte er, rechnete genau und fand, daß ein Haus ihn nicht allzu teuer käme. »Unser Sommersitz«, erklärte er Peggy Thompson.

Er war ein fröhlicher Weintrinker, gerngesehener Gast in den Bars und Gaststätten und gab Parties in seinem neuerbauten Haus, von denen noch lange gesprochen wurde. Peggy Thompson war glücklich: Ihr Haus war ein Mittelpunkt, Künstler und auch Wissenschaftler kamen zu Besuch; deutsche, italienische und Schweizer Industrielle saßen an ihrem Tisch. Laura, die kleine Tochter, sprach bald fließend italienisch, und wenn sie mit ihren Eltern in ein Restaurant kam, hoben die Freunde sie hoch oder nahmen sie auf den Schoß. Eine beliebte Familie. So an die zwanzig oder dreißig Millionen – umgerechnet in Franken –, erzählte man im Dorf. Auf zehn mehr oder weniger kam es da nicht mehr an. Und dabei waren sie nicht arrogant, sondern hilfsbereit. Verschiedene Maler pumpten den menschenfreundlichen Thompson an, vergaßen aber die Rückzahlung, was nicht weiter schlimm war, weil Thompson die Sache ebenfalls vergessen hatte.

Er kam sechs Jahre lang mit seiner Familie. Dann kam er nicht mehr. In New York war er plötzlich gestorben. Peggy Thompson erschien zwei Jahre später ohne ihre Tochter. Sie wohnte still in ihrem Haus, ließ den Garten herrichten und schlug alle Einladungen aus.

Im Jahr darauf hatte sie sich verändert. Sie ging abends in die Bars und trank Whisky. Es dauerte eine Weile, bis die früheren Freunde merkten, daß sie trank. Zwar war sie nie volltrunken, aber nach Mitternacht überfiel sie manchmal eine hektische Heiterkeit, sie breitete dann mitunter die Arme aus und rief: »Ich will tanzen!« Sie fand ihre Tänzer. Sie war lustig, so lustig, daß sie oft morgens um vier Tränen lachte. Und davor hatten ihre Tänzer Angst, die gern ihren Whisky tranken, sich aber der Aufgabe nicht gewachsen fühlten, diesen Tränenstrom wegzutrösten.

Man munkelte dann im Dorf, dieser oder jener habe höhere

Geldgeschenke von ihr erhalten. Er sei ihr Gast. Und warum bringe sie nie mehr ihre Tochter mit?
Im Jahr darauf hatte sie angefangen, sich mit unmäßig teurem Schmuck zu behängen. Sie war jetzt prahlsüchtig, trug an einem Abend Smaragde, in Brillanten gefaßt – Ringe, ein Collier, Ohrringe, Armbänder –, am nächsten Abend nur Rubine. Dabei nannte sie die Preise, die niemand wissen wollte: »Der Ring hier ... er hat sechzigtausend Dollar gekostet!«
Niemand wußte, wer ihr den Namen gegeben hatte, aber von einer gewissen Zeit an hieß sie »Diamanten-Peggy«. Als sie es erfuhr, war sie nicht einmal beleidigt, sondern fand, daß der Name zu ihr paßte. Sie sagte: »Die Neider haben ihn erfunden!«
Im Jahr danach hatte sie angefangen, ein wenig fett zu werden. Ihr Gesicht war nicht etwa weicher geworden durch die Wangenpolster. Sie wirkte im Gegenteil jetzt härter, und auch in ihrem Wesen war eine herrische Note nicht zu übersehen. Es war kein Geheimnis mehr, daß sie ihre Liebhaber einen Sommer lang aushielt und großzügig bezahlte. Meist waren es junge Italiener, die sie in Rom oder Neapel aufgegabelt hatte. Sie ließ ihnen erstklassige Maßanzüge schneidern, setzte sie ans Steuer ihres Wagens, schleppte sie in die teuren Hotels zum Abendessen, in die Bars zum Tanzen, gab ihnen Unterricht, wie sie sich zu benehmen hätten – einen Sommer lang.
Als Laura zum erstenmal wieder nach Verbania kam, war sie bereits sechzehn Jahre alt. Sie war gut gewachsen, hatte einen runden Hintern und stramme Brüste. Aber in ihrem Benehmen war sie noch kindlich oder gab sich zumindest so. Unverfroren nannte sie alle alten Freunde noch beim Vornamen, duzte sie und hatte für verschiedene bösartige Überraschungen bereit: »Du bist dick geworden ...« – »Du hast ja eine Glatze gekriegt in den paar Jahren ...«
Peggy saß dabei und lächelte gönnerhaft. »Ihr müßt das dem Kind nachsehen.«
Unerwartete Schwierigkeiten ergaben sich für Peggy durch ihre sommerlichen Freunde. Den ersten erklärte sie zum Gärtner, schickte ihn ins Dorf, damit er sich eine Gartenschere kaufe und ein wenig an der Buchshecke herumschnippele. Diese Tarnung erwies sich als unzureichend, denn Laura hörte, wie der Gärtner nachts ins Schlafzimmer ihrer Mutter schlich.
Sie war direkt und sagte: »Du brauchst nicht zu lügen, ich weiß, daß du mit ihm schläfst!«
Peggy war vor Wut rot angelaufen. Sie hatte tief Luft geholt,

hatte angesetzt zu einer entrüsteten Verteidigung. Aber Laura hatte sie nur ausgelacht. Und da hatte Peggys Zorn kapituliert. Kleinlaut verteidigte sie sich vor der Tochter: »Ich kann nicht allein leben, verstehst du? Ich bin noch zu jung. Das wirst du noch verstehen ...«

Von dieser Zeit an wohnte kein Liebhaber mehr im Haus; für ihre besonderen Zwecke hatte sie eine kleine Zweizimmerwohnung gemietet. Aber seit diesem Jahr schlug Laura gegenüber ihrer Mutter einen Ton gemäßigter Verachtung an, der jedoch so spitz werden konnte, daß sie oft auch in Gesellschaft unmittelbar vor einem handfesten Streit standen. Ihren Freunden erklärte Laura Thompson fröhlich: »Wir leben in gemütlicher Zwietracht in unserem Haus.«

Vor zwei Jahren, mit knapp siebzehn, verlor Laura in einem Feriencamp im Staat New York ihre Unschuld. Sie machte kein Aufhebens davon, dachte, daß es an der Zeit wäre, die Sache zu erfahren. Bei einer Petting-Party gab sie ihrem Partner die untrüglichen Zeichen, daß sie auch zu mehr bereit wäre. Sie hütete sich jedoch davor, in New York nun ein ausschweifendes Leben zu beginnen. Sie paßte sich an, genau wie ihre Mutter. Ihr Leben verlief dort in den vorgeschriebenen und gepriesenen Bahnen. Sie gingen sonntags zur Kirche, sie waren Mitglieder der wichtigsten Frauenorganisation, sie besuchten und gaben die notwendigen Parties. Sie taten beide, was man in ihrer Gesellschaftsschicht von ihnen erwartete.

In Verbania legten sie sich keinen Zwang auf. Peggy achtete allerdings darauf, daß auch hier der Kontakt zu den honorigen und solide lebenden Familien erhalten blieb. Noch immer stand ihr jedes Haus offen. Man war nachsichtig gegen ihre Eskapaden; man übersah und überhörte, und vielleicht war auch Bedauern im Spiel – mit dieser alleinstehenden, nicht mehr jungen, aber auch noch nicht alten Frau.

Peggy versuchte, ihre Tochter zu allen Einladungen mitzunehmen, um ihre Einigkeit vorzuführen. Aber Laura unterschied zwischen langweiligen und interessanten Einladungen. Peggy versuchte zu befehlen, aber Laura lachte sie immer wieder aus. Mit der Zeit wurde Peggys Kommandoton kraftlos. Sie hatte einen Dackel, der ihr nicht gehorchte, und eine Tochter, die eigene Wege ging. Dieser zweifache Ungehorsam gab ihr die Illusion einer Lebensaufgabe oder das Gefühl, dringend gebraucht zu werden. Im Grunde ihres Wesens war sie gutherzig, obwohl es im Dorf hieß, sie sei so hart wie ihre Diamanten.

Resigniert ging sie meist allein zu den üppigen Abendmahlzei-

ten, zu denen sie geladen war. Laura sah sie dann den Hügel verlassen und die Stufen hinuntergehen. Eine kräftige Frau, eingeschnürt in ein Korsett, um die Schultern ein Nerz – oder ein Chinchillacape, begleitet von dem kleinen Dackel, der neben ihr hertrottete und mit dem Schwänzchen wackelte.
Sie grinste hinter den beiden her und fand sie lächerlich. Sie war sicher, daß sie in diesem latenten Zwist mit ihrer Mutter die Oberhand behalten würde, denn sie hatte sich die unschlagbare Taktik zugelegt, ihre Mutter auszulachen und sie damit als moralische Autorität ganz einfach auszuschalten. Überhaupt lachte sie gern, und jeder, der sie im Dorf kannte, schätzte ihre ausgelassene Fröhlichkeit, die an den geselligen Vater erinnerte.
Am liebsten ging sie allein aus, und von allen Bars in Verbania bevorzugte sie die »Taverna«. Sie hatte die größte Tanzfläche, die beste Band und vor allem: die interessantesten Gäste.
An diesem Abend war sie früh gekommen. Es war noch kein Besucher im Lokal gewesen. Guido hatte sie begrüßt und nach ihrer Mutter gefragt, und Laura hatte gesagt: »Diamanten-Peggy ist heute wieder eingeladen. Vielleicht kommt sie später noch her.«
»Laura«, sagte Guido vorwurfsvoll. »So sollst du aber nicht von deiner Mutter sprechen.«
»Willst du mich erziehen? Dazu ist es zu spät.«
Von Laura hatte er in manchen Nächten mehr gesehen, als ihre Mutter über sie wußte. Aber sie hatte ein Guthaben an Sympathie bei ihm – noch vom Vater her. Ein wenig davon war allerdings verbraucht.
Guido war ein Mann um die Fünfzig, seine Gäste schätzten ihn. Er war Gastgeber von Natur, war dafür geboren; ein kluger, freundlicher Mann, der sich in seiner Bar zwischen seinen Gästen bewegte wie ein Hausherr, der Freunde zu sich geladen hat.
Laura blieb nicht lange allein. Es kamen Bekannte ihrer Mutter: Johann Jünges, ein deutscher Tuchfabrikant aus Aachen, mit seiner Freundin, die Nina hieß und keinen Alkohol vertrug. Aber Johann Jünges fragte: »Was willst du trinken, Frauchen?« Und sie antwortete wie immer: »Du weißt doch, daß ich keinen Alkohol mag . . .«
Dann kam Moritz, ein österreichischer Maler, der in Verbania mit einer Schauspielerin zusammenlebte. Er sah aus wie eine Kopie von Salvador Dali mit aufgezwirbelten Schnurrbartenden. Allerdings hatte er es noch nicht so weit gebracht wie sein Vorbild, er begann aber nach dem vierten Glas zu versichern, daß

seine Zeit bald kommen würde. Es sei eine Kleinigkeit, die Welt zum Narren zu halten. Er habe nur noch nicht richtig damit angefangen.
Später kam noch Alfredo. Ein wenig geistesabwesend, und langsam wie immer, kam er herein und küßte Laura umständlich die Hand, begrüßte Nina, ohne Kuß, gab Johann Jünges die Hand und befahl dem Barmann: »Einen Whisky, mit Wasser, ohne Eis!«
Nach dem ersten Schluck Whisky schmatzte er einmal laut mit den Lippen, und so, als wäre er erst nach diesem Trunk zur Unterhaltung bereit, fragte er Laura: »Wie geht's, mein Schatz? Was macht die Mama?«
Er war ein alter deutscher Schriftsteller, der eigentlich mit Vornamen Alfred hieß, dem die Einheimischen jedoch im Laufe von dreißig Jahren ein o angehängt hatten, so daß er sich schließlich im Telefonbuch selbst als Alfredo angab. Ein Emigrant, der nie wieder nach Deutschland zurückgekehrt war. Schon lange schrieb er nichts mehr. Er trank, wie jeder in Verbania wußte; er hatte kein Geld, aber er wurde respektiert, weil er noch immer amüsant und witzig war und seine Resignation mit Gelassenheit trug. Er hatte sich eine Form zugelegt, eine Bedürfnislosigkeit, an der er unerschütterlich festhielt.
Zu dieser Gruppe stießen andere. Sie kamen herein, Männer und Frauen, sagten laut: »Ciao, Alfredo! Ciao, Laura!« Sie waren Deutsche, Schweizer, Italiener und Franzosen. Sie waren vielsprachig, und sie machten den Eindruck, als hätten sie selbst mit Freuden ihre Nationalität aufgegeben und es bestehe nur noch die Zugehörigkeit zu Verbania.
Laura tanzte ein paarmal mit Moritz. Dann machten die Musiker Pause, und sie sah, daß Wallace Bishop, der fast weißhaarige Neger, zu dem Fremden ging. Sie kannte Wallace und wußte, daß er die Glanzzeiten des Jazz bei Jelly Roll Morton, bei Louis Armstrong und Earl Hines mitgemacht hatte. Sie konnte hören, was die beiden miteinander sprachen.
»Gut heimgekommen, gestern nacht?« fragte Wallace.
Der andere sagte: »Es ging. Ich hatte wohl ziemlich was geladen?«
»Nicht sehr schlimm«, grinste Wallace und wischte sich mit dem Taschentuch den Schweiß von der Stirn.
»Heiß?«
»Nicht zu heiß – zu alt.«
»Zu alt?«
»Sicher. Jetzt bin ich sechzig. Vierzig Jahre Musik, das genügt.

Aber das Engagement ist gut hier. Hier bleibe ich noch eine Weile.«
»Vierzig Jahre Musik?«
»Ja, mein Lieber. Ich fing schon früh an. Weißt du, ich war Musiker in einem Kino. Filmmusiker, die gab es vor vierzig Jahren in den Staaten zu Tausenden. Und dann war es aus mit dem Stummfilm. Plötzlich standen all die Filmmusiker auf der Straße. Das war in Chikago. Da bin ich geboren. Einmal habe ich Al Capone gesehen. Er kam herein und behielt den Hut auf dem Kopf, aber niemand hat zu ihm gesagt: Nimm den Hut 'runter. Mindestens eine Stunde saß er vor dem Orchester und hörte uns zu. Wir waren nicht schlecht damals. Als er mit seiner *body guard* wieder verduftete, frage ich, wer war denn das? Und unser erster Trompeter sagt: Das war Al Capone.«
»Und wie kommst du hierher?«
»Ich kann mir die Engagements noch aussuchen, und da wollte ich mal hierher. Ich hatte schon viel gehört von diesem Verbania, diesem Künstlerdorf.«
Sie tranken sich zu, und Wallace fragte: »Und du? Wirst du lange bleiben?«
»Vielleicht lasse ich mich hier für eine Zeitlang nieder. Jedenfalls werde ich versuchen, hier mein zweites Stück zu schreiben.«
Jetzt erkannte sie ihn. Sein Gesicht in Bewegung, beim Sprechen, die Neigung des Kopfes. In New York hatte sie ihn auf dem Bildschirm gesehen. Sie winkte Guido heran. Guido beugte sich zu ihr herab. »Weißt du, wer da sitzt?« flüsterte sie.
»Ja, ich weiß, wer er ist. Er war schon gestern und vorgestern hier und hat mit Wallace Bishop Whisky getrunken. Wallace hat ihn auch sofort erkannt.« Er lächelte. »Warum sollte er nicht hier sein? Hier haben schon viele berühmte Leute gesessen.«
Sie wandte sich an Alfredo: »Weißt du, wer das ist? Das ist John Edwards!«
»Wie?« fragte Alfredo. »Wer ist das?« Er verstand und blickte über seine dicken Brillengläser zu John Edwards hinüber, betrachtete ihn einen Augenblick und sagte: »Aha! Endlich mal ein wirklicher Dichter in diesem Kaff!«
»Wer ist das?« fragte Johann Jünges. »Wer?« fragten Moritz und Nina, und die anderen unterbrachen ihr Gespräch und blickten auf den Mann, der noch immer mit Wallace Bishop redete.
»Ich werde ihn einladen!« sagte Johann Jünges aufgeregt.
»Alfredo, glaubst du, daß er sich von uns einladen läßt?«
»Von dir nicht, denn du hast nichts außer Geld. Aber . . .«

Noch während er umständlich erklären wollte, wie man John Edwards einladen könnte, war Laura vom Barhocker heruntergerutscht und begrüßte Wallace. »Ciao, Wallace.« Sie gab ihm die Hand.
»Wie geht's?« sagte Wallace und grinste sie an.
Die anderen sahen, wie Wallace die beiden bekannt machte, wie Laura zu reden anfing und in Fahrt kam, erfreut lächelnd. Edwards war vom Hocker heruntergestiegen und stand vor ihr. Sie sah zu ihm auf, redete mit Begeisterung. Jeder sah, daß sie pausenlos applaudierte.
»Na also«, sagte Alfredo. »Von der läßt er sich bestimmt einladen.« Er nickte bedeutsam mit dem Kopf, nahm einen Schluck, ließ seinen schmatzenden Lippenlaut hören und stellte fest: »Sie glüht . . .«
Angestachelt von Alfredos Bemerkung, er habe nichts außer Geld, machte sich Johann Jünges auf den Weg, stellte sich neben Laura und Edwards, verbeugte sich und sagte in bestem Oxford-Englisch: »Entschuldigen Sie, Mr. Edwards, darf ich mir erlauben, Sie zu uns einzuladen. Sie würden uns allen eine große Freude machen . . .«
Er wartete. Edwards zögerte.
Laura war nicht aufzuhalten: »Und wenn ich mich richtig erinnere, sagten Sie im Fernsehen, jeder Kain habe unser Mitleid verdient, weil er vergeblich gelebt und nichts vom Leben begriffen hätte . . . War es so?«
»Ja, das habe ich gesagt.«
»Sie haben gegen den Krieg gesprochen, nicht wahr? Und man hat Ihnen drei Journalisten gegenübergesetzt, die sollten Sie auseinandernehmen . . . War es so?«
»Ja, ja«, sagte Edwards lächelnd. »Das ist richtig.«
Johann Jünges verbeugte sich wieder: »Eine große Freude würden Sie uns machen. Und für mich persönlich wäre es eine . . . eine . . . große Ehre . . .«
»Und bei der Premiere gab es einen Riesentumult. Eine Schlägerei . . . Und die Studenten trugen Plakate, und darauf stand: ›Amerika ist Bruder Kain.‹«
»Ja, so war es.«
»Sehen Sie, ich kann mich an alles genau erinnern. Aber leider habe ich Ihr Stück nicht gesehen. Wir gingen dann auf Reisen.«
»Sie erinnern sich recht gut.«
»Ja, ja«, sagte sie und schien einen Augenblick nachzudenken. »Auf einem der Plakate stand: ›An die Welt: Habt Mitleid mit Amerika!‹«

»Eine außerordentliche Freude würden Sie uns ...« Johann Jünges verbeugte sich wieder, wartete noch immer.
»Ja, ja. Natürlich, gern«, sagte Edwards zerstreut. »Ich weiß nur nicht ... Hier, mein Freund Wallace ...«
»Ich muß sowieso wieder spielen«, sagte Wallace. »Ich komme später noch auf einen Drink.«
»Spiel deinen Blues für mich!« rief Laura ihm nach.
»Aber sicher, mein Engel«, sagte Wallace.
Sie nahmen regelrecht Aufstellung, als John Edwards in ihren Kreis trat. Nina hatte einen hochroten Kopf. Johann Jünges stellte vor, und er genoß es, eine Art Zeremonienmeister sein zu dürfen. Er nannte Moritz einen bedeutenden Kunstmaler, stellte noch drei weitere Maler vor, ließ aber »bedeutend« weg.
John Edwards sagte: »Es scheinen viele Maler hier zu leben.«
»Sehr viele und sehr bekannte Maler, Mr. Edwards«, erklärte Johann Jünges. »Aber wir haben auch große Schriftsteller hier in Verbania. Alfredo hier ist einer davon ...«
»Äh!« unterbrach Alfredo und machte eine wegwerfende Handbewegung. »Ich habe geschrieben. Aber ich zähle nicht. In der Literatur zählen die Schwergewichtler. Ich war nur Mittelgewicht. Ich bin Übersetzer«, erklärte er.
Er hatte jedem die Hand geschüttelt, hatte gehört, daß eine der Damen als Gräfin vorgestellt wurde, ein gutgeschnittenes, intelligentes Gesicht, hatte aber den Namen augenblicklich wieder vergessen. Der Kreis hatte sich gelockert. Wallace begann mit seiner Band zu spielen. Paare gingen auf die Tanzfläche. Es war Bewegung im Lokal. Johann Jünges sprach von seinem Haus, das er sich gebaut hatte. »Wir würden Sie sehr gern einmal einladen ...«
Es gab noch ein paar Einladungen, auch eine von Laura. Und dann fragte sie: »Wie kommen Sie nur auf die Idee?«
Alfredo schaltete sich ein: »Die Idee lag in der Luft. Bisher hat kein Appell an die menschliche Vernunft die Dummheit überzeugen können. Jetzt ist der Versuch gemacht, einen neuen Begriff einzuführen: das Mitleid mit der Dummheit. Damit würde die Dummheit isoliert ... Es ist fast wie ein chemischer Ausscheidungsprozeß ...« Er nahm einen langen Schluck. »Es könnte Erfolg haben. Einen relativen Erfolg, meine ich.«
John Edwards nickte. »Sie haben sich Gedanken über mein Stück gemacht.«
»Ich habe darüber gelesen. Wahrscheinlich haben Sie das größte Stück der letzten zwanzig Jahre geschrieben ... Prost!« sagte er und hob das Glas.

»Na«, flüsterte Johann Jünges stolz von der Seite her. »Was sagst du nun? Er hat sich von mir einladen lassen . . .«
Alfredo schaute Johann Jünges über seine Brillengläser an: »Ja, ja. Du bist ein großer Mann.«
Sie sahen alle, daß Laura sich bewegte, als würde sie ständig fotografiert.
Moritz sagte: »Sie fordert ihn dauernd heraus. Alles Pose!«
»Ja, du wirst heute morgen mit deiner Margit schlafen. Verdient hat sie es ja wieder mal.« Es war im Dorf bekannt: Die Schauspielerin, mit der Moritz zusammenlebte, ging selten aus, weil sie sich jedesmal über Moritz ärgern mußte, der ohne Hemmungen Frauenbekanntschaften machte, auch wenn sie dabei war.
»Wie lange, glaubst du wohl, wird es Margit noch mit dir aushalten?« fragte Alfredo.
»Ich habe nichts mit Laura«, erklärte Moritz.
»Nein, nicht viel, nur daß du manchmal mit ihr ins Bett gehst. Und heute hast du schon ziemlich geil geguckt.« Alfredo lachte amüsiert auf.
»Ich nehme das alles nicht ernst. Es ist ein angenehmer Zeitvertreib – der angenehmste, den ich kenne. Weiter nichts.«
»Mr. Edwards«, sagte Johann Jünges, »Sie müssen sich unbedingt unser Haus einmal ansehen. Nicht wahr, Frauchen? Es wäre uns eine ausgesprochene Freude . . . Übrigens, ich bin ein Kunstfreund.«
»Ich habe in mehreren bekannten Galerien Europas ausgestellt«, berichtete gerade Moritz.
»Hier, meine Freunde, die Maler . . . Fragen Sie. Von jedem habe ich Bilder gekauft!«
Es kam noch einer herein und wurde laut begrüßt, und Johann Jünges rief: »Er macht Nägel! Die besten Nägel der Welt macht er!«
»Natürlich mache ich Nägel, was sollte ich sonst machen!« sagte der deutsche Fabrikant. Er hatte eine Glatze, trug Brille, schien völlig humorlos und noch schüchtern zu sein.
Die Gräfin sagte: »Sieh nur mal, wie Laura tanzt. Auf den hat sie es abgesehen. Aber er redet nicht viel. Eigentlich bin ich immer enttäuscht, wenn ich Dichter oder Schriftsteller kennenlerne . . .«
»Das geht gegen mich!« witzelte Alfredo.
»Sie wird ihn kriegen«, sagte die Gräfin. »Sieht sie nicht blendend aus?«
»Und das Geld, das Geld . . .« spottete Alfredo und nickte dazu zweimal mit dem Kopf.

»Sie wirft sich ihm an den Hals«, murmelte ein Maler mit Vollbart. Er beobachtete Laura und John Edwards auf der Tanzfläche. Und dann wiederholte er: »Und das Geld ... Und das Geld ...«
Johann Jünges rief: »Ich lade euch ein!«
Sie waren alle betrunken. John Edwards kam mit Laura zurück. Er fragte: »Kennt jemand von euch einen John Edwards, der hier gelebt hat? Er war mein Onkel.«
Niemand kannte ihn. Vielleicht Alfredo. Aber Alfredo war gerade nicht da. John Edwards vergaß, noch einmal zu fragen.
Später ließen Johann Jünges und der Nagelfabrikant aus Deutschland noch ein paar Sektflaschen kommen. Laura tanzte mit Edwards. Er war kein guter Tänzer. Nina und Moritz hielten sich auf der Tanzfläche eng umschlungen. Die Gräfin hing im Arm von Alfredo. Wallace sang sein letztes Lied: »Sugar Baby ...« Er sang leise, mit warmer Stimme, wurde nur noch von den Tanzenden gehört. Johann Jünges rief: »Ich lade euch alle ein! Guido, du kommst auch mit!«
Als sie von der Tanzfläche zurückkamen und John Edwards gleich von Johann Jünges und dem Nagelmacher herangezogen wurde, sagte Alfredo zu Laura: »Es hat dich erwischt ...«
»Er ist ein bedeutender Mann. Er hat etwas an sich ... Und dabei sieht er nicht einmal richtig gut aus. Er hat zu große Füße, zu große Hände. Und die Ohren sind auch zu groß. Aber, er ist ein bedeutender Mann.«
»Ein bedeutender Mann – o ja! Wenn ich ein Mädchen wäre, so alt wie du, dann möchte ich auch mal von einem bedeutenden Mann gevögelt werden.«
Sie war beleidigt. »Ihr seid alle betrunken!«
»Hähähähä!« Alfredo lachte meckernd. Dann tätschelte er beschwichtigend ihre Schulter.
Sie saß da wie in steifrückiger Ablehnung. »Ich gehe nach Hause«, sagte sie.
»Soll ich dich nach Hause bringen?« fragte Moritz leise von der Seite her.
»Nein!«
»Aha! Ich verstehe«, sagte Moritz. »Keine Lust auf Brot. Heute muß es Kuchen sein.«
Aufgebracht zischte sie: »Du langweilst mich!«
»Ja, ja, ich weiß. Du willst dich jetzt an mir für das rächen, was er nicht getan hat.« Und dann, als wolle er ihr seine Freundschaft beweisen: »Er ist schüchtern, merkst du das nicht? Wir sind zu plötzlich über ihn hergefallen, und da hat er sich in sich selbst

verkrochen. Aber du kannst sicher sein, daß er uns von seinem Schneckenhäuschen aus sehr genau beobachtet hat. Ich kenne den Typ: Er nimmt mehr ein, als er ausgibt in Gesellschaft.«

Sie überlegte. Er war passiv gewesen in dieser ganzen Nacht. Vielleicht gelangweilt? Er hatte nichts gezeigt von seinem Wesen. Er war der unbewegliche Mittelpunkt gewesen, und alle anderen hatten ihn umkreist. Und sie selbst? Sie war deutlich genug gewesen. Es ist wahr: Ich habe ausgegeben, er hat nur eingenommen, aber er hat nicht einmal »danke« dafür gesagt. Ihr Zorn steigerte sich, und für einen Augenblick schwelgte sie in der Vorstellung, sie würde jetzt zu ihm sagen: Wissen Sie, für einen Dichter sind Sie ziemlich langweilig ... Oder noch schockierender: Würden Sie mir bitte den Gefallen tun und Wallace fragen, ob er heute nacht mit mir schlafen möchte. Ich kann nichts dafür, aber ich liebe nun mal Neger. Sie sind um so vieles besser ... Überhaupt sind sie intelligenter in ihren Zärtlichkeiten ...

Der Lärm um sie her störte sie. Es war jetzt nur noch Geschwätz, alkoholisiertes Männergefasel. Johann Jünges und der prahlerische Nagelschmied aus Essen redeten auf John Edwards ein. Sie sah ihn stehen und zuhören, und es war genau wie in New York, als sie ihn im Fernsehen erlebt hatte. Mitten im Tumult hatte er stumm dabeigestanden, wie zu Stein erstarrt. Der Sprecher hatte immer wieder gesagt: »Und John Edwards schweigt!« Die Parteien hatten sich vor dem Theater geprügelt, hatten das Gefecht bis ins Foyer hineingetragen. »Und John Edwards schweigt!«

Nervös drehte sie ihr Glas in der Hand, ein geschliffenes, schweres Whiskyglas. Nina lachte einmal hell auf – ein Gelächter in Sopran. Die dumme Ziege, dachte Laura. Sie sah Moritz neben sich, sein wielsagendes Lächeln. Er beugte sich zu ihr: »Du bist scharf!« Sie wollte ihn treffen, und sie wußte, wie sie ihn treffen konnte. Sie schaute ihm genau ins Gesicht und sagte, liebenswürdig lächelnd: »Aber selbstverständlich bin ich geil.« Dabei ärgerte und erregte es sie zugleich, als sie im selben Augenblick erkannte, daß sie die Wahrheit gesagt hatte.

Sie sah, wie er einmal die Zähne zusammenbiß. Seine Augen verrieten für eine Sekunde den aufflackernden Haß. Sie litten jetzt beide den gleichen Schmerz.

»Du verdammtes kleines Luder!« flüsterte er, ehe er sich abwandte und Whisky in sein Glas füllte.

Ihr Angriff kam plötzlich. Sie trat an John Edwards heran und sagte: »Mr. Edwards, würden Sie mich jetzt nach Hause bringen. Es ist nicht weit, und Sie können sofort wieder hierhergehen. Sie verstehen, ich möchte nicht allein ...«

Er stellte sein Glas auf die Bartheke und sagte: »Ja. Selbstverständlich gern.«
Es wurde still in der Runde; alle sahen auf Laura und John Edwards, als erwarteten sie die Zuspitzung von etwas, das unabänderlich zwischen diesen beiden geschehen mußte. Beim Abschied waren sie laut. Jeder sagte etwas, allen voran Johann Jünges, der immer wieder versicherte, wie sehr er sich gefreut habe. Und dann, als die beiden gingen, er riesengroß neben der zierlichen Frau, und alle hinter ihnen hersahen, bis sie in der Tür verschwanden, war es, als ob ein Fest zu Ende gegangen wäre.
Alfredo stellte noch einmal fest: »Es hat sie erwischt!«
»Sie dampft«, erklärte Moritz und dachte voller Bitterkeit: Er wird ihr die Kleider herunterreißen. In einer Viertelstunde wird sie die Beine auseinandermachen. Und dieser Gedanke weckte Erinnerungen an die Stunden mit Laura.
Der Fabrikant sagte: »Sie hat Rasse!«
»Sie ist hinreißend animalisch«, fand die Gräfin.
»Ist sie nicht ein wenig zu mager?« fragte Nina.
»Ach was!« polterte Alfredo. »Sie hat einen herrlichen Arsch!«
»Ich habe sie schon als Kind gekannt«, bemerkte Guido.
Und das Geld ... das Geld ... dachte der vollbärtige Maler, der die ganze Nacht auf Kosten von Johann Jünges getrunken hatte.
Ihre von Alkohol schweren Gedanken folgten mühsam dem Weg der beiden. Still brüteten sie eine Weile vor sich hin.
»Hähähähä!« lachte Alfredo leise in diese Pause hinein. Er nickte vor sich hin, lächelte vor sich hin, wissend, verstehend und belustigt. Dann hob er das Glas und sagte: »Salute!«

4

Sie gingen am See entlang. Er schien endlos in der Dunkelheit, nur die winzigen Lichtpunkte vom anderen Ufer bewiesen, daß er begrenzt war: fremde Häuser, sehr weit und unwirklich. Kleine Wellen schwappten leise glucksend gegen die Ufersteine. Die Piazza war leer, kein Licht in den Häusern, und die Türen waren alle zu.
Sie wartete, daß er etwas sagen würde, lauschte auf den Klang ihrer Schritte. In Ungewißheit, ein wenig verstört, ging sie neben ihm her. Sie hatte das Angebot gemacht, unmißverständlich. Es wäre unfair von ihm, wenn er ihr jetzt beweisen würde, daß sie ohne jede Anziehung für ihn war.

Es ist, als ob ich absterbe neben ihm. Als hätten wir es gemacht, oder vielmehr: ich hätte es ihm gemacht, und er steht auf und sagt nichts, meint aber wortlos: Es war nicht gut, du warst nicht gut ... So ungefähr ist das. Und es ist ungerecht, daß es mich packt. Wie ein Motor, der anspringt. Ich kann mich nicht dagegen wehren. Und es ist eigentlich gar nicht zwischen den Beinen, es ist im Kopf, im Denken beginnt es. Ich habe alles darüber gelesen. Drüsen, Hormone: Chemie. Das müßte er wissen. Soviel wird er gelernt haben über Menschen. Ich bin so! Ich bin so geboren! Und er beleidigt mich jetzt, will mich jetzt beleidigen.

Während sie begann, aus dem überhitzten Zustand in eine melancholische Stimmung zu flüchten, in der sie, wie immer, sich selbst bemitleidete, fing er an zu reden.

Sie brauchte eine Weile, bis sie begriff, daß er sich mit ihr beschäftigte, daß er mehr über sie wissen wollte.

Er sagte: »Haben Sie einen Beruf?«

»Nein, keinen Beruf.«

»Sie leben allein?«

»Wenn Sie damit einen festen Freund oder einen Anwärter auf eine Ehe oder so etwas meinen: ja, ich lebe allein.«

Eine Pleite! Jawohl, Sie sind eine Pleite! Sie schwelgte wieder in der Vorstellung ihrer Revanche: Sie kommen daher, mit Ruhm, mit Erfolg, mit diesen versonnenen, versponnenen Augen, mit so einem empfindlichen Gesicht, das immer in Bewegung ist, mit einem ganzen Heiligenschein von wer weiß was noch. Und dann ist es Marmor, kalt wie Stein, ohne Äußerungen. Ganz einfach nichts!

»Interessiert Sie, ob ich allein lebe? Ich hatte nicht den Eindruck, daß Sie irgend etwas interessiert. Sie saßen heute nacht dabei, als hätten Sie uns alle verachtet. Ich glaube, Sie sind maßlos arrogant ...« Sie beglückwünschte sich zu diesem Angriff. Er erleichterte sie. Ohne selbst etwas zu tun, hatte er sie alle in Spannung gehalten. Sie fand, so etwas war ungerecht; eine Ungerechtigkeit, die von ihm ausging, die ihm bewußt sein mußte.

Überrascht blieb er stehen: »Sie sagen arrogant? Ich bin nicht arrogant. Es ist so einfach, daß Sie mir nicht glauben werden: Wenn ich in Gesellschaft trinke, werde ich aggressiv. Wenn ich nicht trinke, bleibe ich schüchtern! Zu viele Menschen um mich her hemmen mich. Sie blockieren mich.«

Sie sah in der Dunkelheit kaum sein Gesicht, spürte jedoch, daß er die Wahrheit sagte. »Sie sind doch kein Feigling?«

»Ich bin kein Held, aber wirklich feige bin ich wohl nicht.«

Während sie weitergingen, noch immer am Seeufer, unter Plata-

nen, deren Schatten die Nacht noch dunkler machten, dachte er daran, daß er überall ein Fremder geblieben war. Er hatte sich nie einer Gemeinschaft angeschlossen. Sie hatten es immer für Arroganz gehalten, diesen luftleeren, eisigen Raum um ihn her, der wie Hochmut wirkte. Ich war immer ein schwarzes Schaf! In Swansea, wo er ein halbes Jahr im Bergwerk arbeitete, hatte er sich bald prügeln müssen und war verprügelt worden. Dann, als er durch schwere körperliche Arbeit zu breiten Schultern und überdurchschnittlichen Kräften gekommen war, hatte er andere schlagen müssen, die ihn grundlos angegriffen hatten. In Pittsburgh, in einem Stahlwerk, hatte ein Arbeiter einen Hammer nach ihm geworfen und dabei gerufen: »Du gottverdammter Engländer!« Der Hammer hatte ihm einen Vorderzahn ausgeschlagen. Er konnte nie begreifen, warum dieser Mann ihn so haßte. Ein Jahr lang war er mit der Zahnlücke herumgelaufen, weil ihm nicht genug Geld blieb, um sich einen Stiftzahn machen zu lassen. Sein Geld trug er zu Frauen. Er war hinter Huren hergewesen, hatte dafür bezahlt und danach immer wieder seinen Trieb verflucht. Er hatte nie die richtige Einstellung zu Frauen gefunden, obwohl der Geschlechtsverkehr ein Mysterium für ihn war – eine befristete Erlösung. Auch in seinem Stück gab es keine wirklich tragenden Frauenrollen, und ein Kritiker hatte geschrieben: *»Es ist eine Männerwelt, ohne die weiblichen Ergänzungen . . .«*
Laura sagte: »Sie haben viel getrunken heute. Eigentlich müßten Sie dann aggressiv sein.«
Es war zu viel, dachte er. Zu viel, um ihre Erwartungen noch erfüllen zu können. Außerdem wußte er, daß sie eine fordernde Frau war, eine, die jedes Verhältnis mit Komplikationen beladen würde. Und er war in dieses Dorf gekommen, um Ruhe zu finden.
»Vielleicht war ich aggressiv, indem ich kaum etwas gesagt habe.«
»Ach so, die Gäste haben Ihnen nicht gefallen. Johann Jünges mit seinem Liebchen Nina, dann dieser Stahl-und-Eisen-Mensch aus Deutschland, er heißt Schmitt. Und Alfredo? Er ist schon alt, aber das ist ein Mann! Derb, ehrlich und ganz ohne Falsch. Und die Maler, das sind harmlose, nette Kerle . . . Die Gräfin kann Sie doch nicht gestört haben. Ein berühmtes Geschlecht aus Deutschland. Etwas verarmt, aber ihre Söhne stehen im diplomatischen Dienst. Sie ist ein bißchen lesbisch. Wissen Sie, hier in Verbania ist alles anders. Man weiß hier, daß jeder Schwächen hat, und man übersieht die Schwächen. Die meisten Fremden, die in Verbania leben, sind interessant. Entweder sind es Künstler oder sie sind

reich. Verbania hat nur einen Fehler: Es sind zu viele Deutsche hier.«

»Johann Jünges«, sagte er langsam. »Er ging mir etwas auf die Nerven . . .« Mit seinem kleinen Spitzbauch war er um ihn herumgesprungen, ständig in Bewegung, wie ein hüpfender Gummiball.

»Er ist sehr reich«, sagte sie, als wäre allein sein finanzieller Status schon Grund genug, ihn liebenswert zu machen. Das verdroß ihn, aber er sagte nichts.

Sie bogen am Ende der Piazza ab und gingen nun auf der schmalen Uferstraße. Links lag der See, und rechts stiegen die Felsen fast senkrecht hoch.

Er fragte: »Kennen Sie einen Dr. Samuel Jacobsohn? Ich habe erfahren, daß er noch lebt. Er scheint ein Freund meines Onkels gewesen zu sein.«

Sie blieb kurz stehen. »Natürlich kenne ich ihn. Er lebt hier. Er hat eine Gemäldegalerie und kauft den hiesigen Malern viele Bilder ab.« Sie ging weiter. »Außerdem ist er Präsident des Clubs.«

»Ich werde ihn besuchen«, sagte er.

Sie war sicher, daß nun die Gewichte zwischen ihnen gleichmäßiger verteilt waren. Zumindest hatte sie erfahren, daß er unsicher werden konnte, und das würde ausreichen, eine Verbindung herzustellen. Außerdem war er arm, und mit der ihr eigenen Überschätzung des Geldes glaubte sie an die Faszination, die Reichtum für ihn haben müßte.

Ganz plötzlich fragte sie: »Sind Sie mit dem finanziellen Erfolg Ihres Stückes zufrieden?«

»Ja, er ermöglicht mir, so zu leben, wie ich möchte.«

»Wir sind gleich am Haus«, sagte sie.

Die Zikaden zirpten. Er roch den Duft von Heu oder Blumen. Es war eine laue Nacht, in der er, das wußte er genau, erst sehr spät eingeschlafen wäre. Er horchte in die Stille hinein und begriff, daß Menschen aus der ganzen Welt hierherkamen, um in dieser Landschaft zu leben.

»Haben Sie jemals gearbeitet?« fragte er.

»Nein, ich habe nie gearbeitet. Außer auf dem College. – Sind Sie zufrieden? Jetzt können Sie denken: Aber ich habe gearbeitet, und wie habe ich gearbeitet! Und damit werden Sie sich um so vieles besser dünken als ich. Nicht wahr, Sie wollen mich demütigen?«

»Nein, es kam mir eben in den Sinn, Sie danach zu fragen. Vielleicht will ich wissen, was in Ihnen vorgeht.«

»Wir sind am Haus«, sagte sie. »Hier geht es die Treppe hoch.«
Eine Garage für vier Autos war wie eine Höhle in den Felsen gesprengt. Daneben begann eine breite Steintreppe.
»Möchten Sie noch auf ein Glas mit hinaufkommen? Es sind allerdings neunzig Stufen.« Es klang völlig unbefangen.
Sie standen sich gegenüber. »Es ist schon spät. Ich will am Morgen Dr. Jacobsohn besuchen ...«
Sie sagte nichts. Die Zikaden zirpten schrill in die riesenhafte Ruhe, die unbeweglich über dem See lag. Eine Brise kam auf.
Er will leiden, dachte sie. Er will es nicht geschenkt haben. Es darf nicht heute sein!
Er war noch immer dagegen, weil er wußte, daß sein Körper unter der Wirkung des Alkohols dagegen sein würde. Außerdem fürchtete er, sie würde ihn zu einer Trophäe machen, sie würde Männer sammeln wie andere Leute Briefmarken.
Und dann griff er doch nach ihr. Behutsam zog er sie heran. Ihre Lippen waren naß und weich wie eine überreife Frucht. Er fühlte ihren Leib, am Oberschenkel den Druck des Schambeins. Und von da begann dieses Beben, das sie wie Wellen durchlief. Klammernd hielt sie sich an ihm fest und stöhnte in seinen Mund hinein. Es klang wie ein hilfloses Schluchzen, das ihn umstimmte, ihn bereit machte, gegen seinen Willen, der allmählich ausgeschaltet wurde von dem leisen, heißen Pochen des Blutes, das ihn steif und groß machte, das ihn schwellen ließ, bis es fast zu einem Schmerz wurde.
Sie war wie eine Ertrinkende.
Und dann, als seine Hände antworten wollten, zuckte sie zurück. Sie stammelte: »Nicht heute! Nein, nicht heute! Morgen! Wir haben Zeit. Ich weiß, ich habe ... Es war zuviel. Deine Stimmung war nicht so, aber ich wollte deine Stimmung umwerfen ...«
Dann sah er, daß sie weinte, und begriff es nicht. Sie lag mit dem Kopf an seiner Brust, atmete schluchzend in kurzen Stößen. Er spürte die beginnende, ihm jetzt unverständliche Entspannung. »Oh, das ist gut«, sagte sie. »Das ist gut. Ich habe ein ganzes Jahr nicht mehr geweint ...« Sie war plötzlich fort, hatte sich von ihm losgerissen. Er sah sie auf der Treppe, hörte ihre schnellen, harten Absätze auf den Stufen, lauschte ihr nach, neunzig Stufen lang, und blieb danach stehen, erstaunt und regungslos, ohne sie zu durchschauen. Dann schlug weit oben eine Tür zu. Er ging langsam zu seinem Hotel zurück.

Das Haus war leer. Im Salon brannten die Lampen. Es roch nach Zigaretten und dem Parfüm ihrer Mutter. Peggy war noch nicht da. Wahrscheinlich hatte sie zu viel getrunken und blieb über Nacht. Sie schlief jetzt oft in den Gästezimmern, die ihr selbstverständlich zur Verfügung gestellt wurden. Vielleicht aber war sie auch in ihrer Zweizimmerwohnung. Laura dachte nicht weiter darüber nach.

Sie ging in das Schlafzimmer und stellte sich vor den großen, goldgerahmten Spiegel. Einmal lang und wie befreit ausatmend, betrachtete sie sich, strich das Haar zurück, drehte ihr Gesicht nach links, dann nach rechts, dabei mit der gleichen, wie kosenden Bewegung der Hände ihr langes, blondes Haar immer wieder zurückstreichend. Sie betrachtete sich, als wäre sie eine Fremde, prüfte eingehend, stand dann unbeweglich wie eine Statue ihrer selbst. Sie war fast entspannt. Sie sah das Lächeln, das sich langsam in ihr Gesicht stahl, lächelte sich selbst zu. Es war Triumph über etwas, das fast ein Sieg gewesen wäre, das zu einem Sieg werden würde, wenn sie es wollte.

Sie ging hinunter in ihre kleine Wohnung: Schlafzimmer, Wohnraum mit Kamin, winzige Küche, aber geräumiges Bad; früher die Wohnung des Hausmeisterehepaars, später für Laura umgebaut. Sie hatten diese Lösung gefunden, um sich aus dem Weg gehen zu können.

Von einem Wandregal nahm sie ein Bündel Illustrierte, französische, deutsche, italienische. Jede dieser Sprachen beherrschte sie fließend, hatte sie fast ohne Mühe erlernt. Sie dachte an ein Glas Whisky, lehnte es ab, erwog Schokolade, grübelte über irgend etwas, stand neben ihrem Bett, die Illustrierten unter dem Arm, noch unschlüssig.

Ein Bad! dachte sie dann. Aber noch nicht jetzt. Noch nicht. Sie bestimmte ganz bewußt die angenehme Reihenfolge, ordnete sich sofort der plötzlichen Eingebung unter, spürte bereits die Erregung, wollte noch einmal nachempfinden. Aber jetzt noch nicht. Zuerst eine Zigarette. Sie lag nackt auf ihrem Bett, rauchte genußvoll die Zigarette und lächelte. Sie begann ihr Spiel mit kundigen Fingern, begann bei den Brüsten, und nutzte alle Möglichkeiten der Vorstufe. Langsam und planvoll setzte sie sich ein, spielte auf den Nervenenden, auf den Reflexen, auf diesem empfindlichen Instrument ihres Körpers, und begleitete das Adagio ihrer Hände mit den bestellten Wunschbildern ihres Denkens. Dabei öffnete und schloß sie ihre Schenkel langsam in dem zarten Rhythmus, den sie sich aufzwang – noch wartend, noch hinauszögernd.

Genau beachtete sie die Stufen der Steigerung, gab sich noch eine Frist, als sie zwischen den gespreizten Schenkeln ankam. Sanft streichelte sie das dünnhäutige Zentrum des Empfindens, teilte wieder ein in verschiedene Tempi, befahl sich Pausen, war noch immer zart und schonungsvoll; auch noch, als sie die weitgeöffneten Lippen erreicht hatte. Sie atmete jetzt schwer, hielt den Kopf verkrampft zurückgebeugt, tief in das Kissen gedrückt. Leise begann sie zu wimmern, wie unter einem anhaltenden Schmerz. Noch einmal hielt sie an, erreichte noch einen letzten Aufschub.

Dann drang sie ein, mit den Fingern, den zwei tief stoßenden Fingern, die immer schneller in sie hineinstießen und sie vorwärtstrieben. Sie bäumte sich auf, ihr Körper zuckte, während ihre Hand hart zwischen den Schenkeln hin und her fuhr. Es begann tief innen. Etwas in ihr zog sich zusammen, schien sich, wie aufschnellend, zu entspannen. Sie begann zu fließen, zu strömen.

Ihr Stöhnen war wie eine verwunderte Klage. Sie schrie einmal leise in das Kissen. Dann lag sie ganz still.

Später nahm sie ein Bad, blieb lange in der Wanne liegen, blätterte dabei in einer Illustrierten, betrachtete aufmerksam den Modeteil, prüfte sehr genau und erwog verschiedene Anschaffungen. Danach ging sie zu Bett und schlief augenblicklich ein.

Dr. Samuel Jacobsohn sagte: »Er kam hierher, um zu sterben. Ja, er hieß John Edwards wie Sie, und ich denke, Sie sehen ihm ähnlich. Er war nicht ganz so groß wie Sie.«

Sie saßen in der Pergola des Hofes, der zur Galerie Dr. Jacobsohns führte. Edwards trank Wein, für Dr. Jacobsohn hatte die Sekretärin Tee gebracht. Unter dem dichten Weinlaub, in der Ruhe des abgeschiedenen alten Hofes, erzählte Dr. Jacobsohn vom Dorf und von seinen Freunden.

»Ich war nicht sicher, ob ich Sie finden würde«, sagte John Edwards.

»Sie haben Glück, mich noch anzutreffen.« Der alte Mann lachte leise.

»Wollten Sie verreisen?«

»Ich muß wohl bald. Ich bin achtzig. – Wie alt sind Sie?«

»Vierunddreißig.«

»Jung«, sagte Dr. Jacobsohn. »Für einen so großen Erfolg noch sehr jung. Ich habe es in den Zeitungen gelesen. Und seit gestern weiß ich, daß Sie da sind. In Verbania bleibt nichts verborgen. Hier spricht sich alles sehr schnell herum. Aber ich konnte natürlich nicht wissen, daß Sie der Neffe meines alten Freundes sind.«

»Ich habe ihn nie gesehen, und ich bin nicht seinetwegen hierhergekommen. Es ist ein Zufall. Als ich nach einem Ort fragte, wo ich in Ruhe mein zweites Stück schreiben könnte, wo das Klima und die Bedingungen günstig wären, haben mir einige Schauspieler in Zürich zu Verbania geraten.«

»Das Klima, ja. Die Bedingungen ... Nun, das hängt von Ihnen ab. Verbania hat auch Gefahren ...« Der alte Mann sah ihn prüfend an. Er redete langsam. Es war nicht die Mattigkeit des Alters, sondern ein abgemessenes Tempo, das in allen Äußerungen so unbeirrbar schien wie die genaue Langsamkeit einer großen Schildkröte: ein Mann mit einem langsamen Pulsschlag.

»Wissen Sie, Verbania ist in den letzten fünfzehn Jahren zu einem Touristenzentrum geworden. Es gibt viele Ablenkungen. Wer hier als Künstler arbeiten will, muß Disziplin haben. Damals war alles anders. Ihr Onkel kam im Sommer des Jahres 1932. Es waren nur wenige Fremde im Ort. Die Kühe wurden noch über die Piazza getrieben, und die Fischer standen am Seeufer und flickten da gemächlich ihre Netze. Ja, das war eine gute Zeit ...«

»Warum kam er her?« fragte John Edwards.

»Er war krank. Die Ärzte in Afrika hatten ihm gesagt, daß er noch drei oder vier Jahre zu leben hätte. Aber er hat keine Rücksicht auf seine kranke Leber genommen. Er hat sein Todesurteil ignoriert. Ein Haus hat er gebaut, hat auch mächtig getrunken. Nun ja ... Er hat sich auch hin und wieder eine Frau ins Bett geholt. Er war von großer Vitalität, Ihr Onkel. – Was allen zuerst an ihm auffiel, war seine Unruhe. Er ging stundenlang am See spazieren, ein rastloser Wanderer. Wir waren drei Freunde. Ein Arzt aus Litauen, Ihr Onkel und ich. Es war eigentlich unausbleiblich, daß wir Freunde wurden. Wir hatten alle viel gesehen, waren in dem Alter, in dem man beginnt, seine Erfahrungen zu verdauen. Jeder von uns hatte seinen Teil der Misere hinter sich ...«

Während Dr. Jacobsohn erzählte, begriff Edwards, daß er die Geschichte von drei Flüchtlingen hörte. Jacobsohn war Kunsthistoriker, ein russischer Jude, der in Deutschland erzogen worden war. Seine Eltern waren in Rußland umgekommen. Bei einem winzigen Pogrom, noch unter dem Zaren, bei dem, wie er sagte, nur fünf Juden umgebracht worden waren. Leider seien seine Eltern dabei gewesen. Der Arzt war aus dem Unfrieden seines Landes geflohen und von Litauen aus auf vielen Umwegen nach Verbania gekommen. Edwards, der Kranke, hatte sich einen Platz ausgesucht und erklärt, daß er hier sterben wolle. Es war fast wie die Reaktion eines Tieres, das sich eine geschützte Stelle sucht, um seinen Tod zu verbergen.

Dr. Jacobsohn lächelte: »Ja, wir waren ein seltsames Dreiergespann. Der Jude war gekommen, um wie ein Mensch leben zu können; der Arzt wollte unbehelligt von politischen Strömungen heilen, und der Engländer war gekommen, um zu sterben ...«
»Warum hat mein Onkel noch ein Haus gebaut, wenn er wußte, daß ...«
»Oh!« unterbrach Dr. Jacobsohn. »Er war ein trotziger Mann, ein kraftvoller Charakter. Außerdem, als er hier ankam, war er reich. Es kam ihm nicht darauf an.«
»Und was hat er mit seinem Vermögen getan?«
»Er hat es verschenkt«, sagte Dr. Jacobsohn. »Die Emigranten waren aus Deutschland gekommen: Juden und unliebsame Schriftsteller. Er hat vielen geholfen. Und eines Tages fing er an, sein Geld im voraus zu verteilen. Einmal im Jahr ging er zu seinem Notar und schrieb sein Testament um, denn jedes Jahr traf er zwei oder drei Männer, die ihm wert schienen, von ihm bedacht zu werden. Er wollte sein Geld gerecht unter seine Freunde verteilen. Ich denke, er schrieb das Testament mindestens zehnmal um. Dann starb er vor siebzehn Jahren in völliger Armut.«
Unter seine Freunde verteilen, dachte John Edwards. Mein Vater zählte nicht dazu. Er war sein Bruder, und er hat ihn verachtet. Hielt nichts von ihm. Ein Schwächling. Edwards nickte vor sich hin: »Ein guter Mensch.« Und dachte: Es ist, als hätte er eine Kränkung hinterlassen, die hier jahrelang auf mich gewartet hat.
»Ja, er war ein großartiger Mann. Es kommen jetzt keine Männer mehr hierher, die so sind wie Ihr Onkel. Wir saßen oft zusammen, in seinem Haus. Am Kamin saßen wir und tranken Landwein, und es kamen viele Leute hin. Meistens aber waren wir zu dritt: der Arzt, Ihr Onkel und ich. Ja«, bekräftigte er, »das war eine gute Zeit. – Ich habe sie beide begraben und dann aufgehört, Wein zu trinken. Jetzt trinke ich nur noch Tee – Minzentee.«
Edwards dachte an Aufbruch und sagte: »Ich will Sie nicht länger aufhalten. Es hat mich interessiert, was ...«
»Aber nein!« winkte Dr. Jacobsohn ab. »Sie halten mich nicht auf. Es ist fast Mittagszeit. Wollen Sie denn das Haus nicht sehen? Kommen Sie, ich zeige es Ihnen. Es sind nur zwei Minuten von hier.«
Er stand auf, rief seine Sekretärin und gab Anweisung, einem Maler, der angerufen hatte, hundert Franken zu geben. Ein Vorschuß. Als sie aus dem Hof gingen, kam der Maler schon

herein. Es war der Vollbärtige, den Edwards von der »Taverna« kannte.
»Gehen Sie hinein, Panoni. Meine Sekretärin weiß Bescheid.«
Panoni grüßte mit einem verlegenen Lächeln. Am Tag sah er schlampig aus. Seine Hose war fleckig, an der leichten Sportjacke fehlten Knöpfe.
»Viele von denen leben in den Tag hinein«, erklärte Dr. Jacobsohn unterwegs. »Von der Hand in den Mund. Der da hat das Zeug zu einem großen Maler, aber er ist faul. Jetzt hat er hundert Franken, die wird er in zwei Tagen versaufen, dann kommt er am dritten Tag, zeigt mir ein angefangenes Bild und will wieder Vorschuß. Aber da sage ich: Panoni, erst muß das Bild fertiggemalt werden. Also geht er heim und stellt sich ein paar Tage ohne Unterbrechung vor die Staffelei. Anders malt er nicht . . .«
Sie gingen ein Stück über die Piazza. Der alte Mann wurde oft gegrüßt. Er antwortete in den verschiedenen Sprachen und hob grüßend jedesmal leicht die rechte Hand. Er hatte einen langsamen, aber weitausgreifenden Schritt.
Scharen von Touristen lärmten über die Piazza. Mit verzückten Urlaubsgesichtern, mit dieser unverschämten besitzergreifenden Freude schwärmten sie aus, belagerten die Restaurants, fotografierten zu Dutzenden die wenigen alten Arkadengänge oder die Originalfassaden, die von Verbania noch geblieben waren.
»Übrigens«, sagte Dr. Jacobsohn, »im ehemaligen Haus Ihres Onkels ist der Club untergebracht. Kennen Sie einen Herrn Jünges und einen Herrn Schmitt? Man will Sie zum Ehrenmitglied machen.« Dr. Jacobsohn sah ihn fragend an.
»Ich kenne sie flüchtig.«
»Die beiden sind im Präsidium.«
Er bog in eine Seitengasse ein und blieb gleich vor einem Haus stehen: »Hier ist es, Mr. Edwards.«
Das Haus war aus rundgewaschenen Flußsteinen gemauert und trug ein weitausladendes Dach, das mit Steinziegeln gedeckt war, wie sie in den Granitbrüchen der umliegenden Täler noch immer gebrochen wurden. Es war ein zweistöckiges Gebäude, weiß verputzt, zweckmäßig, aber in dem anheimelnden Tessiner Stil gebaut; es schien stabil genug, noch Generationen zu überdauern.
Sie standen davor. Es sagte nichts aus über seinen Onkel. Für einen alleinstehenden Mann vielleicht zu groß. Er hatte es gebaut, hatte darin gelebt und war darin gestorben. Aber für John Edwards war es ein Haus wie jedes andere.
»Es wird innen umgebaut«, sagte Dr. Jacobsohn. »Sie können

jetzt nicht hinein. – Trinken Sie noch ein Glas Wein in meinem Garten?«

Das Haus sei verschuldet gewesen, erklärte Dr. Jacobsohn, während sie zurückgingen. Die Gemeinde habe es übernehmen müssen. Aber niemand hätte einziehen wollen. Ein Sterbehaus. Und die letzten Tage von John Edwards waren schwer. Sein Stöhnen sei manchmal bis auf die Straße zu hören gewesen.

»Wenn seine Tessiner Freunde während dieser letzten Zeit am Haus vorbeigingen, blieben sie stehen und haben still für ihn gebetet. Es haben viele in Verbania für ihn gebetet.«

Später sei dann ein Polsterer eingezogen und hätte eine Werkstatt aufgemacht. Aber das Geschäft habe nicht floriert. Danach stand das Haus wieder leer. Die Katzen hätten ihre Jungen darin geworfen und sie in die drei Ledersessel gebettet, die noch immer vor dem Kamin standen. Danach habe der Club das Haus für zwanzig Jahre von der Gemeinde gemietet.

Sie setzten sich wieder in die Pergola. Dr. Jacobsohn füllte Wein für seinen Gast nach.

»Ja, vor drei Jahren hat es der Club übernommen. Aber jetzt wird umgebaut. Modernisiert. Es kommt eine Bar hinein und Lampen und Spiegel und all das Zeug. Ich wurde überstimmt vom Vorstand, obwohl ich Präsident bin. Vierzigtausend Franken haben sie noch einmal investiert. Aber ich denke, sie haben den Charakter des Hauses von innen her zerstört. Diese Leute wie Johann Jünges und Schmitt sind sehr reich. Aber wohin sie auch kommen, sie verändern die Plätze, die sie kaufen, und zerstören damit, was sie eigentlich kaufen wollten. Sie merken es nicht.«

»Es ist ein seltsames Dorf«, sagte John Edwards.

»Ja, sie leben hier in einer seltsamen Welt. Vor etwas mehr als fünfzig Jahren kam eine Sekte, die wollte hier ein Paradies gründen. Sie kauften ein riesiges Grundstück und bauten Hütten darauf. Im Sommer liefen sie da nackt herum. Vegetarier waren sie außerdem. Sie pflanzten ihr Gemüse und ihr Getreide und wollten nach dem Motto ›Zurück zur Natur‹ leben. Es mißlang, aber Verbania behielt von diesem Versuch seinen Ruf. Um diese Zeit kamen auch die ersten Künstler. Im Anfang noch wenige. Später wurde Verbania zum Asyl für viele Verfolgte aus Deutschland. Einige davon blieben hier hängen. Dann kamen immer mehr Künstler: Maler, Schriftsteller, Musiker, Bildhauer. Europa war unruhig, krank und ist es noch, aber dieser Platz war friedlich. Er hatte sozusagen den Nimbus des Paradieses. Es zog die Individualisten hierher. Und schließlich kamen die Reichen aus aller Welt. Und wenn Sie genau hinsehen: Sie sind alle auf

der Suche nach dem Paradies. Und hier glauben sie es zu finden.«
Dr. Jacobsohn lächelte amüsiert. »Es wird viel geliebt, viel getrunken und viel geklatscht in Verbania. Manche vertragen das Paradies nicht. Es gibt Menschen, die hier gelebt haben und wieder fortgezogen sind, weil sie begannen, Verbania zu hassen.«
John Edwards hatte das Gefühl, Dr. Jacobsohn wollte ihn warnen. Er fragte: »Halten Sie es für gefährlich, hier zu leben?«
»Ja. Für einen Künstler ist es gefährlich. Hier ist schon manches Talent zugrunde gegangen. Und die großen Talente gehen hier schneller kaputt als die kleinen.«
»Ich habe verstanden, was Sie mir sagen wollten.«
»So, dann ist es gut.« Dr. Jacobsohn lächelte. »Und wie ist es mit dem Club? Wollen Sie Ehrenmitglied werden? Ich würde es annehmen. Es kann zumindest nicht schaden. Sie werden da viele Künstler treffen. Früher gab es im Club nur Künstler. Aber Sie wissen, es gibt kein Tor, das sich einem mit Gold beladenen Esel nicht öffnen würde ...«
Der alte Mann schwieg lange, aber selbst sein Schweigen war wohlwollend. Die Mittagsstille brütete über dem Garten. Edwards sah eine Katze, die auf einer Mauer lag und träge in die Sonne blinzelte. Er dachte: Vielleicht könnte ich hier leben. Es ist ein guter Platz zum Leben.
»Ich werde also Johann Jünges sagen, daß Sie annehmen.«
Edwards betrachtete das dichte Laub über sich, wo die Pergel der jungen Trauben hingen, die Beeren noch matt, wie von Tau überzogen.
Dr. Jacobsohn sah seinen Blick. Er nickte und sagte: »Ja, es wird ein gutes Traubenjahr ...«

5

Johann Jünges stand im Morgenrock vor dem Spiegel seines Badezimmers. Er hatte ein Bürstchen in der Hand und betupfte damit das Farbkissen eines Bakelitkästchens. Die Lippen gespitzt, den Kopf schräg haltend und aufmerksam das Bürstchen führend, färbte er seinen kleinen Schnurrbart nach. Nur alle fünf oder sechs Tage war das nötig. Er war noch nicht allzu grau, wie er fand, und das Haupthaar war noch voll. Er bemerkte nicht die ein wenig zu schlaffen Wangen, die wie Hamsterbacken seine Mundwinkel nach unten zogen. Er sah genau das, was er von sich sehen wollte. Die Haut noch glatt und jetzt frisch gerötet vom heißen Bad, er war so richtig zufrieden mit sich und diesem Tag. Das Bärtchen strichelnd, dachte er: Noch ganz ordentlich, jawohl. Und strichelnd: Noch ein paar schöne Jahre. Ich bin ... Ja, ich bin noch ganz gut in Form, jawohl!

Er legte das Bürstchen weg, klappte das Kästchen zu und rief zum Schlafzimmer hin: »Frauchen! Komm auf die Terrasse. Frühstück ist fertig!« Er hatte eine etwas zu hohe Stimme, der er jetzt einen zärtlichen Tonfall gab. Es klang nach Dank und der noch bettwarmen Befriedigung. Versprechungen waren jetzt in seiner Stimme, die Beteuerung seiner Zuneigung. Frisch gebadet, frisch rasiert, gut gelaunt über Wohlgelungenes – was nicht immer so wohl gelang wie an diesem Morgen –, so begann er diesen Tag. In solchen Augenblicken konnte er generös sein. Und das deutete er an: »Frühstück!« rief er und schien zu sagen: Du darfst dir etwas wünschen. Ein Geschenk. Vielleicht ein kleiner Besuch beim Juwelier oder so etwas ...

Es war ein Uhr mittags. Auf der Terrasse hatte das Mädchen gedeckt. Die Sonne stand hoch am Himmel, und der See schimmerte blau herauf wie auf einer der Postkarten, die in Verbania zu Tausenden verkauft wurden.

Nina lag noch im Bett. Sie reckte sich, gähnte einmal und stand dann auf. Im Badezimmer steckte sie ihr schweres dunkles Haar auf, hielt Klämmerchen zwischen den Lippen, war nicht so zufrieden mit sich wie Johann Jünges, war noch schwer vom Schlaf und dachte: Wahrscheinlich habe ich einen niedrigen Blutdruck ...

Mit bloßen Füßen ging sie über den Marmorboden des Salons, der auch bei der schlimmsten Hitze kühl blieb. Weich und angenehm fühlte sie dann den großen Teppich unter den Füßen, ging vorbei an den Stilmöbeln, die aus verschiedenen Ländern zusammengetragen waren, zu denen sie aber keine Beziehung hatte, weil sie ihr zu verspielt und verschnörkelt schienen. Für eine Truhe, eine einzige Truhe – Rokoko, wie er sagte – hatte er vierzehntausend Franken bezahlt. Und dabei war sie nicht einmal groß. Man konnte fast nichts in den Schubladen unterbringen. Natürlich glänzte sie schön, und die Knöpfe waren auch ganz hübsch. Aber wenn sie bedachte, was man für dieses Geld hätte kaufen können, empfand sie das Möbelstück als nebenbuhlerisch und fast eine Ungerechtigkeit, die er ihr angetan hatte.

Johann Jünges empfing sie auf der Terrasse: »Ist das nicht ein wunderschöner Tag? In Aachen soll es regnen. Ich habe gestern mit meinem Direktor telefoniert. Ich frage: Wie ist denn das Wetter bei euch? Und er sagt: Herr Jünges, es regnet, es regnet ...«

»In Aachen hat es immer geregnet«, sagte sie mürrisch.
Er schaute auf, sah sie genau an: »Fühlst du dich nicht gut?«
»Ihr raucht alle so viel. Immer raucht ihr in der ›Taverna‹. Davon bekomme ich Kopfschmerzen.«
»Iß, mein Schatz, iß etwas. Dann wird dir besser.«
»Du weißt doch, daß ich morgens kaum etwas essen kann.«
»Na ja«, sagte er und strich Butter auf sein Toastbrot. »Na ja, es wird schon werden.«
Seine gute Stimmung war an diesem Morgen unerschütterlich. In Gedanken lobte er wieder sein Haus, die Wahl seiner Geliebten, die Möglichkeiten seines Geldes; lobte sich selbst, seine richtige und kluge Einstellung zum Leben, woraus folgte, daß alle seine Entschlüsse und Unternehmungen der letzten Jahre ebenso lobenswert waren. Und in Aachen regnete es. Wie man sich darüber freuen kann, daß es in Aachen ... Man hört geradezu durchs Telefon, wie es plätschert. Jawohl, Herr Jünges, es regnet ...
Johann Jünges war mit Geld auf die Welt gekommen, wie er von sich manchmal sagte. Deshalb war es ihm viele Jahre schlecht ergangen. Seine Eltern waren hart zu ihm gewesen. Ein herrischer Vater und eine energische Mutter hatten ihn unterdrückt. Er war ihr Angestellter – mit keinem allzu hohen Gehalt. Der Wahlspruch seines Vaters hieß: Bete und arbeite. Johann Jünges hatte nicht viel gebetet und auch nicht gern gearbeitet, so daß beide Eltern um ihr Werk fürchteten.
Die Jünges-Tuchwebereien waren vom Großvater gegründet worden; der Vater hatte vergrößert, zäh und unermüdlich. Er hatte außerdem die einzige Tochter seines größten Konkurrenten geheiratet, hatte Filialen eröffnet und Konfektionsfabriken angegliedert, die nur seine Tuche verarbeiteten. Das Unternehmen wurde beinahe konkurrenzlos. Der Vater, ein mittelschwerer Nazi, erhielt den Zuschlag für Wehrmachtsaufträge. Die Umsätze stiegen gigantisch im Jahr 1937. Tuch wurde gebraucht, feldgraues Tuch, und die Vereinigten Jünges-Tuchwebereien produzierten es. Sie bekleideten die Männer einer ganzen Nation. Das Jünges-Tuch wurde später durch Europa getragen, gehaßt von den Trägern und den meisten Europäern: ein Inbegriff der Schlechtigkeit. Familie Jünges wurde reich dabei. Aber der Sohn zeigte kein Interesse an dem Unternehmen. Er war gerade zum zweitenmal durchs Abitur gefallen.
Damals, noch Jahre vor Kriegsbeginn, sagte sein Vater: »Du mußt der SA beitreten. Wir sind Heereslieferanten!«
Johann Jünges wehrte sich. »Ich will keine Schaftstiefel tragen. Ich kann in Schaftstiefeln nicht gehen. Ich habe Plattfüße!«

Er war längst volljährig, aber der Vater verprügelte ihn. Johann Jünges weinte: »Ich kann in Schaftstiefeln nicht gehen!«
Sie betrachteten ihn mit Verachtung. Der Vater sagte: »Es würde mich nicht wundern, wenn er auch noch homosexuell wäre.« Die SA mußte ohne ihn auskommen. Die Tatsache, daß er Plattfüße hatte und in Schaftstiefeln nicht laufen konnte, schlug ihm später noch gut an. Er hatte Zeugen dafür, daß sein Vater ihn zum Nationalsozialisten hatte prügeln wollen. Seine standhafte Haltung wurde in der noch nazifeindlichen Zeit zum Aushängeschild der Firma. Er glaubte schließlich selbst daran, daß gewisse unberechenbare Kräfte seines Charakters ihn zu einer Art Widerstandskämpfer gemacht hatten. Das war im Jahr 1947; im nächsten Jahr hatte er mit zwei verschiedenen Frauen je ein uneheliches Kind. Der Familienrat beschloß, die Damen abzufinden.
In der Fabrik war er noch immer ohne Befugnisse, und seine Frau hatte sich kritiklos die Verachtung der Eltern angeeignet, pflanzte sie auch sogleich in die Tochter und den Sohn, die sie ihm in den beiden letzten Kriegsjahren geboren hatte.
Die Eltern blieben ihm lange erhalten. Johann Jünges ging schon stark auf die Fünfzig, als er, wie seine Mutter behauptete, seinen Vater umbrachte. Er hatte eine Erhöhung des Stundenlohns für die Arbeiter vorgeschlagen. Der alte Mann schrie: »Einen Idioten haben wir in die Welt gesetzt! Einen total unfähigen Idioten!« Er regte sich an diesem Tag so auf, daß er in der Nacht einen Schlaganfall bekam. Noch zwei Jahre beschimpfte ihn seine Mutter, er habe ihren Mann mit seiner Dummheit getötet. Dann war Johann Jünges auch von ihr erlöst.
Er ließ sich sofort einen Schnurrbart wachsen, ging sonntags mit einem spanischen Rohr, wie es sein Vater getan hatte, und zeigte wieder die gewissen unberechenbaren Kräfte seines Charakters. Er hatte plötzlich das Gehabe eines Weltmannes angenommen, legte sich Freundinnen zu, teure Autos, machte mit den Freundinnen große Reisen und entfernte die ungeliebte Ehefrau aus seinem Leben. Er hatte sie zu dieser Zeit schon zwei Jahre nicht mehr angerührt.
Sie jammerte, beschwor die kurze glückliche Periode ihrer Ehe herauf, aber Johann Jünges genoß seine Rache: »Ich will dich nicht mehr sehen, du Scheusal! Jahrelang hast du mich zum dummen Johann gemacht. Erstickt habt ihr mich, du und die zwei verrückten Alten. Jawohl! Die waren nämlich verrückt, aber es hat niemand außer mir gemerkt!«
Da sie sich nicht scheiden lassen wollte, trafen sie eine notarielle

Vereinbarung, nach der ihr die Erziehung der Kinder zufiel, sie in allen materiellen Rechten als Ehefrau ungeschmälert blieb, sich aber damit einverstanden erklärte, daß sie getrennt lebten, Johann Jünges war frei. Er war jetzt zweiundfünfzig Jahre alt und entdeckte erschrocken, daß ihm das Leben zu wenig geboten hatte, daß er sich beeilen mußte. Den verbleibenden Rest wollte er gestalten, wollte ein Fest daraus machen.
Von allen Plätzen, die er auf seinen Reisen gesehen hatte, gefiel ihm Verbania am besten. Es hatte den Schwung, den er sich für die Nachfeier wünschte. Die Ansammlung von Künstlern beflügelte ihn, zumal er mehr und mehr zu der Erkenntnis gekommen war, eigentlich sei er ein Künstler ... Er machte sich jedoch keine Gedanken darüber, welche musische Richtung er hätte einschlagen können, da es ja ohnehin zu spät für ihn war.
Er kam an, prüfte die Grundstücke in Verbania, kaufte das teuerste, hoch über dem See gelegen und doch leicht mit dem Wagen zu erreichen, stand dann auf seinem Grund und Boden und beschrieb dem Architekten mit weitausholenden Gebärden, wie er dieses Stück Land und das Haus geformt haben wollte. Es kostete ihn über eine Million, und weil die schönen Häuser in Verbania Namen hatten, nannte er es »Casa Liberta«.
Und dort saß er jetzt in der Sonne, unter dem südlichen blauen Himmel und strich Butter auf sein Toastbrot. »Willst du wirklich nichts essen, mein Schatz?«

Etwa alle drei Wochen mußte er nach seinen Geschäften sehen, die auch ohne ihn florierten. Er hatte tüchtige Direktoren und einen verläßlichen Prokuristen. Er blieb höchstens fünf Tage, kam zurück, ging als erstes durch das ganze Haus und genoß die Freude am Besitzen. Es war jedesmal, als erwerbe er es aufs neue. Tatsächlich war es in Verbania bekannt als eines der schönsten Häuser, und wenn ihn Freunde trafen, die ihn lange nicht gesehen hatten, fragten sie nicht zuerst nach seinem Befinden oder nach den Geschäften, sondern sie sagten: »Was macht das Haus?«
Das stimmte ihn sofort freundlich; es traf das Zentrum seiner Existenz. Alle seine Unternehmungen verblaßten daneben. Entschluß, Auswahl und Gestaltung wertete er als perfekt, eine fast künstlerische Leistung: das Haus!
Und da hinein pflanzte er Nina.

»Ich habe John Edwards zum Ehrenmitglied des Clubs vorgeschlagen. Schmitt behauptet, es wäre seine Idee gewesen. Ich habe

es zuerst gesagt. Dr. Jacobsohn hat angerufen. Edwards nimmt an. Nach Art und Bedeutung einer künstlerischen Leistung kann das Präsidium des Clubs Ehrenmitglieder ernennen. Genauso steht es in den Statuten ...
Alfredo wird staunen. Und ich muß nachher auch Peggy anrufen und es ihr erzählen. Wir machen dann einen großen Empfang mit kaltem Büfett. Das trifft sich gut zur Neueröffnung. – Glaubst du, daß Laura ihn angeln will? Sie ist ein nettes und intelligentes Mädchen. Bestimmt hat sie noch keinen Mann gehabt. Die tut nur so. Ich kenne mich da aus. Und stell dir mal vor, was das für eine Partie ist ... Der Edwards, der ist ja auch wer. Die beiden würden schon ganz gut zusammenpassen. Peggy wäre das sicher recht. Wenn er hier zu Gast ist, machen wir ein paar Fotos, die kommen dann ins Album.
Du magst also wirklich nichts essen? Was, du willst dich wieder hinlegen? Glaubst du denn wirklich ... Im zweiten Monat? Das wäre ja ... Also, wenn das ... dann machen wir ein Fest, ein Fest, kann ich dir sagen. Davon wird man sprechen! Ich hätte noch gern ein Kind, eines von dir, auf das ich mich freuen kann ... Und du freust dich nicht?«

Nina war ein einfaches Mädchen aus Aachen. Ihr Vater war Handwerker und hatte sie Stenotypistin werden lassen. Sie hatte in einem vierstöckigen Backsteinhaus gewohnt, dessen Anblick in Johann Jünges jedesmal zärtliches Mitleid für sie hervorgerufen hatte. Sie schien ihm zu schade für diese Gegend und das Leben, das sie zu führen gezwungen war. Vorsichtig, mit allen Wurzeln, hatte er sie herausgelöst aus ihrer gewohnten Umgebung. Es war da auch noch die Sache mit einem Mann zu klären gewesen, ein städtischer Angestellter. Sein Ring wurde mit der Post zurückgeschickt. Sie hatte gezögert, ihn abzunehmen. Johann Jünges hatte ihn ihr vom Finger gezogen und ihr auch den Brief diktiert, der das Verlöbnis aufhob. Sie saß vor der Schreibmaschine, und Johann Jünges lief hin und her und formulierte die Absage an den Mann, der beinahe dreißig Jahre jünger war als er. Es war fast wie ihr tägliches Brot: Der Chef diktierte, und sie schrieb.
Er sagte: »Wie eine Herrin wirst du leben in meinem Haus. Die schönsten Kleider wirst du haben. Wir werden reisen. Was weißt du vom Leben... Es kann so herrlich sein...« Und diktierte: »Du mußt meine Gründe verstehen. Ich habe den Mann gefunden, den ich wirklich liebe. Er hat die Reife, die ich immer gesucht habe. Unsere Verlobung war ein Irrtum, den du mir verzeihen wirst...«

Sie erschien in Verbania. Er nannte sie »Frauchen«, und sie wurde angenommen. Zuerst war sie scheu, dann kam eine Phase des Hochmuts, der, aus Unsicherheit geboren, sie die Freunde von Johann Jünges kritisieren ließ. Schließlich hatte sie sich eingelebt und war daran gewöhnt, einem Mädchen zu befehlen, Geld auszugeben, in den Bars zu sitzen, mit dem Motorboot über den See zu fahren, die geschmackvollen von den weniger geschmackvollen Kleidern zu unterscheiden. Verbania hatte sie umgeformt wie andere Frauen, die hier lebten und nie wieder von hier weggehen wollten.
Sie war dreiundzwanzig Jahre alt, schlank, mit dunklen ausdrucksvollen Augen, ein exotischer Typ, und sie hatte gelernt, im Gespräch mit Intellektuellen oder Künstlern wenig zu sagen, dafür aber mehr mit ihnen zu tanzen. Johann Jünges feierte Feste in seinem Haus. Die Künstler kamen gern. Einige von ihnen kamen auch, wenn Johann Jünges gerade kein Fest gab, sondern in Deutschland seinen Geschäften nachging. Ein bevorzugter Gast war Moritz, zu dem Johann Jünges gesagt hatte: »Wenn ich unterwegs bin, sieh ein bißchen nach ihr. Weißt du, in den Lokalen könntest du ihr Gesellschaft leisten. Ich habe es nicht gern, wenn sie allein in der Bar sitzt . . .«
Johann Jünges verlebte ein glückliches Jahr mit Nina. Er fühlte sich von ihr respektiert. Sie schien ihm leicht zu lenken, noch zu formen: ein Frauchen, das sich unterordnete.
Das Verhältnis zwischen dem alternden Mann und der jungen Frau erregte kein Aufsehen in Verbania – es gab genügend Parallelen.
Moritz und Alfredo brachten die beiden auf eine kurze, aber brutale Formel. Beim Whisky, zu vorgerückter Stunde, sagte Moritz, sie habe das Gesellschaftsspiel von Verbania schnell begriffen. Fest stehe, sie habe lieber einen drinnen als draußen. Alfredo zog mißbilligend die Brauen hoch und antwortete, das sei im allgemeinen nicht übel, im besonderen aber sehr, sehr schlecht für Johann Jünges.

Er stand an der Bar der »Taverna« und wartete. Guido hatte ihn begrüßt, Wallace Bishop war vom Podium heruntergestiegen und zu ihm gekommen. Aber Laura war nicht da. Sie war zwei Tage nicht gekommen. Ihm schien, er hatte sich bei dieser Frau wie ein Narr verhalten. Er war gespannt, etwas in ihm war jetzt gespannt. Er kannte diese plötzlichen Umschwünge. Das war wie in seiner einsamsten Zeit, als er in New York manchmal schon während des Tages gewußt hatte, er würde am Abend eine Frau suchen, weil nichts ihm helfen konnte – außer einer Frau.

»Sie ist nicht da«, sagte Wallace. »Ich weiß, auf wen du wartest. Du hättest sie haben können, das sah jeder.«
»Ich weiß nicht, was mit mir los war. Vielleicht hat mich geärgert, daß sie ihrer Sache so sicher war. Ich mag diesen Typ nicht.«
»Zu viel Geld ist nie schädlich. Wenn ich an deiner Stelle wäre ...« Wallace reckte sich und gähnte, »dann würde ich so etwas heiraten und mich hier niederlassen. Natürlich ist sie ein Luder. Ich habe sie beobachtet, aber sie bringt das richtige Pflaster mit für alle ihre Untugenden. Ich habe auch dich beobachtet. Du hast gestern und vorgestern zuviel getrunken. Paß auf, du gehst los wie ein Stier, wenn du trinkst. Erst bist du ganz ruhig, und man denkt, du kannst nicht bis drei zählen. Plötzlich bist du in Fahrt. Du warst ziemlich scharf bei einer Diskussion. Ich glaube, der andere war ein Journalist. Du hast Stimmungen, mein Lieber.«
Die überfallartigen Wechsel seiner Gemütslage hatten ihm schon beträchtliche Schwierigkeiten bereitet. Es war lästig gewesen beim Schreiben. Die Perioden der Anspannung und Konzentration konnten jäh unterbrochen werden von Anfällen völliger Erschlaffung. Es war dann, als würde er sein Gedächtnis verlieren. Die Idee zerfiel, und er blieb wie ausgesperrt von seinen eigenen Erfindungen. Solange er manuelle Arbeit in einer Fabrik geleistet hatte, etwa an einer Maschine, die sich selbst bewachte, war es niemandem aufgefallen und hatte ihn nicht beeinträchtigt. Aber kurz vor seinem endgültigen Durchbruch in New York hatte es ihn fast den Erfolg gekostet.
Es passierte bei den ersten Proben zu seinem Stück, die ohne ihn nicht möglich waren, weil sich der Dramaturg bei der noch nie versuchten neuen Technik der gegenübergestellten Handlung auf zwei Bühnen von den Vorstellungen des Erfinders leiten lassen mußte. Die Fachleute hatten sowieso den Kopf geschüttelt, aber der Intendant hatte bei der letzten und entscheidenden Besprechung erklärt: »Ich wage es! Das ist neues Theater, ein neuer Impuls!«
Mitten in der Probe war es. Sie schauten alle auf ihn. Er stand mit ausgestrecktem Arm, deutete und rief: »Nach diesem Satz eine Pause! Dann das Kontra von der anderen Bühne!« Es war, als bräche er auseinander unter einer Belastung. Er hörte auf zu sprechen, schien nachzudenken und ließ sich dann auf einen Stuhl fallen. Er verbarg sein Gesicht hinter den Händen, schüttelte fortwährend den Kopf und rief: »Es ist Dreck! Es geht nicht! Es geht nicht!« Dann ging er schnell hinaus.
»John!« rief der Dramaturg und lief hinter ihm her. »John!« Er konnte ihn nicht mehr einholen, sah noch, wie er draußen, mitten auf der belebten Straße, ein Taxi anhielt.

Mit dem Taxifahrer war er in eine billige Bar gegangen. Schnell nacheinander hatte er drei doppelte Whiskys hinuntergeschüttet, hatte auch den Taxifahrer eingeladen und sagte dann: »Fahre mich zu einer Frau.«
»Ich weiß da was ... Ein Fünfzig-Dollar-Girl«, sagte der Fahrer. »Ich kann eben mal anrufen.«
Vor dem Haus ließ er das Taxi warten: »Laß die Uhr laufen.«
Er überfiel die Frau, die ein annehmbares Appartement bewohnte und die Minuten der Fremdheit mit einem Drink und ein paar Schallplatten überbrücken wollte. »Mach kein Theater! Ich brauche dich, das ist alles!«
Es war wie eine Vergewaltigung. Und danach lief er vor ihrem Bett hin und her und erklärte: »Verstehst du, ich habe ein Stück geschrieben. Aber ich habe gerade vorhin nicht mehr daran geglaubt. Es sind sieben Stücke in einem. Was sage ich: Es sind hundert Stücke in diesem einen!«
Sie beobachtete ihn wachsam. Er ging mit verbissenem Gesichtsausdruck ein paarmal hin und her, wurde jedoch zusehends ruhiger und zog sich dann an wie ein ganz normaler Kunde. Sie war noch immer vorsichtig, während sie ihn zur Tür brachte, und atmete erleichtert auf, als er hinausging.
Mit dem Fahrer trank er in verschiedenen Bars, bis der Fahrer selber ein Taxi nehmen mußte, in dem sie in der Stadt umherfuhren. Ein Gefühl der Freundschaft brach in ihm auf für den einfachen Mann. Als wäre er in Bedrängnis und nur die Versicherung einer alles umfassenden Freundschaft könne ihn retten, wiederholte er immer wieder: »Du bist mein Freund!« Vor den Theken der ihm fremden Lokale legte er den Arm um die Schulter des Unbekannten: »Freund!« Und in irgendeine Spelunke hinein, auf die verdutzten Gäste herunter, rief er mit einer großartigen Handbewegung: »Ihr alle seid meine Freunde!«
Und dann kam ein Punkt, wo er plötzlich einen Einfall hatte, eine Umgruppierung der Schauspieler, eine Änderung des Textes. »Komm«, sagte er zu dem Fahrer. »Ich zeige dir jetzt, wie ein Theaterstück gemacht wird!«
Er schien vollkommen nüchtern zu sein. Als wäre er nur fünf Minuten weggewesen, setzte er genau da ein, wo er fortgelaufen war. Aber die Schauspieler waren längst gegangen. Nur der Dramaturg saß einsam auf einem Stuhl mitten auf der Bühne, hatte die Füße hochgelegt und rauchte Zigaretten. Er schob den Fahrer hinaus, der sich wieder zur Tür hineindrängen wollte: »Mein Freund hat zu mir gesagt ... Er hat mich eingeladen, mein Freund ...«

Und dann war es ganz still in dem riesenhaften Raum. Die beiden Männer standen in dem fahlen Licht auf der Bühne, und es war, als spielten sie ein Zwei-Mann-Stück vor leeren Stühlen.
»Ich habe mir überlegt, ob ich den Kram hinschmeiße. – Wo warst du?«
»Bei einer Frau.«
»Und wo?«
»Ich weiß es nicht mehr.«
»Und warum bist du weggelaufen?«
»Das Stück«, sagte er. »Ich habe es plötzlich nicht mehr gesehen.«
»Nimmst du Drogen?« fragte der Dramaturg.
»Nein. Ich halte nichts davon.«
»Du hattest Angst?«
»Vielleicht. Ich weiß es nicht. Jedenfalls habe ich jetzt keine Angst mehr, wenn ich überhaupt welche hatte.«
»Du nimmst doch Drogen!«
»Zum Himmel, nein! Es war ein Defekt in dem Stück. Ich habe ihn erst auf der Bühne gesehen. Ich kann es dir erklären ...«
»Nein! Ich will jetzt nichts von dem Stück hören. Morgen früh um sieben Uhr beginnt die nächste Probe. Dann kannst du mir alles erklären. Wenn du nicht da bist, ist das Stück für mich gestorben!«
»Ich werde da sein. Vorhin ... Ich war plötzlich leer. Entschuldige.«
»Menschenskind«, seufzte der Dramaturg, »der liebe Gott hätte sich auch ein anderes Sprachrohr für diese Idee aussuchen können als dich.«
»Ja, wahrscheinlich.«
»Eine Mischung wie dich habe ich noch nie erlebt! – Du bist schwer gefährdet, mein Junge. Ich rate dir: Paß auf dich auf. Deine Stärke ist: Du bist eine Mischung von äußerster Primitivität und höchster Sensibilität. Aber das ist auch deine große Schwäche ...«

Sie kam um Mitternacht. Moritz, Nina und Johann Jünges waren bei ihr. Panoni trottete auch hinterher. Sie lachten schon, als sie hereinkamen, schienen bester Stimmung zu sein und traten an die Bar, als hätten sie die Party nur unterbrochen und setzten sie nun fort, wo sie gestern aufgehört hatten. Edwards sah, daß Moritz den Arm um Lauras Hüfte gelegt hatte. Es ärgerte ihn. Ehe Johann Jünges großspurig bestellen konnte, sagte er: »Sie sind heute meine Gäste!«
Laura war unbefangen. Sie sagte: »Wie geht es Ihnen, Mr. Edwards?«

»Danke, gut. Und wie geht es dir, Laura?«
Sie lächelte und sagte: »Ah, Sie erinnern sich also.«
Die Bar war wieder von Gästen belagert. Jeder schien jeden zu kennen. Er hörte, wie Johann Jünges ein paarmal seinen Namen nannte. Er wollte nicht wieder in diesen Strudel hineingerissen werden. Gestern und vorgestern hatte er mit Fremden hier getrunken, die ihn jedoch alle zu kennen schienen. Der Kreis hatte sich geöffnet und um ihn geschlossen. Er war das unfreiwillige Zentrum gewesen. Wie ein schüchterner Riese zwischen Zwergen, das Glas in der Hand haltend, so stand er unter ihnen und ließ sich loben, nach seinem Theaterstück verhören, immer wieder auf die Eröffnung des Clubs hinweisen, ließ sich mehrmals einladen und nahm die Einladungen dankend an. Und so, als hätten sie noch nie den Titel des Stückes gehört, wiederholten sie den Titel und gaben ihn weiter wie eine wichtige Nachricht: Bruder Kain ... Bruder Kain ...
Whiskyselig, freundlich gesinnt, auf selbstverständliche Art zur Freundschaft bereit, hatten sie ihn in diesen Nächten bereits wie ihr Eigentum behandelt. Er erkannte, daß sie ihm schmeichelten, aber er gestand sich ein, daß er es gern hörte, wenn sie seine Leistung lobten.
Moritz hatte gesagt: »Die haben jetzt jemanden, den sie feiern können. Das wertet sie selbst auf. Sie werden sagen: John Edwards, den kenne ich gut. Ich habe schon mit ihm gesoffen ...«
Alfredo hatte gelacht und mit erhobenem Zeigefinger erklärt: »Jaha! Schreiben heißt, sich in Gefahr begeben!«
Es war noch immer überraschend für ihn zu denken: Ich bin berühmt. Meine Existenz wird wahrgenommen; meine Existenz hat Gewicht. Verwundert dachte er manchmal: Ich habe geschrieben. Ich habe es getan und habe jahrelang geglaubt, ich würde es nie schaffen.
Sie hatten ihn gefragt an der Bar: »Was werden Sie als nächstes schreiben?« Und er hatte mit fast arroganter Herablassung verkündet: »Mein zweites Stück ist so gut wie fertig.« Dabei war ihm nicht ganz wohl gewesen. Überhaupt schien ihm, er war schon zu sehr Mitglied dieses Kreises, der sich vor den Bartheken zusammenrottete. Und was waren diese vertraulichen Plauderer? Fabrikanten, Unternehmer, Künstler oder gealterte Sportsleute? Sie tranken viel, kamen in Begleitung sorgsam gepflegter, nicht mehr ganz junger Frauen oder brachten ungeniert ihre kaum volljährigen Geliebten mit und waren ausgelassen bis in den Morgen.
An diesem Morgen hatte er ihren Namen vergessen. Ein wenig

schwankend war er an den beiden Vortagen zu seinem Hotel gegangen, mit einer wirren Erinnerung, als hätte er auf einem Karussell gesessen, und all die anderen wären bei ihm gewesen. Sie hätten gelacht und sich zugewinkt und gejubelt – immer im Kreis herum, immer im Kreis herum.

Als er dann nach Mittag in seinem Hotelzimmer erwachte, fühlte er fast ein wenig Scham. Hatten sie ihm nicht bereits etwas von seiner Persönlichkeit genommen? Er versuchte, sich zu erinnern, ob er Streit angefangen hatte – wie früher jedesmal, wenn er Whisky getrunken hatte. Aber die Rückblicke waren glatt und friedlich. Er war nicht ausgebrochen. Sie hatten ihn zugedeckt mit Freundlichkeiten. Und das war es, was ihn leicht verstimmte: Er war nicht er selbst gewesen.

Er wollte in dieser Nacht keine Zeit verlieren. Als er Moritz mit Nina tanzen sah, Wange an Wange, so daß er dachte: Etwas stimmt nicht mit den beiden, griff er nach Lauras Hand und sagte kurz: »Komm, wir wollen tanzen.«

Es klang wie ein Befehl, und sie folgte, ohne zu zögern. Sie spürte seine großen Hände, die sie umklammerten, begriff sofort, daß er ein anderer Mann war als vor drei Tagen.

»Wollen wir gehen?« fragte er. »Alles andere wäre Verschwendung . . .«

Sie nickte, und augenblicklich führte er sie an die Bar zurück. Mit einer abweisenden Miene, die keine Frage erlaubte, griff er nach ihrer Tasche. Er gab ihr die Tasche. Niemand fragte. Er sah, daß sie ein hellblaues Sommerkleid trug, vorn eine Knopfreihe, von oben bis unten. Und darunter war wenig an Wäsche. Er hatte es gespürt. Ihre Beine waren braungebrannt, strumpflos in silbernen Sandalen. Sie ging vor ihm her. Sie hatten sich nicht einmal verabschiedet, waren in Gedanken schon voraus.

Sie sahen zu und tuschelten, Freunde und Bekannte. Sie verbargen nichts. Seine drängende Entschlossenheit war offensichtlich. Sie war gefügig, gehörte schon ganz zu ihm. Beim Hinausgehen legte er seine Hand auf ihren Rücken, schob sie durch ein Gedränge vor der Tür. So hätte ihre Verhaftung aussehen können. Sie sahen alle zu: Es war eine rücksichtslose Besitzergreifung.

6

Sie waren gleichwertige Partner; ebenbürtig im Verlangen, ohne Ausflüchte und Verkrampfungen: ein Mann und eine Frau, die ihre Gier als eine Selbstverständlichkeit bekannten.

Was immer dagegen gesprochen hatte, jetzt gab es keine Gründe mehr, die ihn zurückhalten konnten. Sie hatte sich jedoch während des Weges zum Haus befohlen, ihm die kleinen Verzögerungen aufzuerlegen. Und auf den neunzig Stufen, die sie nebeneinander hinaufstiegen, glaubte sie noch, es einteilen zu können in die sich steigernden Etappen – wenn er am Ziel ankäme, würde es für ihn eine Leistung, eine Eroberung sein. Das schien ihr wichtig.

Noch zweimal hatte sie ihn »Mr. Edwards« genannt. Er hatte gedacht: Sie lügt und hatte seine Hand über ihren Leib gleiten lassen, bis hinunter zwischen die Schenkel. Sie zuckte zurück, mit einem kleinen erschreckten Seufzen.

»Warum nennst du mich noch immer Mr. Edwards?«

»John . . .« sagte sie.

»Ja, das ist es!«

Sie war eine Überraschung. Er hatte ihre Taktiken erwartet, das kleine aufschiebende Geplänkel, an das sie tatsächlich vorher gedacht hatte. Aber sie unterwarf sich völlig. Er war jetzt genau in der Stimmung, in der er bei jedem Versuch zu einem Aufschub gesagt hätte: Mach kein Theater! Ich brauche dich!

In dem großen Raum mit dem rustikalen Kamin, zwischen schweren Sitzgruppen, wertvollen Möbeln, Gemälden und schmiedeeisernen Lampen, waren sie hastig, stammelten die kleinen Zärtlichkeiten, während sie mit fahrigen Händen dann ihre Kleider abstreiften.

Es geschieht jetzt! dachte er. Jetzt: die Reihe der Knöpfe, von oben nach unten, das sich öffnende Kleid, aus dem sie sich herausschälte, mit einem Ruck der Schulter den letzten Träger abstreifend. Er sah ihre wippenden Brüste, griff hart nach ihr, mit beiden Händen. Ein makelloser Körper, den er in den Hüften zurückbog, drehte und auf die breite Couch legte. Sie öffnete langsam die Beine, erwartete schon das Spiel seiner Finger. Er sah noch den Fuß, der eine Sandale abwarf, die in hohem Bogen auf den Teppich fiel. Dann kniete er zwischen den gespreizten angewinkelten Schenkeln und ließ sich auf sie nieder. Sie umklammerte ihn mit den Armen, schloß die Beine über seinem Rücken. Er war tief in ihr und hörte ihr Stöhnen, das jetzt klang wie das Wimmern eines Kindes.

Aus dieser ersten phantasielosen und überhasteten Vereinigung wachten sie auf mit einem verlegenen Lächeln. Sie prüften sich gegenseitig, ob Enttäuschung oder ein Vorwurf geblieben war; aber sie erkannten, daß sie es beide so und nicht anders gewollt hatten.
Sie redete zuerst: »Willst du einen Drink?«
»Ja«, sagte er und schaute ihr nach, wie sie nackt und langbeinig zur Hausbar ging. Sie hatte die Rundungen einer reifen Frau, dabei war sie straff und biegsam. Er sah die zarten Markierungen ihrer Wirbelsäule.
»Willst du Whisky? Mit Soda und Eis?«
»Ja«, sagte er. »Mit Soda und Eis.«
Sie hantierte am eingebauten Kühlschrank, kam dann auf ihn zu, zwei Gläser in der Hand tragend. Sie lächelte, und er wußte, daß sie jetzt seine Bewunderung erhoffte.
Amüsiert sagte er: »Jaja, du bist so schön. Du bist herrlich gewachsen.«
»Ist es schlimm, wenn ich dir gefallen möchte?«
»Aber nein, du bist wirklich schön. Deine Figur ist ohne Fehler. Genügt das?«
»Ja, das genügt mir. Nur hättest du es vielleicht anders sagen können ...«
Sie glitten in die neutrale Pause, wissend: Ihr Verlangen würde wieder nachwachsen. Jetzt wollten sie etwas trinken. Sie schlug Schallplatten vor. Er wußte, sie war der Typ, der danach reden will, der nach Gemeinsamkeiten suchen und sie auch finden würde.
»Es war schön. War es nicht schön? Du hast es doch auch von Anfang an gewollt?«
Soviel erkannte er von ihr: Sie gehörte zu den Frauen, die bedenkenlos erleben, die es aber verstehen, ihre Erlebnisse hinterher zu ordnen und sich selbst glaubhaft machen, sie hätten in allem nach einem Plan gehandelt. Er zog seine Hose an und begann, langsam auf und ab zu gehen. Sie saß im Bademantel ihrer Mutter auf der Couch. Der Plattenspieler lief. Sie bevorzugte Blues, weiche Negerstimmen, die von irgendwelchen Traurigkeiten sangen.
»Ein schönes Haus«, sagte er.
»Ja, mein Vater hat es entworfen. Wenn meine Mutter es gebaut hätte, wäre es nicht so geworden.«
»Deine Mutter, wo ist sie jetzt?« Er hatte nicht einen Augenblick an die Gefahr gedacht, in diesem Haus von ihrer Mutter überrascht zu werden.

»Sie ist in Rom. Frühestens morgen nachmittag kommt sie zurück.«
Mit einer drolligen Resignation sprach sie von ihrer Mutter. Es klang, als wäre diese Mutter unrettbar verloren, obwohl sie, die Tochter, ihr stets gute Ratschläge gab. »Es ist nichts mit ihr anzufangen. Sie läßt sich nicht überzeugen. Ich sage: Laß das unmäßige Trinken. Und sie sagt: Es geht dich gar nichts an, wieviel ich trinke. – Und die Männer, die sie anbringt: Mein Gott, es war noch nicht ein Gescheiter darunter. Ich sage ihr: Du mußt dir einen vernünftigen Mann aussuchen. Es gibt genug in New York. Und sie lamentiert: Die wollen doch alle nur mein Geld! Wie kann ich wissen, ob es einer ehrlich meint ...«
»Warum New York? Gibt es hier keine vernünftigen Männer?«
»Nein, hier nicht. Nicht für meine Mutter. Die vernünftigen sind verheiratet, und die anderen ... Nein, sie taugen nichts. Sie sind zu verspielt.«
»Was ist mit den Emigranten?«
»Oh, die sind zu alt. Ein ganzer Friedhof voller Emigranten ... Sage mir ...« Sie zögerte. »Du warst auch verheiratet?«
»Woher weißt du das?«
»Ich hatte ein Gespräch mit New York. Zufällig kamen wir auf dich zu sprechen. Ich sagte, daß du hier bist. Es stand in der Zeitung, daß du verheiratet warst. Es war irgend etwas von einer Scheidung ...«
Er blieb stehen. »Ach!«
»Klatschkolumne«, sagte sie beschwichtigend.
Er begann wieder, auf und ab zu gehen. »Ja, wahrscheinlich. Ich bin nämlich noch gar nicht geschieden.«
»War deine Frau schön?«
»Es ging.«
»Und du liebst sie nicht mehr?«
»Nein, ich liebe sie nicht mehr.«
»Aha«, sagte sie. »Willst du noch einen Whisky?« Sie füllte sein Glas, packte mit der Eiszange einen der gefrorenen Würfel, sah ihn fragend an.
»Ja, danke.«
»Gefällt dir die Musik? Ich habe Platten aus den Staaten mitgebracht. Die neuesten.«
Sie gingen einmal auf die Terrasse hinaus, standen nebeneinander und blickten über den See. Bis hierher drang kein Laut. Von drüben flimmerten die kleinen Lichter herüber. Es war eine stille, friedliche Welt. »Diese Stille«, sagte er.
»Ja, deshalb kommen wir hierher. – Riechst du den Duft? Die

Glyzinien blühen noch. Hast du schon einmal gesehen, wenn die Hänge blühen? Ginster, Mimosen, Azaleen, Kamelien, Oleander und die Glyzinien ... Und hast du schon einmal den Duft blühender Akazien gerochen?«

Er sah sie erstaunt von der Seite her an. Sie merkte es und sagte: »Es überrascht dich, daß ich diese Dinge wahrnehme. Du wirst vielleicht noch überraschter sein, wenn ich dir sage, daß ich sehr bewußt lebe. Ich weiß, was es wert ist, in Verbania leben zu dürfen. – Siehst du den Scheinwerfer dort? Das ist die italienische Grenze.«

Er sah den Lichtstrahl, der weit entfernt von ihnen fast bis zum anderen Ufer reichte.

»Im Krieg haben die Emigranten dazu gesagt: das Auge Mussolinis.«

»Die Grenze war ein bißchen nah?«

»Ja, sie lebten wie auf einem Pulverfaß, in ständiger Furcht. Viele Menschen, die jetzt in Verbania leben, sind aus Angst hierhergekommen.«

»Angst, wovor?«

»Sie dachten an die Möglichkeit eines Krieges. Besonders die Deutschen.«

»Die Amerikaner nicht?«

»Auch die Amerikaner, aber es sind wenige hier. Hier fühlen sie sich sicher. Die Schweiz bleibt neutral. Das sagt meine Mutter auch immer. Sie liest kaum die Zeitung, aber wenn sie sie aufschlägt, dann macht sie das Blatt gleich wieder zu und stöhnt: All diese schrecklichen Sachen. Ich will das gar nicht lesen: Mord, Krieg und Unruhen überall ... Und dann sagt sie: Die Schweiz bleibt neutral.«

»Liest du die Zeitung ganz?«

»Nicht ganz. Ich weiß ohnehin, daß die Welt ein Scherbenhaufen ist. Ich will nicht immer daran erinnert werden. – Du hast ein Stück darüber geschrieben. Es hat dich berühmt gemacht. Wie ist es eigentlich, berühmt zu sein?«

»Es ist anstrengend, weil jeder Narr Weisheiten von dir hören will. Außerdem drängen sich viele falsche Freunde an einen heran, und man muß vorsichtig sein, weil es schwer ist, die richtigen von den falschen Freunden zu unterscheiden.«

»Ich gebe zu, daß es mich sehr beeindruckt hat, dich kennenzulernen.«

»Ich bin genauso wie die andern. Ich habe nur nachgedacht. Wenn man damit einmal angefangen hat, kann man nicht mehr aufhören.«

»Aber was gab den Anstoß?« Sie war ernsthaft, mit der bohrenden Neugier eines Kindes. Er vergaß über diesem Gespräch, daß sie unter dem Bademantel nackt war.
»Es ist die ungeheuerliche Vergeudung, die mich fassungslos gemacht hat. Wenn ich erkenne, was die Antriebe dieser Welt sind, wenn ich die Art der herrschenden Männer sehe, die Ideen, denen sie folgen, und wenn ich schließlich ihren Intelligenzgrad bedenke, dann muß ich fassungslos werden. Das Steinzeitprinzip herrscht in einer Welt, die alle Möglichkeiten hat, die aber nur die schlechtesten bisher ganz verwirklicht. Verstehst du?« sagte er und wurde heftig. »Das Kainitische in den Menschen hat mich erschreckt ... Ich ...« Er unterbrach sich und winkte ab. »Es hat keinen Zweck, darüber zu reden. Es wird zu viel darüber geschwätzt. Komm, wir wollen hineingehen.«
Er schenkte sich Whisky nach. Sie legte eine neue Platte auf. Er ging wieder langsam auf und ab, schien jetzt nachzudenken.
»Gehst du immer auf und ab?« fragte sie spöttisch.
Er blieb stehen. »Ja, oft. Entschuldige.« Er kam zur Couch und setzte sich neben sie.
»Und deine Ehe? Hat deine Frau dich verstanden? Erzähle mir von ihr.«
»Mein Gott, es war eine klägliche Ehe. Übrigens hat meine Frau auch nicht leiden können, daß ich ständig hin und her lief.« Er schüttelte den Kopf wie in der Erinnerung an eine Katastrophe, und er brauchte nur zwei oder drei Sekunden der Erinnerung, um die gesamte Misere dieser Zeit vor sich auferstehen zu lassen.
Er war nachts im Wohnzimmer hin und her gegangen, war in ihren Schlaf eingebrochen und hatte von seinem Stück erzählt: »Verstehst du? Wer das Böse und das Dumme begreift, wird das Böse und das Dumme nicht tun können ... Verstehst du diese Idee?« Aber statt ihn zu verstehen oder den Versuch zu machen, ihn zu verstehen, dachte sie: Er ist verrückt. Er ist auf eine mir unerklärliche Weise verrückt! Sie warf ihm vor, daß er wenig verdiente, während er von seinem Stück redete. Es war ganz einfach so, daß sie auf verschiedenen Ebenen lebten und sie von seiner Ebene nichts wußte. Ja, sie war nicht einmal fähig zu erkennen, daß es verschiedene Stufen des Denkens gab. Sie war befangen in der Vorstellung, ihr Horizont sei die Grenze der menschlichen Denkfähigkeit, und alle Menschen bewegten sich innerhalb dieser Grenzen, zwar mit verschiedener Intensität, aber doch bestimmt von dieser feststehenden Schranke.
Sie war vaterlos wie er, und deshalb hatte sie sich fest an ihre Mutter angeschlossen. Sie lebten wie Schwestern und teilten sich

alles mit. Zu zweit arbeiteten sie gegen ihn. Seine Frau empfing von der Mutter ständig Impulse der Zwietracht. Mit Suppentellern warfen sie nach ihm, wenn er nachts zu laut in dem kleinen Zimmer umherlief, das als einziges für ihn frei war. Ihre Einstellung war konsequent. Völlig überzeugt von der Notwendigkeit, den untüchtigen Fremdling aus ihrem Leben zu vertreiben, führten sie einen Nervenkrieg und blieben die Stärkeren.
Er sah sie noch vor sich, wie sie mit den Einkaufstüten in die Wohnung kam, mit einem vorwurfsvollen Gesicht, als wäre der Einkauf von Lebensmitteln eine Leistung gewesen. Und dann packte sie aus, zog ein Paket nach dem anderen aus den Tüten, legte sie auf den Tisch und erklärte: »Das kostet ... Und das kostet ...« Und die Summe der Additionen benutzte sie wieder als eine Waffe: »Du verdienst nicht genug! Du bist nicht fähig, uns zu ernähren!«
Er sah sie an, stumm, fassungslos. Sie waren wie Fremde, die nicht die gleiche Sprache redeten. Die Scham hatte ihn aus dieser Ehe getrieben. Er war geflüchtet, hatte seine Zahnbürste, den Rasierapparat und seine wenigen Kleider mitgenommen. Einen Koffer mit diesen Habseligkeiten hatte er mit in die Ehe gebracht, mit dem gleichen Koffer ging er nach eineinhalb Jahren wieder aus dem Haus.
Er sagte jetzt zu Laura: »Mein Gott, was für ein Elend war diese Ehe ... Komm«, sagte er. »Gib mir noch einen Whisky.«
Sie legte noch eine der neuen Platten auf und holte kleine Salzstangen, eine Schale mit Nüssen und Konfekt. »Möchtest du?« fragte sie.

Sie begannen die zweite Phase bewußt, mit der kalten Erregung der in der Lust Erfahrenen. Sie kannten sich jetzt und hatten Vertrauen. Er zog sich aus; ohne Scheu betrachtete sie ihn genau. Sie hatte den Bademantel abgeworfen, saß dann zurückgelehnt auf der Couch und spürte, wie seine Hände sie streichelten. Sie atmeten beide noch langsam.
Ihre Küsse waren zart, spielerisch. Sie flüsterte ihre Zustimmung: »Ja ... Ja ...«
»Und ist das gut?«
»Ja ... Ja ...«
Sie freuten sich an ihren kleinen Erfindungen, probten Neues oder das, was sie für neu hielten. Sie stellten Fragen, wollten das beste herausfinden. Dabei wechselten sie in der Führung ab. Jetzt waren sie ohne Hast und fähig, Einzelheiten anzuerkennen. Er dachte: Sie hat eine schöne Haut. Sie hat ... Und ihre Brüste. Sie

sind schön. Er strich darüber hin, genoß den Triumph, daß ihre Brüste hart wurden unter seinen Berührungen. Er glitt mit der Hand tiefer, über das weiche kleine Vlies, berührte die knospenhafte Schwellung, blieb dort, bis Laura sich leicht anhob und ihm entgegenkam, kaum merklich, aber zu mehr auffordernd.
Er fragte leise. Sie seufzte lang ausatmend. Es klang wie Dank. Ein wenig richtete er sich auf, öffnete sie, streichelte die rosige, feuchtglänzende Öffnung. In diesem Augenblick glaubte er, sie zu lieben. Er schien seltsam ergriffen, als wäre es das erstemal, war ganz konzentriert und selbstvergessen wie ein spielendes Kind.
Sie beobachtete ihn mit der doppelten Freude einer gebenden und empfangenden Frau. Sie wurde begehrt, ein Mann, ein von der ganzen Welt beachteter Mann, hungerte nach ihr. Er drängte jetzt danach, und die Stadien seines Verlangens waren an ihm abzulesen wie von einer Skala. Sie koste ihn behutsam, spürte seine wachsende Erregung in ihrer Hand. Es war, als hielten ihre Finger ein eigenständiges Wesen umspannt, das mit einem einzigen brutalen Instinkt ausgestattet war. Mit der gleichen besessenen Neugier, mit der er sie geprüft hatte, erforschte sie ihn. Sie umschmeichelte dieses Wesen, dem sie jetzt unbewußt ein selbständiges Temperament zutraute und dessen Pulsschlag sie deutlich in ihrer Hand fühlte.
Sie hatte jetzt den verzehrenden Wunsch, sich ganz preiszugeben, wollte ihn überraschen und verblüffte ihn mit einer zärtlichen Zungenfertigkeit, die er so noch nie bei einer Frau erlebt hatte.
Sie forderten sich gegenseitig auf. Er fragte flüsternd: »Ja?«
Sie nickte lächelnd, ließ sich von ihm betten und erwartete ihn. Als wäre ein Kontakt geschlossen worden, der Ströme einer fremden Energie in ihre Nerven leitete, so zitterte sie unter ihm, bäumte sich ihm einmal entgegen, hart und fordernd. Dann ordnete sie sich dem Rhythmus unter, den er ihr befahl. Behutsam, fürsorglich lenkte er sie, wollte genau bestimmen. Aufstöhnend verlangte sie mehr, entzog sich seiner Kontrolle, bestimmte nun selbst das Tempo. Sie kämpften um die Führung. Er wurde schnell über ihr, hart und brutal.
Sie begann: Es war ein ekstatisches Zucken, bis hinauf in die Schultern, bis in die Hände, die Anläufe nahmen, zupackten, streichelten, sich in seinen Rücken krallten, sich wieder lösten und neu begannen mit den gierigen Überfällen. Ihr Wimmern wechselte die Tonlagen, war tief wie eine langgezogene Klage, stieg auf zu kleinen spitzen Jammerlauten. Und dann wurde es schrill wie ein einziger kurzer Schmerzensschrei, als erleide sie die Qual einer plötzlichen, unerwarteten Folter.

Sie klangen aus, lagen nebeneinander, noch schwer atmend. Ein dünner Schweiß bedeckte ihren Körper. Er streichelte wie gedankenverloren ihren Arm. Sie lächelte vor sich hin, verlor das Lächeln ganz allmählich. Dann lagen sie wie in einem hellhörigen Schlaf, aus dem er auf einer anderen Stimmungsebene erwachte und rücksichtslos dachte: Ich habe Hunger.
Er fühlte sich erleichtert und leer und hatte das Verlangen, fortzugehen. Sie schmiegte noch einmal die Wange an sein Gesicht, streichelte sein Gesicht, als wollte sie bekräftigen, daß es gut gewesen war, und sagte: »War es nicht wunderbar?«
»Ja«, sagte er. »Es war wunderbar.« Und dabei überdachte er erstaunt, zu welchen Verwandlungen sie fähig war und daß es wohl viele und auch erfahrene Männer gebraucht hatte, ihre Hingabe so perfekt zu entwickeln. Es war wie ein winziger Schmerz, mehr die Erinnerung an einen Schmerz, den er irgendwann, vor Jahren, um eine Frau gelitten hatte, die ihn nicht liebte. Aber er verwarf diesen Gedanken als unfair und kleinlich.
Sie ging zum Plattenspieler und drehte die abgelaufene Platte auf die andere Seite. Von dort sah sie, wie er sich eine Handvoll Nüsse in den Mund stopfte. Er kaute und schluckte; dann hielt er ein, den großen Bissen unbeweglich im Mund, und hörte auf die Platte. »Ja«, sagte er. »Das ist gut. Das erinnert mich an ... Ich habe ...« Er kaute und kaute. »Ich habe eine Lieblingsplatte. Sie heißt ›When winter comes‹. Wallace von der ›Taverna‹ ... Wallace hat es schon ein paarmal für mich gespielt.«
Ohne Vorwurf, leicht belustigt, dachte sie: Er ist wie alle Männer. Zumindest jetzt ist er wie die anderen auch. Während sie ihm zuschaute, wie er die Nüsse auffraß, dachte sie darüber nach, daß er aus Gegensätzen zu bestehen schien, die sie für unvereinbar hielt. Es fiel ihr schwer, jetzt in ihm den Mann zu sehen, der mit einer geistigen Leistung zumindest einen Teil der Welt bewegt hatte.
»Sage mir, was ist mit dem Club? Ich, ich soll ...«
»Ja, das ist überall bekannt, du sollst Ehrenmitglied werden.«
»Hmhm«, nickte er.
»Nun ja«, sagte sie, fast gelangweilt. »Es gehört zum guten Ton, im Club Mitglied zu sein. Viele Künstler, viele vermögende Leute und solche, die einmal vermögend waren, aber noch immer vorgeben, es zu sein. Dann: ganz normale, brave Ehepaare, die einmal im Monat aus ihren abgelegenen Häusern auf eine halbe Stunde erscheinen und ein Glas trinken. Verbania hat ja nicht nur Verrückte ... Und so allerlei Gewesene, die früher etwas waren. Auch etliche Emigranten. Der Beitrag ist nicht hoch, nur

fünfzig Franken im Monat. Die Getränke sind preiswert. Es wird ein bißchen geklatscht, ein bißchen intrigiert im Club. Es gibt Clübchen ... Ein paar Schwule, ein paar Lesbierinnen sind auch dabei. Ganz interessante Leute.«
»So«, sagte er und blickte nachdenklich auf die Konfektschale. »Ich glaube, ich gehe jetzt noch auf eine halbe Stunde in die ›Taverna‹.«
»Du willst schon gehen?« fragte sie erstaunt und blickte ihn aufmerksam an.
»Du kannst mitkommen ...«
»Nein«, sagte sie. Und nach einer Pause, es klang resigniert: »Ich weiß, du bist einer von den Männern, die nachts nicht bei einer Frau bleiben, sondern wieder aufstehen und fortgehen.«
Er hatte jetzt das Verlangen, Menschen um sich zu sehen, Bewegung, tanzende, fröhliche Menschen. Er fühlte sich leicht.
»Wen wirst du schon treffen?«
»Die immer dort sind, denke ich. Du bist doch nicht böse?«
»Nein, ich bin nicht böse.« Sie trat ganz dicht an ihn heran, schaute ihm ins Gesicht, schien zu zögern. »Sage mir ...«
»Ja«, antwortete er und gab sich Mühe, seiner Stimme den überzeugenden Klang einer tiefempfundenen Zärtlichkeit zu geben. »Ja, Laura. Es war wunderbar mit dir ...«

Sie saßen oder standen an der Bar, wie fast jede Nacht. Sie begrüßten ihn mit freundlichem Lärm, mit herzlichem Händeschütteln, als wäre er nicht drei Stunden fortgewesen, sondern käme von einer langen Reise zurück.
Alfredo grinste ihn an; Moritz, der schwer angetrunken schien, sagte: »Aha!« Nina rief begeistert: »Hallo!« wobei sie das o überlang dehnte. Die Gräfin, deren Namen er noch immer nicht behalten konnte, brach gerade in Begleitung einer blassen Blondine auf und sagte beziehungsvoll: »Spät kommt er, sehr spät ...« Panoni trank wieder Whisky, den er nicht bezahlen mußte, war schlampig wie immer und stillvergnügt. Alfredo stellte einen Mann vor, der einen dunklen, wie angeklebten Mittelscheitel hatte: »Das ist Alois Bühlmann. Er ist ... Ja, was bist du eigentlich?« wandte er sich an Bühlmann. »Also, er ist so etwas wie der kaufmännische Direktor des Clubs. Nicht wahr?«
Er hörte noch ein paar Namen, sah auf den ersten Blick, daß ein Homosexueller dabei war, der sich geziert bewegte, in einem hohen Tonfall redete und den einprägsamen Namen Horazio hatte.
Johann Jünges stand auf dem Podium der Band und schwang

zwei Rumbarasseln im Rhythmus der Musik. Er grüßte herüber, lachte und hob die beiden Kugeln hoch über seinen Kopf. »Das Kind«, sagte Guido lächelnd, »das Kind will spielen. Alles hat er bekommen in seinem Leben, und jetzt will er auch noch Musiker werden ...«

Edwards leerte schnell hintereinander zwei Gläser, dann tanzte er einmal mit Nina, wozu Johann Jünges eifrig Beifall nickte und die Rasseln schwang. Edwards fand jetzt die Geliebte des Tuchwebers anziehend und sympathisch. Als sie zur Bar zurückkamen, stand Moritz neben einem deutschen Maler, der zu Besuch in Verbania war. Der Mann hatte eine rote dicke Nase und stark aufgeworfene Lippen.

»Warum malen Sie denn nicht mehr? Sie sind doch begabt. Sie brauchen Disziplin, verstehen Sie? Nur mit Disziplin geht es. Täglich muß man malen. Und man muß ins Gespräch kommen. Sehen Sie«, sagte er und holte zwei zusammengefaltete Seiten einer Illustrierten aus der Brieftasche. Er legte sie auf die Theke, glättete sie, so daß sie jeder sehen konnte. »Sehen Sie, das bin ich. So etwas wirkt ...«

Er las laut die Bildunterschriften vor, die ihn in verschiedenen Posen zeigten. »Hier: ›Der Meister malt zu seinem Vergnügen ...‹ Und da: ›Ein Mann, der von sich überzeugt ist, der weiß, was er kann und was er wert ist. Er mag gute Gesellschaft, und bekannte Namen stehen in dem Gästebuch seines Hauses.‹« Und wieder ein Bild, er im Smoking, mit aufgesetzter, trotziger Miene und verschränkten Armen. Darunter der Text: »Ich weiß, daß ich sehr gut bin ...«

Er wartete auf eine Antwort: »Sehen Sie? Sehen Sie?«

»Ja«, sagte Moritz. »Ich sehe, daß Sie ein Arschloch sind!«

Edwards lachte schallend auf. Es war ein mächtiges Lachen, das die Musik übertönte und den Rest der Gäste nach der Bar blicken ließ. Er klopfte Moritz auf die Schulter: »Du bist mein Freund! Jawohl, du bist mein Freund!«

Moritz nahm an und sagte erstaunt: »Nanu, du kannst ja richtig lachen. Bisher dachte ich, du hättest Trauer.«

Der Maler packte hastig seine Blätter wieder ein und rückte ein paar Stühle von Moritz ab, der ihn nicht mehr beachtete. Guido sagte leise: »Moritz, ich werde dir einen Kaffee bestellen. Doch, doch, du trinkst jetzt einen Kaffee. Ich lade dich dazu ein.«

Sie blieben noch eine Stunde, tranken und lachten viel. Edwards und Moritz versicherten sich gegenseitig immer wieder ihre Freundschaft. Wallace spielte für Edwards ein paarmal »When winter comes« und kam dann auch an die Bar.

Dann war er auf dem Weg nach Hause und ging allein durch den frischen, unberührten Morgen. Er dachte daran, was für einen beschwerlichen Weg doch ein Mann zurücklegen muß, bis er den Platz findet, an dem er leben möchte, bis er der Mann ist, der Freunde findet, weil er etwas geleistet hat. Er dachte: Und hast du schon einmal gesehen, wie die Hänge blühen? Ginster, Mimosen, Azaleen, Kamelien, Oleander ... Er fühlte sich wohl, als wäre er hier geboren. So ist es, wenn einer nach langer Zeit zurückkommt ... Er dachte Erfreuliches, in Summen des Erfreulichen, das mit einer behenden Leichtigkeit des Denkens alle Ratlosigkeit sofort auflöste.
Er ging langsam, dachte auch an Laura, wußte, daß er sie nicht liebte, aber daß sie köstlich gewesen war.

7

Er war für Samstagabend in den Club geladen. Die Einladung war ins Hotel gebracht worden: in Golddruck auf Büttenpapier. Vom Hotel aus hatte er nicht weit zu gehen. Vor dem Haus standen Sommergäste und gafften. Sie gehörten nicht dazu, erkannten nur den Auftakt zu einem Fest und bildeten das Spalier, durch das die geladenen Gäste ins Haus gingen.
Ein verspäteter Musiker war vor ihm. Er trug seine Baßgeige, als fasse er eine neben ihm hergehende Frau um die Hüften. Eilig verschwand er in der Eingangstür.
Als Edwards eintrat, blickten die meisten Gäste zu ihm her. Er sah, wie sie tuschelten hinter der vorgehaltenen Hand. Sie brauchten zwei, drei Sekunden für die Nachricht, und er sah, wie ihre Lippen seinen Namen formten. Es war wie eine Pantomime zu seinen Ehren. Das Gewirr der Stimmen setzte aus und schwoll wieder an. Die vielen Gesichter mit den neugierigen Augen wandten sich gleich wieder ab.
Der Raum war groß, mindestens zwanzig Meter lang und zehn Meter breit. Ein wohlausgewogenes Rechteck, mit einer rustikalen Bar an der rechten Längsseite. Es gab eine kleine Tanzfläche, umrahmt von Tischen und bequemen Sesseln. Hinten saßen fünf Musiker auf einem kleinen Podest und warteten mit gelangweilten Gesichtern auf die Weisung zum Spiel. Es war eine Bar – eine Tanzbar, aber doch von besonderer Qualität. Die schwere Balkendecke und Holzverschalungen an den Wänden wirkten massiv und solide. Früher waren hier zwei große Zimmer gewe-

sen, ein Bad, eine Küche und Abstellräume. Wie Johann Jünges später erzählte, hatten die wohlhabenden Mitglieder des Clubs gespendet: Mark, Franken, Dollar und auch Lire. Alle Wände waren herausgerissen, ein neuer Bodenbelag aus Marmor war eingezogen worden. Gut sollte es sein, schön sollte es sein. Und behaglich.
Neben dem altbäuerlichen Kamin war ein kaltes Büfett aufgebaut. Unmengen von Leckerbissen auf Silber gelagert: eine Freude, die noch ein wenig aufgespart wurde.
Edwards mischte sich unter die Gäste, aber wo immer er auch stand, er überragte sie alle fast um einen ganzen Kopf. Als er mit einem Glas Sekt in der Hand an den einzelnen Gruppen vorbei nach hinten zum Kamin ging, sah er drei alte Ledersessel. Sie hatten hohe Lehnen, wirkten grobschlächtig und zentnerschwer, waren dem Kamin zugewandt und zeigten ihre Rückseiten wie in übereinstimmender Ablehnung. Ohne eine Sekunde darüber nachzudenken, erkannte er sie als die einzigen Stücke, die von seinem Onkel in diesem Raum geblieben waren. Sie standen da wie Statuen, und ihm schien, sie waren tatsächlich so etwas wie Denkmäler für die drei Männer, die hier jahrelang gesessen hatten.
Auf dem Weg zum Kamin begegnete er Johann Jünges, Nina und Moritz. »Kommen Sie ... Kommen Sie ...« lud Johann Jünges ein. Aber Dr. Jacobsohn winkte ihm zu. Johann Jünges machte ein enttäuschtes Gesicht. »Bis später, ganz bestimmt bis später ...«
Jacobsohn reichte ihm die Hand und sagte: »Jetzt sehen Sie das Haus einmal von innen. Aber es ist nicht mehr das gleiche Haus.« Es war keine Kritik, eher ein leiser Spott, aber gemischt mit der Anerkennung für die neue Gestaltung des Raumes.
Neben ihm stand ein weißhaariger Mann, mit feinem Gelehrtenkopf, der ihn freundlich durch seine tief auf der Nase sitzende Brille ansah. »Mein Name ist Potansky. Ich habe Ihren Onkel recht gut gekannt.« Er war ein Verleger aus Berlin. Aber dort hatte er nur bis zum Jahr 1933 gelebt. Dann emigrierte er und kam in diesem Dorf an, wie viele um diese Zeit. »Ich habe in Zürich Ihr Stück gesehen. Es hat mich tief beeindruckt«, sagte Potansky. »Warum sind Sie hierhergekommen? Wollen Sie hier bleiben oder nur Urlaub machen?«
»Ich will mein zweites Stück schreiben. Ich habe eine fertige Idee ...« Seit einem halben Jahr nannte er dieses Stück seine »fertige Idee«, obwohl ihm klargeworden war, daß nichts davon fertig war. »Vielleicht werde ich einige Zeit hier leben.«

Potansky nickte nachdenklich. »Viel Glück. Manche sind hierhergekommen, um zu schreiben, aber sie konnten nicht mehr. Vielleicht liegt es am Klima . . .«
Dr. Jacobsohn unterbrach: »Ich denke, jetzt sind alle da. Wir können gleich anfangen.« Er setzte sich aber noch einmal in einen der schweren Sessel, deutete auf die beiden anderen: »Hier haben wir oft gesessen und haben roten Landwein getrunken.«
Edwards blickte auf die leeren Sessel und dachte an die beiden Männer, die ganz und gar verschwunden waren. Sie hatten für ihn und die wenigen Wissenden nur die Information hinterlassen, daß sie Männer gewesen sein mußten, die zu solchen massiven Sitzmöbeln gepaßt hatten. Er sagte sich: Ich bin nicht sentimental. Ich habe die Reise nicht gemacht, um die Spuren meiner Blutsverwandtschaft zu suchen. Zufällig hierhergekommen. Seltsam, ich stehe hier, wo er gelebt hat, in den gleichen Mauern. Er war gespannt, als würde ihm hier irgend etwas begegnen, das er noch nicht kannte.
Dr. Jacobsohn erhob sich, ging mit seinen langsamen, abgemessenen Schritten, den Oberkörper nach vorn geneigt, aber den Kopf erhoben, in die Mitte des Raumes. Er sah jetzt aus wie ein Mann, der sich zum Sprechen sammelt, der gleich beginnen wird. Das Geplauder erstarb. Die Männer und Frauen an der Bar und an den Tischen wandten Dr. Jacobsohn das Gesicht zu. Alois Bühlmann, den Edwards wiedererkannte, stand mit seiner Frau hinter der Bar, im weißen Kellnerjackett, mit straffem Mittelscheitel. Mit der Hand gab er einem Durstigen das Zeichen, daß jetzt nichts ausgeschenkt würde.
Dann war es still.
Edwards sah bekannte Gesichter. Schmitt saß an einem Tisch in seiner Nähe. Er trug einen Smoking, und sein Körper wirkte im Sitzen wie ein massiver schwarzer Klotz, auf dem ohne Übergang der kugelrunde Glatzkopf saß. Die Dame im Abendkleid neben ihm mußte seine Frau sein, denn Moritz hatte erzählt, Schmitt führe ein vorbildliches Eheleben und gehe nie in Begleitung anderer Frauen aus. »Sie kommt aus einer stinkfeinen Familie und hält auf Etikette . . .« Edwards fand sie genauso trocken und humorlos wie ihn. Die scharfen Falten um ihre Mundwinkel machten den Eindruck, als könne sie ihre Umwelt nur mit frostiger Mißbilligung betrachten. Sie trug schweren Brillantschmuck, und wenn sie sich bewegte, brach sich das Licht in den Facetten der geschliffenen Steine.
Laura saß weit von ihm entfernt. Er erkannte ihre Mutter, ein ähnliches Gesicht, älter und die Züge schon verschwommen; aber

es war noch zu erkennen, wie sie einmal ausgesehen hatte. Sie trug Brillanten. Laura nickte ihm zu und lächelte. Moritz stand noch immer an der Bar. Jetzt war eine schlanke große Frau bei ihm. Ihr Make-up war etwas zu grell, die Augen zu stark betont, die Schauspielerin. Edwards dachte: Ein angenehmes Gesicht. Auch die Gräfin war gekommen, wieder in Begleitung des blonden Mädchens. Mindestens die Hälfte der Gäste war in großer Toilette erschienen. Es waren viel mehr Männer als Frauen gekommen, und was Edwards auffiel: Die meisten der Männer waren schon alt.

Dr. Jacobsohn sprach leise. In dem großen Raum klang seine Stimme brüchig, beinahe demütig. Er begann mit der Feststellung, daß man bei der Gründung des Clubs skeptisch gewesen sei. Aber die Skepsis sei unbegründet gewesen. Es hätten sich mehr und mehr Mitglieder gefunden, aus allen Bereichen der Kunst und auch der Wirtschaft. – Er lächelte ein wenig ironisch. – Und nun hätte man daran denken können, den Clubraum zu vergrößern und neu zu gestalten, und das Ganze sei ja wohl recht gut gelungen, wie jeder sehen könne.

Die Herren und Damen nickten zustimmend. »Sehr richtig!« sagte Schmitt mit einer Bärenstimme, und es klang, als führe eigentlich er den Vorsitz und Dr. Jacobsohn sei einer seiner Angestellten, der jetzt ein Lob auf das Unternehmen ausgesprochen hatte.

»Wir haben ein Haus gewählt und eine Gemeinschaft gegründet. Ein Haus der Freundschaft, in dem der Fremde willkommen ist, in dem Menschen aus aller Welt zu Gast waren und noch sein werden. Ein Treffpunkt der Künstler, vielleicht in seiner Bedeutung jetzt noch nicht ganz überschaubar, denn mancher Name wird wohl von hier aus seinen Weg machen ... Wir haben die Tür geöffnet für alle, die tolerant sind und ohne Vorurteile gegen Rasse, Hautfarbe, Nationalität und Religion. Wir sind international und wollen es bleiben im Zeichen der Freundschaft ... Ich hebe mein Glas auf dieses Haus und auf den Erfolg unserer zukünftigen Bemühungen ...«

Sie tranken alle, zeigten zufriedene Gesichter, nickten zustimmend und klatschten Beifall. Dr. Jacobsohn hatte nur einen winzigen Schluck genommen und dann sein Glas auf die Bartheke gestellt. Er hob den rechten Arm. Die Mitglieder klatschten noch.

Dr. Jacobsohns Arm war noch beschwichtigend erhoben. »Ich habe ...« sagte er. »Ich habe den erfreulichen Auftrag, Ihnen heute unseren neuen Gast vorzustellen, den bekannten englischen

Dramatiker John Edwards, dessen Stück ›Bruder Kain‹ den meisten von Ihnen bekannt ist. John Edwards ist ab heute Ehrenmitglied des Clubs – mit goldener Karte!«
Er machte ein paar Schritte auf Edwards zu, holte ihn heran, führte ihn am Arm in den Mittelpunkt. Die Mitglieder klatschten Beifall, begrüßten ihn mit ungeteiltem Wohlwollen. Dr. Jacobsohn überreichte ihm eine kleine goldene Platte, die genau in seine Hand paßte. Sein Name war eingraviert, darunter »Ehrenmitglied im Club zu Verbania«. In italienisch, deutsch, französisch und englisch.
Edwards verbeugte sich, wartete, bis der Beifall ausklang, und verbeugte sich noch einmal. In den Gesichtern sah er die Aufforderung zu reden.
Er hatte niemals zuvor zu einer Versammlung von Menschen gesprochen. In den Theatern hatte er vor dem Publikum gestanden, vor einem anonymen, dunklen Raum, aus dem es zu ihm heraufrumorte. Er räusperte sich. Die Lampen blendeten. Geschliffenes Glas, Licht spiegelte sich darin wie in den Facetten der teuren Steine. Er machte eine kleine Drehung, und es sah aus, als kratze er verlegen mit dem Schuh auf dem Boden herum.
Sie haben seinen Namen in Gold geprägt. Er hat davon gehört, daß es neben ihm nur noch drei Mitglieder mit goldener Karte gibt: Leewald, ein deutscher Schriftsteller, der seit dreißig Jahren am See wohnt, den alle den »großen Leewald« nennen; dann noch ein französischer Dramatiker, der aber vor einigen Monaten gestorben ist; schließlich noch ein Schweizer Maler, dessen Bilder von Verbania aus zu Weltruhm gelangten. Diese Tatsache beeindruckt ihn, denn er kommt aus Swansea in Wales, aus einem Lebensmittelgeschäft. Und von dort bis hierher ist der Weg weit. Die Mängel der Armut hängen ihm noch an: eine unzureichende Bildung, ein lückenhaftes Wissen und die fehlende Leichtigkeit im Umgang mit Menschen. Jedesmal, wenn er ins Rampenlicht treten muß, pochen in ihm die leisen Zweifel, als hafte ihm noch der Geruch von Swansea an, wie in einem schlechtgelüfteten Anzug.
Er beginnt: »Ladies and Gentlemen . . .« Dann wechselt er in die deutsche Sprache: »Ich bedanke mich sehr herzlich bei Ihnen für diese Ehrung. Es ist mir eine Freude, Ehrenmitglied des Clubs von Verbania zu sein. Ich denke, dies ist ein guter Platz, an dem sich Menschen wirklich begegnen können . . . Besonders freue ich mich darüber, daß . . .« Er will etwas von seinem Onkel sagen, von dem sonderbaren Zufall. Aber während er dazu ansetzt, erscheint ihm das Familiäre fast indiskret. Wen würde es schon

interessieren, daß er jetzt im Haus seines Onkels steht. Der Vorgang erhält plötzlich eine überzeugende Bedeutung für ihn. Es ist die Genugtuung, daß er im Haus des Verächters geehrt wird, und es ist, als würde damit sein Vater rehabilitiert.
»Besonders freue ich mich darüber, daß ... daß ich hier Gelegenheit habe, mit Künstlern aus aller Welt zu sprechen. Und es ist so wichtig, daß Menschen miteinander sprechen ...« Er verbeugte sich noch einmal: »Ich danke Ihnen.«
»Bravo!« rief Schmitt, und auch seine Frau nickte befriedigt, als wäre die Ansprache an sie gerichtet gewesen.
»Schön hat er gesprochen!« flüsterte Johann Jünges Nina zu. »Ich habe ihn vorgeschlagen. Ich wußte sofort, daß er hierher paßt ...« Und dabei klatschte er heftig in die Hände. Sie klatschten alle, von ihrer trefflichen Wahl überzeugt und darüber erfreut, daß sie mit dieser Ehrung auch sich selbst geehrt hatten.
Dr. Jacobsohn gab der Kapelle einen Wink: »Nicht zu laut«, sagte er. Die Musiker nickten und begannen mit einem Tango. Mit erfahrenem Blick hatten sie gesehen, daß sie sich hier an Melodien halten mußten, zu denen auch ältere Herren noch tanzen konnten.
Als sich Dr. Jacobsohn wieder Edwards zuwenden wollte, sah er, daß sich bereits Johann Jünges eingeschaltet hatte und Edwards zu den Tischen führte, die ihm wichtig schienen. Dr. Jacobsohn lächelte, ging an die Bar und sagte zu Alois Bühlmann: »Geben Sie mir einen Tee – einen Minzentee.«
»Kommen Sie«, sagte Johann Jünges. »Sie müssen die interessantesten Leute hier kennenlernen.«
»Ich möchte erst einen Drink nehmen«, sagte Edwards schroff.
Johann Jünges war überrascht, faßte sich aber schnell: »Aber natürlich, Mr. Edwards. Nehmen wir einen Drink zusammen.«
Sie gingen zur Bar, wo Nina, Moritz und seine Freundin saßen.
»Das ist Margit«, stellte Moritz vor. Es war eine gewisse Nachlässigkeit in seinem Ton, so, als hätte er gesagt: Na ja, das ist also Margit ...
Sie war hübsch, mit einer kurzen angelsächsischen Nase und kantigem Kinn. Mit tiefer Stimme sagte sie: »Er hat mir von Ihnen erzählt. Das war in der Nacht, als er so betrunken war ...« Dazu lächelte sie beziehungsvoll, als wisse sie alles über Moritz und nichts könne sie mehr aus der Fassung bringen. Sie war eine Dänin. Edwards schätzte sie auf fünfunddreißig Jahre.
»Hast du noch nie von ihr gehört?« fragte Moritz grinsend. »Wieviel Filme hast du gemacht? Vierundzwanzig oder sechsundzwanzig?«

»Es sind neunundzwanzig gewesen. Ein paar davon gingen auch nach Amerika. Aber ich habe in Amerika keinen Erfolg gehabt. – Leider. Ich werde demnächst wieder einen großen Film machen . . .«
»Warum wolltest du uns Mr. Edwards schon wieder entführen?« fragte Nina vorwurfsvoll.
»Aber Frauchen«, sagte er. »Mr. Edwards muß doch die Leute hier kennenlernen!«
Dr. Jacobsohn stieg mit einem mühsamen Schritt auf das Podium und sagte, so laut er konnte: »Meine Damen und Herren! Meine Damen und Herren!« Er wartete noch ein paar Sekunden, bis es beinahe still im Raum geworden war. »Unser Maestro Arturo Lombroso macht uns die Freude, für uns zu singen! – Bitte.«
Arturo Lombroso war sicher über sechzig, ein fülliger Mann, dem der Smoking etwas zu knapp saß. Er redete mit den Musikern, erklärte, gestikulierte mit den Händen, die Musiker nickten begreifend. Dann wandte sich Lombroso um, musterte den Raum und seine Zuschauer mit prüfendem Blick, der bis zu den letzten Tischen reichte und Schweigen befahl. Danach erschien ein gewinnendes Lächeln auf seinem Gesicht, so plötzlich, als hätte er eine Maske aufgesetzt; er legte beide Hände vor seinem Bauch zu einer gefälligen Geste zusammen und sagte: »Meine Damen und Herren! Ich werde singen für Sie die Arie aus ›Bajazzo‹ . . . Zu diesem festlichen Anlaß.« Er verbeugte sich, legte ein zweites, noch vertraulicheres Lächeln auf: »Meine letzte große Rolle in der Mailänder Scala . . .«
Mit einem herrischen Kopfnicken zu den Musikern befahl er den Einsatz. Er räusperte sich, legte den Kopf weit zurück und erstarrte zu höchster Konzentration.
»Um Gottes willen!« flüsterte Moritz.
»Immer muß er singen!« zischelte Johann Jünges verärgert. »Aber er gehört dazu, und man muß ihn einladen. Wohin er kommt, er singt . . . Bei mir hat er schon dreimal gesungen. Da zittern die Gläser, kann ich Ihnen sagen, Mr. Edwards«, flüsterte Johann Jünges.
»Laß ihn«, sagte Margit. »Er war einmal ganz groß.«
»Lange vorbei«, sagte Moritz.
Margit flüsterte Edwards zu: »Arturo Lombroso hat mit seiner Stimme die Welt begeistert, und die Welt hat ihn hoch dafür bezahlt. Als seine Stimme nachließ, hat ihn die Welt prompt fallenlassen. So ist das . . . So sind die Menschen«, sagte sie mit einem Nachdruck, der innere Beteiligung verriet. »Aber er hat viel Geld. Am See hat er ein schönes Haus.«

Das metallische Timbre des Tenors füllte den Raum. Lombroso breitete die Arme aus beim Singen, sein Mund war weit aufgerissen, seine Augen geschlossen. Mit ruckartigen Bewegungen schien er seinen Körper zu strecken und den Tönen nachzuhelfen. Und dann begann im Gläserschrank der Bar das Vibrieren, von dem Johann Jünges erklärt hatte: »Da zittern die Gläser, kann ich Ihnen sagen . . .«

Er sang mit ekstatischer Leidenschaft, schien den Raum zu zerschneiden mit dieser Stimme. Aber bei den ganz hohen Tönen fehlte ihm Luft, nur eine Winzigkeit, aber es war zu hören, war nicht mehr perfekt.

Johann Jünges kniff das Gesicht zusammen: »Er zerreißt mir das Trommelfell!« flüsterte er.

Der Meister kam zum Ende. Die theatralischen Gebärden klangen aus. Seine Stimme war dem Abklingen der erregten Arie gewachsen. Er beherrschte das Ende, konnte die Traurigkeit des Clowns modulieren. In der Pose des letzten Tons blieb er unbeweglich stehen. Sichtlich ergriffen. Es war die noch immer prächtige Ruine einer großen Stimme.

»Jetzt muß ich Sie aber bekannt machen«, sagte Johann Jünges, während der Beifall für den sich dankbar verbeugenden Sänger einsetzte.

Das kalte Büfett hinderte ihn daran, denn das kalte Büfett wurde jetzt gestürmt. Die Mitglieder und Gäste belagerten ganz plötzlich die lange reichhaltige Tafel, als hätte ein Kommando sie dorthin befohlen. Ein wogendes Hin und Her: Sie bedrängten sich gegenseitig, schlängelten sich heran an den Tisch, zu den Tellern, zu den Leckerbissen. Hände stießen vor und spießten Lachsscheiben auf, Kaviarschnitten wurden von brillantgeschmückten Fingern ergriffen, Manschettenknöpfe, feierliche Smokingärmel, graue, schwarze, weiße Ärmel zuckten vor und plünderten die silbernen Platten.

Edwards sah, wie Panoni als erster aus dem Gewimmel auftauchte; sein Gesicht war fröhlich vom Erfolg. Einen reichlich gehäuften Teller balancierte er durch das Gedränge und eilte dann zu einer Fensternische, wo er im Stehen langsam und genußvoll fraß. Es sah aus, als hätte er gestohlen und verzehre nun die Beute. In zehn Minuten hatten sie das kalte Büfett zerstört. Die festliche Anordnung war zerrissen. Die Musiker machten Pause und blickten mit besorgten Gesichtern nach der Tafel.

»Wie Heuschrecken! Wie die Heuschrecken!« sagte Moritz, als er mit Margit, Nina und Edwards vor der Tafel stand. »Man sollte doch annehmen, diese Menschen hätten genug zu essen.«

Das sind die Reichen, dachte Nina. Selbst beim Essen erkennt man sie. Und Johann, der frißt ja auch immer so viel. Und danach muß er Tabletten nehmen – für den Magen, für die Galle, für die Leber und für das Herz. Eigentlich, dachte sie, sind sie beim Essen alle gleich. Genau wie im Bett. Sie kriegen dann so einen häßlichen Zug ins Gesicht, so etwas ungemein Gieriges. Sie hatte von jeher wenig gegessen, ein Körper von etwa hundert Pfund, der nicht viel Nahrung brauchte. Deshalb sah sie im Schlemmen fast eine Sünde.
Potansky hatte Moritz gehört. Er stand neben ihm und legte sich ein paar kleine Bissen auf den Teller. »Ja, wie die Heuschrecken«, sagte er. »Wo sie hinkommen, zerstören sie ... Kalte Büfetts, Häuser, Landschaften und auch Menschen. Wissen Sie, was das Wesentliche ist: Sie nehmen den Dingen ihre Unschuld.« Er schmunzelte, legte sich noch ein Stückchen Brot auf und ging dann zu Dr. Jacobsohn, dem Minzenteetrinker, der noch gar nichts gegessen, sondern dem Ansturm wie einem Schauspiel amüsiert zugesehen hatte.
Edwards dachte: Potansky hat das Haus gemeint. Er ist nicht damit zufrieden. Während sie aßen, fragte er Moritz: »Glaubst du, er hat das Haus gemeint?«
»Natürlich hat er auch das Haus gemeint, aber nicht nur. Es war vorher besser. Es war wie ein Bauernhaus: karg, stark, zweckmäßig, mit Tischen, auf die du mit der Faust hauen konntest. Es roch immer ein wenig nach Rauch hier, und auf dem Boden lagen die dunkelroten Tessiner Kacheln. Aber er hat nicht nur das Haus gemeint. Er hat, wie Dr. Jacobsohn, etwas gegen die Neuen, die hier ankommen und mit ihrem Geld alles verändern. Er meint Leute wie Johann Jünges und Schmitt und noch zwei Dutzend, die hier sitzen ... Aus Hamburg, Köln, Düsseldorf und so weiter. Die Barbaren mit Geld hat er gemeint.«
»Die Nivellierer«, sagte Edwards.
»Genau. Aber sage das mal Johann oder gar Schmitt.« Er lachte. »Was glaubst du, warum Alfredo heute nicht gekommen ist? Zu mir hat er gesagt: Ich mag nicht sehen, wie Häuser umgebracht werden. Aber sicher wird er noch kommen. Wenn er seinen Alkoholpegel hat, so in einer Stunde, wird er die Nase mal 'reinstecken.«
»Im Grunde magst du Menschen wie Jünges nicht.«
»Das ist nicht richtig. Ich mag nicht die Macht und die widerlichen Möglichkeiten, die ihnen das Geld gibt. Sie können ihren schlechten Geschmack verwirklichen.«
Johann Jünges kam mit Nina an die Bar und sagte: »Also, Mr.

Edwards, mindestens dreißig Menschen wollen Sie unbedingt gleich kennenlernen. Nicht wahr, Frauchen?«
»So«, sagte Edwards. »Dann sollen sie zu mir kommen.«
»Ja, aber ...« Johann Jünges suchte nach Worten. Er hatte schon überall verkündet, daß er John Edwards gleich vorbeibringen würde. Margit lachte schadenfroh auf.
»Was gibt's denn da zu lachen?« eiferte Johann Jünges. »Ich habe ihm doch nur einen Gefallen tun wollen.«
»Darf ich Sie vorstellen?« fragte Nina lächelnd. Es gab Augenblicke, in denen ihr Johann Jünges leid tat.
»Geh halt mit ihm«, riet Moritz. »Die brennen doch alle darauf, dich kennenzulernen.«
Er ließ sich durch den Raum schieben, verbeugte sich vor Damen, von denen die meisten schon um die Fünfzig waren, schüttelte Männern die Hand und hörte, aus welchen Städten sie kamen, welche Bedeutung sie hatten. Johann Jünges meldete die Attribute mit Freude. »Mein Freund, Dr. Wetterling. Große Papiermühlen in Deutschland ...« Der nächste Tisch: »Herr und Frau Flappner aus Hamburg.«
»Konsul Flappner«, verbesserte der Mann freundlich. Er war rundlich, mit rosiger Gesichtshaut und dünnen Haaren. Seine Frau lächelte ununterbrochen.
»Ach ja, richtig. Entschuldigung. Warst du nicht im Ostasienhandel?«
»Früher«, sagte der Mann. »Jetzt lebe ich hier und genieße meine alten Tage. Wollen Sie sich hier niederlassen, Mr. Edwards?«
»Ah!« strahlte Johann Jünges. »Und hier ein Schriftsteller, ein Kollege von Ihnen, Mr. Edwards ... Till Hartholz mit Frau. Ein Freund von Alfredo, und ein Freund von ... Wie heißt er denn wieder ... Der so fürchterlich viel trinkt. Man hat ihn nicht eingeladen, er benimmt sich immer so schlimm.«
Till Hartholz, ein gedrungener, kräftiger Mann um die Vierzig, lachte laut und sagte: »Wie ich ihn kenne, wird er noch kommen ...«
Und dann ein Regisseur, ein kleiner, breitschultriger Mann namens King: »Ich mache gerade wieder einen Film. Vielleicht können wir uns einmal unterhalten?« Ein deutscher Emigrant, der in Amerika seinen Namen geändert hatte: »Ich bin Amerikaner und habe gute Verbindungen ...« – »Ja«, sagte seine Frau. »Kommen Sie uns doch einmal besuchen. Wir würden uns so freuen ...«
»Er hat große Filme gemacht!« flüsterte Johann Jünges.
»Übrigens, der Till Hartholz und der andere, auch so ein

Schriftsteller, das sind die beiden schlimmsten Säufer im Dorf. Wenn Sie denen abends begegnen, dann gehen Sie ihnen am besten aus dem Weg. Die machen immer Krach, die beiden.«
Edwards sah Laura. Sie trug ein hellblaues Abendkleid, die Farbe, die am besten zu ihr paßte. Es war etwas Strahlendes an ihr. Sie fiel auf und deklassierte die anderen Frauen. Er sah sie mit der männlichen Freude, mit dieser egozentrischen Genugtuung, daß er sie besessen hatte und jederzeit die Wiederholung haben könnte.
Und dann ein Schriftsteller namens Melting, schon alt, aber mit einem lebendigen, klugen Gesicht. Er trug sich bohemienhaft, Rollkragenpullover und saloppe Jacke, aber sein Aufzug konnte ihm nichts von seiner grimmigen Ernsthaftigkeit nehmen. »Ich war drüben in Hollywood. Ja, ich war auch in England. Auf der Flucht, damals. Nein, in Amerika hat es mir nicht gefallen. Ich habe genug von der amerikanischen Hysterie. Stellen Sie sich vor, die haben mich damals in Hollywood als Drehbuchautor eingestellt, aus Gnade und Barmherzigkeit. Da bekam ich ein Zimmer, genug Papier und mußte jeden Tag eine Seite abliefern. Ganz gleich, was auf der Seite stand, ich mußte sie abliefern. Es ist nie etwas von mir gedreht worden, und die entscheidenden Leute haben meine Sachen nie gelesen, aber ich mußte liefern. – Nach Deutschland? Nein, nach Deutschland gehe ich nicht wieder. Ich bin Jude, verstehen Sie. Ich bin dort nicht erwünscht. Auch heute noch nicht. Die Namen haben sich dort geändert, die Terminologie, aber es wird immer das gleiche dort bleiben. Ein instinktloses Volk . . . Hier sitzen ja auch ein paar von damals. Nun, sie haben Geld. Sie haben bereut, wollen ihre Ruhe haben . . . Da drüben zum Beispiel, da sitzt . . .«
»Aber, Herr Melting«, beschwichtigte eine ältere Dame. »Doch nicht heute abend.«
»Nein, nein«, sagte Melting mit einem abbittenden, beinahe schüchternen Lächeln. »Ich bin ja schon still. Ich sage kein Wort mehr . . . Es ist ja ein schöner Club, und jetzt ist er noch schöner geworden, und der Anlaß ist ja festlich. Jedenfalls freue ich mich, Sie kennenzulernen . . .«
Das war der Mann, der den tiefsten Eindruck bei Edwards hinterließ. Ein Greis mit dem erregbaren Temperament eines Kindes, ein Verwundeter, der mit Ironie und Witz versuchte, gegen seinen Schmerz zu kämpfen und immer ganz knapp unterlag, weil die Kränkungen seines Lebens nachhaltiger waren als alle Möglichkeiten seines beweglichen Geistes. Edwards spürte das genau. Er hatte Deutsche dieser Art in Amerika getroffen und

auch in England. Sie schienen über die ganze Welt verteilt zu sein. Die ewigen Flüchtlinge – die besten Deutschen.
»Und da ist ja auch unsere Gräfin!« jubelte Johann Jünges.
»Und Bettina. Na, wie geht es euch beiden denn? Hahaha!« lachte er verständnisinnig.
Ein Schweizer Maler sagte mit breiter Baseler Klangfärbung: »Ich bin gerade an einem größeren Werk. Wenn Sie Interesse haben ... Die sieben Todsünden ... Besuchen Sie mich einmal in meinem Atelier. Im Augenblick male ich den Hochmut.«
Der Pariser Maler, der mit ihm am Tisch saß, sagte sehr freundlich, es sei ihm eine große Ehre, Monsieur Edwards kennenzulernen. Er habe von der Aufführung des Stückes in Paris gehört, doch leider, leider sei er gerade da in einer nicht glücklichen Situation gewesen und hätte es sich nicht anschauen können.
Neben der Kapelle saß still ein alter Mann mit einer jungen, etwas pummeligen Frau. Herr Friedmann, ein Komponist. Er hatte Lieder gemacht, Chansons, Schlager und, wie Johann Jünges sagte, auch Schlagzeilen – vor vierzig Jahren.
»Wie hieß das da wieder?« Johann Jünges versuchte, eine Melodie zu summen, fand aber die Melodie nicht. »Er war auch in Hollywood. Nicht wahr, du warst doch auch drüben? Und da gibt es doch ein paar ganz berühmte Geschichten ...«
»Natürlich war ich drüben. Wer von uns, von den Oldtimern meine ich, war nicht drüben? Sie verstehen: von 1933 bis 1945.«
»Wie hieß das denn wieder? Du hast doch ein so schönes Lied gemacht. Es ist berühmt ...«
Friedmann winkte gelangweilt mit der Hand ab. »Ich habe mehr als ein Lied gemacht. Eine ganze Richtung habe ich gemacht ...«
Die kleine Dicke neben ihm schaute bewundernd zu Herrn Friedmann auf. Sie war Sängerin; den ganzen Abend hatte sie noch kaum ein Wort gesagt.
»Und jetzt?« fragte Edwards, als sie weitergingen. »Was macht er jetzt?«
»Vergessen«, flüsterte Johann Jünges vorsichtig.
Sie waren Maler, Schriftsteller, Komponisten, Regisseure, dazwischen auch Schauspieler, Industrielle, Geschäftsleute aller Arten: eine Versammlung von Gegensätzen. Die Kapelle hatte wieder mit dem Spiel eingesetzt, und einige Paare drehten sich auf der Tanzfläche. John Edwards dachte, daß er sich noch niemals in einer solchen Gesellschaft befunden hatte und daß dieser Club wohl einmalig war.
Laura begegnete ihm vor der Bar. »Meine Mutter möchte dich gern kennenlernen. Warum hast du nicht angerufen? Ich habe

auf deinen Anruf gewartet ... Komm mit mir, eine Sekunde!« Sie nahm seine Hand und zog ihn zu der Fensternische, wo Panonis leergefressener Teller stand. »Du wolltest mich nicht sehen, nicht wahr?« Sie war drängend, eine Beleidigte; aber dann lächelte sie plötzlich, als wäre sie unter gewissen Bedingungen bereit, die Beleidigung zu vergessen. Langsam, und ihn genau dabei ansehend, fragte sie: »Willst du heute nacht mit mir schlafen?«

»Ja«, sagte er.

»Dann ist es gut.« Sie drückte seine Hand, wollte gehen, blieb aber noch: »Du wirst einmal zu uns an den Tisch kommen?«

»Ich werde kommen.«

Als der große Leewald hereinkam, senkte sich der Lärm der Gespräche um mindestens ein Drittel. Er war mittelgroß und schlank und nach englischem Stil gekleidet. Die Sorgfalt lag im Detail, in der genauen Abstimmung der Farben von Hose, Jacke, Hemd, Schuhen, Manschettenknöpfen, in der sorgsam gebundenen Krawatte und dem salopp getragenen weißen Einstecktuch. Ein Weltmann, von dem Moritz sagte: »Er tut immer, als hätte er die gesamte Literatur erfunden. Ich kann ihn nicht ausstehen.« Auf Edwards wirkte dieser Mann sympathisch. Aber Moritz erklärte: »Er macht keinen Eindruck auf mich, genausowenig wie seine Bücher, von denen ich die meisten mittelmäßig finde. Es genügt nicht, untadelig angezogen zu sein und mit den berühmten Frauen der vergangenen dreißig Jahre geschlafen zu haben. Natürlich ist er viel beneidet, einer der wirklich Erfolgreichen hier. Aber er ist auch ein Gewesener. Sie sind alle Gewesene.«

»Ist da nicht Neid dabei?« fragte Edwards. »Ich finde ihn gut.«

»Ach was!« winkte Moritz verstimmt ab und starrte auf sein vor ihm stehendes Glas. Er schaute auch nicht auf, als Leewald von Dr. Jacobsohn vorgestellt wurde. Die beiden Träger der goldenen Karte standen sich ein paar Minuten gegenüber. Leewald war verbindlich: »Ich muß mir Ihr Stück ansehen, Mr. Edwards. Vielleicht besuchen Sie mich in meinem Haus am See. Sie sind herzlich eingeladen. Aber bitte, telefonieren wir vorher noch einmal miteinander.«

Leewald war sehr bald von einigen Männern umringt, der Regisseur war dabei, und Till Hartholz fragte: »Was macht Ihr neues Buch, Herr Leewald?«

Leewald lächelte: »Sie wissen doch, ich spreche nicht mehr über meine Bücher ...« Er wandte sich wieder an Edwards: »Vielleicht verstehen Sie, daß ich nicht gern über Literatur spreche. Mit meinem Fleischer oder meinem Gärtner spreche ich über meine

Bücher, wenn sie etwas erklärt haben wollen. Aber mit Schriftstellern spreche ich lieber über Essen und Trinken, früher auch über Frauen. Das ist ergiebiger. Meine Leidenschaft ist das Kochen . . . Eine echte Kunst.«
»Ich spreche auch nicht gern über Literatur«, sagte Edwards. »Ich mag nicht, wenn einem die Besserwisser die Gedanken zerreden.«
Es war eine Verbindung dagewesen. Nach einer Viertelstunde ging Leewald. Schon alt, aber mit einem elastischen Gang, mit aufrechter Haltung, irgendwie auch ein Gewesener, aber sein Ruhm war noch prall und voll wie seine Bankkonten in Nordamerika und in der Schweiz. Edwards hatte von ihm den Eindruck gewonnen, daß er ein Mann war, der sich klug einteilte.
»Es ist alles Pose«, erklärte Moritz. »Er ist so unecht, daß er mir Übelkeit bereitet, wenn ich ihn sehe. Und ich frage dich: Was hat er dieser Welt noch zu sagen?«
»Er hat der Welt einiges gesagt, was gültig bleibt. Und das genügt für ein Leben«, sagte Edwards abweisend.
Leewald war hinausgegangen, hatte freundlich gegrüßt, war auch am Tisch Meltings vorbeigekommen, und jeder sah, daß sich die beiden nicht beachteten.
»Was haben die beiden?« fragte Edwards.
Dr. Jacobsohn lächelte ein wenig: »Wissen Sie, Schriftsteller vertragen sich nicht gut, weil jeder denkt, er sei der Größte und der andere habe nicht genug Respekt vor seinem Können. Nur ganz junge und ganz alte Schriftsteller kommen miteinander aus. Der Junge denkt: Er ist ja schon sehr alt; und der Alte denkt: Er ist noch sehr jung. Und so haben sie beide fast Mitleid füreinander und vertragen sich . . .« Er lachte leise.

8

Die Alten bröckelten ab. Zuerst ging Herr Konsul Flappner mit Frau. Potansky sagte im Gehen zu Edwards: »Ich muß allmählich nach Hause. Wissen Sie, ich bin weit über siebzig . . . Genießen Sie die Tage in Verbania, lieber Freund. Aber mit Bedacht. Genuß stumpft ab.«
Um zwei Uhr nachts erschien Alfredo. Er hatte sein Quantum. Es war genau, wie Moritz am frühen Abend vermutet hatte. Die Neugier hatte ihn hergetrieben. Seine abendliche Runde lag hinter ihm. In »Sergios Bar« hatte er dann erklärt: »So, jetzt sehe ich mir mal das große Fest der Neugestaltung an . . .«

Er kam herein, schaute sich um, Belustigung in den blaßblauen Augen, und steuerte auf die Bar zu. Er sah Johann Jünges, Nina, Moritz und Margit und John Edwards. Er küßte Margit und Nina die Hand und fragte dann: »Na, sind die Analphabeten schon gegangen?« Er dachte an die Nüchternen, die Sachlichen, an Ehepaare wie Herr und Frau Konsul Flappner. Nach seiner Ansicht paßten sie nicht in diesen Club. Er betrachtete sie als beschränkte und kunstfeindliche Nutznießer, die sich mit ihrem Geld in den Kreis der Künstler von Verbania geschlichen hatten. So schien ihm das: Für fünfzig Franken Monatsbeitrag bekamen sie die Eintrittskarte und konnten in den Club kommen wie in ein Aquarium, wo die seltenen Fische hinter Glas herumschwammen, die sie bestaunen durften. Sie saßen da, schauten zu und priesen sich, daß sie selbst keine Künstler waren, sondern erfolgreiche, solide Geschäftsleute oder ähnliches.
Es beruhigte Alfredo, daß die meisten der Unkünstlerischen schon gegangen waren. »Das ist gut«, sagte er. »Um diese Zeit gehören die auch ins Bett.«
Die Kapelle spielte jetzt modische, schnelle Tänze, und überhaupt war alles anders, nachdem die späte Stunde die meisten der Smokingträger mit ihren Frauen nach Hause getrieben hatte. Die Zeit von der Eröffnungsrede bis jetzt schien nur die Verpackung zu einer zweiten, ausgelassenen Party gewesen zu sein.
Edwards tanzte mit Laura. Sie lachte und sagte: »Du hättest dein Gesicht sehen sollen, als ich dich fragte, ob du mit mir schlafen willst. Ich bin emanzipiert. Weißt du, ich möchte, daß es einen Sommer lang mit uns hält. Länger kann ich dich sowieso nicht halten. Hast du Lust auf einen Sommer mit mir?« Sie wartete seine Antwort nicht ab, redete weiter: »Meine Mutter, weißt du, was sie gesagt hat? – Der Mann ist zu alt für dich. Hahaha! Vierzehn Jahre bist du nur älter als ich. Weißt du, was ich gesagt habe zu ihr? Ich habe gesagt: Du denkst wohl, er paßt besser zu dir? Sie ist zweiundvierzig, dann wärst du nur acht Jahre jünger als sie. Und sie hat es schon mit viel Jüngeren getrieben. Die hat sie vor mir versteckt, weil sie Angst hatte, ich könnte ihr einen ausspannen. Auf Reisen wollte sie mich schon ein paarmal schicken. Ich habe sie nur ausgelacht.« Sie war angetrunken, war ganz auf ihn konzentriert. »Du«, flüsterte sie, »später werden wir wieder unsere schönen Sachen machen?«
»Ja«, flüsterte er zurück und fühlte sich von ihrer Gier ergriffen. Ihre hautenge Nähe spannte ihn. Aber er scheute sich, sie noch anzuspornen, fürchtete, ihre überhitzten Erwartungen würden sie in der Trunkenheit schon jetzt zu Ausbrüchen verleiten.

»Ja«, sagte er. »Heute morgen. Aber die Party ist noch nicht zu Ende. Trinke nicht zuviel«, mahnte er.
»Ich bin nicht betrunken«, widersprach sie. »Ich bin nur lustig. Weißt du, ich bin so richtig lustig!«
An der Bar legte sie ihren Arm um Edwards und Alfredo und befahl Alois Bühlmann: »Ali, gib mir etwas zu trinken. Ich will Sekt haben, Ali!«
Alois Bühlmann hatte gerade Alfredo zugehört, der Johann Jünges tadelte: »Und wo willst du hier hinkotzen, wenn du kotzen mußt? Im alten Haus, da war das einfach, aber hier sind ja nun auch Teppiche und feine Sesselchen und zierliche Tischchen. Und wenn du Fettwanst da einmal umfällst, hast du gleich einen Tisch kaputtgemacht . . .«
»Aber wer wird denn hier in den Raum kotzen und gleich umfallen!« sagte Johann Jünges empört.
»Du! Wer denn sonst? Habe ich nicht neulich deine Kotze hinausgespült, als du vollkommen besoffen warst?«
»Da hatte ich eine Kreislaufstörung«, entschuldigte sich Johann Jünges.
»O ja, es gibt Kreislaufstörungen. Aber dem alten Raum hat das nichts ausgemacht, er war für so was gebaut. Hier wirst du jedes Fleckchen sehen. Und überhaupt, den Quatsch mit den goldenen Karten. Du und Schmitt, ihr habt all die Neuerungen eingeführt. Nee«, sagte er, »früher war das alles gemütlicher, robuster, verstehst du?«
»Susi!« rief Alois Bühlmann hinter der Bar. »Du mußt Gläser waschen!«
Seine junge Frau tanzte gerade mit Panoni. Verdrossen sagte sie von der Tanzfläche aus: »Ja, ja, ich komme gleich.« Sie hatte ein drolliges, etwas grobes Gesicht: lustige Augen und einen breiten, vollen Mund mit zu kurzer Oberlippe, so daß sie fast ständig ihre gesunden weißen Schneidezähne zeigte.
»Komm«, sagte Laura. »Du mußt meine Mutter kennenlernen.« Sie zog ihn hinter sich her.
Diamanten-Peggy saß mit der Gräfin, der schweigsamen Blondine und dem Maler, der gerade an den Todsünden malte, am Tisch. Sie hob mit einem Ruck den Kopf. »Aha!« sagte sie. »Da kommt ja der Wundermann. Ich dachte schon, Sie wollten mich meiden . . .« Eine respektable Frau, breitschultrig, massiv, und im Gespräch immer im Angriff – so schien es auf den ersten Blick.
Die Kellner und Hoteliers der ersten Häuser in Verbania kannten sie so. Sie hatte eine unnachahmliche Art, sich in einem Speisesaal auf einen Stuhl zu setzen. Mit dieser ruckenden Kopfbe-

wegung und mit zupackendem Blick den Raum und die Gäste musternd, legte sie jeweils ihre wertvolle Pelzjacke ab, und dann gab sie nicht Bestellungen auf, sondern sie erteilte Befehle, die sie mit Kommandostimme von der Speisekarte ablas.
»Sie sind sehr groß. Ich mag große Männer«, sagte sie. »Meine Tochter leider auch. Ich habe gehört, sie ist in Sie verliebt. Nicht wahr?« wandte sie sich an die Gräfin. »Aber das ist nicht schlimm. Sie hat sich schon in viel Schlechtere verliebt. Nehmen Sie Platz und trinken Sie ein Glas Sekt. Ich würde mich freuen . . .«
Edwards fühlte sich unbehaglich. Er dankte und setzte sich.
»Und von was handelt Ihr Stück?«
Laura lachte und sagte: »Laß dich nicht einschüchtern. Sie versucht es immer mit der harten Tour!«
»Laß das!« fuhr sie ihre Tochter an, die noch immer lachte.
»Ich möchte jetzt nicht mehr lange über mein Stück reden«, sagte Edwards mit unwilligem Gesicht. »Ich habe in den letzten Tagen schon viel zuviel davon reden müssen.«
»Bruder Kain . . .« murmelte sie nachdenklich, ohne seine Absage zu beachten. »Das klingt gut. Hat es ein tragisches Ende?«
»Es handelt vom Mitleid mit der Dummheit und der Bösartigkeit«, sagte Edwards.
»Gibt es Mitleid bei den Menschen? Glauben Sie? Hast du Mitleid mit deiner Mutter?« fragte sie Laura.
»Nein, nicht die Spur.«
»Sehen Sie«, seufzte Peggy. »Mitleid ist notwendig. Und dumm und bösartig sind wir alle. Es scheint, Ihr Stück ist nötig gewesen.«
»Jeder ist selbst schuld an seiner Trübsal«, sagte Laura.
»Außer Krankheit und Armut, die sind nicht immer selbstverschuldet.«
»Und Tod!« sagte Peggy heftig. Und von da an wurde sie sanftmütig, verlor den harten Ton und sagte schließlich: »Tanzen Sie einmal mit mir. Ich habe die ganze Nacht noch nicht einmal getanzt.«
»Wenn ich es erlaube!« warf Laura ein. »Paß auf, sie will dich mir abspenstig machen. Ich kenne sie . . .«
»Ach Gott, dieses Kind«, klagte sie auf der Tanzfläche. »Sie setzt mir schwer zu. Sie ist noch jung. Eigentlich wundere ich mich, daß Sie an ihr Gefallen finden. Sie sind doch . . . Sie haben etwa mein Alter.«
Sie fühlte sich an wie ein breitschultriger Mann und tanzte, als würde sie die Schritte bestimmen. Laura lachte amüsiert, dabei wurde Peggy immer unsicherer und sagte, noch ehe die Melodie

zu Ende war: »Ach kommen Sie, sie macht sich ja doch nur lustig über mich . . .«

Zuerst hatte er gedacht, sie wollte ihre Intelligenz an ihm erproben oder beweisen. Diese Unverschämten waren ihm oft begegnet. Sie wollten sich an ihm wetzen und begannen ein Gespräch mit der Absicht zu widersprechen. Manche hatten ihren Angriff in den einfachen Satz gefaßt: Nur kein falsches Mitleid. Und damit glaubten sie, so genau getroffen zu haben wie etwa ein zuschlagender Polizist, der davon überzeugt ist, mit dem Knüppel eine Diskussion entschieden zu haben. Aber sie war nicht von dieser Art. Ihre sprunghaften Fragen waren der nach außen getragene Teil eines Selbstgespräches, in das sie ständig verwickelt war. Obwohl sie viel unter Menschen ging, schien sie ihm völlig vereinsamt. Er dachte: Wenn sie sich keinen Liebhaber hielte, würde sie eines Tages noch mehr trinken oder anfangen, Rauschgift zu nehmen.

»Ich werde wohl bald Verbania verlassen und nicht mehr herkommen. Es ist nicht mehr das gleiche wie damals. Was denken Sie? Es bekommt mir nicht . . .« Sie wollte Sekt nachschütten, sah, daß die Flasche leer war, und rief: »Ali, noch eine Flasche.« Dann fuhr sie fort: »Ja, man müßte ein sinnvolleres Leben anfangen. Irgend etwas! Aber was? Was denken Sie?«

»Weißt du was?« sagte Laura spöttisch. »Du verschenkst deine Juwelen, gibst dein gesamtes Geld weg und gehst in ein Krankenhaus und pflegst die armen Kranken . . .«

»Das wäre nicht die schlechteste Idee«, sagte Edwards lächelnd.

»Wenn man dabei zufrieden wäre, warum nicht?« überlegte sie.

»Aber Peggy«, sagte die Gräfin ironisch. »Du bist ja auf der Suche nach dem Sinn deines Lebens . . . Weißt du, das ist ein schönes Hobby, halte es dir, und du wirst zufrieden sein. Ich kenne viele, die schon jahrelang davon sprechen. Sie wollten Verbania nun endgültig verlassen, sagen sie. Sie sind alle noch da und genießen fröhlich weiter. Du hast doch genug Abwechslung, wenn du in New York bist.«

»Oh«, warf Laura ein. »Sie hat auch hier genug Abwechslung. Da wäre . . . Aber du mußt ihm mal wieder einen neuen Anzug machen lassen. Er sieht nicht mehr gut aus . . .«

»Merken Sie, wie bösartig sie ist?« wandte sich Peggy an Edwards.

In Gedanken gab er ihr recht. Laura war unbarmherzig. Sie hatte den Hang zur Intrige und besaß einen untrüglichen Instinkt für die schwächsten Stellen ihrer Umgebung. Die Gräfin, ihre Begleitung und Laura lachten. Peggy und Edwards lachten nicht.

»Sie ist ein Einzelkind«, murmelte Peggy. »Sie braucht eine starke Hand. – Es könnte hier so schön sein. Aber sie verleidet mir alles.« Sie wurde heftig: »Können Sie sich vorstellen, daß ein einzelner Mensch einem ganz Verbania so verleiden kann, daß man nicht mehr herkommen mag?« Peggy deutete mit einem Kopfnicken auf ihre Tochter.

»Peggy«, sagte die Gräfin im Brustton der Überlegenheit. »Du hast nur ein großes Problem, und das sind die Männer. Ich habe dieses Problem nicht mehr. Einen Teil meines Lebens habe ich den Männern geopfert – damit ist es genug!« Sie musterte die Blonde mit einem zärtlichen Blick und fragte: »Nicht wahr, Bettina? Aber wenn ich dieses Problem noch hätte, würde ich es riskieren, wieder zu heiraten. Du aber denkst fortwährend, jeder hat es auf dein Geld abgesehen, und damit vergraulst du jeden ernsthaften Mann.«

»Ach ja, du hast gut reden«, seufzte Peggy. »Du hast kein Geld, auf das die Männer scharf sein könnten.«

»Oho!« Die Gräfin fuhr im Sessel hoch. »Ich habe einen Namen! Und das zählt noch immer mehr als dein Geld!«

Ali kam mit der neuen Flasche. Während er einschenkte, zuckte er einmal mit dem Kopf, als hätte ihn eine Wespe gestochen. Ein paar Tropfen gingen daneben. »Entschuldigung«, sagte er leise und unterwürfig.

Als er gegangen war, flüsterte Laura: »Hast du gesehen, wie er mit dem Kopf zuckte? Sie nennen ihn hier im Dorf den ›Zucker‹. Er war Musical-Clown. Nicht im Zirkus, sondern ganz für sich allein. Vor der Brust hatte er ein Akkordeon, daran war eine Handharmonika befestigt, an den Hintern hatte er sich eine Pauke geschnallt, Blechbecken waren zwischen den Knien, und auf dem Kopf trug er eine Art Helm, daran waren Glöckchen oder Schellen. Und so hat er gespielt: mit dem Akkordeon, dazu begleitete die Mundharmonika, wenn er nach hinten austrat, traf ein Trommelstock die Pauke, wenn er die Beine zusammenschlug, machten die Becken den Rhythmus, und mit dem Kopf mußte er wackeln, da klangen dann die Schellen. Er hat mindestens fünfzehn Jahre so mit dem Kopf gewackelt. Und davon hat er sein Zucken. Ist das nicht lustig? Stell dir vor: So ist er durch die Welt gezogen ...« Sie lachte laut. »Tsching! Tsching! Tsching! Ein ganzes Orchester hat er mit sich herumgeschleppt ...«

Sie ist betrunken, dachte er und war nicht sicher, ob er mit ihr gehen sollte an diesem Morgen. Welch eine Gefühllosigkeit hatte sie gezeigt im Umgang mit ihrer Mutter. Er war noch davon betroffen, erinnerte sich aber, daß auch er fast keinen Kontakt

mehr zu der alten Frau in Swansea hatte. Geld hatte er überwiesen, einen großen Betrag. Er hatte sie aus seinem Leben vertrieben, und das Geld war so etwas wie eine Entschuldigung gewesen.
Er war jetzt verstimmt, sah, wie sich die blaue Seide über Lauras Schenkeln spannte, und dachte: Wahrscheinlich werde ich doch mit ihr gehen. Es würde ein primitives Reagieren auf einen Reiz sein. Er sah sich schon auf der Uferstraße, auf der Treppe mit den neunzig Stufen. Die verdammte Geilheit wird mich neben ihr herlaufen lassen, und im Bett werde ich nicht fragen, wie eiskalt oder wie schmutzig ihr Charakter ist. Im voraus zweifelte er den Morgen an und dachte: Ich bin nichts Besonderes.
Es gab diese Augenblicke, in denen er sich ohne Maske gegenübertrat, nicht mit Anstrengung, sondern mühelos, als würde die Quelle frei werden und er brauchte nur mit den Händen zu schöpfen. Er spürte bewußt seine Fehlerhaftigkeit, aber auch, daß etwas in ihm durch nichts zu besudeln war. Kein Vorzugswesen. Mit bescheidenem Stolz: ein Künstler! Jedoch nicht mit diesem falschen, würdevollen Anspruch. Ein Mensch wie jeder, zum Teil Opfer. Ich bin ein Widerspruch, aber ich weiß etwas von meiner Übereinstimmung, von meinem inneren Rhythmus, der mich dazu zwingen wird, wieder zu schreiben. Ich weiß, was sie bei mir ergründen wollen, aber ihr seid nicht eingeweiht. Ein Kern in einer Schale, und ich werde die Schale nicht öffnen – nicht für mich, nicht für andere. Ich weiß nicht, was darin ist, in der Schale. Ein Geheimnis. Es gab nur die Möglichkeit des Schreibens für mich. Niemanden habe ich verurteilt, niemanden freigesprochen. Ich sage nicht, sie hat keinen Wert, sie ist minderwertig. Laura? Ein perfekter Körper, aber ihr Charakter widerspricht meiner inneren Stimmung . . .
Johann Jünges und Schmitt kamen an den Tisch, und Schmitt sagte: »Mit Erfolg hat Johann bis jetzt verhindert, daß Sie meiner Frau vorgestellt wurden.« Er lachte und klopfte Johann Jünges versöhnlich auf die Schulter. Sein Gesicht war rot vom Alkohol, und die Augen hinter den dicken Gläsern schienen zu verschwimmen.
Edwards stand auf und ging mit den beiden zum Tisch der Dame.
»Ich freue mich, daß Sie die Wahl zum Ehrenmitglied angenommen haben. Mein Mann hat Sie vorgeschlagen. Diesmal hat er wirklich gut gewählt.«
»Wieso?« stotterte Johann Jünges. »Ich habe doch . . . Also, der Vorschlag kommt von mir!«
»Ich danke Ihnen«, sagte Edwards zu Frau Schmitt.

Immer noch protestierend, zog Johann Jünges Edwards mit zur Bar, wo inzwischen auch Peggy, Laura, die Gräfin und Bettina saßen. Schmitt blickte ihnen zornig nach und flüsterte seiner Frau zu: »Dieser Trottel, von jedem kriegt er die Hörner aufgesetzt. Er merkt es nicht einmal!«
»Du hast das größere Gewicht, Martin«, beschwichtigte seine Frau.
»Wie kann er nur sagen, der Vorschlag wäre von ihm gekommen!«
»Er ist gerissen, Martin. Er hat trotz einer gewissen Beschränktheit eine Vitalität, eine – wie soll ich sagen –, eine persönliche Durchschlagskraft, die ihn nicht nur zum erfolgreichen Geschäftsmann macht, sondern die ihn auch in Gesellschaft manchmal dominieren läßt ... Laß dir davon nicht imponieren. Du hast das meiste Geld in diesen Club investiert. Und jeder weiß, daß du mehr Geld hast als er. Hier wird doch schließlich gemacht, was du sagst. Im Grunde genommen ist es dein Club ... Ich möchte jetzt gehen ... Es ist schon spät, und es sind ja doch nur noch diese ungepflegten Maler da und die paar Emigranten, die immer abfällig über Deutschland reden ...«
»Jawohl, du hast recht«, lobte er ihre kühle Sachlichkeit, die ihm von jeher imponiert hatte.
Nach allen Seiten freundlich grüßend, er mit der Hand winkend, ging das Ehepaar Schmitt zur Tür.
»Sieht er nicht aus wie ein Spanferkel?« stichelte Johann Jünges. »Es fehlt ihm nur noch die Zitronenscheibe in der Schnauze ... Stell dir vor«, flüsterte er Moritz zu, »er spielt sich auf, er hätte Edwards vorgeschlagen. Und diese eiskalte Pute sagte mir das lächelnd ins Gesicht. Du«, sagte er, »mit der stimmt etwas nicht. Also, ich habe da so meine Erfahrungen. Weißt du, wenn diese Sorte die Larve vom Gesicht nimmt. Ich kann dir sagen ...«
»Du meinst im Bett?«
»Natürlich!« Johann Jünges kicherte. »Wenn du da mal was machen könntest. Totlachen würde ich mich. Das würde ich mich glatt hunderttausend kosten lassen.«
»Das ist für die zu wenig.«
»Ich will tanzen!« rief Peggy. »Komm, Johann! Du tanzt jetzt mit mir!« Sie breitete wieder einmal die Arme aus und schaukelte mit dem Oberkörper zum Takt der Melodie.
Nina flüsterte neben Moritz: »Was heißt zu wenig? Für wieviel würdest du es denn mit ihr machen?«
»Mindestens das Doppelte!« rief Moritz laut.
»Warte nur, du Schuft!« sagte sie leise und spielte die Gekränkte, weil jetzt kein anderes Spiel möglich war.

Er lachte und strich mit einer für niemand sichtbaren Handbewegung zärtlich über ihren Oberschenkel. Dann faßte er sie am Arm und ging mit ihr zur Tanzfläche.
Der Platz neben Alfredo war frei. »Jeune homme!« grüßte Alfredo zu Edwards herüber. »Kommen Sie, trinken wir ein Glas miteinander.«
Sie hoben die Gläser und nickten sich zu.
Melting und Friedmann, der Komponist, hatten sich zusammengesetzt. Mit mehreren älteren Männern, die Edwards nicht kannte, gerieten sie in ein lautes Gespräch.
Melting sagte: »Ich habe mit Hitler gesprochen. Jawohl!« Er lachte. »Im Aufzug habe ich mit ihm gestanden. Das war in Berlin, im Hotel Adlon, im Jahre 1932.«
»Hat sich Hitler gefreut, dich zu sehen?« fragte Friedmann.
»Nun, er wußte nicht, wer ich war. Aber ich wußte, wer er war. Mein Produzent wartete auf mich. Ich sollte damals ein paar Texte machen, Chansons. Ich hatte das noch nicht gemacht, aber der Produzent war ganz sicher, ich könnte das. Und als ich vor dem Aufzug stehe, treten ein paar Männer hinter mich und warten mit mir. Ich gehe in die Kabine hinein, und sie folgen mir.«
»Und was hat er dann gesagt?«
»Er hat nichts gesagt. Er stand da, stumm wie ein Ölgötze. Ich fand ihn komisch und dachte: Du wirst nie an die Regierung kommen.«
»Hat er sich an dir gestört?«
»Meine Zigarette hat ihn gestört. Das sah ich, denn er hat mich einmal scharf gemustert, als ich gerade daran gezogen hatte.«
»Deine lange Nase hat ihn gestört! Er wird gedacht haben, auch so ein Itzig . . .«
Sie lachten, aber Melting ließ sich nicht beirren: »Und dann habe ich im vierten Stock, als der Fahrstuhl hielt, zu ihm gesagt: Würden Sie mich bitte hinauslassen, Herr Hitler. Er ging wortlos zur Seite, und der Fahrstuhl fuhr weiter . . .«
Edwards drehte sich um. Er sah das scharfe Profil Meltings. Er schien heiter. »Kennen Sie Melting?« fragte Edwards.
»O ja. Er war ein großer Mann!«
»Ist er kein großer Mann mehr?«
»Er ist es noch, aber niemand in Deutschland weiß es«, sagte Alfredo.
»Und Sie? Sie schreiben nicht mehr?«
»Nein. Ich bin nicht groß genug, gegen die Widerstände anzuschreiben.«
»Sie glauben nicht mehr an die Möglichkeiten der Kunst?«

»So ist es. Ich bin von der Wirkungslosigkeit der Kunst überzeugt. Diese Kultur hat bewiesen, daß in ihr jede Barbarei möglich ist. Die Unmenschlichkeit hat sich selbständig gemacht, und die Menschen haben sich daran gewöhnt. Deshalb, vor allem deshalb, hat der Dichter keinen Platz mehr in dieser Gesellschaft. Das Kollektiv herrscht und erzwingt die Machtlosigkeit des Geistes. Die kollektive Verdummung wird zum Fortschritt erklärt. Mit wissenschaftlichen Methoden wird ergründet, wie der Massengeschmack ist. Danach richten sich Presse, Radio, Fernsehen und Film und sämtliche Zweige der Wirtschaft. Wir stehen fortwährend unter dem Terror der Minderwertigen.« Er lachte bitter auf: »Es sind hohe Intelligenzen am Werk, um mit modernsten Erkenntnissen den Geist abzuhobeln. Und die Menschen, lieber Freund, die wollen nicht Freiheit oder tiefe Erkenntnisse oder innere Entwicklung, sie wollen Bequemlichkeit. Und das Wunder? Das Wunder ist heute nicht mehr die Kunst, sondern es sind technische Apparate von großer Perfektion. Was soll ich dagegen schreiben? Die Denkmuster werden zu präzise in die Köpfe gepreßt. Wer heute schreibt, lieber Freund, muß es mit Maschinen aufnehmen. Und wenn es ihm gelänge, gegen die ein Unentschieden zu erzwingen, dann hätte er noch immer die gegen sich, zu denen er sprechen will ...«
»Ich habe mich davon nicht beirren lassen«, sagte Edwards. »Ich habe geschrieben!«
»Ich weiß, und das ist Ihre Leistung. Das ist die Leistung der letzten Dichter überhaupt. Sie gehören wohl zu ihnen. Aber es wird bald keine Dichter mehr geben. Sie werden ausgemerzt. Und das geschieht nicht nur in Diktaturen. Der Totschlag des Erlesenen ist weltweit und nicht aufzuhalten. Die Termiten werden siegen. Und dagegen soll ich anschreiben? Ich, als ein Don Quichotte von beinahe siebzig Jahren. An wen sollte ich mich wenden? An die Masse? An eine Intelligenz, die zweckgebunden ist, die schon falsche Denkmuster von der Universität mitbringt und sie als die neuesten Erkenntnisse wertet? In welcher Sprache sollte ich schreiben – in deutsch? Die Literatur in Deutschland liegt im Sterben. Sie ist schon jetzt ein großer Friedhof, zu dem nicht einmal mehr Kränze hingetragen werden. Die deutsche Literatur dieser Zeit ist ohne Rang. Und was sich jetzt da aufbläht, das sind akademische Schwätzer, die es aber blendend verstehen, den Clique-Fremden zu meucheln. Es ist eine Literatur ohne Männer ...«
»Sie sind noch am Leben.«
»Ich bin ein aus meinem Bereich Vertriebener. Oder besser: Ich

bin ein Geflüchteter. Ich habe mich hierher ins Paradies geflüchtet. Alle, die hier sind, sind Flüchtlinge, auch die Reichen. Sie sind geflohen aus einer sie bedrängenden Welt. Und hier, im Club, da haben sich ein paar davon gesammelt ...« Er lachte wieder vor sich hin. »Sind sie nicht köstlich? Da hausen sie in ihren prächtigen Villen und fühlen sich sicher. Hier, sagen sie, hier wird keine Atombombe fallen. Und die hohen Berge, die halten auch die Strahlen und die Glutwellen ab. Hier scheint immer die Sonne, und der See lächelt blau. Hier haben sie sich ein Paradies gekauft. Nur sie bringen sich selber mit hierher, und indem sie das tun, zerstören sie das Paradies. In der Untätigkeit wissen sie nichts mit sich anzufangen, denn sie sind keine Künstler ...«

»Ist es denn für die Künstler ein Paradies?«

»Es ist ein guter Platz für Maler. Schriftsteller sollten hier nur kurze Zeit bleiben und dann wieder gehen.«

»Und was machen die Menschen hier, die keine Künstler sind?«

»Sie warten auf ihren Tod und verbringen die Zeit bis dahin mit kleinen Spielchen.«

»Spielchen?«

»Ja: Suff, Ehebruch und verschiedene Arten von Sex, Klatsch, ein bißchen Sport und Intrigen ...«

»Und Sie? Was machen Sie hier?«

»Ich warte auch auf meinen Tod, aber ich sehe mir dabei zu.«

»Sie scheinen das Paradies ganz gut zu vertragen.«

»Ich bin alt genug dafür. Es gibt noch mehr, die es ertragen. Aber das sind fast nur alte Menschen, die genau wissen, jeder Tag, den sie hier am See verbringen dürfen, ist ein zusätzliches Geschenk.«

»Haben Sie nie geheiratet?«

»Ich habe eine Freundin. Sie ist charmant, gütig und intelligent. Aber wir schätzen uns beide zu sehr, als daß wir geheiratet hätten.« Er grinste leicht: »Außerdem saufe ich. Und auf das Saufen reagieren alle Frauen mit der Mentalität von Köchinnen.«

»Sie sind hier beliebt ...«

»Ja, ich komme gut mit den Menschen aus, weil ich sie kenne und ihnen keine sehr tiefen Gefühle entgegenbringe.«

»Vielleicht ist das ein Fehler. – Ich wurde hier sehr freundlich aufgenommen.«

»O ja. Wenn ein Mann wie Sie in dieses Dorf kommt, dann stürzen sich alle auf ihn. Sie wittern ein Schicksal, und das fasziniert sie, weil sie selbst kein eigenes Schicksal mehr haben, denn ...« Er lachte amüsiert. »Sie leben ja im Paradies. Und das ist der Nachteil: Im Paradies gibt es kein Schicksal mehr.«

»Darüber könnten Sie schreiben ...«
»Ich kann nicht aus meiner Flucht und aus meinem Exil eine belletristische Attraktion machen. Der große Leewald konnte das. Er konnte überhaupt alles. Er hatte genau das Maß an Unbekümmertheit, um alles zu können ... Melting hier, den niemand mehr kennt, ist größer als der große Leewald.«
»Und weißt du noch«, rief Friedmann, der Komponist, hinter ihren Rücken. »Wie wir uns eine Zeitlang jeden Abend in der Tauentzienstraße getroffen haben?«
»Ja«, sagte Melting. »Du gingst jeden Abend um die gleiche Zeit ins Theater und ich ...«
»Und da stand an der Ecke ein Zeitungsverkäufer, und der rief: Der Dollar steht auf achttausend!«
»Und dann auf zwanzigtausend!«
»Und wir trafen uns, und er stand auf sechzigtausend!«
»In der Tauentzienstraße.«
»In Berlin ... Und du hast gesagt: Jedesmal, wenn ich dich treffe, ist mein Geld schon wieder weniger geworden.«
»Ja, achthunderttausend Mark der Dollar ...«
»Und mehr ...«
»Ja, ins Bodenlose ...«
»Wir trafen uns.«
»In Berlin«, sagte Melting.
Alfredo hatte sich auf dem Barhocker umgedreht und betrachtete die Gruppe um Friedmann und Melting. Dann griff er wieder zu seinem Glas, trank und sagte: »Tja ...«
Edwards konnte fast sehen, wie der alte Mann neben ihm nachdachte. Melting hatte ihn an etwas erinnert. Sie hatten alle viel, an das sie sich erinnern konnten. Sie sagten: Wir trafen uns ... In Berlin ... Und dann vergaßen sie es wieder, aber ihr Denken war auf ihr größeres Leben gelenkt, und dort konnten sie umhergehen, in Gedanken, in dieser Anhäufung von Gewesenem und erkalteten Szenen, während sie, jedem sichtbar, nur mit einer Winzigkeit ihrer Existenz in diese Stunde hineinragten.
Edwards begriff, wie Menschen leben. Mit einer Gewißheit des Verstehens erkannte er sie. Der Mann neben ihm hob das Glas und sagte: »Salute.« Und Edwards wußte, daß er nachdachte.
Der Dollar stand auf achttausend, und ich war damals ... In Leipzig war ich damals. Und da war das Zimmer. Dunkelgebeizte Eiche – Eßzimmer und Herrenzimmer. Und mein Vater war ... Gymnasialdirektor war er. Streng, als ich ein Kind war. Mit dem Stock. Und er sagte: Komm her, Alfred. Ich muß dich züchtigen ... Und später nicht zufrieden mit mir. Schriftsteller.

Auch Gymnasialdirektor. »Nehmen wir noch ein Glas, Mr. Edwards?«
Ein bißchen stolz war sie. Mein erstes Buch. Meine Mutter. Sie sagte: Und das wird wirklich gekauft? Und ich sage: Hier, meine Brieftasche. Das Geld. Vom Verleger. Gestaunt haben sie. Und einen gelben Strohhut habe ich gekauft. Mit Buch und gelbem Strohhut. Sie war ... Der Blinddarm. So jung. In memoriam hinter dem Buchdeckel. Ein grünes Kleid. Und der Wind. Und sie hielt mit der linken Hand, sie hielt das Kleid im Wind.
»Sie sollten sich nicht von mir miesmachen lassen. Für Ihr Stück gilt das nicht, was ich gesagt habe.«
Herr Rilke, haben Sie mein Buch gelesen? Hähähä. Heilig! Heilig! Sonette an Orpheus ... Aber ich ... Im Strohhut, im neuen Anzug, ich atme euch alle ein. Mein neues Buch. Mein Verlag hat ein Gesicht. Das müssen Sie umschreiben, sagt er, der Verleger.
»Man darf sich nicht beirren lassen, Mr. Edwards.«
Und Edwards dachte: Es ist wie eine Bühne. Und sie spielen alle die Außenseite ihres Lebens, das aber nicht ihr eigentliches Leben ist. Es hat mehr Dimensionen. Auf vielen Bühnen. Der Club – eine Bühne. Und sie spielen sich viel schlechter als sie sind.
»Melting!« rief Alfredo, während er den Arm um Lauras Schulter legte, »was schreibst du im Augenblick?«
»Ich schreibe Gedichte«, sagte Melting. »Und außerdem habe ich eine neue Geschichte angefangen. Ich halte was davon ...«
»Eine neue Geschichte ...« wiederholte Alfredo und sah Edwards an. Er nickte und murmelte: »Jeder von uns trägt eine Geschichte mit sich herum, die er für die beste hält, die es gibt. Aber keiner von uns hier wird wahrscheinlich diese Geschichte schreiben. Sie wird mit uns begraben. Und wahrscheinlich ist auch, daß sie tatsächlich das Beste war, was wir hätten schreiben können.«
Johann Jünges protestierte: »Jetzt laßt mal diese Sachen. Man kann sich ja nicht mehr vernünftig mit euch unterhalten.« Er blinzelte Edwards an und sagte mit schwerer Zunge: »Ich habe eine Überraschung. Jawohl! Eine Überraschung habe ich! Du wirst staunen, Moritz. Jawohl! Ich werde nämlich ... Also, ich wollte es ja noch nicht sagen, aber es muß ja schließlich gefeiert werden ... Ich werde nämlich Vater!«
»Ach!« sagte Moritz und schaute Nina überrascht an.
Diamanten-Peggy schaltete sich ein: »Sekt für alle!« rief sie und machte eine umfassende Geste mit der Hand. »Jawohl. Das gibt

Sekt für alle!« Sie war jetzt ohne ihre Kümmernisse, leicht und laut, von heftiger Lustigkeit, sprunghaft noch immer, hatte jetzt Ähnlichkeit mit ihrer Tochter, ohne deren Charme: eine vergröberte alte Laura.

9

Als er erwachte, lag er einen Augenblick ganz still. Er schien zu überlegen. Dann lächelte er ein wenig. Man konnte erwachen wie nach einer Niederlage, oder völlig indifferent, oder so wie jetzt: Die Sonne scheint ins Fenster, und man erinnert sich, was man sehen würde, wenn man ans Fenster tritt oder hinaus auf die Terrasse. Und die Erinnerung entfaltet sich wie Knospen, die nacheinander aufspringen, erinnert sich an siebzig gute Jahre. Man ist heil geblieben; man hat alles überstanden, und die Ernte war reich. Die Bücher stehen in den Hunderttausenden von Zimmern in der ganzen Welt, und es ist, als gingen Fäden von ihm zu seinen Büchern, zu den Menschen, die irgendwann anfingen, ihn den »großen Leewald« zu nennen.
Und das, er weiß es genau, ist ein gutes Erwachen.
Einen Augenblick lauscht er hinüber zu dem anderen Zimmer. Seit Jahren schon haben sie getrennte Schlafzimmer. Sie waren beide nervös. Sie, eine feingliedrige Römerin aus alter Familie, unaufdringlich, leise, mit allen Vorzügen einer tadellosen Dressur. Distance! Auch in den alltäglichen Dingen, eine zarte Rücksichtnahme. Seine sechste Frau. Er hörte sie im Garten. Die Gartenschere schnappte nach den Zweigen. Sie arbeitete täglich im Garten. Sie liebte die frühen Stunden, wenn der See von keinem Windhauch gekräuselt wurde und die Farben noch frisch und rein waren.
Immer hatten Frauen sein Leben begleitet, aber keine war wie diese. Vor vierzig Jahren, als der Erfolg begann, kam die erste. Es dauerte nicht lange. Er wuchs, sie aber blieb stehen. Dann eine Filmschauspielerin in Deutschland. Sie machte Filme, er schrieb Bücher; jeder hielt seine Arbeit für die wichtigere, dazu noch die Rivalität des Ruhms. Die Liebe mußte sterben. Und dann Amerika. Sie täuschten ihn, umschmeichelten den berühmten Emigranten. Er bewunderte ihre Lebensweise, war noch nicht eingedrungen in das Geheimnis ihrer Norm. Glänzende Empfänge, im Frack. Er trug Monokel. Bankette und Toasts zu seinen Ehren. Er brauchte nur zu winken, und das tat er dreimal.

Die vorletzte war wieder eine Schauspielerin gewesen. Aber sie zog sich gleich aus dem Filmgeschäft zurück. Sie begann ein amerikanisches Leben der Oberschicht, übernahm die Führung und verteilte seine Zeit zwischen Parties und Reisen, die ebenfalls zu Parties führten. Sie war ganz sicher, daß sie ihn richtig verwaltete, beging jedoch die Sünde, ihm ihr Tempo aufzuzwingen. Er ließ sich ungerührt der seelischen Grausamkeit beschuldigen, was seinen Ruhm förderte, sicherte ihr Leben bis zu ihrem Lebensende und war wieder frei.
Danach genoß er viele Jahre seine Freiheit, schrieb seine besten Bücher und stillte nebenbei seinen gewaltigen Hunger. Er zog Menschen und Dinge an sich und warf sie wieder weg: Frauen, Autos, Häuser und viel Geld. In Europa war Krieg. Er litt darunter, aber es beeinträchtigte nicht seinen Appetit. Sein Gedächtnis war eminent; sein inneres Zentrum war niemals beschädigt worden.
Leewald zog seinen Morgenmantel an und ging auf die Terrasse. Er atmete tief. Der See lag vor ihm. Er liebte diese Weite, diesen unzerstörbaren Frieden über dem Wasser. Dafür war er dankbar. Von hier aus konnte er sich erinnern bis zu seinen chaotischen Anfängen und Erfahrungen. Er war eins mit sich selbst, genau in seinem Mittelpunkt. Er war alt und still, und es interessierte ihn nicht, was die Regierungen der Welt jetzt planten. Er lebte in Gewißheit, brauchte keine Beweise mehr; sein Ruhm war ihm gleichgültig, er lebte sich selbst.
Seine Frau grüßte zu ihm herauf. Sie kam und hielt drei gelbe Rosen in der Hand. Er küßte sie auf die Wange, dann gingen sie zum Frühstückstisch. Das Mädchen war fast lautlos. So hatte er es befohlen. Leise Anfänge, gleitende Tage, ohne jähe Unterbrechungen. Keine Investitionen mehr in große Gefühle, aber Tage des sanften Wohlwollens.
Er sagte: »Ich habe den Jungen gesehen. Er ist noch sehr unsicher. Sie werden ihn jagen, denn er ist eine große Begabung, einer von den Großen, die völlig wehrlos sind ... Er redet kaum. Ich glaube, er ist schon mit Angst zur Welt gekommen. Deshalb wird er immer wieder angreifen. Er hat sein Schicksal noch nicht begriffen. Auf mich macht er den Eindruck eines Menschen, dem noch Dinge zustoßen werden ...«
Vom Campanile der Kirche in Verbania schlug es sieben Uhr.
Nach dem Frühstück sagte Leewald: »Ich gehe ein wenig in mein Arbeitszimmer.« Er suchte dort auf dem Bücherregal nach einem italienischen Kochbuch. Darin blätterte er lange, fand alle Tomatensaucen, suchte die eine, um die es ihm ging, die ihm

unvergleichlich schien. Er las, nickte vor sich hin und murmelte: »Aha, also doch mit Petersilie . . .«

Alois Bühlmann war ein Frühaufsteher. Als er es sieben schlagen hörte, setzte er sich im Bett auf und schubste seine unwillige Susi an. »Aufstehen! Aufstehen!« sagte er. »Was glaubst du, was die Schweine für einen Dreck im Club gemacht haben! Da brauchen wir mindestens fünf Stunden, bis das wieder alles sauber ist.«
»Es ist doch noch viel zu früh«, maulte Susi. »Laß mich noch eine Stunde schlafen.«
»Was! Noch eine ganze Stunde! Wo denkst du hin. Schlafe mittags nach dem Essen, wie ich.«
»Ich kann aber mittags nicht schlafen.«
»Du!« rief er. »Stehst du jetzt auf oder nicht!«
»Ich bleibe liegen!«
»Ah! Mein Untergang! Jetzt habe ich eine Stelle mit Verantwortung, und du läßt mich im Stich. Wir müssen die Messer, Gabeln und Löffel zählen – alles Silber. Dann kommen die vom Hotel und holen ihre Platten ab. Und Lieferanten kommen, und die werden sagen, wo ist denn Alois Bühlmann? Alois Bühlmann liegt noch faul im Bett! Und warum? Weil seine Frau ein faules Luder ist! Du, das wird sich 'rumsprechen. Also los jetzt!«
Er stand dann im Schlafanzug vor ihrem Bett und schaute auf sie hinunter. Susi hatte sich in die Kissen gekuschelt und schien wieder fest eingeschlafen zu sein. »Na, los doch!« knurrte er und zog an der Bettdecke, zog noch etwas mehr, entblößte die Liegende, deren Nachthemd während des Schlafes hochgerutscht war. Er sah ihre stramme untere Hälfte aus dem verknitterten Nachthemd herausragen; eine kräftige Hälfte mit langen Beinen und festen Schenkeln. Und dazwischen war dieser wirre, herausfordernde Haarschopf. In Alois Bühlmann begann sich etwas zu regen. Der Widerstreit seiner Empfindungen zeigte sich auf seinem Gesicht, das ratlos wurde, sich in Ablehnung versteifte und dann die Grimasse einer komischen Verzweiflung zeigte. Er gab nach. Er war wieder der Unterlegene.
Während er sich auf den Bettrand setzte und seine Frau zu streicheln begann, machte er wieder Verwandlungen durch. Ein eifernder Zug erschien in seinem Gesicht.
Ganz allmählich begann sie zu reagieren und seufzte.
Noch einen Rest Vorwurf in der Stimme, sagte er: »Jajaja, ich weiß. Das hast du am liebsten . . .«
Aber er war jetzt angespornt. Er wollte sich beweisen. Und das schien ihm wichtig bei einer um zwanzig Jahre jüngeren Frau.

Wo sie doch wieder mit Panoni engumschlungen getanzt hat, anstatt Gläser zu spülen.
Er steigerte sein Spiel.
Mit dem sie übrigens viel zu oft tanzt. Aber noch bin ich ein Mann. Warte nur... Ich bin nicht Johann Jünges. Mit mir kannst du es nicht treiben wie diese Nina... Sein Gesicht wurde faunisch, Gier und Befriedigung in einem. Sie war jetzt nah am Ziel, und er triumphierte, brauchte diesen Triumph. Jajaja. Ich kann schon noch, warte...
»Komm jetzt!« drängte sie.
Als wollte er sie dafür bestrafen, daß sie getanzt und keine Gläser gespült hatte und außerdem noch zwanzig Jahre jünger war, zögerte er noch ein paar Minuten, ließ sie betteln, ließ sich von ihr beschmeicheln. Jawohl, er meisterte sie. Er war der Meister.
»... und daß mir nicht mehr soviel getanzt wird im Club. Das gehört sich nicht!« sagte er herrisch, als er ins Bett kletterte, um zu vollenden, was, wie ihm schien, bereits so vortrefflich unter seinen Fingern gediehen war.
Er hatte das Zärtliche lang entbehrt. Zu keinem Beruf neigend und anscheinend für nichts tauglich, hatte er bis zu seinem dreißigsten Lebensjahr nur Gelegenheitsarbeiten verrichtet. Dann war seine eigentliche Neigung durchgebrochen. Von jeher hatte er mit Leichtigkeit Musikinstrumente erlernt, brauchte sie nur zu bedienen: Klavier, Akkordeon, Mundharmonika und Gitarre; es lag ihm in den Fingern. Aber erst mit Dreißig eröffnete er sein Ein-Mann-Orchester, seine eigene Erfindung. Eigenbrötlerisch zog er mit den Tschinellen auf dem Kopf, mit Pauke, Akkordeon und Mundharmonika durch die Schweiz, kam nach Deutschland, wanderte von da nach Dänemark, Norwegen und Schweden und verdiente gut. Die Leute lachten über ihn und hörten ihm zu. Aber während der fünfzehn Jahre, die er mit dem Kopf wackelte und auf öffentlichen Plätzen, auf Jahrmärkten und dörflichen Festlichkeiten die Münzen in die vor ihm aufgestellte Blechdose fallen hörte, war sein Glück bei Frauen nur gering. Auf Dörfern, im Kuhstall oder in der Scheune machte ihm hin und wieder eine dralle Magd die Freude. Mit seinen Instrumenten war er nach Verbania gekommen, hatte reichlich kassiert und seine Frau kennengelernt. Sie war Kellnerin. Da er sich als Künstler fühlte, wollte er in Verbania bleiben. Bei Dr. Samuel Jacobsohn wurde er Mädchen für alles, brachte den Kunden die gekauften Bilder und stellte seine Instrumentensammlung in einer Dachkammer unter. Er heiratete die fast zwanzig Jahre jüngere Frau, übernahm durch Jacobsohns Ver-

mittlung den Club und war sicher, daß er seine Lebensstellung gefunden hatte.
Der Club hatte sich entwickelt, mehr Mitglieder, höhere Umsätze und nun die totale Renovierung.
»Im Club liegt unsere Zukunft!« hatte er Susi erklärt. »Da müssen wir fleißig sein. Da müssen wir korrekt sein!« Und dabei hatte er wieder gezuckt, mit dieser schnellen Bewegung, als hätte er noch die Tschinellen auf dem Kopf.

Melting brauchte nicht mehr viel Schlaf. Als es vom Campanile acht Uhr schlug, stand er auf. Er machte ein paar possierliche Freiübungen und wusch sich dann kalt. Durchs Fenster spähte er kurz nach dem Wetter, fand es gut, freute sich darüber und begann, sich anzuziehen.
Die Zweizimmerwohnung war karg möbliert, sie entsprach jedoch genau seinen Vorstellungen. Er war der Sohn einer reichen jüdischen Familie; als er im Jahre 1896 in Berlin zur Welt kam, gab es im väterlichen Hause zwölf Bedienstete. Melting allerdings hatte niemals etwas besessen, und da sein Einkommen immer mäßig geblieben war, hatte er eines Tages bestimmt: Ich will das Zeug nicht! Damit meinte er jede Art von Besitz, der über das Notwendige hinausging.
Bei seinem wechselhaften Leben war diese Einstellung vorteilhaft für ihn gewesen. Als das Reichtagsgebäude in Berlin brannte, ging er nicht mehr in seine Wohnung zurück. Er fuhr nach Paris, wohnte mit anderen Emigranten in einem viertklassigen Hotel und schrieb Briefe an verschiedene Adressen. Ein wenig Geld sickerte noch durch für ihn. Es kam so spärlich, daß die Frau des Hoteliers jeden Tag mahnte: »Ihr Geld ist wieder nicht eingetroffen ...«
Es regte ihn nicht auf. Er antwortete: »Wenn es morgen kommt, werden Sie sich auch morgen noch darüber freuen ...«
Die Nachrichten aus Deutschland waren bestürzend, viele Freunde, bekannte Publizisten, Schauspieler und Musiker waren verhaftet und saßen in Lagern. Und das war erst der Anfang.
Als er nach Amerika kam, übernahm ihn eine Emigrantenorganisation, die ihn nach Hollywood schickte. Dort saß er seine Zeit ab, an einem Schreibtisch der Wohltätigkeit für hundert Dollar die Woche. Er begriff erst viel später, daß gutmeinende Ignoranten ihm eine Art Beschäftigungstherapie verordnet hatten. Er sollte das Gefühl haben, eine brauchbare Arbeit zu leisten, indem er Drehbücher schrieb. Er war zutiefst verletzt, verstand sich als Märtyrer und bezog endgültig die Position des Widerstandes.

Aber er lernte damit zu leben: Rebellion war seine Form geworden. Er bewegte sich in ihr mühelos. Sein Stilmittel war die Ironie, der beißende Spott. Öffentliche Auszeichnungen blieben ihm erspart, obwohl auch sein Name in Stockholm fiel, als man in einem kritischen Jahr den Nobelpreis pointiert nach Deutschland vergab. Er blieb nicht in Amerika, aber er ging auch nicht nach Deutschland zurück. Als ihn ein Reporter in Verbania interviewte und nach seinen Gründen fragte, sagte er: »Ich kann auf die Dauer nicht in einem Land leben, das den elektrischen Stuhl fest unter Vertrag hat. Und ich möchte nicht in ein Land zurückkehren, das wieder einmal seine Revolution versäumt hat ... Die ich dort geliebt habe, sind tot; die ich dort hassen mußte, sind fast alle noch da ...« Er blieb in Verbania. Von allen ihm möglichen Plätzen war dies der beste. Hier gab es Freunde und Freundlichkeit. Hier fühlte er sich wohl, wie an diesem Morgen, den er inspiriert begann, trotz des späten Aufbruchs aus dem Club.

Melting machte sich in seiner Küche eine Tasse Kaffee. Er pflegte nie zu frühstücken. Mit der Tasse in der Hand ging er zu seinem Schreibtisch und begann zu schreiben: in ein dickes Schulheft. Seine Handschrift war klein, aber deutlich.

»Der Fehler sämtlicher Revolutionen war, daß ihre Idee von außen an die Menschen herangetragen werden mußte. Es waren nicht gewachsene Revolutionen, sondern erzwungene, gewaltsame Schübe, deren Energie sich notwendigerweise verbrauchen mußte. Die eigentliche, innere und lautlose Revolution steht unmittelbar bevor. Sie wird weltweit sein und zu gleicher Zeit alle Schichten der Menschen erfassen. Die maßlosen Übergriffe des Staates werden sie auslösen, und die jetzige Form des Staates wird nicht mehr funktionieren ... Sie wird verschieden sein von allen gewesenen Revolutionen, denn sie wird sich – nach dem Prinzip der Rückkoppelung – selbst auf die einfachste Formel bringen: passiver Ungehorsam. Ein uralter Traum der Menschen auf ihrem Weg zur Menschwerdung wird wahr: Der Bürger wird keine Steuern mehr zahlen, der Rekrut wird nicht einrücken, der Arbeiter wird sich weigern, Kanonen zu gießen, der auf Lebenszeit angestellte Beamte des Staates wird seines Amtes enthoben ... Der Virus des Ungehorsams wird den Staat durchdringen. Es werden nicht einzelne Infektionsherde sein, sondern die endgültige Revolution wird sich osmotisch ausbreiten ...«

Er schrieb in sein Schulheft bis um elf Uhr. Und dabei bereitete es ihm eine fast diebische Freude, sich vorzustellen, daß diese Schriften ihren Marsch in die Welt antreten würden. Nach seinem Tod. Er wußte, daß die Menschen dieser Zeit keine großen

Gedanken mehr vertrugen. Nur den Toten glaubten sie die Wahrhaftigkeit ihrer Erkenntnisse. Er war völlig damit einverstanden, diesen Preis zu zahlen, denn er war ein Mann, der das Gesetz begriffen hatte, nach dem er angetreten war.
In bester Stimmung ging er dann durch das Dorf. Im Café »Verbano« würde er noch eine Tasse Kaffee trinken und eine Kleinigkeit essen. Von weitem sah er schon, daß seine Freunde vor dem Café in der Sonne saßen: Alfredo, Dr. Jacobsohn, Potansky und der Komponist Friedmann. Es fehlten noch ein paar, aber die würden auch noch kommen.
Als sie ihn sehen konnten, wie er die Hauptstraße heraufkam, klein, mager, mit einem energischen schnellen Schritt, sagte Dr. Jacobsohn: »Da kommt Melting. Eigentlich hat er sich nie verändert. Wir sind alt geworden, er nicht.«
»Ja«, sagte Alfredo zustimmend. »Schon vor fünfunddreißig Jahren hat er genauso ausgesehen wie heute . . .«

Im Dorf wurde es laut. Auf ihrem Weg nach Italien fuhren die Wagenkolonnen durch die Hauptstraße. Moritz haßte jetzt die Fahrzeuge, die jeden Sonntag um diese Zeit die Stille zerrissen. Er fühlte einen dumpfen Schmerz im Kopf. Margit war in der Küche und bereitete das Frühstück. Er spürte keinen Hunger, lag mißgestimmt und grüblerisch im Bett. Zuviel Alkohol! dachte er. Jede Nacht. Was ist mit mir? Ich muß aufhören! Es ist ein Bruch in mir. Ich muß weg von Verbania.
Sie kam herein, und als hätte er sie an seinen Gedanken beteiligt, rief er ihr zu: »Es ist diese gottverdammte Ferienstimmung hier, die jede Sammlung zerstört. Alle Welt macht Ferien. Johann Jünges, Peggy, Laura, der Konsul Flappner, der Schmitt und seine alte Ziege und Mr. X und Mrs. X! Und im ›Verbano‹ sitzen sie alle, die Berühmtheiten, und machen Ferien! Ich muß weg von hier!«
Regungslos stand sie neben der Tür und schaute ihn ruhig an. Sie kannte diese Ausbrüche, die sie die Regungen seines schlechten Gewissens nannte. Sein sonst hochgezwirbelter Schnurrbart hing schlaff nach unten, seine langen Haare waren zerwühlt. Er lag im Bett; sie schaute auf ihn herunter und war nicht in der Stimmung, ihm seine äußere Erscheinung zu verzeihen. So war er, wie er da vor ihr lag: ungeordnet, ohne Disziplin, ohne Moral und – was sie seit einigen Monaten glaubte – auch ohne Energie.
»Du hast seit vier Monaten kein Bild mehr gemalt. Du hast nichts getan, als zu saufen und hinter den Frauen her zu sein. Ich weiß alles.«

»Wenn du alles weißt, warum gehst du dann nicht?«
»Weil noch ein Rest Liebe da ist. Wenn der verbraucht ist, werde ich gehen.«
Er setzte sich im Bett auf und starrte sie an: »So, dann wirst du gehen? Dann gehst du . . .«
Sie stand noch immer neben der Tür, ungerührt, mit aufgestecktem Haar und untadeligem Make-up. Und so sah er sie, wie sie da vor ihm stand: gepflegt, täglich vor dem Spiegel aufgefrischt mit der Hartnäckigkeit der Frau, die sich an ihre Jugend klammert; ernsthaft, nüchtern und streng, und jetzt mit diesem überheblichen Gesichtsausdruck der Anklägerin, die über ihn Gericht halten wollte.
»Du mußt arbeiten. Du hast bei deiner letzten Vernissage an die dreißigtausend Franken verdient. Deine Bilder gefielen. Du hast Bestellungen. Jetzt müßtest du noch mehr arbeiten . . .«
»Bin ich ein Roboter?« brüllte er. »Bin ich ein Huhn, das täglich ein Ei legt? Ich brauche Entwicklung, Sammlung!«
»Du zerstörst deine Sammlung immer wieder. Es hat sich da ein Kreis gebildet von Säufern . . . Alles Egozentriker, Exzentriker! Und all dieses Gerede über Kunst, das vor den kleinsten Realitäten des Lebens doch nur zu Geschwätz wird! Es gibt auch andere Menschen, ausgeglichene Menschen. Ich bin nicht so dumm, wie du glaubst. Ich sehe, daß du dich am liebsten zu den Defekten schlägst. Es gefällt dir, wenn sie dich beim Whisky loben und sagen: Du bist ein großer Maler. Das glaubst du und denkst, du hättest schon genug geleistet. Deine Eitelkeit ist gräßlich. Und wenn du Geld hast, kaufst du dir Hemden zu hundert Franken das Stück und lädst alle zu einem großen Essen ein. Dabei müssen wir uns einteilen. Wir haben eine schöne Wohnung, Möbel, ein großes Zimmer mit gutem Licht für dich. Wir haben alles, was wir brauchen . . .«
»Und warum räsonierst du dann?« rief er.
»Weil du es nicht zu schätzen weißt. Weil du nicht arbeitest und dich verplemperst mit Suff und Weibern!«
»Habe ich nicht angefangen? Die ›Römischen Impressionen‹?«
»Das ist keine neue Arbeit. Die Skizzen hast du schon damals gemacht, als du noch in Rom gelebt hast. Du wirst wie Panoni. Wenn wir kein Geld mehr haben, wirst du täglich malen müssen, damit wir Miete und Essen zahlen können . . .«
»Ist Panoni nicht ein großartiger Maler? Und es zählt nur, was einer vollbringt!«
»Natürlich ist er ein großartiger Maler. Aber möchtest du so leben wie er? Na, wenigstens zieht er nicht alle Frauen durch.«

»Habe ich dir nicht von Anfang an gesagt, wie ich bin? Wir hatten uns gegenseitige Freiheiten zugesichert.«

»Ich verlange nicht, daß du nur mit mir schläfst, aber ich habe dich immer wieder um mehr Format gebeten. Du bist offen wie ein aufgeschlagenes Buch. Jeder kennt deine Affären. Natürlich, sie lachen darüber, sie schmunzeln und finden dich witzig mit diesem lustigen Bart. Da kommt er, der Hansdampf in allen Gassen ... Aber es ist zuviel. Da war die Sache mit der Frau des Rechtsanwalts. Du bist nachts über die Dächer und zu ihr ins Fenster gestiegen. Am nächsten Tag hat es jeder im Dorf gewußt, und sie ist abgereist. Mit Susi hattest du es, ehe sie den Ali heiratete. Mit Laura hast du geschlafen, aber da scheint dir dein neuer Freund in die Quere zu kommen. Mit Peggy hast du auch schon geschlafen. Mutter und Tochter, und beide wissen es. Ganze Nächte hast du bei Laura verbracht und kamst am Nachmittag und hast gesagt: Frage mich nicht. – Ich habe nicht gefragt. Aber das schlimmste ist die Sache mit Nina. Jeder weiß es. Jetzt kriegt sie ein Kind. Von wem? Willst du nicht wenigstens dort die Finger weglassen? Und wie war es mit Nicole? Du hast gesagt, sie ist eine hervorragende Malerin, ich kenne sie von Paris her. Das hast du gesagt, aber es stimmte nicht. Du warst in sie verliebt. Mindestens ein halbes Jahr lang. Und mindestens einmal in der Woche hast du bei ihr geschlafen. Dein Pech war allerdings, daß sie niemanden liebt, außer sich selbst. Ja, sie ist hübsch. Sie hat eine einmalige Figur, und sie ist faszinierend, aber sie weiß nicht, was Liebe ist. Ich bin gespannt, was du in den nächsten Tagen tust. Sie ist nämlich wieder aus Paris zurückgekommen ...«

Nina! dachte er. Wie ist das nur entstanden? Sie hat angefangen. Ich weiß es genau. Beim Tanzen. Johann Jünges? Er oder ich? Vater? Sie ist dumm. Man hätte etwas unternehmen können. Warum trägt sie es aus? Sie will ihre Zukunft sichern. Nein, ganz einfach dumm.

»Mit Nicole«, sagte er. »Mit Nicole ist nichts mehr. Und es interessiert mich auch nicht, daß sie wieder da ist.«

»Das Frühstück ist fertig«, sagte sie leise.

»Ja, ja. Ich komme.«

Sie zog ihren Morgenmantel aus, stand vor dem Wandschrank in Höschen und Büstenhalter. So hatte sie oft vor der Kamera gestanden, und ihr Bild war so auf den Titelseiten großer Illustrierten gewesen. Er schaute kaum hin. Es ist nichts mehr mit uns, dachte er. Vielleicht ist alles schon verbraucht. Sie schlüpfte in ein leichtes Sommerkleid und ging hinaus.

Er duschte: heiß, kalt. Dann ein Blick in den Spiegel. Der Bart: eine Maskerade. Lächerlich. Ich werde ihn abnehmen. Das Haar: Maskierung. Lächerlich. Römische Impressionen ... In Rom hatte ich eine fruchtbare Zeit. Er öffnete das Badezimmerfenster und schaute hinaus: ein schöner Tag. Ich werde wieder anfangen. Die Kontinuität der Arbeit, alles andere ist Unsinn! Wir zerstören uns. Nina, Laura, Nicole ... John Edwards – arbeitet er? Er schmeißt sein Geld auch zum Fenster hinaus. Laura und er? Peggy hatte Pläne: Laura und ich. Aber dann habe ich mit Peggy geschlafen. Einmal nur. Nicht wieder. Nein! Ich kann doch noch malen? Die Frische fehlt, der klare ausgeruhte Kopf. Der Schmelz. Tauge ich noch etwas? Auf der Akademie, die Professoren: Sie sind eine Begabung. Zwei Preise. Bilder von mir in öffentlichem Besitz. Die Galerie in ... Römische Impressionen: Es fing so gut an. Einen Brief muß ich schreiben. Einen Brief an meine Eltern. Sie sitzen in Wien. Schon lange, lange in Wien ...

Er ging in die Küche, wo sie den Frühstückstisch gedeckt hatte. In seiner Tasse rührend, gelassen scheinend, sagte er: »Frauen denken immer, die Liebe muß noch besser werden. Wenn ein Verhältnis sich nicht fortwährend steigert, glauben sie, es sei zu Ende ... Das ist der Grund, warum so viele Frauen ein Verhältnis zerstören. Was willst du von mir? Daß ich mich ändere? Dazu ist es zu spät. Ich bin fast vierzig. Alles, was ich nicht selbst erkenne, kann ich auch durch dich nicht erfahren.

Ich liebe Bars und Männergesellschaft, Derbheit und Gelächter. Wenn ich zuviel trinke, werde ich es eines Tages merken und damit aufhören.«

»Es ist alles so erlogen«, sagte Margit. »Man wird ganz leer davon. Wenn ich jetzt über die Piazza ginge, könnte es mir passieren, daß ich vier oder fünf Frauen treffe, die mit dir schlafen. Wir grüßen uns freundlich und fragen uns, wie es uns geht ... Der schläft mit jener, und diese mit jenem ...«

»Und ich kann niemanden treffen?«

»Kaum.«

»Und was ist mit King, deinem Regisseur?«

»Schön, ich habe einmal mit ihm geschlafen.«

»Scheiße!« sagte er. »Die Schweine. Sie können es nur auf diese Art. Willst du eine Rolle, mußt du ins Bett ... Ich habe nichts gegen das Bett, aber diese Tour gefällt mir nicht.«

»Jetzt muß ich nicht mehr ins Bett. Das war nur am Anfang meiner Karriere. Und da habe ich dich noch lange nicht gekannt.«

»Natürlich mußt du ins Bett! Du bist aus dem Geschäft!«
»Er will mich aufbauen vor dem nächsten Film. Zwei Illustrierte haben zugesagt, größere Reportagen.«
»Ja, ich weiß. Du sollst eine Romanze spielen. Zärtliches Rendezvous in Verbania, mit Tommy Flitt. Dabei weiß doch jeder, daß dieser Scheißkerl stockschwul ist!«
»Es ist nun mal so in dieser Branche. Überhaupt wissen es nur die Eingeweihten, daß er schwul ist. Was ist schon dabei?«
»Nichts ist dabei. Ich wünsche dir viel Vergnügen mit Flitt!«
»Ich habe gehört, das Fernsehen soll kommen. Sie wollen einen Film drehen über Verbania.«
»Genug Affen sind ja hier.«
»Was wirst du heute unternehmen?«
»Ich gehe spazieren. Und dann gehe ich zu einem Aperitif ins ›Verbano‹. Und dann werde ich malen, malen!«
»Hoffentlich.«
»Über den schöpferischen Vorgang weißt du nichts!«
»Ach Gott, was bist du so groß . . .«
»Ich werde Verbania verlassen«, sagte er ruhig, und dann, als wäre ihre Kränkung erst jetzt in seinem Bewußtsein angekommen, schlug er mit der Faust auf den Tisch und rief: »Jawohl! Ich werde groß sein! Aus meinem Chaos werde ich ein Kunstwerk machen!«

Panoni lag im Bett und döste vor sich hin. Er wartete, daß ihn der Hunger hochtreiben würde. Er wollte dann irgendwohin gehen, durchs Dorf gehen, sich an einen Tisch setzen und essen. Suppe und ein Stück Fleisch und Spaghetti mit Tomatensauce und Salat und dazu roten Wein: im Dorf, wo sie ihn kannten und wo der Kellner in der Küche sagen würde: Für Panoni. Und wo der Koch denken würde: Für Panoni, ich lege etwas mehr auf.
Aber das hatte noch Zeit. Es war gut, so zu liegen, in einer wohligen Wunschlosigkeit, in der seine Gedanken von selbst wuchsen wie sein Bart, den er, ohne es zu wissen, mit der linken Hand langsam strählte.
Panoni hatte nur ein Zimmer. Es war groß und fast leer. Ein Bett, ein Tisch mit einem Stuhl standen darin und in der Mitte des Raumes die Staffelei. Ein Zimmer in einem alten Haus mit einem breiten Fenster, für wenig Miete.
Seine Augen ruhten auf dem angefangenen Bild, und er dachte: Der goldene Hahn. Er hatte sich nicht gefragt, warum er das Bild so nennen würde. Seine Hände hatten ihn geführt, er hatte sich von Farben und Strichen leiten lassen, von Schatten und Hellig-

keiten. Und dann stand der Name fest. Er konnte sich nicht erinnern, darüber nachgedacht zu haben. Es war ein Hahn, ein stolzer, trotziger und dummer Hahn. Vielleicht auf einem Kirchturm, vielleicht auf einem Haufen Mist. Er krähte sein Leben in die Luft, ein funkelnder, anmaßender Hahnenschrei.
Panoni malte jetzt im Bett. Sein Kopf war schräg geneigt, und versonnen sah er sein Bild. Schläfrig oder traurig schien er und hatte das Gefühl zu malen, er setzte Lichter auf: ein gelber Hahn, aus Rot hervorwachsend. Er führte den Pinsel, spürte ihn in seiner Hand, lag ganz ohne Anstrengung und beendete das Bild, langsam, ohne es zu wissen. Er war jetzt durchlässig wie Gaze, weit offen für Licht, Farbe, Form. So blieb er zwei Stunden fast reglos liegen, kraulte seinen Bart und baute sein Bild.
Dann schien er aufzuwachen. Er fuhr mit der rechten Hand über seinen runden Bauch, prüfte sein Glied, das steif geworden war. Eine Regung zum Onanieren kam ihn an, aber er war zu träge, obwohl er mit Stolz die Größe seiner Männlichkeit feststellte. Er dachte an Frauen, probierte es mit Nina, Laura, mit Susi und wünschte sich Susi. Er lebte von Gelegenheiten der Liebe. Manchmal ging eine allein nach Hause, und manchmal war eine damit einverstanden, sich in diesem Zimmer mit ihm ins Bett zu legen. Er war freundlich und langsam mit ihnen. An Heirat hatte er nie gedacht. Dr. Jacobsohn hatte einmal zu ihm gesagt: »Panoni, Sie sollten heiraten. Sie brauchen Ihre Ordnung. Sie sind doch bald dreißig. Wer sorgt denn für Sie?«
»Meine Mama . . .«
Er brauchte gar nichts. Er war zufrieden mit dem, was für ihn abfiel. Hatte er Geld, dann trank und aß er, war er ohne einen Rappen, dann gab es Leute wie Johann Jünges und Moritz, die ihn einluden. Er war ganz ohne Ehrgeiz und einig mit sich selbst. Ein fast gedankenloser Teil der Schöpfung, die er mühelos mit dem Auge begriff. Niemals in seinem Leben hatte er gelitten, und die Welt war für ihn vollkommen.
Alle vierzehn Tage kam seine Mutter auf einem Fahrrad aus dem Nachbardorf angefahren und kehrte den Dreck aus seinem Zimmer, brachte ihm frische Wäsche und überzog das Bett.
Jeder in Verbania kannte ihn. Er galt als ein großes Talent, war beliebt, weil er ein Kind war und, wie jeder glaubte, immer ein Kind bleiben würde.

Er war satt bis zum Überdruß, und er wollte gehen. Aber sie hatte ihn gehalten und bat auch jetzt wieder: »Bitte, bleibe noch eine Stunde!«

»Deine Mutter wird aufwachen und mich sehen, wenn ich aus deiner Wohnung komme. Und wie soll ich überhaupt hier hinauskommen? Es ist Mittag vorbei!«
Sie lachte über seine Skrupel. »Du hast Angst vor ihr. Es ist zu komisch, du hast Angst vor ihr.«
»Laß den Unsinn!« sagte er schroff.
»Sie schläft ihren Rausch aus. Mach dir keine Gedanken, sie wird nicht vor drei Uhr nachmittags aufwachen. Ich kenne sie. Bitte, erzähle mir noch. Du kannst gut erzählen, wenn man mit dir allein ist. Ich will dich reden hören . . .«
Sie lag im Bett. Ihre Kleider hingen unordentlich über einem Stuhl. Er stand in Hemd und Hose vor ihr, die Krawatte in der Hand. Er zögerte noch, und sie machte einen überzeugenden Versuch: »John, ich möchte von dir lernen. Auch deshalb sollst du bleiben. Wir sehen uns immer nur, wenn wir getrunken haben. Kaum sind wir zusammen, befinden wir uns schon mitten in einer Strömung und werden getrieben.«
Er betrachtete sie mißtrauisch, sah ihr entschlossenes Gesicht, die Nachdrücklichkeit, die ernst genommen werden wollte. Er verdächtigte sie der Listen und Taktiken, als wäre jede ihrer Regungen belastet von weiblicher Verschlagenheit. Sie schien ihm durchtrieben, eine Frau, die sich ständig an ihm erprobte, die fortwährend Bestätigungen einsammelte und nicht anders denken konnte als in persönlichen Erfolgen oder persönlichen Niederlagen. »Sage mir, warum mißfällt dir Amerika?«
»Das habe ich nicht gesagt.«
»Du hast gesagt, Amerika ist steril.«
»Es ist seltsam. Immer, wenn man Amerika kritisiert, glauben die Amerikaner, man wollte sie gleich umbringen . . . Ich habe gesagt: Amerika ist steril. Amerika mit all seinen Möglichkeiten hat keine lebendige Idee hervorgebracht, die der Welt als Beispiel dienen könnte. Es ist verlogen, heuchlerisch und rückständig. Es kommt mir vor wie ein Teatotaler, der heimlich säuft.«
»Amerika verteidigt die Freiheit der westlichen Welt!« sagte sie, und es klang überzeugt.
Er lachte: »Amerika verteidigt nicht die Freiheit, sondern seine Interessen. Es verteidigt sein Profitdenken, dem alles untergeordnet wird – auch die Kunst. Amerika bedroht und besticht die Welt. Es hat außer verheerenden Waffen und anderen technischen Meisterleistungen nichts hervorgebracht. Es ist unschöpferisch für die Welt. Was Amerika für schöpferisch hält, ist nichts anderes als ein unbarmherziges Konkurrenzdenken. Diesen Geist breitet es über die Welt aus.«

Sie lächelte und sagte: »Ich weiß, was du sagen willst: Europa ist noch immer das Gehirn, und Amerika ist nur so etwas wie der Rumpf ... Amerika wird wachsen. Es wird sich vervollkommnen.«
»Hoffentlich. Es hat in den letzten zehn Jahren beinahe alles getan, um sich zu ruinieren.«
»Amerikas Konflikte werden offen ausgetragen, deshalb wird jede Schweinerei weltweit bekannt. Ihr Europäer seid verstockt, ihr seid Leisetreter ... Und was das Schöpferische angeht: Amerika hat in den letzten dreißig Jahren größere Autoren hervorgebracht als Europa. Eine größere und eigenständigere Dichtung! – Hast du nicht auch in New York geschrieben? Und hat man dein Stück nicht zuerst in New York gespielt? In Amerika ist ein Nebeneinander möglich. Das Schlechte liegt dicht neben dem Guten und umgekehrt. Das ist verwirrend.«
Sie wußte, daß sie ihn mit diesem Gespräch halten konnte. Mindestens zwei Stunden war er dozierend vor ihrem Bett hin und her gelaufen und hatte dabei seine langen Arme geschwungen, wenn er in Erregung geraten war. Sie liebte seine Lebendigkeit, die er sonst verbarg, und sie begriff, daß sie ihn aus seiner Reserve hervorlocken konnte. Das war für sie eine neue Art der Befriedigung, eine Erfüllung, die dem Körperlichen zumindest gleichwertig war.
Er bot ihr Gelegenheit, Intelligenz zu beweisen. Er regte an, und er war zugleich schwach genug, sie glauben zu lassen, in ihrem Verhältnis herrsche jetzt Parität. Sie gestand sich an diesem Morgen ein, alle diese Überlegungen liefen schließlich darauf hinaus, daß sie ihn liebte. Es war eine nüchterne Feststellung, die jedoch eine Überraschung enthielt: Alle anderen waren ihr nicht nahegekommen. Sie waren wie Besucher gewesen, mit denen sie durch die Tür gesprochen hatte. Keiner war eingetreten. Er ist der erste, dachte sie.
»Gefällt es dir hier?« fragte sie. »Ich habe diese Wohnung umbauen lassen, nach meinen Plänen. Du kannst immer hierherkommen, auch wenn ich nicht hier bin. Willst du den Schlüssel haben?«
»Ja, es ist hübsch hier. Den Schlüssel? Nein, das ist nicht nötig. Du bist ja hier.«
»Aber ich möchte, daß du den Schlüssel nimmst.«
»Nein, nein«, sagte er. Er nahm das Angebot nicht wichtig. Es war ein Verstoß gegen ihre Stimmung. Ein Geschenk hatte es sein sollen. Sie wollte nicht fragen: Liebst du mich? Sie würde es auch nie sagen: Ich liebe dich! Statt dessen hatte sie den

Schlüssel geben wollen. Aber er schien ein Mensch zu sein, der vor allem auf der Hut war, was man ihm anbot.

»Möchtest du jetzt gehen?« fragte sie. »Ich glaube, ich muß noch ein paar Stunden schlafen. Du kannst die Tür offenlassen. Kommst du zur Party der Gräfin? Nächste Woche. Gut, dann sehen wir uns dort.« Sie gähnte. »Ich bin jetzt sehr müde . . .«

Sie sah zu, wie er seine Krawatte band und dann in sein Jackett schlüpfte. So hatte sie schon etliche Männer gesehen, beim Aufbruch nach einer verwelkten Nacht. Es war nie dieser pochende Schmerz in ihr gewesen, die Furcht vor dem Aufbruch. Die Morgen waren meist schal gewesen wie abgestandenes Bier. Sie hatte sich befriedigen lassen. Manchem hatte sie ein wenig zur Eile verholfen, in dem Drang zu dämpfen und wissen zu lassen, diese Nacht berechtige zu nichts.

Sie zwang sich, auch jetzt die Überlegene zu spielen, die Abweisende, und sagte lächelnd: »Besonders gut siehst du nicht aus. Du solltest mal wieder eine Nacht schlafen . . . Weißt du, wenn man dich so sieht, glaubt man gar nicht, daß du ein so berühmtes Stück geschrieben hast . . .«

Wie?« fragte er und zog empfindsam die Brauen hoch. »Was soll das?«

Sie lachte. Sie sind alle dumm, dachte sie. Auch die Klügsten sind noch dumm. Sie können alle nicht um die Ecke denken. Sie betonte die Flüchtigkeit des letzten Kusses und zeigte ihm, daß sie sich sofort auf die Seite legen und schlafen würde.

Als er draußen stand, in der Mittagshitze, war er erstaunt über den Umschwung ihres Wesens, aber er dachte nicht lange darüber nach. Es war nicht wichtig genug. Er hatte fast den Garten durchquert, war beinahe bis zur Treppe gekommen, da hörte er hinter sich den Ruf.

»Mr. Edwards! Hallo, Mr. Edwards!«

O Gott, dachte er, blieb stehen und drehte sich langsam um. Peggy stand auf der oberen Terrasse und winkte ihm freundlich zu. Ihr Dackel begann zu bellen. »Ruhe!« befahl sie. »Bist du gleich ruhig!« Er ging zu ihr hinauf, verdrossen und jetzt seine Müdigkeit spürend.

»Kommen Sie herein, Mr. Edwards. Drinnen ist es kühler.«

Sie griff sofort an, aber anders, als er erwartet hatte. »Wahrscheinlich vermuten Sie, ich würde eine Erklärung von Ihnen fordern.« Sie trug ein leichtes Strandkleid; auf dem Tisch stand ein Glas Whisky. »Möchten Sie? Nicht? Sie müssen nicht denken, ich finge jeden Tag mit Whisky an. Aber es ist ein gutes Rezept, nach einer durchzechten Nacht. Nicht viel, nur ein Glas. Das möbelt auf. Nehmen Sie Platz. Nein, ich habe Sie nicht wegen einer Erklärung hereingebeten. Daß Sie mit Laura schlafen, ist mir bekannt. In Verbania ist alles bekannt, was einer tut. Nur, der Klatsch ist hier nicht so bösartig, er ist mehr ein amüsantes Gesellschaftsspiel. Wenn man nicht grob gegen die Sitten verstößt, meine ich. Jetzt denken Sie: Was will sie von mir! Hahaha!«

Ihr Lachen ähnelte dem Lachen Lauras. Er wußte immer noch nicht, was er sagen sollte, und fand, es wäre das beste, in dieser Situation zu schweigen.

»Ich habe Befürchtungen. Ja, ich weiß, Laura liebt Sie. Ich kenne sie, auch wenn sie glaubt, sie wäre mir überlegen und könnte ihr Leben vor mir verstecken. Sie liebt Sie, sie hat Respekt vor Ihnen. Das ist es. Bisher hat sie vor niemandem Respekt gehabt. Wenn ein Mädchen wie Laura sich an einen Mann hängt, den sie wahrscheinlich nicht haben kann, dann kommt es leicht zu Komplikationen. Das befürchte ich, denn ich glaube, daß Laura nur ein Abenteuer für Sie ist. Wenn das so ist, dann klären Sie sie bitte bald auf. Sie wundern sich über meine Offenheit. Ja, ich bin offen. Ich leiste mir die Freiheit, das zu sagen, was ich möchte und was ich für richtig halte. Und sehen Sie, ich vermute, daß Sie Laura nicht lieben. Ich habe Sie beobachtet. Sie sind kein redseliger Mensch, Sie schauen zu. Aber Sie schauen sehr genau zu. Ich bin sicher, daß Sie mehr über uns wissen als wir über Sie. Jaja, widersprechen Sie nicht. Ich kenne Menschen ...«

»Sie möchten, daß ich mit Laura breche?«

»Nein, nicht direkt. Aber ich möchte, daß Sie ihr keine Illusionen machen. Von mir nimmt sie nichts an. Das ist auch zum Teil meine Schuld. Ich bin zu früh Witwe geworden. Sie hat mir nie verziehen, daß ich nicht wie eine trauernde Witwe gelebt habe. Tragisch hätte sie mich am liebsten gesehen. Vielleicht war es auch falsch, wieder nach Verbania zu gehen. Wir leben hier in einer Scheinwelt. Ich weiß das genau, und alles, was ich hier tue, tue ich ganz bewußt, das dürfen Sie mir glauben. Wissen Sie, es gibt ein Verbania-Fieber. Wer einmal hier war, kommt immer wieder zurück. Es liegt hier irgend etwas in der Luft, man kann es nicht erklären. Man lebt hier leichter, vielleicht glücklicher. Und Fehler gehen hier leichter von der Hand ... Sagen Sie mir: Lieben Sie Laura?«

Was will sie von mir, dachte er. Worauf will sie hinaus. Das alles klingt echt, sie versteckt sich nicht.

»Wenn das so wäre ... Nun, vielleicht könnte ihr nichts Besseres passieren. Sie könnten sie wahrscheinlich bändigen. Wir sind sehr

vermögend. Sie könnten in Ruhe an Ihren Ideen arbeiten ... Ich bin sehr offen, nicht wahr? Womöglich denken Sie: Jetzt bietet sie mir ihre Tochter an.«
Sie lachte wieder, war von einer überwältigenden Sicherheit. Sie hatte noch keinen Augenblick ihren Angriff unterbrochen.
»Ich will auch ganz offen sein. Ich schätze Laura sehr, aber ich habe bisher nicht an eine feste Bindung gedacht.«
»Sehen Sie, das habe ich mir genauso vorgestellt. Sie sind kein Mann, auf den Reichtum Eindruck macht, aber verwerfen Sie das Geld nicht zu sehr. Laura könnte viele Männer heiraten. Nun, was wollen die meisten? Das Geld! Das ist auch der Grund, warum ich nicht wieder geheiratet habe. Es ist nicht leicht, in meiner Lage eine junge Witwe zu sein. Ist Ihnen schon aufgefallen, wie viele Witwen es hier gibt? Sie schließen sich zu Grüppchen zusammen. Im Club ist ja auch ein Dutzend davon. Ach Gott, zu denen zieht mich aber auch gar nichts. Ich werde noch lange genug ohne Mann leben müssen und in meinem Garten als fröhliche Gärtnerin ganz allein herumlaufen. Mr. Edwards, Sie verstehen, warum ich mit Ihnen über Laura gesprochen habe? Machen Sie das Kind nicht zu unglücklich. Ich spreche nicht von Moral, Mr. Edwards. Ich bin in diesen Dingen außerordentlich großzügig, und ich nehme da auch allerlei für mich in Anspruch. Kommen Sie nach wie vor hierher, in ihre Wohnung. Denn wenn Sie nicht kämen, würde sie andere bringen, die mir vielleicht weniger angenehm wären. Und bitte, sagen Sie ihr nichts von unserem Gespräch. Sie würde es falsch verstehen ...«
Während er am Seeufer entlangging, stand er noch unter dem Eindruck ihrer Persönlichkeit. Ohne Zweifel, diese Frau war stark. Sie war vielschichtig und auf verschiedene Weise generös. Vor allem zwang sie auch anderen ihre großzügige Anschauung auf. Sie hatte eine männliche Komponente. Es war Edwards klar, daß eine Frau wie Peggy Thompson es schwer haben würde. Welcher Mann kam für sie in Frage? Einen Schwächeren würde sie ihr Leben lang kommandieren; eine gleich starke Persönlichkeit wäre immer Anlaß zu Reibungen; einem Unvermögenden würde sie mißtrauen, ob er sich nun als Mann oder Schwächling zeigte. Er verstand jetzt mehr von ihr. Hoffnungslos, dachte Edwards. Sie ist dazu bestimmt, als Witwe zu leben. Und Laura? Er kam zu keinem Entschluß, war auch jetzt müde, dachte an Schlaf, an eine ganze Nacht des Schlafes.
Über den See glitten mahagoniglänzende Motorboote, zogen Wasserskiläufer hinter sich her. Schwimmen, dachte er. Schon

längst wollte ich einmal im See schwimmen. Überhaupt wollte er anders leben, als er bis jetzt hier gelebt hatte. Er wollte eine kleine Wohnung suchen, wollte konzentriert leben und sich diesem gesellschaftlichen Sog entziehen. Und dann wollte er mit der Arbeit beginnen.

10

Er ging zum Friseur und sagte dem kleinen Italiener, der ihn stets bediente: »Nehmen Sie mir den Schnurrbart ab und ein Haarschnitt, ein normaler Haarschnitt.«

»Si, si«, sagte der Friseur und schwang schon das weiße Tuch, legte es ihm mit einem eleganten Wurf um und befestigte es hinter seinem Genick. Moritz sah zu, wie der Bart fiel, wie seine Haare kurz wurden und sich über diesem weißen Tuch allmählich wieder das Gesicht zeigte, das er mindestens ein Jahr lang versteckt hatte. Das unfruchtbarste Jahr seiner Laufbahn.

Es war ein neues Gefühl, als er aus dem Friseurladen wieder auf die Straße trat, wie nach einem Bad, die Empfindung einer körperlichen Frische.

Er hatte eine Viertelstunde zu gehen, wußte genau, daß sie allein war, daß sie auf ihn wartete – und auch, daß es kein leichtes Gespräch werden würde. Er war entschlossen.

»Mein Gott«, sagte sie. »Moritz, wie siehst du denn aus?« Und dann: »Jünger siehst du aus. Ja, es macht dich jünger.«

Er wußte, daß sie über solche Kleinigkeiten lang und breit sprechen konnte. »Nina«, sagte er. »Wir müssen ernsthaft miteinander reden.«

»Willst du nicht einen Drink?« Sie kam dicht heran, schmiegte sich an und strich ihm über das Haar und über die leere Stelle, wo der Schnurrbart gesessen hatte.

»Nein, keinen Drink für mich. Na ja«, sagte er unwillig. »Ich habe mir die Fransen abnehmen lassen. Diese Narretei. Ich weiß gar nicht, wie ich auf die Idee kommen konnte, mich so zu maskieren. – Nina«, sagte er. »Wir machen Schluß! Es muß sein!«

Sie sagte nichts, setzte sich jetzt in einen Sessel und sah ihn unverwandt an. Er wußte, daß sie langsam dachte, und er begriff das Chaos, das diese Eröffnung in ihr ausgelöst haben mußte. Sie war hübsch, sie war bequem gewesen, eine Frau, zu der er kommen konnte, wann immer er wollte – vorausgesetzt, Johann Jünges war in Deutschland oder auf Reisen. Und mit der Zeit

war es eine Gewöhnung geworden. Einmal im Monat, manchmal zweimal, hatte sie ihre für ihn freien Tage. Und sie besaß Qualitäten, die er zu schätzen wußte. Sie lebte sich mit ihm aus. Es hatte andere vor ihm gegeben; ein Maler war auch dabei, dann noch Till Hartholz, der Schriftsteller, dessen Frau aber bald merkte, daß sich da Zuneigung entwickelt hatte. Sie hatte sich mit Nina ausgesprochen: sehr freundlich und vom weiblichen Standpunkt ausgehend, und Nina hatte gesagt, es klang beinahe kindlich: »Nein, es kommt nicht mehr vor.«
Frau Hartholz und Nina waren befreundet geblieben, denn Herr Hartholz hatte seinerseits auch bereut und das für ihn gefährliche Haus gemieden. Als Moritz begann, regelmäßig mit Nina zu schlafen, kam kein Mann mehr. Sie waren auf eine unergründliche Weise im Bett ein vollkommenes Paar. Es war die Perfektion einer geschlechtlichen Übereinstimmung, angeheizt von der Wartezeit und nie abgenutzt von der täglichen Wiederholung.
Skrupel kannte er nicht. Er glaubte auch nicht daran, daß er einem der Gehörnten je etwas genommen hatte. Geschlechtsverkehr war für ihn eine angenehme Notwendigkeit, die bar jeder Romantik so stimulierend war wie eine vorzügliche Mahlzeit. Tragödien, von denen er aus diesem Bereich gehört hatte, schienen ihm falsch verstandene Komödien zu sein.
Sie hatte nicht mehr Skrupel als er. Sie war bedenkenlos, und wenn sie es nicht von Natur aus war, so war sie es hier geworden. Während sie Johann Jünges betrog, hatte sie allerdings ein wenig Mitleid mit ihm. Aber das war kein Hemmnis, denn sie hatte sich eine goldene Brücke gebaut. Er hält mich hier wie eine Gefangene. In einem kostbaren Käfig sitze ich. Das ist unrecht ... Dieses moralische Fundament machte sie stabil: Die Erduldung des Johann Jünges gab ihr Berechtigungen.
»Nein!« sagte Moritz. »Es geht nicht mehr. Bisher war alles glatt und schön. Aber jetzt kriegst du ein Kind. Von wem ist es denn überhaupt?«
»Von dir«, sagte sie.
»Und ich Narr habe beim letztenmal gedacht: Sie ist ein bißchen dicker geworden. Sie ißt zuviel und hat zu wenig Bewegung, habe ich gedacht. Übrigens, es ist nicht sicher, daß es von mir ist. Es kann auch von ihm sein. Wann kommt es denn?«
»Um Weihnachten.«
»Eine schöne Bescherung. Hättest du nicht etwas sagen können? Man kann doch da etwas tun.«
»Ich war nicht sicher. Und ich bin erst vor ein paar Tagen beim Arzt gewesen. Jetzt ist es zu spät.«

»Zu dumm!« sagte er. »Du bist zu dumm! Und stell dir vor, wenn Johann etwas erfährt ... Was wird er dann tun? Ich fürchte nicht den Skandal, wegen so etwas gibt es hier keinen Skandal, aber wenn Johann hart reagieren würde, hätte ich möglicherweise ein Kind auf dem Hals!«
»Du denkst nur an deine Freiheit! Alles andere ist dir gleichgültig!«
»Natürlich denke ich an meine Freiheit. Ich bin Künstler. Ich brauche meine Unabhängigkeit. Und das habe ich von Anfang an gesagt: Nur keine Komplikationen. Leichte, glatte Sachen. Vergnügen wollten wir haben, aber keine Kinder!«
»Du willst also Schluß machen?«
»Ja, wir müssen. Es bleibt keine andere Wahl.«
»Und was aus mir wird, ist dir unwichtig?«
»Es ist mir nicht unwichtig. Im Gegenteil ...«
»Ach was!« unterbrach sie ihn. »Es läßt dich ganz kalt, daß ich hier versauere, die Geliebte von Johann Jünges. Ja, es geht mir gut. Ich habe alles, was ich brauche. Aber weißt du, was ich mitgemacht habe? Wenn er betrunken ist, dann will er es mit mir machen. Aber er kann nicht. Er kann ja kaum, wenn er nicht getrunken hat. Und wenn wir dann so morgens um sechs Uhr ankommen, dann versucht er es. Er versucht und versucht und kann nicht ... Und ich muß das alles über mich ergehen lassen. Und helfen muß ich ihm dabei, und wenn es dann doch einmal klappt, dann fragt er. Hundertmal fragt er: Wie war's, Frauchen? War's schön, Frauchen? Und ich sage: Ja, es war schön ... Dann dauert es noch ein paar Minuten, und er schnarcht neben mir, schnarcht so laut, daß ich nicht schlafen kann. Und oft kommt er auch noch mit seinen besonderen Sachen. Das mag ich überhaupt nicht. Aber ich muß es mitmachen ... Weißt du, was ich bin? Sein Opfer bin ich! Er hat mich gekauft. Wie dieses Haus, wie seine Autos und alles, was er besitzt. Alles gekauft! Mich auch!«
»Aber ich dachte, es wäre wenigstens eine große Sympathie für ihn da«, sagte Moritz.
»Die war ja auch da, im Anfang. Ich hätte nie hierherkommen sollen. Ich war verlobt. Er hat mir den Ring vom Finger gezogen. Verlobt mit einem jungen Mann. Ich glaube heute, daß ich ihn geliebt habe, aber Johann hat mich geblendet. Das alles hier ...« Sie wies mit der Hand in den Raum. »Das alles hat mich beeindruckt. Er hat mich regelrecht verschleppt. Eine Frau kann nicht lange mit einem Mann zusammenleben, den sie nicht liebt. Das geht nur kurze Zeit. Dann fängt es an: Alles geht einem auf die

Nerven, was er auch tut. Frühstück ist fertig ... Und abends: Was willst du trinken, Frauchen? Und zu den anderen: Ihr seid alle meine Gäste ... Ah! Wie ich das hasse, wenn er sich an den Bars und im Club vollsäuft und groß angibt! Und dann: wenn wir hier sind. Komm her, Frauchen, sei lieb, Frauchen ... Dabei müßte er ganz vorsichtig leben, denn er hat es mit dem Herzen.«

»Du siehst jetzt alles zu schwarz«, beschwichtigte Moritz. »So übel ist er nicht.«

»Das habe ich ja auch nicht gesagt. Aber ich liebe ihn nicht! Verstehst du das nicht?«

»Er ist gutmütig.«

»Aber ja, er ist gutmütig. Er ist ein Kind.«

»Er ist großzügig.«

»Das ist er nicht! Er hat mich nicht abgesichert. Ich habe keinerlei Sicherheit, wenn etwas mit ihm wäre. Und jetzt soll ich mich auch noch über das Kind freuen ...«

»Du hast Schmuck, teuren Schmuck.«

»Sicher habe ich das!« sagte sie angewidert.

»Nina«, sagte er eindringlich. »Ich verstehe dich. Aber du mußt auch mich verstehen. Es geht nicht so weiter. Es muß ein Ende haben. Ich kann diese angespannten Verhältnisse nicht ertragen. Sie nehmen mir meine Arbeitskraft. Ich verzettele mich.«

»Ich habe mich auf dich gefreut«, sagte sie niedergeschlagen.

»Wir sehen uns noch oft. Wir können uns unterhalten. Es muß ja nicht immer ...«

»Glaubst du, ich könnte das vergessen!« rief sie.

Er seufzte und schüttelte den Kopf. Jetzt wurde es lästig. Als er aus dem Friseurgeschäft trat, hatte er gedacht: Eine Stunde, dann liegt es hinter mir.

»Du«, sagte sie. »Es ist Nicole! Ich weiß, sie ist wieder hier.«

»Nein, es ist nicht Nicole.«

»Laura kann es nicht sein. Laura liebt John Edwards. Das weiß jeder.«

»Es ist nicht Nicole!«

»Du hast sie geliebt.«

»Das ist lange her!«

»Sie wird auf der Party der Gräfin sein. Sie ist übrigens halb und halb.«

»Sie ist nicht halb und halb! Die Gräfin hat es einmal zart bei ihr versucht ...«

»Glaubst du wirklich nicht, daß sie es auch mit Frauen macht? Ich habe es gehört.« Ihr Interesse an den erotischen Möglichkeiten der anderen war auch jetzt noch ungebrochen. Sie ist geil, dachte er. Und wir haben uns im Bett verstanden. Daran hängt sie. Das ist alles.

»Moritz«, sagte sie. »Es darf nicht ganz zu Ende sein.« Sie kam herüber, setzte sich auf die Lehne seines Sessels und legte den Arm um ihn. Ja, ich weiß, dachte er. Du hast gewartet. Drei Wochen lang hast du darauf gewartet. Während sie sich an ihn heranschlängelte, flüsternd von ihren Entbehrungen und den Freuden, die sie sich für diesen Tag erhofft hatte, erwog er die Möglichkeit, daß eine Art Abschiedsfeier sie vielleicht trösten würde. Er war nicht mehr frei, spürte schon, wie Erregung heranschlich und wie die Neugierde wach wurde. Ein letztes Mal, dachte er, mit einem sich mindernden Widerwillen gegen seine Schwäche. Sie flüsterte an seinem Ohr, streichelte ihn.

»Na, komm schon«, knurrte er und zog sie zu sich heran. »Es läßt sich ja doch nicht vermeiden.«

Das Schlafzimmer war ausgesucht. Johann Jünges hatte es nach seinen Angaben fertigen lassen. Ein Schreinermeister hatte einen Monat gebraucht, um diese Betten zu machen. Die Matratzen waren Sonderanfertigungen. Das beste Material war verwendet worden: Schafwolle und Roßhaar und Kapok. »Gesunder Schlaf ist das wichtigste«, hatte Johann Jünges gesagt. Ein genau geplantes Schlafzimmer, wie alles in diesem Haus: vielfach bedacht und sortiert.

Was drei Wochen ausmachen können, dachte Moritz bewundernd, als er mit ihr auf diesen Betten lag. Noch sparsam mit sich selbst, beobachtete er Nina. Sie brauchte nicht mehr lange. Sie ist schon soweit. Ehe es überhaupt richtig passiert, ist sie schon so weit. Sie war schon auf dem Gefälle, wo sich die Lust selbständig macht und unaufhaltsam sich alle Ströme sammeln. Sie spielte mit ihm, schien ihn anzubeten mit einer entzückenden Hysterie, die er mit der genießenden Distanz des Kenners beobachtete.

Als das Telefon neben dem Bett schrillte, rief sie wütend: »Nein!« Aber das Telefon war hartnäckig. Es war, als stehe einer draußen und klopfe gegen die Tür, genau wissend, daß jemand im Haus ist.

»Ach Gott«, seufzte sie resigniert, griff mit der einen Hand nach dem Hörer, während die andere Hand Moritz umspannt hielt.

Es war Johann Jünges aus Aachen, und seine Stimme war weit, blechern, seltsam eifernd und schnell. Es war die Karikatur seiner Stimme. Moritz blieb still liegen. Er schaute Nina fragend an. Sie hielt noch immer sein Glied umklammert, als hätte sie Angst, es zu verlieren.

»... die Straßen waren frei, mein Schatz. Und ich bin ohne Unterbrechung glatt nach Zürich gekommen. In der Maschine habe ich Schmitt getroffen... Stell dir vor: als müßte ich dem sein Gesicht nicht schon oft genug ertragen... Hallo, bist du noch da?«
»Ja, ja. Ich bin noch da.«
»Und was machst du denn, Frauchen? Geh ein bißchen spazieren, das ist gesund. Ich habe mir überlegt, wollen wir uns nicht einen kleinen Hund zulegen, da kannst du... Wenn ich weg bin, da kannst du mit dem Hündchen spazierengehen... Was machst du denn gerade?«
»Ich habe geschlafen. Ich bin müde...«
Er hat ein... Ein schönes hat er... Schön, in meiner Hand. Und die Hand hielt fest, wollte den Kontakt nicht verlieren, wollte nichts Fremdes diesen Kontakt zerstören lassen. Ein Diebstahl an dieser Minute. Und die komische, unwichtige Stimme zappelte weiter in dem kleinen Hörer, als wäre sie darin eingesperrt und wollte mit aller Gewalt heraus.
Nina erduldete die Stimme, und dabei seufzte sie einmal und dachte: Mein Gott, was ist das Leben sonderbar...

Anette, Gräfin von Ostrogge, gab einmal im Jahr eine Party in ihrem Haus. Damit genügte sie ihren gesellschaftlichen Verpflichtungen. Sie wählte dafür einen Tag im Hochsommer, denn das Haus war nicht sehr groß, und die sechzig bis achtzig Gäste, die seit Jahren kamen, mußten über den Salon, die Terrasse und den Garten verteilt werden.
Die Gräfin entstammte einem Adelsgeschlecht aus Pommern. Sie war mit einem um achtzehn Jahre älteren Mann verheiratet gewesen. Der ehemalige Oberst der deutschen Wehrmacht hatte nach dem Krieg die Erniedrigungen der Armut nicht so gut vertragen wie sie und war in Berlin gestorben, noch ehe die Entschädigung des deutschen Staates für zwei beträchtliche Güter ihre Lage gebessert hatte. Mit dem Oberst hatte sie lustlos drei Kinder gezeugt, die alle schon selbständig waren und ihre Mutter unterstützten. Ein Sohn stand im diplomatischen Dienst in Bonn.
Vor etwa zehn Jahren war sie nach Verbania gekommen und hatte das kleine Haus gekauft. Es blieb noch genug für ein paar Aktien, die mäßig abwarfen. Man sagte im Dorf: »Sie hat gerade ihr Auskommen...«
Wie jeder Neue, der nach Verbania kam, stand sie einige Zeit im Mittelpunkt der allgemeinen Neugierde. Männer interessierten

sie nicht, auch an den eigenen, harten und nüchternen Mann hatte sie keine besonders freundlichen Erinnerungen. Sie war grazil, angenehm in der Unterhaltung; die Männer in Verbania hatten sie jedoch bald aufgegeben. Die Neigung zu Frauen mußte latent vorhanden gewesen sein. Sie sprach nie darüber, umgab sich jedoch mit Freundinnen, war unaufdringlich und dezent. Man sagte ohne Abwertung: »Sie ist lesbisch.« Dabei waren ihre Neigungen nicht so sehr auf das Sexuelle gerichtet, vielmehr liebte sie die Zartheit, die eine Frau bei einer anderen Frau finden kann. Wenn sie über sich nachdachte, kam sie zu der Feststellung, daß sie eine innige Freundschaft zu einigen Frauen unterhielt. Sie hatte zwar immer eine Favoritin, aber das Verhältnis zu dem gesamten Clübchen der von Männern unabhängigen Frauen in Verbania blieb stets ungetrübt.
Ihre Einladung plante sie genau. Bettina und zwei Freundinnen halfen ihr dabei. Sie hatten Listen mit Namen geschrieben und kleine Einladungskarten drucken lassen. »Anette, Gräfin von Ostrogge, gibt sich die Ehre ...«
Für die Gräfin war diese Einladung eine schwere Belastung ihres genau kalkulierten Budgets. Aber sie war findig: Mit Bettina und den Freundinnen bereitete sie eine Menge von kalten Platten, genug, um jedem Gast einen Happen zu garantieren. Für den Auftakt hatte sie Champagner und erlesene Weine eingekauft, dazu noch Likör, Whisky und die besten Schnäpse.
»Bis zwölf Uhr nachts. Danach kriegen die das andere Zeug ...« Damit meinte sie mindere Weinsorten, die jedoch in Flaschen umgefüllt wurden, deren Etiketten teure Namen zeigten. Die Gräfin lachte, während sie gemeinsam panschten. »Wenn die besoffen sind, merken sie sowieso den Unterschied nicht mehr. Und die ganz feinen Leute, die bleiben ja doch nur ein Stündchen, die nippen mal am Glas, dann verschwinden sie wieder. Aber die anderen aus dem Club, die kommen hierher, um zu saufen ... Warum denn Perlen vor die Säue werfen?« Sie sah Bettina zärtlich an. »Nicht wahr, mein Liebchen?«
Die silbernen Platten und die Bestecke waren geliehen. Es machte ihr Spaß, zu improvisieren und jedes Jahr einmal zu erleben, daß ihr Name nichts von seiner Zugkraft verloren hatte. Arturo Lombroso würde selbstverständlich eine Arie singen; der große Leewald hatte sein Erscheinen zugesagt, und John Edwards, den sie im Hotel angerufen hatte, würde auch kommen.
Der Beginn der Party war auf neun Uhr festgesetzt. John Edwards traf sich mit Moritz und Margit im Club. Moritz trug diesmal einen Smoking. Er sah jünger aus, gestraffter, und Mar-

git sagte: »Er hat wieder angefangen zu malen. Und es geht gut. Geht es nicht gut, Moritz?«
»Ich bin ganz zufrieden. Die ›Römischen Impressionen‹ ... Du solltest es dir mal ansehen, John.«
»Ich werde einmal kommen und zusehen. Wenn ich dich nicht störe?«
»Du störst nicht. Die anderen schmeiße ich 'raus, aber du darfst kommen.«
Sie fuhren in Margits altem Fiat zum Haus: ein Stück auf der Uferstraße, dann kam rechts eine Abzweigung, und Edwards konnte im Licht der Scheinwerfer ein Schild erkennen: »Strada Privata«. Es war eine Straße für etwa fünfzehn oder zwanzig Häuser, die hier an den Hang gebaut waren.
Die Gräfin stand im Eingang ihres Hauses. Sie trug ein Abendkleid und sah zierlich und mädchenhaft aus. Eine Frau, deren subtiler Reiz von ihrer inneren Einstellung zu kommen schien. Es war die Ausstrahlung einer Freude. Und es konnte nur Freude darüber sein, daß sie Gastgeberin war, daß Menschen zu ihr kamen. Neben ihr stand blond und kühl ihre Freundin Bettina.
»Sieht sie nicht sehr jung aus?« sagte Margit.
»Sie ist ein Verlust für die Männer«, grinste Moritz.
»Und wie alt ist die Gräfin wirklich?« fragte Edwards.
»Vielleicht fünfundvierzig, vielleicht fünfzig. Man weiß es nicht«, antwortete Moritz.
»Wie schön, daß Sie gekommen sind, Mr. Edwards«, sagte die Gräfin. Sie verstand es, jedem Gast das Gefühl zu geben, daß er besonders willkommen sei. Sie machte Margit ein Kompliment und bemerkte anerkennend, wie vorteilhaft Moritz ohne sein Dali-Bärtchen aussehe. Bettina lächelte zur Begrüßung, und diese an ihr seltene Äußerung der Freundlichkeit verschönte sie.
Ein Lohnkellner brachte den Eintretenden sofort Champagner.
Moritz flüsterte: »Hier siehst du den größten Teil der Tugendhaften von Verbania versammelt. Aber die halten ihre Lahmheit für Tugend.«
»Mir wäre es lieb, wenn du ein wenig von ihrer Lahmheit hättest«, sagte Margit.
»Es ist sehr einfach, solide und seriös zu sein, wenn man ohne jede Begabung ist. Weißt du, Menschen ganz ohne innere Spannungen. Außer vielleicht der Spannung der Angst . . .«
John Edwards kannte die wenigsten. Nur hier und da tauchte ein Gesicht auf, das er im Club schon gesehen hatte. Schmitt und seine Frau begrüßten ihn steif; Johann Jünges und Nina, Alfredo, Melting, der Komponist Friedmann, King, der Regis-

seur, Potansky, Till Hartholz und Frau – er erkannte sie wieder, die kleine Auswahl aus dem Club. Aber sie waren überlagert von Fremden, und das waren Menschen, die man sonst nie in Verbania sah. Dieser Einladung aber waren sie gefolgt. Sie lebten bescheiden und zurückgezogen; kluge Einteiler ihrer Lebenszeit, die davon ausgingen, daß dieses Klima und eine gesunde Lebensweise ihnen zehn, vielleicht fünfzehn zusätzliche Jahre schenken würden.

Edwards fragte Alfredo: »Was sind es für Leute?«

»Das sind die Toten«, antwortete Alfredo. Sie standen nebeneinander, die Gläser in der Hand. Alfredo lachte vorsichtig. Sein meckerndes »Hähä« nahm Rücksicht auf die zur Schau getragene Vornehmheit dieser Versammlung. »Wo die hinkommen, werden die Parties fade. Aber die bleiben ja, Gott sei Dank, nicht lange.«

Arturo Lombroso schmetterte wieder eine Arie, die weithin über den See schallte, sich in die Dunkelheit und Stille hineinbohrte und ein paar Gäste, die empfindliche Ohren hatten, in den Salon trieb, in dem auf einem langen weißgedeckten Tisch die kalten Platten standen.

Till Hartholz und Alfredo regten sich bereits auf. »Er wird noch singen, wenn er neunzig ist«, räsonierte Till Hartholz.

»Peggy und Laura sind noch nicht da?« sagte Alfredo und häufte sich Geflügelsalat auf den Teller.

»Was ist mit Laura und Edwards?«

»Sie liebt ihn.«

»Weil er berühmt ist.«

»Nur kein Neid. Die Frauen lieben nun mal die Sieger. Stierkämpfer, Autorennfahrer, Künstler und sonstige Helden ... Sie schmeißen sich nach der Schlacht alle in Frauenarme. Und die Frauen warten auf solche Männer. Das ist das wahre Glück für sie, von einem Sieger geliebt zu werden. Was meinst du, warum sind hier so viele unzufriedene Frauen? Sie sehen ständig bessere Männer als die, die sie haben.«

»Nina ...«

»Ja. Aber nicht nur Nina.«

»Sie genießt ja nun das große Glück, von einem Künstler ein Kind zu kriegen.«

»Das ist nicht gewiß!« wehrte Alfredo ab. »Es könnte auch von ihm sein. Sie hätte ja wohl auch eins von dir haben können, nicht wahr?«

Draußen hörten sie den Beifall für die beendete Arie.

»Lombroso war auch mal ein Sieger. Und das wärmt er immer wieder auf.«

»Und Leewald?« fragte Hartholz.
»Der geht vorsichtig mit seinem Ruhm um. Der läßt sich nie ganz auffressen. Wenn er am besten schmeckt, geht er.«
»Und John Edwards?«
»Der weiß gar nicht, daß er ein Sieger ist.«
»Aber Laura weiß es. Ich denke, er ist ein kalter Fisch. Das gönne ich ihr.«
»Warum? Weil du nicht bei ihr landen konntest?«
Lombroso kam von der Terrasse herein und zog einen Schweif von Bewunderinnen hinter sich her: ältere Damen, die ihm versicherten, daß er nichts vom Klang seiner Stimme verloren habe. »Eine ewig junge Stimme . . .« – »Ganz wie damals . . .« – »Ich habe Sie gesehen, in Rigoletto . . .«
»In Mailand«, sagte er strahlend. »In Mailand . . .« Und dabei legte er sich eine reichliche Portion auf den Teller, als wolle er sich für seine Leistungen belohnen. Er war überzeugt vom Wert seines gewesenen Lebens; wie eine Bugwelle schob er sein Selbstvertrauen vor sich her.
Melting war von einigen Männern und Frauen umringt. Er hielt den Teller in der Hand, kam jedoch nicht zum Essen. Das Gespräch hatte langsam angefangen, sich aber dann zu einem Vortrag gesteigert, der ihn mit fortriß. »O ja! Der Schriftsteller und Dichter ist berechtigt, der Richter dieser Zeit zu sein. Meine Damen und Herren, das ist doch seine Aufgabe . . . Warum schreiben wir denn? Zu unserem oder Ihrem Vergnügen?«
Er war wie eine Insel, die Strömung führte ihm neue Hörer zu, nahm andere wieder mit. Er redete mit fanatischem Gesicht. Die anderen schauten sich lächelnd an, wenn sie von der Gruppe wieder abbröckelten und weitergingen.
»Sie nehmen ihn nicht für voll«, sagte Edwards zu Moritz und Margit. Edwards beobachtete diese Männer und Frauen. Es war, als sprudele in ihrer Mitte eine Fontäne. Sie schauten zu. Er war Unterhaltung für sie, die zweite Arie des Abends: kurzweilig, aber längst nicht so klangvoll wie Lombroso.
»Sie verstehen ihn nicht, deshalb nehmen sie ihn nicht für voll«, sagte Margit.
»Sie wollen ihn nicht verstehen!« berichtigte Moritz. »Außerdem fehlt ihm für ihre Begriffe die Gelassenheit.«
Herr Konsul Flappner ging mit einem weißhaarigen Herrn vorbei. »Ist es nicht so?« sagte er mit einem überlegenen Lächeln. »Literatur ist heute völlig nutzlos! Ich jedenfalls denke das. Was hat sie denn je genutzt?« Der andere nickte. »Unsereins weiß doch, was er hinterlassen hat. Wie vielen Menschen haben Sie in

Ihrem Leben Arbeit und Brot gegeben. Und wie vielen gab ich eine Möglichkeit zu leben ...«

Sie sahen aus wie Brüder, weißhaarig, würdig: gediegene Erscheinungen. Und so sahen die meisten hier aus. Männer und Frauen in einer unverkennbaren äußeren Übereinstimmung, als wären sie Mitglieder einer einzigen Familie. Sie waren freundlich und wohlerzogen, und sie hörten Melting zu, mit einem wohlwollenden Lächeln. Aber sie hörten ihm nicht lange zu und gingen weiter, wie die zwei alten Damen, die, der Zustimmung gewiß, zu Herrn Konsul Flappner sagten: »Diese Leute werden nie klug. Ewig werden sie herumschreien. Wie Pennäler ... Und was sie so alles behaupten in ihrem geheiligten Größenwahn. Na ja, er ist harmlos, und natürlich hat er Schweres erlebt, aber warum denn so laut?«

Moritz flüsterte: »Du ärgerst dich über sie. Man sieht es dir an ...«

»Richtig, ich ärgere mich. Und ich frage mich, was habe ich auf solchen Parties zu suchen?«

»Das sind aber die Leute, die auch ins Theater gehen.«

»Diese Sorte wird mein Stück wohl nicht verstehen.«

»Alles nicht so wichtig«, sagte Moritz. »Lombroso singt, ganz gleich, wohin er kommt. Und Melting redet ... Sie verschwenden sich beide am falschen Objekt. Diese Leute hier wollen in Ruhe gelassen werden. Was interessiert sie der fremde Krieg, die fremde Not, von der Melting redet.«

»Ich weiß, sie haben sich in Sicherheit gebracht.«

»Das wollen alle Menschen. Legst du ihnen zur Last, daß es ihnen gelungen ist? Sie sind nicht so übel. Ich habe mich mit ihnen arrangiert. Das ist möglich. Warum sollten sie in den verpesteten Großstädten Europas oder Amerikas bleiben, wenn sie es sich leisten können, hier zu leben. Überhaupt: Warum sollten sie arm bleiben, wenn sie die Möglichkeit hatten, reich zu werden?«

»Du hast dich mit ihnen arrangiert, indem du sie täuschst. Sieh dir an, was sie mit Melting machen.«

»Er provoziert sie. – Ich täusche sie?« Moritz überlegte. »Ja, das mag sein. Aber unser Zusammenleben ist überall auf Täuschung aufgebaut. Anders würde es nicht funktionieren.«

Edwards sah, daß Laura und Peggy gekommen waren. Sie standen bei einer Gruppe, und Laura schaute zu ihm herüber. Er nickte ihr zu, hatte aber keine Lust, hinüberzugehen. Leewald war dort Mittelpunkt. Peggy redete mit ihm, ihr breites Lachen war durch den ganzen Raum zu hören. Meltings Zuschauer hatten

sich vermehrt. Es ging Unruhe aus von dieser Ansammlung; es war fast, als würde sich da ein Streit vorbereiten.
Melting sagte: »Aber, meine Herren, Sie wollen mich nicht verstehen. Ich behaupte, die Menschen der Generation, auf die es ankommt, leben heute nach dem Prinzip: Rette sich, wer kann. Sie akzeptieren die Ungeheuerlichkeiten der Welt als unabwendbar und flüchten. Es ist eine Panik auf der Welt: Jeder ist auf der Flucht und hofft, daß es ihn nicht erwischt . . .«
»Sehr richtig!« unterbrach Schmitt mit seiner Baßstimme.
»Und deshalb leben so viele Künstler in Verbania.«
Die meisten lachten. Ihr Gelächter schaltete Melting aus. Es war, als werde er davon zugeschüttet.
»Sie sind kein Künstler, Herr Schmitt.«
»Nein, Gott sei Dank nicht. Ich bin Schmitt aus Essen!«
»Ja, ja«, sagte Melting zerstreut. »Ich weiß, Schmitt aus Essen . . .«
Edwards holte sich Whisky. Er hatte jetzt Verlangen danach. Er schüttete viel in sein Glas und füllte nur wenig Wasser nach. Der Regisseur King stand neben ihm am Tisch und redete auf Margit ein. »Tommy Flitt kommt in etwa vierzehn Tagen. Ich habe alles perfekt. Ein paar Wochen danach kommt das Fernsehen, und da müssen wir höllisch aufpassen, daß wir mit im Bild sind. Ich habe meine Verbindungen . . .«
Als Edwards zu Moritz zurückkam, redete ein älterer Herr mit ihm. »Wann etwa werden Sie mein Bild fertig haben? Gut, gut. Ich freue mich darauf . . . Ah, Mr. Edwards. Ich habe schon viel von Ihnen gehört. Und auch gelesen«, setzte er hinzu. »Warten Sie, ich kann mich sogar erinnern . . . Ja, da hieß es in einer Kritik: Das Stück hinterläßt Angst, Beklemmung und eine zähneknirschende Erkenntnis, daß die Dinge besser werden müssen. John Edwards ist ein großer Moralist . . . Hahaha! Das ist wohl nichts für mich, habe ich gedacht.« Es war freundlich gemeint. »Glauben Sie daran, daß die Dinge sich bessern könnten? Glauben Sie etwa an die Vernunft? Und was soll denn besser werden, Mr. Edwards?«
Er nahm einen großen Schluck, schien auf dem Geschmack des Whiskys herumzukauen und sagte dann ganz unverbindlich: »Sie, zum Beispiel.«
Der andere schaute ihn belustigt an. »Ich? Aha! Aber dazu ist es schon etwas zu spät. Meine Leistungen liegen hinter mir. Ich bin jetzt ohne Wirkungen. Ich war in der Industrie, und wissen Sie, als ich jünger war, hatte ich nicht immer die Freiheit, gut zu sein. In meiner Branche war es wichtig, das Gesetz des Handelns an sich zu reißen . . . Die Welt, mein Freund, ändern Sie nicht mehr.

Sie hat sich ihre Gesetze selbst gegeben, und sie rollt zu Tal wie eine Lawine.« Er verabschiedete sich lächelnd, war viel zu elegant in der Verhandlungsführung, als daß er sich in eine geradlinige Diskussion eingelassen hätte, wo Meinungen aufeinandergeprallt wären.
»Du hast ihn erschreckt«, sagte Moritz. »Es ist seltsam, ihr Schriftsteller erschreckt die meisten Leute, zu denen ihr reden wollt. Ihr seid auf eine vertrackte Weise alle arrogant.«
»Du lebst von ihnen, deshalb entschuldigst du sie.«
»Aber das ist doch Blödsinn! Was wirfst du ihnen denn vor? Daß sie Egoisten sind, daß sie ihrer Habsucht gefolgt sind? Es gibt kein Gesetz, das . . .«
»Ich weiß, daß sie nicht gegen das Gesetz verstoßen, aber ihre Einstellung ist falsch. Es ist etwas falsch an ihrer Gesinnung.«
„Sie haben dich geehrt. Du bist hier absolute Spitze. Sie sind so bescheiden, daß sie sich mit dir brüsten: Ich kenne John Edwards . . . Das habe ich schon ein paarmal gehört in diesen Tagen.«
»Ja«, sagte Edwards lächelnd. »Ich erlebe im Augenblick einen Höhepunkt meiner Laufbahn . . . Wir verstehen sie nicht, und sie verstehen uns nicht. Ich gebe zu, sie haben die besseren Manieren. Ich finde sie deshalb nicht weniger kaltherzig und egoistisch. Sie machen mir einiges deutlich. Ich kann es dir nicht genau erklären, aber verstehst du, ich lebe in einer Zeit, in der ein Mensch nichts mehr bedeutet. Ein Mensch wie Melting könnte morgen erschlagen werden. Sie würden sich über den Totschlag erregen, denn sie sind gute Menschen im Rahmen des Gesetzes, aber sie würden nicht eine Sekunde bedauern oder erkennen, welche Substanz mit Melting verlorengegangen wäre. Es ist beinahe hoffnungslos.«
»Du hast das Talent, in allem die Tragödie zu erkennen. Ich sehe das meiste als eine Komödie. Was geht mich das alles an. Ich bin müde davon . . . Die Welt mit ihrem Dreck. Ich will lieben und Musik hören und Bilder malen. Ich will mich als Künstler entfalten können. Und wenn ich Trost brauche, gehe ich zu Frauen. Ich will kein Weltverbesserer sein. Ich begreife die Welt auch gar nicht, nicht ihre Zusammenhänge. Ich versuche mich nur an dem, was ich kann . . .«
Edwards dachte, daß unter der Oberfläche der gewahrten Form ein Riß durch diese Gesellschaft ging. Er dachte: Es sind vielleicht zwei Arten von Arroganz, die sich hier gegenüberstehen: die Anmaßung der Künstler und die Überheblichkeit der Erfolgreichen. Hier in Verbania begegnet sich beides, wie nur an wenigen Plätzen der Welt. Aber der Hochmut der Arrivierten schien ihm der schuldigere Teil.

»Sie haben nichts gegen dich«, sagte Moritz.
Ja, ich weiß, dachte er. Sie haben im Grunde auch nichts gegen Melting. Sie sind auf ihre Weise sogar großzügig. Und was habe ich gegen sie? Er assoziierte, dachte an menschliche Hilflosigkeit, an die Einsamkeit eines Kindes oder die Einsamkeit des Künstlers, an menschliche Verlorenheit. Sie waren nicht brüderlich, waren zu keiner geistigen Brüderlichkeit fähig. Sie beteiligten sich an Hinrichtungen. Er spürte sie als Gesamtheit. Und das war, als hätten sie ein einheitliches Gesicht, in das, wie in Gesichter, die er gesehen hatte, Eigenschaften eingeprägt waren: unverwechselbar die Dummheit, der Haß, der Neid, die Gier, die List ... Er erkannte, daß alles, was er gegen sie vorzubringen hatte, eigentlich nicht in Worten zu erklären war, sondern in den stummen Vorwurf mündete, daß sie, ohne es zu wissen, Schuldige waren: die ausgereiften Repräsentanten des ersten Zeitalters, in dem ein Mensch wie Melting ohne Bedeutung war.
Die Gräfin ging von Gruppe zu Gruppe, sorgte für volle Gläser, schaute mitunter beunruhigt nach Melting, dachte daran, ihn auf irgendeine Weise besonders zu ehren, hatte aber noch keine Idee, wie sie das machen könnte, ohne die anderen Schriftsteller zu kränken. Sie war eine vollendete Gastgeberin.
Bettina fragte flüsternd: »Soll ich schon den gepanschten ...«
»Nein, nein!« sagte die Gräfin. »Jetzt nicht. Die Blume, mein Kind, die Blume würde uns verraten ...« Sie zwinkerte mit einem Auge, ging dann zu Leewald, der sich von Peggy und drei weiteren Witwen bewundern ließ, und fragte: »Sind Sie gut versorgt, Herr Leewald?«
»Ausgezeichnet, Gräfin. Vielen Dank.«
Als Nicole hereinkam, ging ihr die Gräfin entgegen und küßte sie auf die Wange. »Du kommst spät, mein Schätzchen. Wo bist du denn so lange gewesen?«
»Das ist Nicole«, sagte Moritz zu Edwards. »Komm, ich will dich vorstellen.«
Sie trug lange, engsitzende Hosen; die einzige Frau, die Hosen gewagt hatte. Über einem orangefarbenen Pullover hing eine bunte Halskette aus großen Glasperlen. Eine derbe Schönheit, wie eine junge südländische Bäuerin, verfeinert durch Intelligenz und ihrer Wirkung sicher. Sie war männlich, entschieden, so, als wisse sie immer im voraus, was sie tun würde, und folge einer genauen Planung. Edwards spürte ihren festen Händedruck.
Er war diesem Frauentyp selten begegnet, und er hatte ihn nie geschätzt; die Betonung des Emanzipierten, die Koketterie mit der Gleichwertigkeit stießen ihn ab. Und diese hier, fand er, trug

ihren strammen Busen unter dem engen Pullover zwar wie ein Aushängeschild, schien sich aber zugleich selbst darüber lustig zu machen.
»Es hat sich bis nach Paris herumgesprochen, daß Sie in Verbania sind«, sagte sie. »Ihr Stück ist abgesetzt worden. Ja, es wurde verboten. Es gab fast jeden Abend Tumulte.«
»Abgesetzt?« fragte er betroffen.
»Ja. Ich wundere mich, daß Sie hier sind. Eigentlich sollten Sie doch an den Brennpunkten sein . . .«
»Und was sollte ich dort tun?«
»Sprechen! Zu den Studenten, zu denen, die von Ihrem Stück angeregt wurden, die sich wegen Ihres Stückes die Schädel einschlagen.« Sie sah ihn forschend an. »Sie sollten das tun, wenn Sie so sprechen können, wie Sie schreiben.«
»Ich kann nicht so sprechen, wie ich schreibe.«
»Ah, das verstehe ich.« Es klang fast wie Mitgefühl.
Sie war federnd im Gespräch. Ihr Englisch hatte einen schwachen französischen Akzent. Möglicherweise war sie schon dreißig, obwohl sie genausogut zweiundzwanzig hätte sein können.
Laura stand plötzlich neben ihnen. Es war ihm nicht aufgefallen. Sie stand neben Margit, Moritz und Nicole. Sie sagte: »Ciao, Nicole.«
»Ciao, Laura.«
»John, ich möchte dich eine Sekunde sprechen.«
»Jetzt?«
»Ja, jetzt!«
»Na schön.« Er sah ein kaum merkliches Lächeln bei Nicole – ein prüfender Blick, der ihm arrogant schien.
»Möchtest du nicht noch mit in den Club gehen?« fragte Laura.
»Nein. Ich gehe heute nicht in den Club. Entschuldigen Sie.«
Nicole nickte und ging zum Tisch mit den Getränken. Er ärgerte sich über Nicole und über Laura. Mit abweisendem Gesicht folgte er Laura in den Garten.
Es war wieder diese milde Luft der Sommernächte, die Ausdünstung von Blumen, Heu und Erde, ein klarer Himmel über der Stille des Wassers. Er spürte das alles, aber er war verstimmt. Sie macht Ansprüche geltend. Niemand darf Ansprüche auf mich geltend machen . . . Nicht in dieser Art! Er wollte nicht mehr in die Wohnung gehen, wo ihn die Mutter hinausschleichen sah und schließlich noch die mögliche Heirat nach einer genossenen Nacht mit ihm erörterte.
»Die ganze Zeit habe ich hier drin gewartet«, sagte sie. »Du bist nicht gekommen.«

»Nein, ich war in Gespräche verwickelt. Und außerdem, was soll ich bei diesen alten häßlichen Witwen, die immer um deine Mutter, um dich und Leewald herumstanden?«
»John!« sagte sie nur.
»Bitte, keine Ansprüche! Wenn du es genau wissen willst: Heute nacht hängt ihr mir alle zum Halse heraus. Ja, du gehörst auch dazu!«
Sie spürte, wie sie zu zittern begann. Er ist betrunken, dachte sie. Er muß betrunken sein. Es ist eine seiner Stimmungen. Von drinnen kam Gelächter, einige Paare tanzten.
»Was ist mit dir, John?«
»Du benimmst dich, als wären wir verheiratet.«
Sie zwang sich zu einem Lächeln. »Nein, als wären wir geschieden und hätten uns noch etwas zu sagen. Ich fühle mich keineswegs an dich gebunden. Bitte«, sagte sie, »laß dich nicht aufhalten.« Sie ging vor ihm her auf die Terrassentür zu, machte dann aber eine plötzliche Wendung nach rechts, verschwand in der Dunkelheit des Gartens und fand eine Ecke für ein paar Tränen, die sie mit dem Taschentuch wegtupfte.
Als er wieder hineinging, begegnete ihm Leewald am Tisch, auf dem die Getränke standen. Edwards goß sich Whisky ins Glas, viel Whisky. Leewald sagte: »Wie geht es Ihnen, Mr. Edwards? Sie wollten mich einmal besuchen. Sie sind herzlich eingeladen. Aber bitte, telefonieren wir vorher noch einmal miteinander ...«
»Aber gern«, sagte er und dachte: Was ist das alles für ein Geschwätz!
Natürlich hat sie recht. Was habe ich hier verloren. Urlaub? Mein Stück schreiben? Von Party zu Party geschleppt werden ... Sich bewundern lassen ... Die Wunden lecken ... Frauen? Ja, ja, ja, ja! Wer angefangen hat zu denken, kann nicht mehr aufhören. Kann sich nicht hier verkriechen. In Paris? Was soll ich in Paris, wo sie sich den Schädel einschlagen. Die anderen dürfen hier leben ... Ich soll mich stellen – den Prügeln, die auf mich warten, in Paris. Genug Prügel! Und er erinnert sich: genug Prügel! Ich ging in der Nacht. Aus dem U-Bahn-Schacht kam ich herauf, kam die Treppe herauf. Es war wie in den Trümmern von New York. In der Nacht. Und hinter den Fassaden, in den Seitengängen. Die Tonnen der Snackbars. Und ich wollte nur essen. Sie warfen das weg. Sie verschwenden, was anderen gehört. Abfalltonnen. Und Brot, noch fett vom Fleisch, und Reste von Fleisch. Der Geruch von gebratenem Fleisch. Die streunenden Katzen von New York neben den Abfalltonnen. Das Polizeigesicht, wie mit Haß gefüllt. Du Schwein, was treibst du dich

hier herum? Mit dem Knüppel auf meine Finger. Du Schwein! Und mit dem Knüppel ... In New York stand ich. Und weinte ... Mein Stück ist abgesetzt in Paris! Mein Stück ... Die Schweine haben mein Stück ...

»John«, sagte Moritz leise von der Seite her. »John, was ist los mit dir?«

Er blickte starr geradeaus, das Glas in der Hand, als hielte er sich an diesem Glas fest.

»Er weint«, sagte eine Frauenstimme zaghaft. »Er ist betrunken«, eine andere leise: Nicole.

»Das war ...« murmelte er. »Das war, als ich in New York keine Stelle und kein Zimmer mehr hatte ...«

»Es geht ihm nicht gut ...«

»Vielleicht ein Kaffee?«

Er hörte sie genau, aber er wollte sie nicht ansehen. Als wäre er krank, in einem Bett, und sie ständen vor dem Bett und schauten auf ihn herunter und beratschlagten und sorgten sich um ihn. Er erinnerte sich: Aber er schlug die Augen nicht auf und hörte seine Mutter sagen: Wir müssen den Doktor holen. Und hörte den Vater sagen: Ja, wir müssen den Doktor holen ... Den Vater, der die Trompete geblasen hatte.

Und er hatte die Augen nicht aufgeschlagen und hatte sie herausgefordert zu zeigen, daß sie ihn liebten, wie sehr er geliebt würde, ohne krank zu sein.

»Wo ist Melting?« fragte er plötzlich. Wie auf ein Kommando drehten sie alle die Köpfe, blickten alle auf Melting, als wären sie erschrocken und fürchteten für Melting, der von acht oder zehn Männern umringt war, die ihm zusahen, zuhörten, schon mit schwindendem Interesse, wie einem Feuerwerk, das verzischt und nun allmählich verlöscht.

Er ging auf die Gruppe zu, das Glas in der Hand, mit einem exaltierten, hochmütigen Gesichtsausdruck, mit langsamen, steifen Schritten, den Oberkörper nach vorn gebeugt, als stemme er sich gegen ein Hindernis. Die Besorgten zogen hinter ihm her.

»Herr Melting!« sagte er. »Herr Melting, Sie brauchen sich selbst und die Kunst nicht zu rechtfertigen. Nicht vor diesem Auditorium. Würden Sie etwa zu einer Herde Ziegen sprechen? Oder, wie wäre es, wenn Sie auf den Friedhof gingen und hielten den Toten eine Ansprache, über das, was sie in ihrem Leben falsch gemacht haben ... Daß sie überhaupt nie am Leben waren und deshalb ihr Tod und ihr Leben ein Mißverständnis sind ...«

Melting lächelte: »Ach, Mr. Edwards. Wie geht es Ihnen? Wissen Sie, es macht nichts aus. Seit fünfzig Jahren kneife ich den

Ochsen ins Horn. Da kommt es doch auf dieses eine Mal auch nicht an.«
Sie wichen zurück mit verlegenem Lächeln, mit vielsagenden Blicken, zerstreuten sich hüstelnd, flohen unauffällig und ließen sich widerspruchslos beschimpfen.
»Er hat Vatergefühle für euch! Er hat Mitleid mit euch! Und schließlich – ist es nicht so? – Er will euch etwas leihen von sich, weil er weiß, daß ihr es braucht. Aber ihr wißt es nicht. Und schließlich ... Er ist euer Stellvertreter ... Er erleidet eure Dummheit! Eure Portion an Irrsinn trägt er mit sich herum!« Er reckte seinen rechten Arm hoch und schrie: »Und im Himmel, Melting, nicht wahr, im Himmel, da wird es dir vergolten!«
Der alte Mann sah ihn unverwandt an, er blinzelte angestrengt mit den Augen und lächelte schüchtern.

Er erinnerte sich nur dumpf, wie er in Nicoles Wagen gekommen war. Er hatte zu Fuß gehen wollen, hatte sich geweigert, in eines der Autos zu steigen, in die Laura und Peggy, Moritz und Margit einluden. Er war die Uferstraße entlang auf Verbania zugegangen. Ihr Wagen hielt dicht neben ihm. Sie sagte: »Wollen Sie nicht doch fahren?« Es war ein kleiner, offener Sportwagen. Sie hatte die Tür aufgehalten, und er war eingestiegen.
Ihr dunkles, im Nacken verknotetes Haar wehte im Fahrtwind. Er saß neben ihr, betrachtete sie und sagte laut: »Du hast ein Gesicht ... Wie ...«
Sie rief: »Was sagen Sie?«
»Dein Gesicht!« rief er gegen den Wind und das Dröhnen des Motors. »Dein Gesicht, es ist ...«
Sie lachte und fragte dann: »Wo wollen Sie hin?«
»In den Club.«
Sie nickte nur, steuerte sicher und kühl den Wagen durch die scharfen Kurven, saß am Steuer wie jemand, dem es Freude macht, schnell zu fahren. Als sie Verbania erreichten, drosselte sie die Geschwindigkeit. Ihre Stimme war jetzt deutlich zu hören: »Wollen Sie nicht lieber nach Hause? Im Club ist jetzt nichts mehr ...«
»Nein!« beharrte er. »Ich will in den Club.«
»Gut, ich setze Sie dort ab.«
»Nein, du mußt mit hineinkommen!«
»Nur auf einen kleinen Drink«, sagte sie.
Alois Bühlmann stand hinter der Bar. Er sah sie kummervoll an und seufzte: »Sie ist es wieder nicht. Stellt euch vor, Susi ist verschwunden. Habt ihr sie nicht gesehen?«

Die Lampen waren schon fast alle ausgeschaltet. Weiter hinten im Raum erhoben sich gerade zwei Männer, um zu gehen. Als sie vorbeikamen, stellte Nicole vor: »Monsieur Drumont aus Paris. Vor acht Tagen haben wir noch im ›Deux Magots‹ gesessen. Wie ist es in Paris?«

»Oh, Mademoiselle Nicole, es ist unruhig in Paris. Es ist Nervosität überall. Und ich bin ein wenig aus der Absurdität hierher geflohen in mein Haus.« Der junge Mann bei Drumont hatte ein zartes Gesicht mit dunklem Teint. Er verbeugte sich artig, als sie gingen. Monsieur Drumont hatte den Arm um seine Hüfte gelegt. Unter der Tür sagte er noch: »Er spricht kein Wort Französisch. Ist er nicht schön? Er ist gut und schön. Ich werde ihn adoptieren . . .«

Und dann war nur noch Alois Bühlmann da und füllte den Raum mit seiner komischen Verzweiflung: »Ich habe ihr gesagt, Susi, du mußt Gläser spülen. Und sie hat gesagt: Immer muß ich Gläser spülen, aber die anderen amüsieren sich! Dabei waren heute nicht viele Gäste hier. Sie hatte nur die Stereoanlage zu bedienen und die Gläser zu spülen. Tanzen wollte sie. Mit Panoni hat sie getanzt. Und Panoni ist auch fort. Ich war schon bei ihm, aber er ist nicht daheim. Es brennt kein Licht in seiner Wohnung.«

Sie tanzten einmal. Er tanzte schwer, schweigend und sagte nur: »Aus der Absurdität ist er geflohen . . .«

»Monsieur Drumont? Ja, er ist ein Kunsthändler aus Paris. Ein sehr angenehmer Mensch. Er ist verliebt.«

»Und wenn ihr Susi sehen solltet, schickt sie sofort hierher. Wo könnte sie denn sein?«

Sie gingen hinaus, ohne darüber zu sprechen. Sie gingen zu ihr, die Treppe hinauf, ohne zu reden. Ein großes Zimmer und ein kleines Zimmer, eine Küche und ein Bad. »Ich bin nicht sehr ordentlich«, sagte sie. »Setzen Sie sich hierher.« Sie schob ihm einen Sessel zu. Es roch ein wenig nach Farbe und Terpentin. Auf einer Staffelei sah er ein Bild, und an der Wand lehnten noch viele Bilder. Er sah das alles wie etwas, das sich zu einem Traum verwob; unwirklich die Möbel, die gemäßigte Unordnung von Farben, eine Wand mit Bildern.

Er saß vor ihr wie ein Flüchtling, als wäre er in der Nacht gekommen, auf der Flucht vor irgend etwas und würde es nun ihr überlassen, für ihn zu denken. Schweigend starrte er vor sich hin. Sein Gesicht war friedlich. Sie wußte, daß er den Grad von Hilflosigkeit erreicht hatte, in dem sie ihm hätte befehlen können zu gehen. Er wäre gegangen. Aber sie befahl ihm nichts, wußte, er wartete darauf, daß etwas mit ihm geschehen würde. Er war

allein, eine vollkommene Vereinzelung. Eine Igelstellung, in die er sich zurückgezogen hatte mit dem Selbstmitleid des Betrunkenen – preisgegeben, schmerzerfüllt, auf Trost wartend, aber noch immer fähig zu einem zornigen Ausbruch.
Sie bestimmte über ihn, bestimmte auch über sich, nahm seine wortlose Werbung an. Sie wußte alles über ihn.
Er spürte die fremde Geschäftigkeit um sich. Eine Wasserleitung rauschte, eine Tür schlug zu, Geschirr klapperte einmal. Ihre Schritte gingen an ihm vorbei, gingen durch ihn hindurch. Er spürte sie wie einen leichten Wind, nach dem er greifen wollte ... greifen wollte ... Aber zu müde war. Die Halskette, sie lag vor ihm auf dem kleinen Tisch. Und dann eine langsame, geschmeidige Bewegung, mit hoch über dem Kopf erhobenen Armen. Der Pullover auf dem Tisch. Befreit, im Traum, die zurückgehaltenen, verborgenen Absichten. Sie glitt aus ihren Kleidern wie aus einer zweiten Haut. Mühelos, gleitende Gesten. Dann war sie nackt.
Als er zu ihr kam, auf das kühle Laken, suchte er sie mit der Hand. Er kroch zu ihr heran, suchte sie im Dunkel mit einer täppischen Zartheit. Sie half ihm, streichelte sein Haar, beschwichtigte ihn, sagte leise: »Na, siehst du ... Na, siehst du ...«

11

Schlecht gestimmt war er erwacht, war aufgestanden und hatte sich in der Küche einen Kaffee gemacht, den er im Stehen trank. Er war ohne Appetit, warf nur einen kurzen Blick in den Kühlschrank und schlug die Tür gleich wieder zu. Margit lag noch im Bett; sie liebte es, lange zu schlafen. Es war zehn Uhr morgens, und diese Stunde hatte er sich als spätesten täglichen Beginn gesetzt: Eine Leistung ist nur möglich durch Kontinuität, durch Disziplin. Und das hatte er für sich bestimmt: Mindestens fünf Stunden täglich vor der Staffelei, und morgens beginnen!
In seinem Arbeitszimmer mit dem großen Fenster reinigte er länger als notwenig die Pinsel in Terpentin, dachte daran, noch eine Tasse Kaffee zu trinken, suchte Vorwände, den Arbeitsbeginn aufzuschieben, versuchte sich einzureden, daß eine kalte Dusche jetzt das Richtige für ihn wäre, und wußte – wie jeden Morgen –, daß ihm noch allerlei Einfälle zu scheinbar dringenden Unternehmungen kommen würden, die jedoch alle im Dien-

ste seiner Trägheit standen. Er kannte die Schnippchen, die er sich selbst schlug in dieser ersten inspirationslosen Morgenstunde. Er nannte das: sich warmlaufen ... Den Anlauf nehmen ... Oder auch: die morgendliche Tortur. Diese Steigerung gebrauchte er meist, wenn er die Nacht vorher viel getrunken hatte und Margit um zehn Uhr beziehungsvoll neben ihm im Bett sagte: »Es ist allmählich Zeit, etwas zu tun!« Er pflegte dann laut zu werden und ihr zu erklären: »Alle begabten Menschen sind von Natur aus faul!«

Erst gegen fünf Uhr morgens waren sie nach Hause gekommen. Moritz hatte darauf bestanden, noch einmal in die »Taverna« zu gehen. Er vermutete John Edwards und Nicole dort. Von weitem hatte er in der Dunkelheit auf der Uferstraße gesehen, daß sie anhielt und daß jemand zu ihr in den Wagen stieg. Es konnte nur Edwards gewesen sein. Sie waren beide nicht in der »Taverna« gewesen, aber Laura und Peggy hatte er getroffen, und später noch Johann Jünges mit Nina. Dann kamen noch Alfredo und Schmitt, der gesagt hatte: »Euer Genie hat sich ja prächtig aufgeführt ...«

»Er war besoffen. Was soll's?« Alfredo hatte gegrinst: »Er hat's ihnen gegeben! Schade, daß er besoffen war, nüchtern hätte das nämlich noch viel mehr Wirkung gehabt. Außerdem hat's gestimmt, was er gesagt hat. Jawohl! Ein Jammer, daß er nicht wußte, wie viele Nazis auf dieser Party waren. Vielleicht wäre ihm dazu auch was Hübsches eingefallen ...« Mit schräggeneigtem Kopf sah Alfredo Schmitt über seine Brillengläser an: »Nicht wahr?«

»Fängst du wieder damit an? Kein Mensch will das mehr hören! Ich war damals aus ehrenhaften Motiven ...«

»Hähähähä!« lachte Alfredo. Dann wurde er ernst. »Ja, leider stimmt's: Kein Mensch will das mehr hören ...«

Das war der Beginn zu einem Streitgespräch, an dem sich fast alle Deutschen lautstark beteiligten und sich im Laufe einer Viertelstunde in drei Lager spalteten, die aneinander vorbeiredeten. Laura hatte verärgert dabeigesessen und gesagt: »Was sind diese Deutschen doch für gräßliche Menschen ...« Wie Moritz wartete sie auf John Edwards, aber während ihm klarwurde, daß Edwards und Nicole zusammen waren, vertraute sie auf seine Zurückhaltung. Sie hoffte bis vier Uhr morgens, dann waren alle ausreichend betrunken, hatten genügend gestritten und machten sich auf den Heimweg.

Unlustig drückte Moritz jetzt die erste Farbe aus der Tube: ein langer weißer Wurm aus Zinkweiß, der auf der Palette klebte.

Sein Bild gefiel ihm nicht. Durchschnitt, nicht mehr. Ganz gefällig, ja, aber nichts Besonderes. Ganz einfach Lohnarbeit. Römische Impressionen ... Als er die Skizzen zu dieser Serie in Rom gemacht hatte, war er begeistert gewesen. Und das war es: Die Begeisterung war fort, sie war versickert, hatte sich verbraucht durch Zwang. Und was tut der Künstler während der Zeit, in der er kein Künstler ist? Man muß seine Schübe erkennen und sie nutzen ...

Als es an der Wohnungstür klingelte, legte er bereitwillig die Palette aus der Hand. Er dachte an den Briefträger, wichtige Mitteilungen, Angebote, Preisverteilungen, Auszeichnungen. Es war nur Alois Bühlmann. Er stand vor der Tür wie ein schnuppernder Hund, aufgeregt in die Wohnung spähend, die Form verletzend.

»Aber man hat mir gesagt, sie wäre hier!« lamentierte Alois Bühlmann. »Schließlich weiß man ja ... Ich meine, ich weiß, daß Sie und Susi ... Aber, das hat sie mir selbst gesagt. Wo sollte sie denn sonst sein?«

»Hinaus!« schrie Moritz. »Machen Sie, daß Sie die Treppe hinunterkommen!«

Alois Bühlmann bettelte: »Aber, es muß ja gar nichts Schlimmes sein. Es wäre doch möglich, daß sie hier ist. So sagen Sie mir doch wenigstens ...«

Margit kam aus dem Schlafzimmer, den Gürtel des Morgenrocks schließend, fragte sie: »Was ist denn hier los? Nein, Ali, sie ist nicht bei uns.«

»Aber wo könnte sie denn sein?

»Ja, wo könnte sie sein?« wiederholte Margit.

Sie standen zu dritt in der Tür und überlegten und kamen zu keinem Ergebnis, außer, daß es vielleicht zweckmäßig wäre, die Polizei einzuschalten, denn es könnte ihr etwas zugestoßen sein. Nein, die Polizei wollte Ali lieber nicht in diese Sache verwickeln, zumal er sich denken konnte ...

»Ich könnte mir denken ...« sinnierte er.

»Vielleicht ein Tourist?« sagte Margit.

»Nein, nein!« Ali schüttelte den Kopf. »Wenn, dann ein Künstler, ein Maler.« Er kannte ihre Schwäche für die Kunst. Sie hatte schon zweimal zu ihm gesagt: »Kannst du nicht malen, Ali? Aber warum denn nicht? Das muß doch ganz einfach sein. Die anderen können es ja schließlich auch ...«

Moritz erklärte: »Ich werde mit ihm gehen. Wir werden sie suchen, Ali.«

»Du wolltest arbeiten!« sagte Margit scharf und sah ihn vor-

wurfsvoll an. Moritz winkte nur mit der Hand ab. Sie ging schweigend ins Schlafzimmer zurück.
Ali war dankbar. »Es ist sehr freundlich von Ihnen, daß Sie mir helfen«, sagte er. Sie standen auf der Straße, wußten noch nicht, wo sie mit der Suche beginnen sollten. »Wirklich sehr freundlich. Sie dürfen auch nicht glauben, ich hätte etwas gegen Sie. Susi hat mir nur einmal gesagt: Moritz und ich, wir haben uns sehr geliebt. Ja, auf mein Wort, sie hat gesagt: Moritz hat mich sehr geliebt!«
»Sie lügt, Ali. Sie lügt wie gedruckt.«
»Sie lügen ja alle ein bißchen«, sagte Ali niedergeschlagen. »Wenn ich mir überlege, was ich so manchmal im Club sehe ... Aber darüber spreche ich nicht. Sie hat's jedenfalls auch gesehen, und das hat sie verdorben. Sie ist nicht schlecht, das dürfen Sie mir glauben.«
»Ja, ja, ich glaube es dir, Ali.« Er überlegte. »Wir fragen am besten zuerst in den Restaurants, Ali.«
Sie begannen im Café »Verbano«. Aber dort war sie nicht gesehen worden. Sie gingen weiter. Moritz voraus, Ali meistens hinter ihm, willenlos, hündisch. Auf der Suche nach einer Verschwundenen. Und das ist ein Vorwurf für Ali. Sie ist weggelaufen, und dagegen muß man sich wehren. »Sie dürfen mir glauben, es fing alles sehr schön an mit uns. Ich bin sparsam. Ein Auto habe ich jetzt für uns gekauft. Es ist natürlich nicht neu, aber noch gut erhalten. Und ich habe gesagt: Damit fahren wir spazieren. Natürlich nur an unseren freien Tagen. Der Mensch ist ja nicht zum Vergnügen geboren. Arbeit muß sein, habe ich ihr gesagt ...«
Sie brauchten eine gute Stunde, dann wußten sie, daß sie in keinem Lokal Verbanias gesehen worden war. Sie standen auf der Piazza. Fröhliche Touristen strömten an ihnen vorbei. Ein weißes Motorschiff legte an. Über den Steg eilten Menschen in das Schiff hinein. Musik wehte herüber. Der Himmel war wolkenlos, der See von einem schimmernden Grün, und die Berge schienen nahe herangerückt. Auch deshalb war Alois Bühlmann hiergeblieben. Hier konnte man leben und zufrieden sein, zu zweit, in einer kleinen Wohnung, mit ausreichendem Verdienst. Er stand mit hängenden Schultern, mit offener Jacke, in die der Wind hineinfuhr und sie aufbauschte. Er murmelte vor sich hin: »Mein Gott, so helft mir doch ... Es wird ihr doch nichts passiert sein ...«
Moritz stand neben ihm, war wütend auf sich, daß er mit dieser Jammergestalt in Verbania herumgelaufen war. Wie kann sich ein Mann so an eine Frau hängen? Sie sind es alle nicht wert!

Vor zwanzig Jahren. Er erinnerte sich. Ich habe auch eine so gesucht, damals in Wien. Ja, diese eine, die hat mich über dem Feuer geröstet. Danach nie wieder eine. Aber der hier ist bald fünfzig. Allerdings ... Es dämmerte ihm, daß Alois Bühlmann möglicherweise nur das Erfahrungsmaß eines Zwanzigjährigen erworben hatte.
»Ali«, sagte Moritz schroff. »Wir können nichts tun. Wir müssen warten. Ich werde herumhören. Hast du keinen Verdacht? Panoni? Sie hat den Abend mit ihm getanzt?«
»Er ist nicht daheim. Und Panoni ... Ich glaube nicht ...«
»Nein«, sagte Moritz langsam. »Panoni würde ich es eigentlich nicht zutrauen. Panoni nicht, aber ihr!«
»Sie ist nicht schlecht, das dürfen Sie mir glauben ... Es war sehr freundlich von Ihnen. Ja, sehr freundlich ...«
Er stand noch an der gleichen Stelle, als Moritz, weit entfernt von ihm, in eine kleine Gasse einbog und noch einmal zurückschaute. Ich könnte jetzt malen, dachte er, fühlte die besondere Intensität, bei der es sich zu malen lohnte. Vor der Galerie Dr. Jacobsohns blieb er stehen. Er überlegte, ging dann durch den Hof und betrat den Raum, in dem auch zwei Bilder von ihm hingen. Er wollte sehen, was die anderen geleistet hatten, in einer Zeit, in der er so gut wie nichts getan hatte.
Er blieb sofort vor dem Bild stehen. Hinter sich hörte er die Stimme Dr. Jacobsohns: »Der goldene Hahn ... Er hat es heute morgen schon sehr früh gebracht.«
»Ja«, sagte Moritz anerkennend. »Das ist es. Das kann er wie kein anderer.«
Sie standen zu zweit vor dem Bild, vor dieser Leistung, die Panoni ohne jede Anstrengung vollbracht hatte. Am Morgen war er gekommen, sehr aufgeregt. Und dieses Bild trug er unter dem Arm, und in seinem gebrochenen Deutsch sagte er: »Ich heiraten ...«
»Warum sollte er nicht heiraten?« sagte Dr. Jacobsohn. »Zeit wäre es für ihn. Ich habe ihm tausend Franken Vorschuß für das Bild gegeben. Wahrscheinlich wird es für sechstausend weggehen.«
»Wen will er heiraten?«
»Ich weiß es nicht. Er scheint es eilig zu haben. Sagen Sie, was macht Ihr Freund Edwards? Ich höre, er trinkt ziemlich viel. Schade, es sind fast immer die Guten, die Begabten, die vom Alkohol gefährdet sind. Aber das muß nicht sein. Es gibt große Maler und große Schriftsteller, die kaum getrunken haben. Und wie steht es mit Ihnen? Sie waren anders, als Sie nach Verbania

kamen ... Ja, ja, ich weiß. Ihr jungen Leute in Verbania könnt nachts nicht schlafen. Nachts, denkt ihr, da geschieht etwas, und ich muß dabeisein. Und von Edwards habe ich gehört, er lasse nachts das Licht brennen. Das nennt man *pavor nocturnis* – die Angst vor der Nacht.«

Am Abend stand Alois Bühlmann hinter der Bar. Sein Kellnerjackett war schneeweiß, sein Mittelscheitel sorgfältig gezogen wie immer. Er bediente mit Akkuratesse und seiner ihm eigenen leisen Höflichkeit. Susi war nicht zurückgekommen. Aber Alois Bühlmann erfüllte seine Pflicht. Mit herabgezogenen Mundwinkeln und scheuen Augen trug er die Tabletts mit den Getränken an die Tische, ging wieder zurück hinter die hohe Theke, die jetzt wie ein Schutzwall für ihn war. Sein Gesicht jedoch ragte darüber hinaus, jedem sichtbar, ein gedemütigter Mann, ein stummer Vorwurf für die Welt.
Er dachte: Ich muß hier stehen, wie an einem Schandpfahl, und sie sehen mich an und grinsen. Ich kann mich nicht verstecken. Wo sollte ich hingehen? Ich muß das aushalten ...
Es gab am Abend noch keine offenen Anspielungen. Es wurde getuschelt vom Verschwinden dieser Frau, deren praller Lebensgier die meisten ohnehin mißtraut hatten. Ohne hämisch zu sein, aber mit einem Bedauern für Alois Bühlmann wurde dieses Mißverhältnis besprochen, in dem Ali, wie allgemein festgestellt wurde, von Anfang an der Schwächere gewesen sein mußte.
Bis Mitternacht war die gemäßigte Sorte zu Gast. Ein holländischer Reeder namens Drakenhuis, der mit seiner Frau und drei heiratsfähigen Töchtern seit Jahren ruhig und unauffällig in Verbania lebte, hatte eine kleine Gesellschaft geladen: zehn oder zwölf Personen. Angenehme Menschen, dachte Alois Bühlmann. Dazwischen kamen vereinzelt Mitglieder. Sie stellten sich an die Bar, nahmen einen oder zwei Drinks, sagten »Ciao, Ali« und verschwanden wieder.
Dann erschienen Laura und Peggy. Laura fragte nach John Edwards. »Eine Frau sollte nie zeigen, daß sie auf einen Mann wartet«, rügte Peggy. »Sieh dir Ali an. Seine Frau ist ihm weggelaufen, aber er zeigt es niemand ...«
»Aus berufenem Munde! Wirklich, du hast alle Ursache ...«
»Er liebt dich nicht!« unterbrach Peggy. Sie spielte ihr Wissen gegen die Tochter aus. »Außerdem paßt er nicht zu uns. Er würde jede Party in New York sprengen. Stell dir nur mal vor, wie das wäre, wenn er betrunken plötzlich losbrüllt. Nein, der Mann paßt nicht zu uns. Außerdem ist sein Stück in Paris und New York

abgesetzt. Ich habe heute die ›New York Times‹ gelesen. Da stand es drin. Das sind unsolide Existenzen, die für ein paar Tage aufsteigen wie Kometen und dann für immer verschwinden. In Verbania neigt man dazu, solche Menschen zu schnell zu akzeptieren. Er verachtet das Geld. Zumindest tut er so. Eine solche Haltung ist nie gut. Moritz wäre für dich besser gewesen. Aber kaum taucht dieser Edwards auf, war es schon um dich geschehen . . . Manchmal bin ich bestürzt über deine Schamlosigkeit!«
»Hör auf, mir Moral zu predigen!« Mit einem gehässigen Blick musterte sie ihre Mutter. »Moritz . . . Jawohl, das kann ich mir denken!«
Peggy schwieg. Sie traute Laura zu, daß sie in der Öffentlichkeit gewisse Dinge berühren würde. Sie litt zum erstenmal um einen Mann, und das war besonders gefährlich. Peggy fürchtete allerlei Unberechenbares, erkannte sich selber, ihre eigenen Möglichkeiten des Lebenshungers, wiedergeboren in der Tochter und jetzt gesteigert durch eine Niederlage. Sie schwieg und seufzte in Gedanken über all diese Ausweglosigkeiten, in die eine Frau hineingeraten konnte, solange sie eine fruchtbare Frau und den Zyklen des Verlangens noch preisgegeben war.
Später kehrte das Gespräch noch einmal auf Edwards zurück. Schmitt sagte: »Er ist ein ganz und gar unmöglicher Mensch.«
Er war gekommen, um mit Ali zu besprechen, daß ein Kellner eingestellt werden müsse. Nein, Susi dürfe nicht mehr in den Club zurückkommen. Das war auch Peggys Meinung: »Unter keinen Umständen möchte ich noch von ihr bedient werden!«
Schmitt und Johann Jünges hatten mit Dr. Jacobsohn telefoniert. Dr. Jacobsohn hatte kein Werturteil gefällt, mußte aber zustimmen: Ein Kellner wurde gebraucht. Alfredo fragte: »Warum soll sie nicht mehr im Club arbeiten?«
»Aber Alfredo!« sagte Johann Jünges. »Das geht doch jetzt wirklich nicht mehr.«
»Ich lege auf Anstand Wert!« erklärte Schmitt. »Wir sind ein Dreier-Präsidium, und wir haben beschlossen, daß sie den Club nicht mehr betreten darf! Wir müssen auf unseren Ruf achten!«
Moritz kam mit Margit herein. Er beteiligte sich nicht, trank seinen Whisky und hörte zu, wie Alois Bühlmann, der stumm hinter der Theke stand: Zeuge einer Verhandlung, in der seine Frau angeklagt und verurteilt wurde. Der Beschluß klang, als wäre er zu seinen Gunsten. Sie bestimmten über ihn weg, trennten seine Nächte von den Nächten seiner Frau. Sie hatten zusammengearbeitet, er und Susi, und das war ihm als Glück erschienen: eine gemeinsame Arbeit. Er hätte verziehen, war die

ganze Zeit bereit gewesen, ihr zu verzeihen. Jetzt hatten sie sein Glück, auf das er noch immer gehofft hatte, mit ihrem Urteilsspruch geköpft. Er war nicht der Mann, gegen diese Menschen eine Widerrede zu wagen. Er spürte nur eine seltsame Taubheit in seinen Gliedern, eine Kälte in den Adern. Mit offenem Mund hörte er zu, wie sie davon sprachen, daß eine Frau weggelaufen sei. Es hörte sich an, als sprächen sie von ihrem Eigentum, von einer Frau, die jedem der Mitglieder zur Treue verpflichtet gewesen wäre.

Dabei tranken sie viel, redeten und lachten; lachten besonders darüber, daß als Kellner Horazio, der Schwule, in Frage käme, stellten aber einstimmig fest, dieser Horazio sein kein übler Bursche, jedenfalls habe er in den ersten Hotels gearbeitet und sei intelligent und brauchbar. Er hatte sich schon vor Wochen beworben, weil er in Verbania bleiben wollte. Ihm gefiel die Arbeitszeit im Club: von acht Uhr abends bis morgens um drei.

»Wir nehmen ihn!« sagte Schmitt.

»Jawohl!« bestätigte Johann Jünges.

»Er ist nicht schlecht«, erklärte Peggy.

»Aber wo ist Susi?« fragte Alfredo.

Und nun wollten sie Alois Bühlmann trösten. »Nimm es nicht zu schwer, Ali«, sagte Peggy. Sie hatten alle ein paar derbe Hinweise für ihn, grob dosierte Tröstungen, hingeworfener Zuspruch zwischen diesem und dem nächsten Glas. Alois Bühlmann stand mit verlegenem Gesicht hinter der Bar und empfing die Sprüche des fremden Mitgefühls wie Trinkgelder, die ihm aufgedrängt wurden.

Johann Jünges spendete noch ein paar gute Ratschläge. »Sei froh, daß du sie losgeworden bist. Keine Sekunde möchte ich mit einer solchen Frau noch zusammenleben. Sie war ein Fehler, Ali. Du hast dich von ihr an der Nase herumführen lassen. Schön geblufft hat sie dich, Ali. Aber jetzt kannst du sie auf eine leichte Art loswerden. Weißt du, du warst zu ahnungslos. Du hattest sie nicht richtig im Griff . . . Was gibt es denn da zu lachen?« rief er. »Habe ich etwa nicht recht?«

»Doch! Doch! Vollkommen recht«, sagte Schmitt.

»Mein Gott«, flüsterte Alfredo. »Da muß man sich anstrengen, daß man nicht vor Lachen platzt. Ach, ist das eine komische Welt . . .«

Ali hörte den Zuspruch des Johann Jünges schweigend und ergeben an. Und Johann Jünges war gütig: »Sei nur nicht niedergeschlagen, Ali. Bei uns im Club hast du es gut. Hier sind Freunde.«

»Ich möchte jetzt gehen«, sagte Nina.
»Aber natürlich, Frauchen. Wo wollen wir hingehen? In die ›Taverna‹ oder in die ›Sergio-Bar‹?«
»Ich möchte nach Hause!«
»Schön, gehen wir nach Hause. Ist dir nicht gut? Merkst du etwas?« Er dachte: Es ist der vierte Monat. Sie muß sich schonen.
Als er mit Nina auf der Straße stand, sagte er: »Eigentlich sind sie herzlos ... Sie lachen über ihn. Ali hat kein Glück. Es gibt solche Menschen ...«
Im Club blieb es ein paar Sekunden still, dann kullerte es langsam los, begann an der Bar, platzte heraus, verbreitete sich, wieherte schließlich durch den ganzen Raum, ein übermütiges, von der Schadenfreude angekitzeltes Gelächter.
»Ich möchte nach Hause!« sagte Margit.
Moritz antwortete nicht gleich.
»Ich möchte nach Hause!«
»Gut, dann gehe. Ich bleibe noch hier.«
»Wird dir nicht manchmal schwindlig?«
Er antwortete nicht, starrte vor sich hin in sein Glas. Sie nahm ihre Handtasche und rutschte vom Hocker herunter. Die Gäste im Club beobachteten ihren Aufbruch.
»Du mußt da ein Ende machen«, sagte Alfredo leise. »Das geht nicht, wie du es treibst.«
»Ich habe nichts mehr mit ihr. Es ist schon längere Zeit vorbei.«
»Dann ist es gut. Verdient hat Johann das nicht. Niemand hat das verdient, nur weil er dumm ist ...«
Dann kam Horazio. Er wollte den Beschluß hören. »Angenommen!« sagte Schmitt und klopfte ihm gönnerhaft auf die Schulter. »Ach, das ist schön. Ja, da freue ich mich sehr.« Er war im Dorf herumgegangen und hatte erzählt: »Ich werde im Club arbeiten. Wahrscheinlich fange ich schon morgen an.« Und dann hatte er sich darüber ausgelassen, daß er dort Gleichgesinnte treffen würde, zumindest ein paar: aus der Schweiz, aus Frankreich, Deutschland und Italien. Er trug ein großkariertes Jackett mit abfallenden Schultern, hochgeknöpft, dazu eine sehr enge Hose und ein Hemd mit Blümchenmuster. Er trank nicht, aß nicht viel, war sparsam und hatte deshalb besondere Quellen für seine Ernährung ausfindig gemacht. Abends ging er kurz vor Ladenschluß in die Bäckereien und kaufte die altbackenen Kuchen zum halben Preis. Er lebte fast ausschließlich von Kuchen. Ein junger Mann mit nur zwei Leidenschaften: extravagante Kleidung und die Freundschaft zu Männern.
Horazio war es, der die Nachricht brachte, daß Susi wahrschein-

lich bei Panoni im Zimmer sei. Das Gerücht hatte sich ausgebreitet, hatte sich selbsttätig ergänzt. Panoni will heiraten; Susi ist davongelaufen: Die Fama hatte die beiden verkuppelt, hatte die menschlichste Lösung gefunden. Es war eine Gleichung, bei der sich aus zwei bekannten Größen eine dritte mühelos ergab.
Alois Bühlmann glaubte es noch nicht. Es war zu einfach, zu naheliegend. Er blickte fragend von einem zum anderen. Moritz sagte: »Du könntest immerhin einmal nachsehen.«
»Ich gehe mit«, sagte Alfredo. »Man wird doch diesen Panoni zur Vernunft bringen können, falls sie wirklich dort ist.«
Horazio übernahm die Bar. Alois Bühlmann ging voraus, aber er ging langsam, als fürchte er, auf diesem Weg wäre er dazu verurteilt, eigenhändig seine Schande zu entblößen. Alfredo, Moritz und Schmitt folgten ihm ein paar Meter zurück, um zu zeigen, daß sie nicht aus Neugier, sondern aus Hilfsbereitschaft mitgingen.
Schmitt war der letzte. Nur nicht zu nahe heran. Er fühlte sich als Beobachter des Dramas, dachte auf dem kurzen Weg: Dieses Verbania hebt die Klassenunterschiede auf. Niemand kann sich da entziehen. Wenn ich in Essen mit einem Kellner nachsehen ginge, ob seine Frau bei einem anderen ist, stände es am nächsten Tag in der Zeitung. In allen möglichen Zeitungen würde das gedruckt. Eine komische Figur wäre ich in meinen Kreisen. Und hier denkt sich kein Mensch etwas dabei. Verbania wirkt zersetzend auf die Klassenunterschiede. Die Künstler sind schuld daran. Sie führen hier das große Wort. Maler, Schriftsteller, Musiker, alle, die sich frei fühlen, die sich erhaben dünken über die Formen. Anmaßung! Die Künstler denken, sie sind frei. Sie sind nicht frei. Ich bin frei, denn ich habe Geld. Ich kann reisen, wohin ich will. Ich kann mir die Freunde suchen, die ich will. Und ich kann allein sein, wenn ich will. Ich werde auch länger leben als sie, denn ich werde von den besten Ärzten betreut. Ich bin frei!
In Panonis Zimmer brannte Licht. Sie sahen es von unten, standen in der engen Gasse vor dem alten Haus und schauten hinauf. Ali verschwand in der Tür. Langsam folgten Moritz und Alfredo, blieben aber auf der Treppe stehen. Schmitt traute sich nur bis zum Eingang. Er hielt den Kopf schräg, lauschte nach oben und dachte dabei wieder: Es ist unerhört, zu was ich unterwegs bin.
Ali klopfte an, aber niemand antwortete. Er klopfte mit der Faust, sagte laut: »Panoni, öffne die Tür! Ich weiß, daß du mit Susi da drin bist!« Er wartete, hoffte, fürchtete und schlug wieder

mit dem Knöchel gegen das alte Holz der Tür. »Aufmachen!« Er bückte sich zum Schlüsselloch, sah nichts, denn das Schlüsselloch war von innen verhängt. Panoni antwortete plötzlich. »Nein!« rief er. »Nix aufmachen!«
»Panoni!« schrie Ali. »Panoni! Ich weiß alles!«
»Nix!« sagte Panoni drinnen.
»Susi!« rief Ali. »Wie kannst du so etwas machen! Die Schamröte steigt mir ins Gesicht! Wie stehe ich jetzt da? Was hast du dir denn gedacht, als du ...« Er unterbrach, wurde plötzlich von einer verzweifelten Wut angetrieben. Gegen die Tür hin, als beschimpfe er die Tür, schrie er: »Ich zünde das Haus an! Ihr werdet verbrennen! – Gebt mir den Kanister mit dem Benzin.« Als spreche er zu Verbündeten: »Gebt mir das Benzin ... Jetzt zünde ich das Haus an.«
»Damit machst du dich strafbar!« rief sie drinnen. In ihrer Stimme bebte die Angst vor dem Feuer.
»Also doch«, sagte Alfredo und stieg mit Moritz die Treppen hinauf. Schmitt kam gleichzeitig mit ihnen vor der Tür an.
»Sie ist drin«, sagte Ali. »Stellt euch vor, da drin ist sie.« Es klang, als würde er gleich weinen, als wäre das Unheil nicht schon vierundzwanzig Stunden alt, sondern erst jetzt über ihn hereingebrochen. Zu viert standen sie vor der Tür und blickten sich ratlos an. Sie hatten es für möglich gehalten, aber jetzt waren sie doch überrascht, sie tatsächlich hier zu finden. Sie waren nicht darauf vorbereitet, und damit zeigten sie, daß sie für Alois Bühlmann gehofft hatten – auch Schmitt.
»Ja, was sollen wir jetzt machen?« überlegte Alfredo.
»Die Polizei!« entschied Schmitt.
»Nein! Nicht die Polizei!« bat Ali. »Das gibt einen Skandal, und alle Leute in Verbania werden mich auslachen.«
Alfredo ging dicht an die Tür heran: »Panoni, keinen Schluck trinke ich mehr mit dir, wenn du nicht aufmachst und Susi herausläßt!«
»Nein! Nix! Ist mein Frau«, sagte Panoni hinter der Tür.
Alfredo schüttelte den Kopf. »Er ist verrückt geworden. Er reagiert auf keine Drohungen.«
Moritz grinste: »Wo du doch die fürchterlichste Drohung ausgestoßen hast, zu der du fähig bist ...«
Zwei verschlafene Männer standen in der unteren Etage und schimpften auf italienisch. Frauenstimmen in ängstlicher Neugier, aus dunklen Fluren, im Innern der Wohnungen, aus dem Schlaf vertrieben. Die Männer unten hatten sich auf die rechte Hilfe besonnen. Sie schrien im Duett: »Polizia! Polizia!« Von

ihren Frauen wurden sie unterstützt, angefeuert aus dem Hinterhalt: »Polizia!«
»Das wird mir zu dumm«, sagte Schmitt. »Entweder wir holen die Polizei, oder wir gehen.«
»Nicht die Polizei«, sagte Alois Bühlmann matt.
Schmitt drehte sich um und ging die Treppe hinunter. Als er kam, mit Glatze, Bauch und kühlem Blick hinter der Brille, hörten die beiden Männer auf, nach der Polizei zu schreien. Sie zogen sich in die Türfüllung zurück, blickten stumm hinter Schmitt her, hörten von oben wieder Schritte, erwarteten Aufklärung, fragten aber nichts, sagten nichts, schauten die beiden an, dann hinter ihnen her, mit dem gleichen Erstaunen, der gleichen unbefriedigten Neugier. Dann gingen sie hinein, schlugen die Türen zu. Von innen kam das ersterbende Gemurmel der gestörten Schläfer, die sich wieder in ihren Betten zurechtlegten.
Alfredo lachte. »Verbania, Verbania, was bist du schön. So etwas gibt es auf der ganzen Welt nicht.« Es schallte laut in der schmalen Gasse. Ihre Schritte verbündeten sich zu einem harten Getrappel, als ginge ein Dutzend Männer durch diese Stille. Ali trottete hinter ihnen her. »Was soll ich tun?« jammerte er. »Was soll ich tun?«
»Es ist unglaublich, in welche Dinge ich hier verwickelt werde«, murmelte Schmitt.
»Panoni ist verrückt geworden«, sagte Alfredo. »Er hat einen Sexkoller.«
»Nichts kannst du tun, wenn du die Polizei nicht dabei haben willst!« fuhr Moritz Alois Bühlmann an. »Das einzige wäre, es müßten morgen früh ein paar Respektspersonen vor die Tür gehen und ihn moralisch packen. Dr. Jacobsohn zum Beispiel, dann noch Johann Jünges, der ihn ganze Monate lang beim Saufen freigehalten hat. Ich vielleicht auch. Und du, Alfredo, du solltest auch mitkommen.«
»Ich werde ebenfalls kommen«, sagte Schmitt streng. »Es ist eine Clubaffäre. Es geht auch mich an. Überhaupt, es ist eine Schande, was sich da alles im Club einnisten kann . . .«
»Was willst du denn?« tadelte Alfredo. »Du bist nach Verbania gekommen, weil du Ursprünglichkeit erleben wolltest. Jetzt hast du sie und regst dich darüber auf. Bleibe mir ja mit deinen deutschen Maßstäben vom Leib. Du weißt, da werde ich böse.«
»Die selbstverständlichen Formen des Anstandes müssen gewahrt werden!« beharrte Schmitt. »Das hat mit deutschen Maßstäben nichts zu tun.«
»Hör auf, Schmitt. Du fühlst dich hier recht wohl. Deshalb hast

du dir hier ein Haus gebaut, bist maßgeblich im Club beteiligt, mit Spenden und so weiter, hast Umgang mit Künstlern, die du insgeheim bewunderst, weil du selbst kein Künstler bist, denen du aber nach außen hin zu verstehen gibst: Ich bin der große Schmitt aus Essen. Recht wohl fühlst du dich bei all dem ... Denn hier bist du frei. Hier laufen Dutzende herum, die noch mehr Geld haben als du, die noch bekannter sind, und kein Mensch dreht sich auf der Straße nach ihnen um. Das ist Verbania. Und deshalb fühlst du dich hier wohl, wie alle von deiner Sorte.«

Sie waren vor dem Club angekommen. Horazio stand hinter der Bar. Der Regisseur King erzählte von seinem neuen Film und hatte dankbare Zuhörer. Als er Alois Bühlmann sah, rief er: »Komm her, Ali, trinke etwas, möble dich auf!«

Ali schüttelte den Kopf, nahm aber doch ein Glas Whisky an, trank es langsam, liebte Whisky nicht, fürchtete, wie alle Schwachen, daß der Alkohol seine Schwächen noch offenkundiger machen würde. Untadelig wie am frühen Abend stand er hinter der Bar. Sein Kellnerjackett war schneeweiß, sein Mittelscheitel sorgfältig gezogen wie immer. Er bediente mit Akkuratesse und seiner ihm eigenen leisen Höflichkeit.

Als alle gegangen waren, saß Alois Bühlmann allein hinter der Bar und starrte vor sich hin. Ohne es zu wollen, goß er sich ein Glas voll, aus der Flasche des Regisseurs King. Ihre Ermunterungen schwebten noch im Raum. Er hörte noch ihre Stimmen, sah noch ihre Bewegungen. Erst allmählich gewöhnte er sich an die Stille. Als würde er allen pauschal antworten, sagte er: »Ja, ja, ich weiß. Ihr habt recht. Aber was hilft mir das?«

Er trank bedächtig, mit konzentriertem Gesichtsausdruck. Danach legte er eine Platte auf, brabbelte vor sich hin, leise, mit sich selber diskutierend. Die Platte lief, spielte ihm seine Lieblingsmelodie: »When winter comes«.

»Das ist auch die Lieblingsmelodie von John Edwards«, sagte er und dachte bewundernd an den langen Engländer. Ein Dichter. Und es war schade, daß er, Alois Bühlmann, kein Dichter war, daß er gar nichts war, nicht einmal ein Maler ... Wo es doch hier mehr als hundert Maler gibt. Aber bin ich vielleicht kein Künstler? Ich bin das einzige Ein-Mann-Orchester der Welt! Ich bin ein Künstler wie die anderen auch! »Jawohl!« sagte er und schlug mit der Faust auf die Theke. Und nun spielte er ein paar Minuten den Mann, der er immer hatte sein wollen. Er ging auf und ab, redete zu einem Tisch hin, als säße sie dort.

»Nichts hast du geschätzt! Die Augen hast du verdreht nach

anderen. Ja, sie sind reich! Und das gefällt dir. In großen Wagen fahren und ein Dienstmädchen haben ... Ja, das hättest du gern! Aber das hört auf. Du kennst mich noch nicht, darauf kannst du dich verlassen! Wehe dir!«

Er drohte ihr mit der Faust. »Wer hätte dich schon geheiratet! Ich habe es getan, aus Mitleid. Verkommen wärst du ohne mich. In der Gosse gelandet!« schrie er. »Einen Künstler hast du geheiratet, vergiß das nicht! Und meine Kunst ist so gut wie jede andere ... Jaja! Heulen, aber ich will dich nicht mehr. Es ist Schluß! Aus und vorbei!«

In dieser Nacht torkelte Alois Bühlmann, den noch niemand je betrunken gesehen hatte, mit einem Stuhl unter dem Arm vor das Haus, in dem Panoni wohnte. Er suchte sich eine Türnische, setzte sich auf seinen Stuhl und wollte das Haus bewachen. Wenn er kommt, sagte er sich, dann schlage ich ihn nieder.

Alois Bühlmann schlief schon bald ein. Auf dem Stuhl sitzend, das Kinn auf der Brust, saß er vor dem Haus. Er wurde von der Kühle des Morgens geweckt, stand auf und trug den Stuhl wieder zurück. Er schlich, und es sah aus, als hätte er den Stuhl gestohlen. Fast auf den Fußspitzen gehend, hoffend, daß niemand ihn gesehen hatte, schlängelte er sich an den Hauswänden entlang. Seine Gedanken waren nicht mehr kühn. Er war demütig, ein geschlagener Mann, wie er zu sich selber sagte.

Um neun Uhr klingelte das Telefon im Club. Er war nicht nach Hause gegangen, hatte das leerstehende Bett gefürchtet. Im Clubraum hatte er Sessel zusammengestellt. Dort schreckte er aus tiefem Schlaf hoch, als das Telefon schrillte.

Dr. Jacobsohn sagte: »Ich habe von Ihrem Mißgeschick gehört. Wir wollen das möglichst dezent regeln. Nicht zuviel Lärm. Wenn er allerdings nicht ... Dann vielleicht doch die Polizei ... Ja, um zehn Uhr vor dem Haus.«

Sie hatten diese Stunde festgesetzt, geleitet von der Überlegung, man könne ein liebendes Paar schlecht schon um acht Uhr morgens stören. Da wäre mit wenig Entgegenkommen zu rechnen. Und darauf käme es schließlich an, wenn man das Problem elegant lösen wolle. Schmitt, Johann Jünges, Alfredo und Moritz hatten am Telefon zugestimmt. Es war ein von einem Achtzigjährigen mit Umsicht eingeleitetes Unternehmen.

Sie bildeten eine kleine Versammlung, die vor dem Haus stand, mit ernsten Gesichtern, wie bei einem Todesfall, wie eine Gruppe von Menschen, die vor einem Haus verabredet ist und dann hineingeht, um zu kondolieren. Alois Bühlmann sah es erschrocken, als er um die Ecke kam. Er grüßte leise, stammelte ein Wort des

Dankes an Dr. Jacobsohn. Sie gingen hinauf; Schmitt wieder als letzter. Vor der Tür gab es eine kleine Pause, in der wortlos entschieden wurde, wer als erster zu klopfen hätte. Sie sahen sich gegenseitig an, betonten, daß ihnen nach Alter und Bedeutung diese Aufgabe nicht zufiele, und machten Platz für Dr. Jacobsohn.
Er trat dicht an die Tür heran, klopfte mit den Knöcheln gegen das Holz, laut genug, um Entschlossenheit hören zu lassen, aber doch noch so, daß auch die versöhnliche Absicht erkennbar blieb. Sie warteten, blickten alle auf die Tür, auf den alten Mann davor, dem sie zutrauten, daß er den Schlüssel für diese Tür finden würde.
Dr. Jacobsohn mußte dreimal klopfen. Dann kam von drinnen ein Geräusch. Aber es war nicht eine Antwort, sondern das näher kommende Patschen von nackten Füßen auf dem Steinboden. Sie standen sich jetzt gegenüber, Kopf an Kopf, nur durch die Tür getrennt.
»Panoni«, sagte Dr. Jacobsohn auf italienisch. »Sie begehen ein schweres Unrecht. Sie stehlen einem Mann die Frau. Kommen Sie zur Vernunft, und öffnen Sie die Tür. Sie verlieren alle Ihre Freunde, wenn Sie Frau Bühlmann nicht freigeben. Und ich muß Sie aus dem Club ausschließen . . .«
Es blieb eine Weile still, dann wurde drinnen geflüstert. Schließlich sagte Panoni: »Sie bleibt hier, aber ich schenke ihm ein Bild. Den ›goldenen Hahn‹ schenke ich ihm.«
Für ein paar Sekunden waren sie von dem Vorschlag zu diesem Tausch überrumpelt. Es war die Ernsthaftigkeit des archaischen Angebots, die sie verblüffte und ratlos machte wie abgewiesene Parlamentäre. »Er meint das wirklich«, flüsterte Dr. Jacobsohn. »Er ist ein Kind. Er bietet das, was ihm im Augenblick am liebsten ist, für Frau Bühlmann an.«
»Ich will das Bild nicht! Ich will meine Frau!« sagte Ali. »Susi!« rief er. »Schämst du dich nicht!«
»Frau Bühlmann«, drängte Dr. Jacobsohn. »Ich appelliere an Ihren Anstand. Kommen Sie heraus und regeln Sie diese Sache auf menschenwürdige Art.«
»Ich will ihn nicht mehr!« rief sie. »Immer muß ich Gläser spülen bei ihm! Nichts darf ich. Immer bewacht er mich. Und jetzt hat er auch noch angefangen, seine Pauke und das alles wieder hervorzuholen. In der Wohnung geht er umher mit diesen Klingeln auf dem Kopf und der Pauke und probt neue Lieder. Ich kann es nicht mehr hören!«
Alois Bühlmann erstarrte. Er erwartete noch schwerere Vor-

würfe, fürchtete jetzt, die gesamte Fehlerhaftigkeit seines Charakters könne unter Umständen vor dieser Tür sichtbar gemacht werden: die unheilbaren Schwächen, die er nicht alle mit Namen kannte, die ihn aber in ihrer Summe davon überzeugt hatten, daß allein die Tatsache seiner Existenz schon eine ausreichende Schuld sei. Viel Zeit seines Lebens hatte er mit dem Versuch verbracht, die Schwächen zu verstecken. Aber es war wie mit der Decke, die in jedem Fall zu kurz ist: Immer blieb ihm das Gefühl, der eine oder andere Mangel an ihm wäre noch genau zu erkennen.

»Es ist alles nicht wahr!« stammelte er. »Alles nicht wahr ...«

»Er ist zu alt für mich!« rief sie von drinnen. »Ich kann auch sein Zucken nicht mehr vertragen. Es macht mich nervös! Er zuckt sogar nachts im Schlaf!«

»Wir kommen so nicht weiter«, sagte Moritz. Er ging an die Tür und sagte: »Panoni! Nimm jetzt endlich Vernunft an. Wenn diese Sache der Polizei bekannt wird, kommst du in die Irrenanstalt! Du wirst hier abgeholt ...«

Panoni rief: »Du viele Frauen! Laura! Nina! Nicole! Margit! Und Mutter von Laura! Und viele Frauen von andere Mann! Aber Panoni nix!«

»Du bist verrückt, Panoni! Das ist Alis Frau!«

»Nix! Ist meine Frau!«

»Was hat er gesagt?« fragte Johann Jünges. »Nina?«

»Er ist übergeschnappt«, sagte Moritz.

»Hähähähä!« lachte Alfredo leise. »Er ist ein Kind, und sie ist ein Tier. Eine schöne Mischung ...«

Sie standen eine Stunde da und starrten auf die verschlossene Tür, dann sprach Dr. Jacobsohn von der Polizei. »Sie werden gewaltsam öffnen ...« Aber Alois Bühlmann wollte keine Polizei; er wollte jetzt weg von dieser Tür, weg vom Platz seiner Demütigung.

»Sie wird zu Ihnen zurückkommen«, sagte Dr. Jacobsohn.

»Ich weiß, wie es da drin aussieht. Das hält keine Frau länger als acht Tage aus. Wenn ich Sie recht verstehe, wollen Sie sowieso keine harte Auseinandersetzung. Sie warten auf sie ...«

»Natürlich wird sie wieder zu dir zurückkommen«, sagte Alfredo.

»Und ich soll sie wieder nehmen, nachdem sie sich mit dem im Bett gewälzt hat!« Alois Bühlmann schüttelte den Kopf.

»Es ist noch alles dran, was sie vorher auch hatte, Ali.« Alfredo zuckte die Achseln und grinste.

»Ja, natürlich ist noch alles dran, aber er hat sie benutzt ...«

»Also, wenn du mich fragst, Ali, davon ist die nicht schlechter geworden. Es gibt nichts, wovon die noch schlechter werden könnte.« Alfredo wandte sich der Treppe zu. »Kommt, wir gehen. Das hier hat keinen Sinn. Wenn er zu feige ist, die Polizei zu holen ... Wir können die Tür schließlich nicht für ihn aufbrechen.«

»Moralischer Schwachsinn!« schimpfte Schmitt auf der Treppe, die sie einer hinter dem anderen hinuntergingen. »Eine Schande, auch für uns. Wenn man bedenkt, daß diese Person im Club gearbeitet hat ...«

Sie standen noch einen Augenblick unschlüssig vor dem Haus, waren überzeugt hineingegangen, erfolglos herausgekommen und fanden sich jetzt ein wenig komisch – außer Schmitt und Alois Bühlmann.

»Ich habe Durst«, sagte Alfredo. Den anderen war die Stunde zu früh, nur Moritz stimmte zu: »Ja, nehmen wir einen kleinen Schluck.«

»Ich rate Ihnen dreierlei«, sagte Dr. Jacobsohn lächelnd zu Alois Bühlmann. »Gehen Sie zur Polizei. Warten Sie auf Susi. Trennen Sie sich von Susi.«

»Ja, ja«, sagte Alois Bühlmann, aber er hatte sich zu nichts entschlossen, wollte nur fort von diesem Haus.

In Johann Jünges begann der Tropfen Gift zu wirken, den Panoni ausgeteilt hatte. »Nina? Wie kommt er auf so etwas?«

»Er ist verrückt, Johann«, erklärte Moritz. »Du weißt doch, wir flirten so ein bißchen, beim Tanzen und so ... Das hat er mir vorgeworfen.«

»Ja, ja«, sagte Johann Jünges, aber er beeilte sich, nach Hause zu kommen.

»Er hat Verdacht geschöpft«, sagte Alfredo. »Laß den Unsinn! Ich habe schon viele gekannt, die es toll trieben, und ich war ja auch kein Engel zu meiner Zeit, aber du hältst den Rekord.«

»Ich kann nichts dagegen tun.« Wirklich, dachte er, ich bin ausgeliefert. Ich kann anfangen, was ich will, bei mir endet alles damit, daß ich schließlich doch bei einer Frau liege.

»Ich weiß, Künstler schmücken sich gern mit ihrem gewaltigen Geschlechtstrieb. Es gibt da eine besondere Verbindung zwischen dem Trieb und dem Schöpferischen. Die Großen hatten fast alle ihren Kummer damit. Aber um auf dich zu kommen: Daß du scharf bist, weiß jeder. Jetzt mußt du nur noch beweisen, daß du tatsächlich ein großer Künstler bist ...«

Sie setzten sich ins Café »Verbano« und bestellten einen halben Liter Fendant. Dabei hielt Alfredo einen kleinen Vortrag über Ehebruch. Er erklärte, die Kränkung bestehe darin, daß die Frau dem anderen Mann »gedient« habe. »Verstehst du? Sie unterwirft sich, und es ist nicht so sehr die Tatsache, daß sie benutzt wurde, sondern das Kränkende ist der Triumph, den der andere Mann gehabt hat, indem er sie zur Dienerin seiner Lust machen konnte... Eine sehr verzwickte Geschichte. Und nicht ungefährlich, Moritz, nicht ungefährlich...«

12

Er war bei ihr geblieben, am nächsten Tag, die nächste Nacht. Sie stimmten überein, und sie hatte ihn nicht vertrieben. Er wußte nicht, warum er damit gerechnet hatte, gleich aus ihrer Wohnung zu gehen. Es war ein Gefühl beim Erwachen gewesen, als ob er jetzt aufstehen, sich anziehen und gehen würde, weil sie es wünschte. Von Anfang an hatte er ihre Selbständigkeit gespürt. Sie war aus einem Guß, nahtlos, ein unveränderlicher Charakter – keine Laura.

Aber das alles war ihm am ersten Morgen nicht sofort bewußt, als er neben ihr erwachte, die Augen öffnete und wieder schloß und auf seine Erinnerung wartete. Und diese Erinnerung setzte ein mit einem vollen Schub des Verdrießlichen. Ich habe... Es gab Lärm. Ich habe jemand beleidigt. Wen beleidigt? Ein paar Figuren tauchten auf, Gesichter, die ihm nicht gefielen, ohne Namen. Die Gräfin! Es war in ihrem Haus. Das war bedauerlich. Ich werde mich entschuldigen. Und dann die Straße. Ich ging. Nicole hat mich aufgelesen. Zu Dank verpflichtet. Asyl für eine Nacht. Und diese Gewißheit breitete sich in ihm aus: Sie war jemand, der ihn geschützt hatte. Vor was? Vor der Trunkenheit, sagte er sich, vor ihren Folgen und aller möglichen Idiotie. Sie hatte ihn beruhigt, gemildert, hatte ihn gelenkt. Und nun besaß sie einen Vorsprung: die Oberhand.

Er begann zu vergleichen. Ich hätte nie auf Laura gehört. Auch betrunken hätte ich mich gegen sie gewehrt. Nicht gegen das Bett, aber gegen ihre Hilfe, ihre Tröstungen. Etwas fehlt ihr. Nicole hat es. Laura hätte mich nicht beruhigen können.

Er wartete auf Nicole. Sie lag neben ihm. Er spürte ihre Schulter, Berührungen mit ihrer warmen Haut. Sie atmete leise und regelmäßig. Es war eigentümlich, nackt neben einer Fremden zu erwachen, nicht wissend, ob man sich erkennen und billigen würde.

Er betrachtete sie, war neugierig, sah ihren Kopf, das dichte, fast schwarze Haar, eine breite Stirn und die kräftig angesetzte Nase.

Sie konnte sein Gesicht nicht sehen, ihre Augen waren in der Höhe seiner Schultern. Er betrachtete ihre vollen Brüste; aus den dunkelroten Höfen standen steil und dochtartig ihre Brustwarzen. Bis zur Hüfte waren sie beide mit einem Leinentuch bedeckt; ihr Oberkörper ragte heraus wie ein Torso: kraftvoll, schlank, makellos.
Er prüfte das Zimmer, erinnerte sich, daß er es anders gesehen hatte – wüster, ungeordneter. Aber in diesem Zimmer war nichts Boheme. Tische und Stühle paßten zueinander, waren derbe, einfache Stücke, ein Bücherregal, ein Gläserschrank, eine Wand voller Bilder und eine zur Seite geschobene Staffelei. Das Zimmer verriet die großzügige Sorgfalt eines Menschen, der Behaglichkeit liebt.
Er versuchte, sich zu erinnern, wollte Genauigkeit, aber wußte nur, daß sie sich ihm nicht verwehrt hatte, daß er eingedrungen war. Und dann ... Er erschrak bei dem Gedanken, daß er auf ihr eingeschlafen sein könnte, das schien ihm möglich und unverzeihlich. Hoffentlich nicht! dachte er. Ich weiß es nicht mehr.
Sie sagte kein Wort, regte sich aber mit zielstrebigen Bewegungen, die ihm zeigten, daß auch sie schon längere Zeit wachgelegen hatte. Sie drehten sich beide um, schauten sich kaum an, aber umschlangen sich langsam und wortlos, mit der Absicht, diese Nacht anzuerkennen und ein Mißverständnis zu vermeiden.
Sie liebte verhalten, mit einer unterkühlten Raffinesse, die auch Trägheit hätte sein können. Oder war es Trägheit? Eine besondere Art, ohne Anstrengung die Wirkungen zurückzuhalten und dabei immer die Bestimmende zu bleiben? Laura war rückhaltlos gewesen; Nicole behielt Reserven, behielt etwas für sich, das sie nicht mit ihm teilte, das sie, wie er glaubte, nie gegeben hatte. Ein anderer Charakter, eine andere Einteilung: weniger hysterisch, keine ekstatischen Schreie, aber ein lustvolles, beständiges, tiefes Durchatmen, ein langsamer Rhythmus: Erwarten und Entgegenkommen, wie Frage und Antwort, Frage und Antwort. Der wortlose Versuch, sich zu erkennen, mehr zu wissen von sich und dem anderen, sich bewußt zu prüfen, die Prüfung auszudehnen, mit einem gesteigerten Ich und einer anderen Möglichkeit der Wahrnehmung.
Sie war vollippiger als Laura, in allem kräftiger, ausgereifter. Als sie den Höhepunkt erreichte, war es, als würde sie sich plötzlich weiter für ihn öffnen, würde ihn tiefer zu sich ziehen. Er spürte es fast wie einen Griff, der sich zuckend um sein Glied legte, zupackend, sich wieder lockernd, wiederholend – danach die völlige Entspannung.

Die Worte folgten mühelos. Sie sagte: »Ich werde Frühstück machen.«
Er fragte: »War es schlimm gestern nacht?«
»Du hast ihnen zu deutlich gesagt, daß du sie nicht magst. Natürlich hattest du beinahe recht, aber sie werden dir das nicht verzeihen.«
»Beinahe?«
»Ja, du hast vergessen, daß viele von ihnen Angst haben. Sie haben sich mit ihrem Geld hierhergeflüchtet. Sie haben Schicksale hinter sich, jetzt wollen sie hier in Ruhe zu Ende leben. Sie sind verbraucht, und deshalb kannst du nicht von ihnen erwarten, daß sie noch Gefühle aufbringen für etwas anderes als sich selbst.«
»Das habe ich schon einmal gehört«, sagte er.
»Sie fürchten, es könnte von heute auf morgen nicht mehr so sein. Sie fürchten, es steht etwas bevor, was den Frieden auch hier zerstören könnte . . .« Sie stand auf, ging nackt und barfuß aus dem Zimmer. »Ich werde Frühstück machen.«
Er hörte sie draußen in der Küche, lag ganz still, war neugierig und noch immer überrascht, wie leicht dies alles angefangen hatte. Er war oft in fremden Zimmern erwacht, in deren Atmosphäre er nicht eindringen wollte. Meist hatte er das Verlangen, sie bald zu verlassen; hier war er interessiert. Er hörte, daß sie duschte.
Vom Vorplatz aus rief sie: »Willst du duschen?«
Er stand auf und ging hinaus. »Ich habe keine Wanne, nur eine Dusche.« Sie drehte für ihn auf warm. »Ich dusche immer kalt«, sagte sie. »Hier ist eine Zahnbürste für dich. Alles andere findest du dort.« Sie deutete auf ein Wandbrett neben dem Spiegel.
Eine Pfanne mit Rühreiern hatte sie auf den Tisch gestellt, dazu Kaffee, Brot, Marmelade, Butter, Wurst und Käse. Sie halbierte die Portion in der Pfanne, legte sich auf, fragte nicht, ob er Eier mochte, ob ihm Kaffee morgens schmeckte. Sie aß mit großem Appetit und war zwingend in ihrer Selbstverständlichkeit.
Kauend betrachtete sie ihn. »Dein Gesicht . . . Es ist schwer zu malen. Es ist völlig disharmonisch . . .«
»Die Gräfin . . . Es tut mir leid. Sie ist großartig.«
»Ja, das ist sie. Eine telefonische Entschuldigung genügt. Sie hat Verständnis für alles.«
»Ich stehe zu dem, was ich gesagt habe.«
»Natürlich, du bist genau der Typ, der zu allem steht, was er sagt.« Sie schaute ihn belustigt an. »Sollen sie tapfer sein. Sie sind Flüchtlinge, laß sie in Frieden. Allerdings wirst du dir ein paar Feinde gemacht haben. Du hast Laura schlecht behandelt,

damit hast du Diamanten-Peggy getroffen. Sie ist von jetzt an gegen dich. Hast du Laura geliebt? Du warst mit ihr im Bett, das ist bekannt.«
»Geliebt? Nein.«
»Sie hat auf ihre Weise Format. Wir mögen uns nicht. Sie weiß noch nicht, was sie will.«
»Mein Stück«, sagte er. »Es ist also abgesetzt?«
»Vielleicht hätte ich es nicht gestern abend sagen sollen. Es hat dich sehr getroffen. Ich habe über dich gelesen. Du hast dich ein paar Jahre in Amerika herumgetrieben. Aber du hattest nie Kontakt mit anderen Schriftstellern. Wie hast du das Handwerkliche erlernt?«
»Ich bin ab und zu ins Theater gegangen.«
»Das gibt es«, sagte sie. »Wie Panoni, der hat nie malen gelernt. Er fing an und konnte es. Ich war auf der Akademie, aber ich weiß noch nicht, ob ich begabt bin. Ich hoffe es . . .«
Sie war sechsundzwanzig, die Tochter eines Jugoslawen und einer Französin. Als er nach ihren Eltern fragte, winkte sie nur einmal kurz mit der Hand ab, was heißen konnte, sie seien tot oder nichts wert, oder sie wolle nicht darüber sprechen. Er fragte nicht mehr.
Nach dem Frühstück gingen sie noch einmal ins Bett. Es war selbstverständlich. Alles schien selbstverständlich oder genau jetzt notwendig. Er wurde nicht vertrieben.
Er war ruhig und fast ausgeglichen. Sie ließ es zu, daß er die kleinen Abläufe ihrer Tage veränderte. Sie stand später auf als sonst, weil er gern schlief. Sie kochte regelrechte Mahlzeiten, was sie vorher nur mit einem Minimum an Aufwand getan hatte: ein wenig Fleisch, meist gebraten, dazu Salat. Jetzt kochte sie Suppen und Gemüse und Saucen und englische Vor- und Nachspeisen, die sie in Kochbüchern nachlas. Sie malte weniger, ging seltener zu Bekannten und alten Freunden. Es wird einer Ehe sehr ähnlich, dachte sie manchmal und sah ihn an. Er war still, nach innen gerichtet. Sie begriff, daß er immer so gewesen war, daß er Anläufe nehmen mußte, um aus sich herauszukommen.
Er lag stundenlang auf dem Bett und sah ihr zu, wie sie malte. Es war heiß, und sie malte im Bikini. Wenn er aufstand und hinter sie trat, wußte sie genau, daß sich Verlangen in ihm gesammelt hatte, wie Hunger, der ihn zu jeder Stunde anfallen konnte. Seine Zärtlichkeit war fast grob, von einer drängenden Ungeduld, als hätte er lange entbehrt.
Sie war immer bereit, sagte: »Ja, aber ja . . .« und ließ es zu, daß er ihre Konzentration zerstörte, daß er ihr noch vor der Staffelei

den Bikini abstreifte und sie zum Bett trug, wo er sie ohne Vorbereitungen mit seiner egozentrischen Forderung nach Beweisen überfiel.

Und danach wieder Gespräche ... Er ging auf und ab, händefuchtelnd, erregt, als hätte die sexuelle Entladung ihn befreit, ihn frei gemacht zum Reden. Sie hatte niemals vorher so deutlich den Zusammenhang bei einem Mann gesehen.

Manchmal dachte sie: Was eigentlich treibt ihn an? Haß oder Angst? Sie fragte: »Bist du nicht voller Haß?«

Erstaunt sah er sie an: »Haß? Wenn du meinst, daß die Menschen die Welt hassen, so wie sie ist, dann ja. Aber eigentlich ist es Begeisterung. Ja, Begeisterung für die Welt, so wie sie sein könnte! Ich bin bewußt! Ich weiß, daß ich zum Tode verurteilt bin und daß ich die Spanne meines Lebens falschen Werten opfern muß, wenn ich nicht den Versuch mache, auszubrechen. Haß? Ja! Ich weiß, daß wir unsere Möglichkeiten nicht nutzen. Und alles, was uns daran hindert, muß ich hassen. Ich bin kein Romantiker, wenn ich erkenne, daß die Dummheit die menschliche Entwicklung verhindert. Und die Dummheit hat viele Namen: Ideologien, Dogmen, die sogenannte Realpolitik – die Macht, die in Zahlen bewaffneter Menschen denkt, die sie einsetzen kann. Die wissenschaftlich-technische Revolution ist so weit fortgeschritten, daß niemand mehr hungern müßte, niemand brauchte noch geistig oder körperlich zu verkümmern, wenn nicht der Dummheit die Befehlsgewalt über die vorhandenen Möglichkeiten gegeben wäre. Wir sind noch keine Menschen, das ist es, was mich in Bewegung hält.«

Sie sagte: »Mein Leben ist einfach und real: ich male ...«

Er winkte mit der Hand ab. »Ich weiß, du glaubst an die paradiesische Seite der Kunst. Aber du – und nicht nur du –, ihr seid wie die Kinder, die selbstvergessen am Hang spielen, während oben schon die Lawine losbröckelt. Ihr habt noch eine kurze Frist, an Plätzen wie Verbania. Aber dann wird es euch wegfegen. Wenn nicht ...«

»Wenn nicht was?« unterbrach sie.

»Wenn nicht ein weltweiter Aufstand der Vernunft losbricht. Die Revolution des Bewußtseins!«

Sie lächelte, hatte schon viele Männer so reden gehört, keine schlechten Männer, sondern Männer mit einer kindlichen Begeisterung, über die weniger Kindliche stets gelächelt hatten. Sie konnte ihn sich plötzlich vorstellen, wie er ausgesehen hatte als Knabe, mit einem wirren dunklen Blick im trotzigen Gesicht. Sie fragte: »Und die Bestialität im einzelnen?«

»Das Kainitische muß überwunden werden! Der Mensch wird in der Lage sein, an sich Korrekturen vorzunehmen. Deshalb habe ich mein Stück geschrieben. Deshalb schreibe ich!«
»Und wie denkst du dir die Korrekturen?« fragte sie mit mildem Spott.
»Chemie«, sagte er.
»Dann müßte der Staat anders funktionieren, als er es tut. Wehe, wenn er ...«
»Er wird anders funktionieren!«
»Das Paradies? Also das, was hier alle wollen?«
»Aber man muß etwas dafür tun!« rief er. »Es genügt doch nicht, nur sich selbst in Sicherheit zu bringen! Das alles hier ist doch nur Ersatz!«
»Alles ist Ersatz«, sagte sie mit Bestimmtheit. »Sex, Alkohol, Rauschgifte, die Kunst, ein Leben in Verbania ... Du hast dich auch an den Ersatz gehalten, weil du weißt, anders würdest du aufgerieben.«
Er schwieg, dachte: Natürlich würde ich verbrennen. Die Glutzonen ... Ein Mensch beginnt zu erkennen und beginnt zu schreien, daß er sieht, was andere nicht sehen oder nicht sehen wollen. Und würde es dieser Mensch aushalten, so lange er lebt, sein Warnsignal herauszuschreien? Milliarden von Menschen sind elend untergegangen, und viele haben geschrien, daß sie dazu verurteilt waren, von ihrem Tode und der Dummheit zu wissen. In einem riesigen Gefängnis der Ungerechtigkeit haben sie existiert und waren doch noch bereit, den Mächten zu danken, denen sie ihren Ursprung zuschrieben. Wenn ein Mensch im ersten Jahr des Dreißigjährigen Krieges geboren wurde, und er wurde nur dreißig Jahre alt, dann mußte er denken ... Milliarden! dachte er, Milliarden! Er tastet sich wieder in die Nähe der grauenhaften Dimensionen, vor denen er jedesmal fassungslos wurde. Und dort kippte er um, beendete jedesmal sein Denken und suchte den Ersatz, suchte nach einer Frau, getrieben von dem unstillbaren Hunger nach der Minute des glückseligen Zustandes.
Er ist schwierig, dachte sie und fand, es war ausreichend, das Ungeheuerliche zu wissen, ohne viel darüber zu reden, in einer gelinden Form des Protests zu malen, sich damit am Leben zu erhalten – ohne wirklich erkennbaren Sinn. Vielleicht so unverständlich und sinnlos wie die Schönheit einer Blume.
Er war ein seltsamer Gast, der ihr zwiespältige Gefühle abnötigte: Erstaunen über seine geistige Ausdauer und seine körperliche Potenz; Verwunderung über die Unverfrorenheit, mit der er in ihr Leben eingezogen war und begonnen hatte, sich darin

einzurichten; Ablehnung bei dem Gedanken, sich fest an ihn zu binden. Sie kannte den Verbrauch des Gefühls, hatte ihn mehrfach erfahren und ließ sich noch Zeit. Nicht jetzt, aber in absehbarer Zeit wünschte sie sich ein gelockertes, zwangloseres Verhältnis mit ihm.
Sie deutete an: »Ich werde schon bald verreisen. In diesen Tagen habe ich drei Bilder verkauft. Jedesmal, wenn ich genug Geld zusammen habe, mache ich eine kleine Reise . . .«
Er ging mit ihr zu Dr. Jacobsohn, sah, wie der alte Mann Geld in ihre Hand zählte, langsam, Schein um Schein.
Ein prüfender Blick: »Und wie geht es Ihnen, Mr. Edwards? Arbeiten Sie? Ja, das ist gut. Wissen Sie, wer hier neu ist, wird im Anfang immer ein bißchen in den Strudel hineingerissen. Erst allmählich lernt man das eigentliche Verbania kennen, und dann kann man auch wieder arbeiten . . .«
Er besuchte Maler mit ihr. Auf den Hügeln, verborgen in struppigem Dickicht, standen kleine, alte Tessiner Häuser. Die Maler hausten da mit ihren Katzen, friedliche Eremiten, die in völliger Zufriedenheit lebten und kichernd den Klatsch erzählten, den andere Besucher ihnen gebracht hatten. Alois Bühlmann, Susi und Panoni: Sie hörten die Geschichte ein paarmal; jedesmal ein wenig verändert von der Persönlichkeit des Erzählenden, etwas mehr, etwas weniger Spott.
Mittags schwammen sie oft im See. Nicole wußte Plätze, die von niemand besucht waren. Nebeneinander sprangen sie ins Wasser. Mit ihrem Wagen fuhren sie in die Berge, wanderten auf schmalen Pfaden und sahen tief unten die glitzernde Fläche des Wassers. Sie hatte ihren Skizzenblock dabei. »Mein Notizbuch . . .« sagte sie. Er lag im Gras, während sie seltene Baumgruppen oder Steinformationen flüchtig skizzierte. Er sah, daß sie abstrahierte, das Wesentliche mit wenigen Strichen erfaßte.
Er hatte das Gefühl, zur Ruhe zu kommen, in die Windstille zu gelangen, die er sich gewünscht hatte. Und nun schienen ihm die ersten Tage in Verbania tatsächlich so, als wäre er in eine fremde Strömung hineingeraten, die ihn von sich weggetrieben hatte. Er plante an seinem neuen Stück, spürte, daß er bald beginnen würde. Bilder einer Stadt, die Gleichzeitigkeit ihrer babylonischen Verwirrung . . . Es war der Anfang einer Idee. Er dachte darüber nach, daß er eigentlich der Mann wäre, mit einer Frau in dauernder Gemeinschaft zu leben.
Sie gingen zusammen in den Club, und Ali sagte: »Sie ist wiedergekommen. Panoni hat geweint . . .« Er sagte es mit Genugtuung. Die Tränen Panonis waren seine Rache. Aber Susi

durfte nicht mehr im Club arbeiten. »Nein, sie haben es verboten ...«
Moritz kam an einem Morgen. Nicole öffnete und ging nackt vor ihm her und legte sich wieder zu Edwards ins Bett. Er fand es unpassend, aber Moritz lächelte, und Nicole sagte ungerührt: »Er hat meinen Hintern schon mehrmals gesehen. Was ist dabei?«
»Früher«, sagte Moritz, »früher waren wir befreundet. Ich hoffe, es stört dich nicht ... Ich bin nur gekommen, weil man euch nicht mehr sieht. Ihr wollt doch nicht etwa heiraten?«
Und dann sprachen die beiden über Malerei und über neue Bilder, und Edwards lag nackt neben ihr im Bett, fühlte sich unbehaglich und von den ersten Stichen der Eifersucht getroffen. Wie viele waren vor ihm mit ihr zusammen gewesen? Und was hatten sie ihr bedeutet? Sie hatte ihm noch keine Enthüllungen angeboten, aber sie hatte ihn wissen lassen, daß sie die Männer von einer gewissen Zeit an nicht mehr wichtig genommen hatte. »Natürlich habe ich mit Männern geschlafen, wenn ich es gebraucht habe ...«
Moritz sagte: »Sie ist talentiert. Jetzt schwankt sie noch in ihrem Stil. Es ist zuviel Braque. Früher war es Cézanne, davor Picasso und auch Chagall ... Aber sie wird ihren Stil finden ... Ihr müßt einmal abends zum Essen kommen. Margit würde sich freuen. Allerdings hat sie in den nächsten Tagen zu tun. Dieser Tommy Flitt kommt, das schwule Würstchen. Mit dem muß sie der Presse eine Romanze vorspielen. Alles von King organisiert. Sie kriegt wirklich eine Rolle, ich habe es nicht geglaubt. Wißt ihr, daß auch das Fernsehen hierher kommt? Sie wollen einen Film drehen über Verbania.«
»Wie geht es Alfredo?« fragte Edwards.
»Gut. Er säuft.«
»Und Melting?«
»Gut. Er redet.«
»Und wie geht es Johann und Nina?« fragte Nicole lächelnd.
»Ich denke, gut. Nur Johann wird ein bißchen komisch. Er fragt die Leute aus nach mir und Nina. Panoni hat ihn aufgehetzt, als wir vor der Tür standen und Susi holen wollten.«
»Johann ist ahnungslos«, sagte sie, nachdem Moritz gegangen war. »Kann ein Mensch, der so naiv ist, ein übler Mensch sein? Er vertraut ihr. Sie ist sein Geschöpf. Er hat sie erzogen.«
»Hat Moritz es immer so getrieben?«
»Er nimmt die Frauen nicht ernst, und sie machen es ihm leicht. Im Grunde ist er unzufrieden mit sich selbst.«
»Dann habt ihr gut zusammengepaßt, beide nehmt ihr es nicht

ernst. Ich halte die Ehe für eine gute Sache«, sagte er. »Nicht den beglaubigten Stempel und den Ring am Finger, aber den Entschluß, zu zweit zu leben, wenn man sich versteht.«
»Die Ehe ist überholt«, sagte sie.
»Wie hältst du es mit mir?« Er beugte sich über sie, sah ihr ins Gesicht. »Ich möchte nicht, daß du noch andere neben mir hast. Was früher war, geht mich nichts an. Aber mir gefällt es nicht, daß du vor Moritz nackt durchs Zimmer gehst, auch wenn du vorher noch so oft mit ihm geschlafen hast.«
»Ja, ja«, sagte sie abfällig. »Ich weiß, kaum seid ihr in einem Bett warm geworden, schon denkt ihr: Der Arsch gehört mir!«
Sie sah, wie ihm das Blut ins Gesicht schoß. Er schien zu überlegen, schien etwas sagen zu wollen. Dann hob er die Hand und gab ihr eine Ohrfeige. Sie hatte die Hand gesehen, hatte es nicht geglaubt. Sie waren beide verbüfft. Nicole faßte sich zuerst. »Tue das nie wieder! Nie wieder, hörst du!«
Zwei Tage später reiste sie ab. Er küßte sie in der Wohnung, ging mit ihr durch den Garten, hielt sie im Garten noch einmal fest. »Es hat sich nichts geändert zwischen uns? Sage mir, daß sich nichts geändert hat!«
»Unsinn«, lächelte sie. »Ich will nur zu mir kommen.«
Er wiederholte: »Wir könnten zusammen fahren . . .«
»Nein, du willst arbeiten, und du mußt arbeiten!«
»Wir sind erst kurze Zeit zusammen. Wenn eine Frau dann schon ohne Grund wegfahren kann, ist es kein gutes Zeichen für den Mann. Denke nicht, ich machte mir Illusionen. Ich werde nicht betteln, daß du bleibst. Manchmal habe ich gedacht, du bist meine Rettung gewesen. Ja, die irren Besäufnisse waren sehr schlecht für mich . . .« Er blickte auf die Koffer, zwei ramponierte Lederkoffer, die sie in ihrem Wagen verstauen würde. Er fühlte sich als der Schwächere und gab es zu. »Ja, ich bin jetzt der Schwächere. Ein Mann braucht eine Frau, und das kann sie gegen ihn ausnutzen. Ich kann nicht anders sein, als ich jetzt bin. Etwas angeschlagen, und wieder ein bißchen aufgerichtet vom Ruhm. Du willst zu dir kommen – durch dich. Vielleicht wäre das auch bei dir möglich gewesen – durch mich.«
»Ich bin spätestens in drei Wochen zurück.«
»Gut, ich werde wieder in meinem Hotel schlafen . . .« Er dachte einen kleinen Augenblick an Laura: Sie hatte ihm den Schlüssel angeboten. Er begriff jetzt besser. Nicole hatte nicht vom Schlüssel gesprochen. »Wirst du deine Eltern besuchen?«
»Nein, mein Vater gehörte in Paris zur Widerstandsbewegung. Er wurde erschossen. Meine Mutter lebt auch nicht mehr. Ich bin

bei Fremden aufgewachsen. Später hat mich ein Mann ausgehalten. Er hat mir ein Studium ermöglicht. Ich fahre jetzt nach Genua. Dort lasse ich den Wagen stehen und nehme ein Schiff nach Ibiza. Ich habe da noch Bilder abgestellt, bei Freunden.«
»Nach Ibiza? Findest du es nicht absurd, daß du mir das erst jetzt sagst?«
»Du hast mich nicht danach gefragt.«
Sie winkte, als sie losfuhr. Er schaute ihr nach, winkte nicht, dachte, daß er nichts von ihr wußte, daß er zwei Wochen mit ihr gelebt hatte, ohne sie zu kennen.

Er versuchte zu arbeiten. Zwei Tage ging er in seinem Hotelzimmer hin und her, wollte Gedanken ordnen, sie folgerichtig um Charaktere gruppieren. Er suchte nach einer Hauptfigur, einem Menschen, mit dem er beginnen könnte. Aber die Charaktere blieben leblos, und es war, als würde er sie wie Schachfiguren nur hin und her schieben. Sie offenbarten nichts. Er ließ sich Champagner auf das Zimmer bringen, trank zwei Flaschen, lag auf dem Bett und dachte: Ich weiß, daß diese Geschichte in meinem Kopf ist! Ich muß sie nur herausholen. Sie ist da, ein Block, aus dem ich sie herausmeißeln muß!
Und dann dachte er: Sie wird jetzt schon auf Ibiza sein. Was tut sie auf Ibiza? Er sah sie genau: ihr Gesicht, sah sie wegfahren, ein in sich geschlossenes Wesen, das ganz einfach davonfuhr, ihn stehenließ, vor dem Haus mit dem kleinen Obstgarten. Sie wollte mich kränken. Was sie gesagt hat, im Bett, paßte nicht zu ihr. Ich habe sie dafür geohrfeigt. Ich kann so nicht arbeiten.
Er erkannte, daß Nicole lebendiger in ihm war als alle Menschen, die er jetzt hätte erfinden können. Er gab auf: Ich werde in den Club gehen oder in die »Taverna«. In Gedanken klagte er sie an. Sie war nicht fair, war hinterhältig und hatte List gegen ihn benutzt, mit der sie bewies, wie verbraucht ihr Gefühl war. Sie ist leer, dachte er und wünschte sich Feindschaft mit ihr, eine wirksame Verachtung: die Revanche.
Als er in den Club kam, war kein Tisch frei. Horazio sagte wichtig und in Eile: »Guten Abend, Mr. Edwards. Möchten Sie einen Platz an einem Tisch? Nein? Sie gehen an die Bar. Gut. Viel Betrieb heute. Tommy Flitt ist hier, Mr. Edwards. Er wird fotografiert. Die Presse ist da ...«
Moritz stand an der Bar und fragte als erster: »Ist sie fort?«
»Ja.«
»Ich wußte es. Aber sie hat dir mehr eingeräumt als jedem anderen. Alle haben sich darüber gewundert. Sie verbraucht

Männer. Sie geht mit ihnen um, wie manche Männer mit den Frauen ... Emanzipiert nennt man das, aber es funktioniert nicht. Übrigens, du hast mich bei ihr vertrieben. Bei Laura auch, aber da habe ich Boden gutgemacht. Ich hoffe, du siehst das sportlich. Es ist die einzige Art, in der man es sehen kann ...«
»Ich sehe es anders, aber es macht nichts.« Er winkte Ali und verlangte ein Glas Whisky. »Du solltest vielleicht eine weniger störende Sportart wählen. Du suchst Selbstbestätigungen. Du könntest genausogut einen Berg besteigen oder sonst etwas Gefährliches tun.«
»Gut! Gut!« sagte Moritz laut und hob sein Glas. »Ja, ich brauche Würze, Erregung ...« Er war bereits angetrunken. »Der Witz ist ... der Witz ist, daß Laura dich liebt, du aber liebst sie nicht. Du liebst Nicole, aber Nicole liebt dich nicht. Margit liebt mich, aber ich liebe sie wahrscheinlich nicht. Ich könnte mich für Laura begeistern, aber Laura liebt mich nicht. Johann Jünges liebt Nina, und Nina liebt mich, aber ich liebe sie nicht. Und Ali hier, unser Freund Ali, der liebt Susi, aber Susi liebt Panoni. Und Horazio liebt Monsieur Drumont, aber Monsieur Drumont liebt seinen neuen Jungen aus Rom. Und da hinten sitzt Tommy Flitt, und der liebt Drumonts Jungen, aber der Junge liebt niemand, er liebt nur sich selbst ... Es ist eine einzige große Kinderei ...«
»Jeune homme«, sagte Alfredo, als er an die Bar kam. »Ich habe Sie lange nicht gesehen, Mr. Edwards.«
»Ich habe versucht zu arbeiten.«
»Seht euch das an, da hinten!« knurrte Moritz.
Alfredo drehte sich auf dem Barhocker um und schaute nach dem Tisch, wo Tommy Flitt saß, umlagert von Presseleuten, von Männern und Frauen, die irgendwelche, nicht erkennbare Funktionen hatten.
»Dieser Tommy Flitt ist hier aufgetaucht wie eine Staubwolke. Einen ganzen Troß hat er dabei. Drei oder vier Mädchen, einen Public-Relations-Mann, einen Agenten und ...«
»Wie eine Staubwolke!« sagte Moritz. »Und Margit ist auch dabei. Sie zählt jetzt dazu.«
»Klappern gehört nun mal zum Handwerk.«
»Ich habe nichts dagegen, Alfredo. Aber diese Bande ist zum Kotzen! King hat Margit vorher instruiert. Sie mußte den Presseleuten sagen, sein Haus sei ihr Haus. Dann wurde sie in allen möglichen Posen fotografiert. Der Star in seiner Traumvilla ... ›Zieh dir'n Bikini an, Mädchen‹, sagte der Fotograf. ›Laß 'n bißchen was sehen. Los, die Beine 'n bißchen weiter auseinan-

der ...‹ Sie hat mir alles erzählt. Und ein Küßchen mit Tommy Flitt. Und der hat ständig einen Aufpasser dabei. Und weißt du, was der über ihn sagt? Er sagt: Bei jedem Pissoir muß ich aufpassen! In Zürich ging er mit ihm zwei Stunden spazieren. In dieser Zeit mußte Tommy Flitt fünfmal pinkeln. Der Mann stand draußen und wartete genau drei Minuten, wenn er dann nicht kam, ging er hinein und schaute nach, ob da auch nichts im Gange war mit einem Strichjungen. Ich habe nichts gegen Schwule, aber der da ist dumm wie Stroh. Und daß man den ausgerechnet als Liebling der Frauen aufputzt ...«

»Bist du etwa eifersüchtig?« fragte Alfredo.

»Quatsch! Der Kerl ist ohne jede menschliche Qualität, aber ein Flirt mit Tommy Flitt genügt, um Margit wieder interessant zu machen. Das ist es, was mich ärgert. Das Publikum wird verscheißert. Die Suppe wird hier im Club ausgekocht, und die Dummen in aller Welt fressen sie auf. Margit muß mit ihm in die Badewanne. Ich habe das Drehbuch angeschaut. Sie müssen in der Wanne herumplanschen. Und Margit sagt: Ich wasche dich. Flitt sagt: Und ich wasche dich. Und dann müssen sie schäkern und beide hahahaha! machen. In diesem Film zeigt sie ihren Hintern öfter als ihr Gesicht. Die übliche Scheiße. Man kann das doch schon nicht mehr sehen. Die Welt wird zugedeckt vom Kitsch!«

Alfredo lachte leise. Alois Bühlmann hatte mit erstauntem Gesicht hinter der Bar zugehört. »Was es nicht alles gibt«, sagte er und schenkte die Gläser wieder voll. Diesen Film gönnte er Moritz. Überhaupt gönnte er den selbstsicheren und erfolgreichen Männern jede Art von Demütigung, die Frauen austeilen können. »Und der Film kommt auch hierher?« fragte er.

»Jawohl, der Film kommt auch hierher, und du kannst dir für drei Franken den Hintern meiner Frau ansehen.«

Alois Bühlmann nickte nachdenklich. »Ja, ich werde ihn mir ansehen ... den Film, meine ich.«

»Schmitt, Johann Jünges und Nina sitzen ja auch mit am Tisch«, sagte Alfredo.

»Aber natürlich! Die beiden sind doch prominentensüchtig. Kannst du dich noch erinnern, wie sie sich auf John stürzten, als er hier ankam?«

»Wie geht es übrigens Laura?« fragte Alfredo.

»Sie braucht Trost, weil John sie verlassen hat.«

»Ich habe ihr keine falschen Hoffnungen gemacht.«

»Aber sie hat gehofft, Mr. Edwards. Alle Frauen hoffen, wenn es mal soweit ist.«

»Nicole hofft nichts.«
»Ja, die nicht. Wenn ich die Wahl hätte zwischen Laura und Nicole, würde ich Laura nehmen.«
King kam an die Bar. Er klopfte Alfredo vertraulich auf die Schulter und sagte: »Mr. Edwards, ich würde Sie gern mit meinem Produzenten bekannt machen. Wir haben da eine Idee ... Vielleicht würde es Ihnen gefallen. Ein Vorschlag ...«
Tommy Flitt hielt es für eine Selbstverständlichkeit, daß Edwards zuerst mit ihm sprach. »Hallo, Mr. Edwards. Wie geht es Ihnen? Ganz flott berühmt geworden in der letzten Zeit. Hahaha!« Er lachte fortwährend, fast nach jedem Satz wieherte er sein albernes Gelächter. Er wollte witzig sein, agil, immer in Bewegung, immer der Mittelpunkt. Sein Lachen war fahrig, eine nervöse Störung wie ein Sprechtick. Und nervös war er aus Angst, einmal nicht witzig, nicht attraktiv zu sein. Edwards musterte ihn schweigend, und Tommy Flitt setzte sich wieder hin, zeigte ein beleidigtes Gesicht für zwei oder drei Sekunden, dann strahlte er plötzlich wieder und flüsterte einem Mädchen neben ihm zu: »Wetten, daß ich bekannter bin als er! Hahaha!« Er war leicht geschminkt, ein Deutscher, höchstens vierundzwanzig Jahre alt, der schlicht Hans Faßbender hieß.
Terruzzi, der Produzent, war der eigentliche Beherrscher dieser Runde. Wie John Edwards später erfuhr, ein Industrieller aus Mailand, der hin und wieder ein paar Millionen im Filmgeschäft riskierte. Wenn er redete, schwiegen alle, auch Tommy Flitt.
»Mr. King hat mir vor einer Viertelstunde gesagt, daß Sie hier sind. Wir bieten Ihnen ein Drehbuch an für unser nächstes Projekt ...«
»Ich weiß nicht, ob ich das kann«, sagte Edwards.
Terruzzi sah ihn prüfend an. Edwards spürte, daß dieser Mann dabei war, ihn einzustufen. Zweifel an sich selbst – in der ersten Antwort. Terruzzi lächelte ironisch. »Mr. King kann Ihnen ein paar Stichworte geben. Sie können sich die Sache überlegen. Ich zahle Ihnen dreißigtausend Dollar, weil Sie es sind.«
Margit sah ihn mit einem aufmunternden Lächeln an. Till Hartholz grinste, Schmitt und Johann Jünges warteten gespannt. Viele Gesichter, darunter auch Nina, etwas müde und, wie ihm schien, verärgert, bei so vielen hübschen Frauen sitzen zu müssen. Die Mädchen betrachteten ihn interessiert. Er kannte die Sorte, hungrig auf Filmruhm, in der Nähe der Bosse herumlungernd, auf den »Wink« wartend, zu allem bereit. Der Manager Flitts gähnte und kniff dann die Augen zusammen, aber er interessierte sich nicht für Edwards, sondern für Nina, die Johann Jünges schon mehrmals zum Aufbruch gedrängt hatte.

»Also, hören Sie, Mr. Edwards. Ich stelle mir vor, ein Mann liebt zwei Frauen. Das Verhältnis schleppt sich hin. Natürlich in einem mondänen Ort. Vielleicht wie hier ... Er pendelt zwischen diesen beiden Frauen hin und her. Daraus ergeben sich die Verwicklungen. Die beiden kämpfen um ihn. Er kann sich für keine entscheiden ...«
»Die Rolle spiele ich! Hahaha!«
»Er soll den Schnabel halten!« befahl Terruzzi unwirsch auf italienisch.
King übersetzte: »Halt jetzt mal die Klappe!«
Tommy Flitt duckte sich einen Augenblick, rutschte unruhig auf seinem Sessel herum, flüsterte Margit etwas zu. Sie lächelte ihn an. Es sah aus wie inniges Verständnis.
»Halt!« rief der Fotograf. »Bleibt so. Mr. Edwards, sehen Sie hierher!« Das Blitzlicht zuckte auf, noch einmal, und wieder. »Gut!« sagte der Fotograf.
Am Nebentisch saß Monsieur Drumont mit seinem Jungen. Sie schauten zu. Tommy Flitt fragte: »Wollen Sie nicht zu uns an den Tisch kommen?«
»Danke, sehr freundlich«, antwortete Monsieur Drumont. »Aber wir sind im Begriff zu gehen.«
»Schade, schade«, seufzte Tommy Flitt und zog bedauernd eine Schulter hoch.
»Er soll den Schnabel halten!« übersetzte King. »Also, Mr. Edwards, ich denke, Sie haben verstanden, um was es geht. Ein Mann liebt zwei Frauen und kann sich für keine entscheiden. Und dann der positive Schluß: Eine der beiden Frauen erwartet ein Kind. Er entscheidet sich für seine Pflicht. Er heiratet die Schwangere. Eine heile Welt, verstehen Sie? Das wollen die Menschen sehen. Sie können das, Mr. Edwards. Im Kino wollen die Menschen nicht ihre Schwächen sehen. Sie wollen sich geschmeichelt fühlen. Sie wollen sehen, daß sie gut sind, daß sie verläßlich sind. Eine heile Welt, Mr. Edwards, wie ich schon sagte. Wenn Sie das machen, mit Ihrem Namen, mit Ihrem Erfolg ... Sie können das ... Sie haben doch ein Universum des Mitleids in Ihrem Stück, wie ich höre. Sie können das ...«
Sein zerklüftetes Gesicht war angespannt. Er versuchte, Überzeugung auszustrahlen.
»Dreißigtausend Dollar!« sagte Terruzzi.
Edwards schwieg einen Augenblick, dann erklärte er: »Nehmen Sie es mir nicht übel, daß ich Ihnen sage, ich halte diese Geschichte für einen ausgemachten Dreck.«
Und nun redeten sie alle auf einmal. King fuchtelte mit den

Händen. Terruzzi wiederholte die dreißigtausend. Die Mädchen schnatterten durcheinander, und Tommy Flitt belachte wieder einen seiner Aussprüche.
Till Hartholz rief: »Natürlich hat er recht! Diese Geschichte ist ein ausgemachter Dreck. Aber ich würde sie für die Hälfte machen!«
»Ich bin nicht interessiert«, sagte Edwards. Er stand auf, nickte freundlich und ging zur Bar zurück. Johann Jünges lief hinter ihm her, und dahinter kam Nina und quengelte:
»Ich möchte nach Hause. Es geht mir nicht gut!«
»Er hat es ihnen gegeben. Das hättet ihr sehen sollen!« Johann Jünges berichtete Alfredo und Moritz. »Ja, ja, Frauchen, ich bringe dich gleich nach Hause. Aber ich muß mich doch erst noch da hinten verabschieden.« Er ging zurück zum Tisch und sagte zu King: »Ich bringe nur Nina schnell nach Hause. Ich komme dann wieder. Sie sind natürlich alle meine Gäste ...«
»Wir gehen auch«, schlug Moritz vor. »Solange diese Filmleute hier sind, gefällt es mir nicht im Club.«
»Talmi!« sagte Alfredo und rutschte vom Hocker herunter. »Kommen Sie, Mr. Edwards, nehmen wir einen Drink in der ›Taverna‹ oder bei ›Sergio‹.«
Horazio hielt ihnen die Tür auf. Sie gingen hinaus, an ihm vorbei, aber Horazio blieb noch stehen, denn Monsieur Drumont ging mit seinem Jungen auf die Tür zu. Er verbeugte sich vor Monsieur Drumont. »Sie wollen schon gehen, Monsieur Drumont? Ach, das tut mir aber leid ...«
Draußen standen noch John Edwards, Moritz und Alfredo. »Zu ›Sergio‹ oder in die ›Taverna‹?« sagte Alfredo. Sie sahen Monsieur Drumont, der den Arm um die Hüfte des Jungen gelegt hatte. Ganz mit sich selbst beschäftigt, gingen die beiden an ihnen vorüber.
»Eine echte Liebe«, flüsterte Moritz.
»Zumindest von Drumonts Seite. Ein angenehmer Mensch«, sagte Alfredo. Sie sahen, wie Monsieur Drumont dem Jungen die Wagentür aufhielt.

Monsieur Drumont fuhr langsam. Er fragte auf italienisch: »Hat es dir gefallen, mein Liebling?«
»Ich weiß nicht, so viele Leute. Und alle starren mich an.«
Sie fuhren zu Drumonts Villa. »Du gefällst ihnen. Sie sehen deine Schönheit. Aber du stehst unter meinem Schutz.«
Monsieur Drumont ging mit seinem Jungen ins Haus. »Hier ist es am schönsten«, sagte er. »Was sollen wir in den Bars, wo die

Menschen sich nur sinnlos betrinken, weil sie nichts mit sich anzufangen wissen. Sie verstehen alle nichts vom Leben. Sie sind grob und zerstören die feinen Dinge . . .«

Und später, im Schlafzimmer, als sie nebeneinander lagen: »Deine Schönheit hilft mir über alles weg.« Er streichelte den schlanken Körper, spielte mit ihm, wollte in der fremden Lust die eigene Lust empfinden. »Das Leben ist eine Kunst, mein Liebling. Es ist die größte Kunst von allen . . .«

Er sprach französisch, der Junge sagte etwas auf italienisch. Er war schlau, aber bereit.

»Siehst du«, sagte Monsieur Drumont. »In diesen Betten haben ein König und eine Königin geschlafen. Ich habe sie uns aus Paris kommen lassen . . .«

Ob er es versteht? Ob er etwas von mir versteht? Ich habe nur dich. Ich habe sonst keine Liebe mehr.

». . . aber was wird aus dir, wenn ich nicht mehr hierherkomme? Wenn ich sterbe? In wessen Hände wirst du fallen? Du bist nur schön. Das genügt. Aber sie werden dich verbrauchen. Was wird wohl aus dir? Ich muß dich absichern. Ich werde dir ein Erbteil bestimmen. Und ich werde dich adoptieren, damit du nicht darben mußt und mich in guter Erinnerung behältst . . .«

»Sind Sie schon so alt? Sie haben braune Flecken auf der Brust. Und auf dem Rücken. Was sind das für braune Flecken?«

»Ja, ja«, seufzte Monsieur Drumont. »Das ist das Alter. Strafe mich. Ich habe es verdient. Strafe mich für meine Vermessenheit . . .«

13

Terruzzi hatte befohlen: »Wir fahren zu meinem Haus. Ich langweile mich in diesem Club.« Und darin hörten sie alle den Vorwurf, daß er, Signor Terruzzi aus Mailand, der Geldgeber für diesen und den nächsten Film, das Recht habe, von ihnen unterhalten zu werden, daß es ihre Aufgabe wäre, etwas gegen die Langeweile zu tun.

Die Mädchen hatten gekichert und an die Auszeichnung gedacht, die darin bestand, in das Haus Terruzzis mitgenommen zu werden. Das würde durchsickern, das würde sie aufwerten – und es würde neugierig machen auf das, was im Haus vielleicht geschehen sein könnte.

King fragte Margit: »Du kommst doch mit?«

»Nicht gern, aber es muß wohl sein.«
Die Presseleute hatten sich verabschiedet und waren zur Bar gegangen. »Trinken und essen Sie, was Sie wollen.« Terruzzi gab Ali einen Wink: »Auf meine Rechnung!«
Schmitt zog sich brüsk zurück. Diese Menschen waren nicht nach seinem Geschmack. »Sie sind unseriös«, sagte er zu Johann Jünges. »Ich will sie nicht mehr im Club haben!«
»Du tust ja gerade so, als wäre es dein Club!«
»Es ist nicht mein Club, aber immerhin bin ich im Präsidium. Sieh dir doch diese Mädchen an, das sind ausgewachsene Huren!«
»Und die anderen, die hier herum ...« Er wollte das Wort gebrauchen, scheute sich jedoch, es auszusprechen, sah auch, daß Tommy Flitt und die Mädchen schon draußen waren und beeilte sich, hinauszukommen. Dies war ein Fest, die Möglichkeit eines Festes, und er wollte unter allen Umständen dabeisein.
Terruzzi war mit Margit schon vorausgefahren. Er hatte auf niemanden gewartet, hatte zu Margit gesagt: »Steige ein, du fährst mit mir.«
Als Johann Jünges auf die Straße kam, hörte er nur noch das Röhren des schweren italienischen Sportwagens. Die vier Mädchen, King, Till Hartholz, Tommy Flitt und sein Manager verteilten sich auf die beiden Wagen. Terruzzis Haus lag auf der italienischen Seite des Sees. Sie mußten die Grenze passieren, hatten beinahe zehn Kilometer zu fahren. King saß neben Johann Jünges und wies den Weg. Hinter ihnen folgte Till Hartholz mit seinem Wagen.
»Ja, meine Damen!« triumphierte Johann Jünges. »Kommen Sie nach Verbania, und Sie werden etwas erleben! Weißt du«, sagte er zu King, »so schön ist es nirgendwo auf der Welt.« Und dabei dachte er daran, daß er Ähnliches in Deutschland nicht erleben würde, daß Deutschland grau war, schon immer düster und unheilvoll, daß Deutschland ihm Pflichten auferlegen würde, das Gehabe des gesetzten Mannes. Nein, man verzeiht in Deutschland nicht, wenn ein Mann nichts anderes will, als sein Leben zu feiern.
Sie kamen zum Haus und sahen erstaunt, daß alle Türen offenstanden. Die Lampen brannten, aber Terruzzi und Margit waren nicht zu sehen. Johann Jünges dachte sofort: Mein Haus ist schöner. Die Villa Terruzzis war an den Hang gebaut. Eine riesige Glastür führte zum Garten, der terrassenförmig angelegt war. King ging zur Hausbar und holte Whisky und Gläser. »Hier, bedient euch!«

Eines der Mädchen fand die Stereoanlage und legte eine Platte auf.
»Wie heißt ihr denn?« fragte Johann Jünges. »Jetzt sagt mal eure Namen!«
Sie schnatterten durcheinander, bestaunten das Haus. Von solchen und ähnlichen Häusern träumten sie, von den Männern, die so etwas besaßen, oder von Gagen, die für Hauptrollen ausgeschüttet und das Leben auf einer höheren Ebene möglich machen würden. Sie waren ohne Ausnahme bereit, viel dafür zu leisten.
»Eure Namen!« rief Johann Jünges.
Lily, Dunja, Liz, Nita. Sie nannten Namen. Till Hartholz lachte laut und rief: »Ich fresse einen Besen, wenn das eure Namen sind! Aber gut gewählt. Sie passen auf jedes Plakat!«
Sie schworen, daß es ihre Namen seien. Der Agent grinste und trank. Tommy Flitt sagte zu King: »Irre Täubchen! Sie sind irre Täubchen!«
»Das sind flotte Hasen, aber davon verstehst du ja nichts.« Sie lachten beide und schlugen sich auf die Schulter, als wären sie sich einig, einen köstlichen Witz gemacht zu haben.
Nach einer halben Stunde kam Terruzzi. Er ging schweigend zur Bar und goß sich ein Glas voll Grappa. Margit erschien ein paar Minuten später. Sie ging hinaus in den Garten und schaute eine Weile über den See. Niemand beachtete sie.
Während die anderen tranken und lachten und tanzten, saß Terruzzi wie bewegungslos in einem breiten Sessel. Er hielt sein Glas in der Hand, hatte es nicht wieder gefüllt. Er schaute eine Stunde lang schweigend zu, aufmerksam, als beobachte er eine Schau, die er selbst inszeniert hatte.
Dann winkte er King heran: »Ich will den Deutschen nicht dabei haben. Diesen Jünges!«
»Die meisten anderen sind auch Deutsche«, sagte King.
»Ja, aber der ist noch deutscher als die anderen . . .«
»Was soll ich machen? Er scheint sich schon recht gut mit der kleinen Dunja zu verstehen. Zumindest hat er bereits die Hand in ihrer Bluse . . .«
»Die Rechnung geht genau auf. Wir sind fünf Männer und fünf Frauen.«
»Aber einer davon ist kein Mann.«
Terruzzi ging nicht auf den Scherz ein. Er bestimmte: »Er soll seine Freundin herholen, dann kann er mitmachen.«
King begann mit einer vorsichtigen Eröffnung. Er hatte Johann Jünges unauffällig in den Garten gerufen. Sie standen am

beleuchteten Swimming-pool, und Johann Jünges dachte: Das habe ich auch, ein bißchen kleiner, aber mindestens ebensogut. Eine herrliche Nacht, dachte er.
»Nina? Nein, die hole ich jetzt nicht mehr. Es sind doch genug Frauen hier.«
»Ja«, sagte King. »Für jeden eine, außer dir.«
»Aber ich kann doch Nina nicht . . .« wenn ich mit Dunja . . .«
»Nina kann sich ja mit einem anderen amüsieren.«
Johann Jünges straffte sich: »Was! Nina soll hier mit einem anderen . . .«
»Du willst eine gemischte Party mitmachen? Sie sagen, du sollst Nina bringen, dann kannst du eine von den anderen haben, oder du kannst auch mehrere haben.«
»Niemals! Das ist ja eine ungeheure Zumutung!« Er schüttelte heftig den Kopf. Die Empörung drang durch die Schicht der Trunkenheit, rüttelte ihn wach.
»Aha!« sagte King. »Die anderen willst du haben, aber deine eigene soll geschont werden.«
»Ihr wollt mich nicht dabei haben. Dieser Terruzzi, ich habe es gleich gewußt, das ist ein richtiges Ekel! Und außerdem, ich möchte an eurer Party nicht teilnehmen! Ich werde sofort gehen! Ich werde das Haus verlassen!«
»Na schön, dann verschwinde.«
»Übrigens, ich kann alles verantworten, was ich hier getan habe!«
Der Agent schlenderte lässig heran. »Wie ist es nun? Bringt er seine Alte oder nicht?«
Johann Jünges blickte auf den Mann, schien ihn jetzt zum erstenmal zu sehen und beurteilte sein Gesicht, sein Auftreten. »Das ist ja ein Verbrecher!« stieß er hervor und ging dann durch die große Glastür hinein. Er hatte keinen Blick mehr für Dunja. Sie rief: »He, Johann!« Er winkte würdevoll mit der Hand ab, zeigte in der Gebärde, daß er sie zurückwies, zeigte jetzt Entrüstung über die Dinge, die in dieser Villa heute nacht geschehen könnten. King und der Agent sahen ihm nach und lachten. Sie hörten, wie er draußen den Wagen anließ und davonfuhr.
Sie hatten es darauf angelegt, aber sie waren nur Nachahmer. Sie folgten dem Klischee vom süßen Leben. Die beiden Männer, die bestimmten, welche Richtung die Party nehmen würde, dachten, so könne es gemacht werden. Das Muster war Hollywood, obwohl Terruzzi nie dort gewesen war und King in Hollywood nicht mehr erlebt hatte, als mit zwei Frauen gleichzeitig zu schlafen. Das Geflüsterte, aber nie Bewiesene, hatte sie angeregt,

Geschlechtsakt von fünf Paaren, Lustgejammer von fünf Frauen, die wirren Knäuel nackter Leiber, die simultan koitierten. Das hatte ihre Phantasie beflügelt.
In Hollywood war King nur eine kleine Nummer gewesen, gemessen an den großen Regisseuren. Es hieß von ihm: Mr. King ist ganz verläßlich, aber an die aufwendigen Stoffe darf man ihn nicht heranlassen. Er hatte als Mitläufer Parties erlebt, bei denen Frauen ihre Brüste zeigten, sich in den Swimming-pool werfen ließen: fette Bilder für die Presse, nicht mehr. Hier nun wollte King ein Schauspiel entfesseln, für das ihm von Terruzzi die Regie anvertraut war. Er fühlte sich als Master of Ceremonies, auf ureigenem Gebiet, der fremden und der eigenen Geilheit dienend.
Es begann beim Swimming-pool. »Los Kinder!« rief King. »Wir gehen jetzt schwimmen. Wer kneift, muß zu Fuß nach Verbania laufen!«
Dunja war eifrig. Sie waren alle eifrig, aber Dunja zog sich als erste lachend das Kleid über den Kopf, streifte alles andere schnell herunter, stand eine Sekunde in ihrer Nacktheit, angestrahlt von den Lampen, mit kleinen spitzen Brüsten und dem scharf abgesetzten Dreieck der dunklen Schamhaare. Dann sprang sie ins Wasser. »Kommt!« rief sie und reckte die Arme hoch. »Kommt, es ist wunderbar im Wasser!«
Sie zögerten nicht, waren auf dem richtigen Gefälle angekommen, waren vorbereitet durch Alkohol, waren freigebig mit sich selbst, weil sie sonst nichts zu geben hatten. Von Anfang an hatten sie gewußt, daß der Eintritt in einen solchen Kreis und in dieses Haus mit Gegenleistungen ausgeglichen werden müsse. Sie waren einverstanden, sich selbst als Eintrittspreis anzubieten, um so durch die erste, die schwierigste aller Sperren zu kommen, die auf dem Weg zum Ruhm passiert werden mußte. Wo sie gingen und standen, ließen sie ihre Kleider fallen, hüpften in den Swimming-pool, kreischten, lachten und plätscherten.
Margit ging als letzte. Sie hüpfte nicht, sie stieg ins Wasser. Sie war älter als die vier Mädchen, mit wuchtigeren Brüsten, weniger schnell und heftig in ihren Bewegungen und mit weniger Freude am Spiel. Aber dann zwang sie sich mitzumachen, mitzukreischen, mitzulachen. Es war ein Teil ihrer Rolle. Die Aufnahmen hatten für sie schon jetzt begonnen.
King sprang als erster. Er fuhr zwischen die fünf Frauen, tauchte prustend auf. Das Wasser lief in Bächen von seinem knorrigen, massiven Körper. »Hohoho!« lachte er und hob ein Mädchen hoch. Er führte vor, animierte, lud die anderen ein: griff nach ihr,

an die Brüste, zwischen die Beine. Dann ließ er sie klatschend ins Wasser fallen.
Die anderen Männer waren langsamer, prüder. Till Hartholz sprang als zweiter. Er spielte harmloses Fangen, ruderte im Bassin mit den Armen, hatte einen Rest Verlegenheit im Gesicht. Der Agent folgte, dann Tommy Flitt, der weibisch aufkreischte. Terruzzi legte als letzter die Kleider ab. Er hatte eine kalkweiße Haut, war breitschultrig, aber nicht so muskulös wie King, der im Wasser hin und her fuhr: der Antreiber, der vor Vergnügen brüllte, während er nach den Frauen haschte.
Sie tobten ein paar Minuten im Swimming-pool herum. Das Wasser spritzte hoch auf und schwappte über den Beckenrand. Dann hob King die erste Frau aus dem Bassin. Er setzte sie auf seine Hand und stemmte sie über den Rand. Es war Dunja, die er, wie Johann Jünges, am attraktivsten fand.
Vor Nässe glänzend, stiegen sie aus dem Becken, schauderten ein wenig in der Frische der Nacht und rannten mit großen Sprüngen zurück in den Salon. Dort standen sie zusammengedrängt wie eine Schar von Komparsen, die auf Regieanweisungen warten. Aber King war beschäftigt. Er rieb sich mit einem Handtuch trocken, rubbelte auch Dunja ab und drückte sie dann an sich, riskierte die ersten, eindringlichen Griffe. Sie rannte davon, er hinter ihr her. Hinaus aus der einen Tür, in den Garten und wieder herein zur anderen Tür. Er machte Zuschauer aus ihnen, nahm ihnen eigene Aktivität. Seine mächtige Stirnglatze glänzte, graue Zotteln bedeckten seine breite Brust. Er rannte hinter Dunja her mit steifem Glied. Es war eine Einheit im Ausdruck zwischen ihm und dem mächtig ragenden Ding: die gleiche brutale Forderung.
»Hohoho!« lachte er und jagte das Mädchen. Er bejubelte seine Geschlechtlichkeit. Ein Satyr, der sein gerecktes, auf und nieder wippendes Symbol stolz vor sich hertrug.
Sie hörten, daß er Dunja draußen im Garten gefaßt hatte. Dann blieb es still.
Till Hartholz flüsterte bewundernd: »Er ist fast sechzig . . .«
Eines der Mädchen kicherte und deutete auf Tommy Flitt: »Seht mal, was hat er für einen kleinen . . .«
»Laß meinen Kleinen in Ruhe, hahaha!« Der schmale, engbrüstige Tommy Flitt mimte den Schüchternen, der seine Blöße mit beiden Händen bedeckt. Als fürchte er, das nächste Opfer des Spotts zu sein, deckte sich auch Till Hartholz mit den Händen ab. Die Frauen waren noch offen, warteten noch, gossen sich neuen Whisky ein, bewegten sich, als wären sie bekleidet.

Till Hartholz flüsterte dem Agenten zu: »Er muckst sich nicht! Nicht gerührt hat sich dieses miese Stück . . .«
»Verdammt!« sagte der Agent. »Ich greife mir jetzt eine.« Aber er blieb sitzen und trank sein Glas leer.
»Scheiße!« sagte Till Hartholz leise und musterte die gefälligen Dreiecke der intimen Haare, hinter denen die Öffnungen versteckt waren, in die er hätte eindringen können – wenn er es gekonnt hätte.
Sie blieben ohne Erektion, und das verstörte sie. King hatte sie deklassiert. Terruzzi saß und hatte die Beine übereinandergeschlagen. Er bedeckte sich mit dem Ellenbogen. Sie verbargen die im Wasser und vor Neid geschrumpften Beweise ihrer Männlichkeit; die Frauen zeigten jetzt fast Zartgefühl, indem sie kaum hinsahen, sondern nur verstohlen schielten. Allmählich erkannten sie, daß nur ein Täter unter diesen fünf Männern war. Es war ein Fehler der Regie, eine tödliche Pause, von der sich niemand mehr erholte.
Mit breitem Lächeln kam King herein: erschlafft, aber noch stolz. Er wand sich ein Handtuch um die Hüften. Hinter ihm erschien Dunja, verlegen lächelnd. Sie lockerte ihr nasses Haar mit den Händen, schüttelte sich, wie sich ein Huhn schüttelt, nachdem es gerade vom Hahn getreten worden war.
Einer nach dem anderen schlenderten sie hinaus, holten ihre Kleidungsstücke, zogen sie an, waren fast verlegen voreinander und jetzt mißmutig, hatten die Bilder ihrer Phantasie nicht verwirklicht, waren nicht über die Hürde gekommen. Alles versäumt! dachte Till Hartholz. Die Party war erfroren.

Johann Jünges war nicht sofort nach Verbania gefahren. Noch ehe er die italienische Grenze erreicht hatte, wendete er seinen Wagen und fuhr zurück. In der Nähe des Hauses parkte er und stieg aus. Es war unerhört, was sie sich mit ihm erlaubt hatten. Er dachte jetzt daran, den Ausschluß Kings aus dem Club zu erwirken; auch Till Hartholz müßte eigentlich relegiert werden: wegen unehrenhaften Verhaltens. Um Beweise zu sammeln, so sagte er sich, schlich er sich an. Die Entrüstung bebte in ihm nach, und nun pries er, was er zuvor verworfen hatte: In Deutschland wäre mir das nicht passiert! In Deutschland wäre ich erst gar nicht in diese Gesellschaft geraten, ich als gesetzter Mann. Man verzeiht so etwas in Deutschland nicht . . . Jawohl! dachte er und meinte damit sein Wohlwollen für bürgerliche Ordnungen und gesetzmäßige Gepflogenheiten.
Er mußte einen Hang hinaufklettern, rutschte mitunter aus,

schlitterte ein paar Meter herunter, fluchte leise, schwitzte, war aber besessen von seiner Pflicht, den anderen Unehrenhaftigkeit nachzuweisen. Zwar war er Dunja bereits ziemlich nahe gekommen, aber das war zu verzeihen: Man ist schließlich ein Mann. Wesentlich war, daß er sich zusammengerafft hatte, ehe die Unsittlichkeit bedrohliche Formen annahm. Und das könnte er sogar vor der Polizei beeiden. Aus eigenem Entschluß habe ich mich von diesem Treiben distanziert.

Er fand eine kleine Erhebung, die sich aus dem Hang herausbuckelte, und von da konnte er den Garten einsehen. Aber es geschah nichts. Nanu, dachte er. Was machen die so lange: Die Absicht war doch klar gewesen. Vielleicht sind sie schon dabei. Aber ich kann nicht ... Nicht zum Haus. Die hohen Hecken ... Von oben in den Garten sehen, ja. Aber nicht ins Haus. Da müßte ich nahe heran, ganz nahe müßte ich. Und das darf ich nicht riskieren. Immerhin bin ich im Präsidium. Sie sind alle unsolide. Und Moritz? Ich habe einiges erfahren. Was sagte Alois Bühlmann: Moritz und Nina? Na ja, sagte er, na ja, aber ich sage nicht mehr. Und sie sagten alle nicht mehr, als ich sie danach fragte. Wer ist er denn? Ein verkorkster Maler, ein Säufer. Nie wird er es zu etwas bringen. Und Margit, das war ganz offensichtlich: Margit und Terruzzi, das ist ein Skandal, wie die es treiben.

... ah! Sie kommen! Da sind sie. Und nackt. Sie ziehen sich alle aus. Ich habe es gewußt. Deshalb sind sie hierhergefahren. Und ich ... beinahe, Dunja ... Aber so etwas kann jedem Mann einmal passieren. Schön ist sie. Ja, ja. Ah! Da. Und jetzt im Wasser. Was machen die im Wasser? Das geht doch nicht, im Wasser, im kalten Wasser ... Er blieb, bis sie alle ins Haus rannten, hatte die Vorstellung, daß sie sich jetzt im Haus übereinander hermachten, fünf Paare, ohne Schamgefühl, ein wildes, wirres Gemenge, befehligt vom Obersatyr. Dieser King! dachte er. Dieser King!

Sie kamen nicht wieder. Er starrte auf das Haus, war fünfzig Meter entfernt, traute sich nicht näher heran. Die Peinlichkeit, hier gesehen zu werden. Ich kann es nicht riskieren.

Und da rannte eine hinaus, und einer hinter ihr her. Und wieder hinein und wieder hinaus, im Kreis herum. Jawohl, das ist King und Dunja, die Kleine. Er sah, wie er sie faßte, im Garten, hinter Büschen, die sie gegen die Blicke von drinnen abdeckten. Aber für ihn waren sie gut zu erkennen. Und es war wie ein grausames Schauspiel, als ob ein Raubtier eine Gazelle schlägt, eine tierische Hinrichtung. Er bückte sie herunter, nach vorn. Er hinter ihr,

drückte sie tief mit dem Kopf nach unten. Und so blieb er hinter ihr, krümmte sich über ihr, wie in sie verbissen, ein wilder und unbarmherziger Quäler.
Das Bild tötete seine erotische Spannung, widerlegte seine heuchlerischen Erwägungen. Etwas in Johann Jünges krampfte sich zusammen. Es war wie Angst vor den Gewalten, die das Leben bestimmten, Brutalität, der er nicht gewachsen war. Der Schwund der eigenen Kraft und Vitalität wurde ihm hier bewiesen. Und das drängte ihn zur Forderung nach Sicherheit, die er für sich und Nina wünschte – vor den Wölfen. Aber er bezweifelte die Sicherheit, fühlte sich als unglückseliger Zeuge, der in dieser einen schauerlichen Verführung den Beweis für die mögliche Vergewaltigung aller Frauen sah.
Er fuhr nach Verbania, hatte jetzt das Verlangen, in die gepflegte Atmosphäre seines Hauses einzutreten, an Ninas Bett zu gehen, mit Nina zu sprechen, die sein Kind erwartete. Er wollte jetzt, mitten in der Nacht, erörtern, welche Anordnungen er seiner Bank geben müsse, um sie und das Kind zu sichern. Er würde nichts von Terruzzi sagen, nichts von Margit und den anderen. Auf Zehenspitzen ging er hinein, war voller Reue und Rücksicht, lobte aber wieder sein Haus und das Gefüge, das er sich gegeben hatte. Leise wollte er beginnen. Ich habe mir überlegt, Frauchen ... Neben ihr im Bett liegend. Du und das Kind ... Ich habe mir überlegt ...
Sie war nicht im Schlafzimmer. Er starrte auf das Bett, in dem sie gelegen hatte. Dann dachte er an Moritz, mäßigte aber seinen Verdacht, gab ihr noch eine Chance. Er ging in den Garten hinaus, rief: »Nina!«, kam zurück, rief drei-, viermal. Er blieb bewegungslos stehen. Dann sagte er laut: »Sie ist nicht da!«
Er fuhr zum Club. Aber dort war sie nicht. Horazio und Alois Bühlmann sagten fast gleichzeitig: »Nein, Herr Jünges, sie ist nicht hier gewesen, nachdem sie mit Ihnen gegangen ist.«
»Und Moritz? Wo ist er?«
Sie wußten es nicht. Er schaute sie prüfend an, als würde er überlegen, ob man ihnen trauen könne. Dann ging er hinaus, stieg wieder in seinen Wagen, fuhr schnell über die Piazza, bis zum Haus, in dem Margit und Moritz wohnten.
Hart klopfte er mit der Faust gegen die Wohnungstür. Während er dort stand, spürte er einen dieser kleinen Stiche am Herzen, die er kannte, die sich wiederholten und für die er stets ein Röhrchen mit Tabletten bei sich trug. Er zerkaute schnell zwei Tabletten, lauschte nach drinnen, klopfte wieder, sah sich in die Rolle gedrängt, die Alois Bühlmann hatte spielen müssen.

Niemand antwortete. Er sah die Tür, hatte die Vermutung, fast die Gewißheit, daß sich dahinter die Tragödie seines Lebens vollzog, während er ausgesperrt blieb. Mit Wucht trat er gegen die Tür. Aber nichts regte sich drinnen.
»Mein Gott!« sagte er dann laut.
In der »Taverna« empfing ihn Guido. »Nein, sie war nicht hier. – Ja, Moritz, Alfredo und John Edwards waren hier. Sie haben viel getrunken. Laura und Peggy waren auch dabei. Ich denke, sie sind zu ›Sergio‹ gegangen ... Was ist mit dir, du bist so blaß und so aufgeregt?«
Sergio hörte ihn ruhig an. Er war immer ruhig, immer ausgeglichen, ein schlanker junger Mann, der seine Gäste genau kannte: ihre Schwingungen, ihre Unruhe und ihre Spannungen.
»Du bist mein Freund«, sagte Johann Jünges. »Ist es wahr, was man sagt? Nina und Moritz?«
»Sicher bin ich dein Freund. Aber Johann, selbst wenn ich etwas wüßte, so etwas darf man keinem Mann erzählen. Verstehst du das?«
»Ja, ja, das verstehe ich. Gib mir einen großen Whisky. Ich habe ihn nötig. Sie waren also hier?«
»Ja, Moritz, Alfredo und John Edwards. Sie hatten Laura und Peggy dabei. Peggy war sehr betrunken und hat hier geweint. Dann sind sie gegangen. Es ist noch keine Viertelstunde her.«
»Was ich erlebt habe!« seufzte Johann Jünges. »Du kannst dir nicht vorstellen, was ich erlebt habe. Komm, trinke ein Glas mit mir. Du bist mein Freund. Manchmal ist es gut, Freunde zu haben ... Alfredo, ja. Aber wer noch? Was sich die Menschen mir gegenüber herausnehmen. Es ist nicht zu fassen. Und ich bin doch jemand. Du weißt doch, wer ich bin.«
»Ja, du bist Johann Jünges aus Aachen in Deutschland. Du bist reich und gutmütig, aber du trinkst zuviel, und du hast manchmal die falschen Freunde ...«
»Die falschen Freunde? – Wenn das Kind da ist, Sergio, dann wird alles anders. Es ist gar nicht mehr so lange bis dahin. Und wenn es da ist, machen wir ein großes Fest. In meinem Haus, und du bist auch eingeladen. Darauf freue ich mich, auf ein gutes Fest ...«

Alfredo, Moritz und John Edwards waren zur »Taverna« gegangen. Moritz hatte unterwegs noch ein wenig über die Filmleute geschimpft und hatte erklärt: »Natürlich hänge ich auch an Margit, aber sie ist nicht die Richtige für mich. Muß sie deshalb von jedem durchgezogen werden?«

Sie stellten sich nebeneinander an die Bar, wie sie es oft getan hatten; ihr Gespräch war langsam, wie bei Menschen, die sich gut kennen und durch Gewöhnung den anderen schon in der Andeutung verstehen.
»Dein Bild?« fragte Alfredo.
»Es geht ganz gut, aber der große Schwung fehlt . . .«
»Wem fehlt er nicht? Mein Stück bleibt hängen . . .«
»Nicole?« sagte Alfredo.
Edwards gab es zu: »Ja. Es macht etwas aus.«
Wallace Bishop, der Musiker, winkte vom Podium. Sie grüßten zurück. Ohne Aufforderung spielte er »When winter comes« für Edwards. Er sah den Tanzenden zu, suchte zwischen den Gesichtern nach einer Frau. Aber es war kein Gesicht dabei.
Und noch einen Whisky, die gehobenen Gläser: »Salute!« Der bittere Geschmack auf der Zunge, die Kälte des Eises auf der Zunge. Und dann: Er ist schon alt. Fast siebzig. Er trinkt viel. Wie hält er das aus? Und was macht ein Mann in seinem Alter?
Was tut er? Arbeitet er? Er ist seinem Onkel sehr ähnlich, aber er hat nicht seine laute, heftige Art. Er leidet jetzt. Eine Frau kann ihn leiden lassen. Das ist lange her, aber wie habe ich gelitten. Viermal hat es mich getroffen. Dann kam die große Ruhe.
»Viermal hat es mich erwischt, Mr. Edwards. Vier Frauen . . .«
Sie tranken sich zu, dachten einer über den anderen ein wenig nach, dachten über sich selber nach, streiften auch den Augenblick, in dem sie sich jetzt befanden. Das alles nicht bewußt, sondern mit der unbewußten Feststellung, daß sie im Sommer des Jahres soundsoviel lebten, in Verbania, weitab von den Dingen, die die Welt erregten.
Als Peggy und Laura kamen, war Peggy bereits angetrunken. Sie trug Smaragde zu einem enganliegenden Kleid aus Silberlamé. Sie war lustig, begrüßte Edwards überschwenglich, verkniff sich jedoch nicht die kleine Spitze: »Sie haben sich versteckt, Mr. Edwards. Lange hat man Sie nicht gesehen – und Nicole auch nicht . . .«
Er wollte etwas sagen, aber ihr Gespräch hüpfte schon weiter: »Wir waren bei Drakenhuis eingeladen, ihr kennt ihn doch, den holländischen Reeder? Das Essen war ausgezeichnet, und es waren nur nette Leute da. Ganz vernünftige Menschen, keine Künstler. Das war mal eine Abwechslung. Man kann euch ganz gut einen Abend entbehren. Findest du nicht, Laura?«
»Ja«, sagte Laura. »Es war so richtig schön langweilig.«

Sie hörte nicht hin. »Konsul Flappner war da, und die Gräfin, und Dr. Jacobsohn. Alles nette Leute . . .« Sie redete wie mit sich selbst, und das hielt sie fast eine Stunde durch. Dabei trank sie viel, spendierte der Kapelle und drängte jedem Bekannten mit ihrer gewalttätigen Großzügigkeit Whisky auf.

Laura war still. Moritz, der mit ihr tanzen wollte, erkannte, daß die Begegnung mit Edwards sie befangen machte. Sie war störrisch und unsicher, sagte nur: »Ach, laß es sein. Ich mag heute nicht tanzen.«

Er zog sich sofort zurück, flüsterte später Edwards zu: »Du bist leider noch Favorit. Mein Gott, sieht sie nicht hinreißend aus? Ich finde sie eine ganze Portion besser als Nicole.«

Auf dem Weg zu »Sergio« gingen sie nebeneinander. Sie ließen den Abstand zwischen sich und den anderen wachsen. Er spürte, daß er auf diesem Weg etwas sagen müsse, haßte im voraus die Verlogenheiten, die ihm nun notwendig schienen, und war verblüfft, als sie sagte: »Du mußt dich nicht verpflichtet fühlen, Erklärungen abzugeben. Ich weiß alles. Ganz Verbania weiß alles.«

»Du bist gekränkt. Es tut mir leid, daß ich dich gekränkt habe. Ich denke übrigens heute, du hattest es nicht verdient.«

»Ach«, sagte sie.

»Ich war damals hart zu dir.«

»Wie ich höre, hat mich Nicole gerächt.«

»Du scheinst alles zu wissen.«

»Wie lange brauchst du noch, um zu erkennen, daß in Verbania nichts verborgen bleibt?«

»Was hast du gemacht in diesen Wochen?«

»Viel geschwommen, Wasserski gelaufen, zu Einladungen gegangen und an John Edwards gedacht. Das möchtest du doch hören . . .«

»Nein, das möchte ich nicht hören.«

»Es stimmt aber. Was glaubst du, was es mich gekostet hat, dich nicht anzurufen, obwohl ich mir denken konnte, daß du nicht im Hotel schläfst. Was mich besonders kränkt, ist, daß ihr fast alle denkt: Es ist nichts Echtes an ihr. Sie ist ein verzogenes Geschöpf. Ihr wertet mich ab, nur weil ich Geld habe. Das ist absurd in Verbania: Hier gibt es Cliquen, die halten sich für bessere Menschen als andere – nur weil sie kein Geld haben. Du gehörst auch dazu.«

In »Sergios Bar« waren nur noch wenige Gäste. Peggy verlor ganz allmählich die Kontrolle über sich. Sie deutete auf Edwards und rief: »Er hat dich beleidigt! So etwas darf eine Frau nicht verzeihen!«

»Oh, hör schon auf! Du bist doch wieder betrunken«, sagte Laura.
»Eine Thompson hat er zurückgewiesen!« rief sie.
Sie wollte tanzen, aber Moritz befahl ihr: »Nein, Peggy, jetzt bleibst du hier sitzen. Wir rufen dir dann ein Taxi, damit fährst du nach Hause.«
»Sie trinken alle«, sagte Edwards leise.
»Ich möchte mit dir tanzen. Ich hatte übrigens nie vor, dich zu heiraten, falls du davor Angst hattest. Ich würde dich nicht einmal nach New York zu einem Besuch einladen. Komm, ich möchte tanzen!«
Auf der Tanzfläche schmiegte sie sich an. Sie hatte die Wahrheit begriffen: Ja, ich habe sie abgewertet. Ein kapriziöses, vom Geld verdorbenes Geschöpf, unbrauchbar für ein normales Leben, unglaubwürdig, unzuverlässig, überhaupt von schwachem Charakter – alle Vorurteile gegen die vermögende Kaste habe ich ihr angehängt. Und was waren ihre Vorzüge? Sie war reizvoll, pikant und köstlich im Bett. Was wollte er sonst von ihr? Was wollte er überhaupt von einer Frau nach der Katastrophe seiner Ehe?
»Ich habe dich unterschätzt«, sagte er.
»Du warst ein solcher Reinfall!«
»Ich bin nicht an Nicole gebunden ...«
Sie setzten sich wieder an den Tisch, wo Alfredo Peggys Hand tätschelte und versuchte, sie zu beruhigen. Peggy weinte. »Wie wird das alles enden ...«
»Ja, ja«, sagte Alfredo. »Wir holen dir jetzt schön ein Taxi, und damit fährst du nach Hause.«
Laura sah schweigend zu. Leise sagte sie zu Edwards: »Nun sieh dir das an. Das habe ich oft ertragen müssen.«
»Weißt du noch, Alfredo, wie wir hier ankamen? Was waren wir alle jung und ausgelassen. Und mein Mann, war er nicht ein fröhlicher Mensch?«
»Ja, Peggy, das war er.«
»Es ist uns alles mißlungen, Alfredo. Sieh dir meine Tochter an. Sie ist eine Fremde!«
»Nein, nein«, beschwichtigte er.
»Doch, ich weiß es. Wie haben wir uns verändert, Alfredo!«
Laura beugte sich zu Edwards herüber: »Komm mit mir, heute nacht.« Sie sagte es ohne jede Erregung, völlig gelockert. Er begriff, daß sie genausogut hätte sagen können: Ich brauche dich, willst du mir helfen?
Als das Taxi kam, brachten Alfredo und Sergio Peggy hinaus.

Sie stützten sie rechts und links ab. Der Fahrer kannte die Adresse: »Schon gut. Ich werde sie bis zur Haustür bringen.«
»Ich werde mitfahren und helfen«, sagte Moritz. »Ich bin sowieso hier überflüssig ...«
Als der Wagen abfuhr, Moritz neben dem Fahrer, Peggy hinten, jammerte sie noch einmal aus dem Fenster: »Wie haben wir uns alle verändert!« Sie fragte nicht nach Laura, schien sie vergessen zu haben.
»Wir trinken alle zuviel«, sagte Edwards. »Wie halten Sie das aus, Alfredo? Und warum wohl trinken wir so viel?«
»Der Rhythmus von Anstrengung und Entspannung fehlt hier. Hier gibt es keine Pflichten, das vertragen die wenigsten, Mr. Edwards. Und deshalb planen sie auch ihre Vergnügungen wie Arbeit. Sie sollten also fragen, wie können sie es hier aushalten ohne Alkohol?«
Er war mit der Antwort nicht zufrieden, nicht für sich und nicht für die anderen. »Es ist Schwäche«, sagte er und dachte: Es ist die Leere in uns. Die Angst, allein zu sein. Es ist das Nichts! Und sagte: »Wir frösteln in unserer Isolierung ... Der Alkohol wärmt uns ein bißchen ...«
»Manche werden erst durch ihre Schwächen liebenswert«, sagte Laura.
»O ja«, sagte Alfredo. »So ist es!«
Edwards schaute sinnend in sein Glas. Als Alfredo Peggy nach draußen brachte, hatte er den Hut aufgesetzt und ihn nicht wieder heruntergenommen. Jetzt saß er, Hut auf dem Kopf, und schien zu überlegen. Laura saß zwischen ihnen und wartete. Edwards war gewiß, daß sie viele Nächte auf ihn gewartet hatte. Sergio ging von Tisch zu Tisch und sagte: »Signori ora di Polizia!« Es war zu spät, Antworten zu erhalten, aber Edwards sagte doch noch: »Mein Problem ist, daß ich zum erstenmal nichts tue. Es gab immer etwas, das mich in Trab hielt. Zum erstenmal bin ich beinahe frei ... Ich lese sogar keine Briefe mehr. Seit zehn Tagen lasse ich alle Briefe liegen. Ich weigere mich ...«
»Ja«, sagte Alfredo. »Ich habe mich fast dreißig Jahre lang geweigert, und jetzt kommen keine Briefe mehr.«
Sie brachen auf, gingen mit den letzten Gästen hinaus, und Sergio schloß hinter ihnen die Tür ab. Die Stimmen der anderen entfernten sich, verschwanden in einer der kleinen Gassen, die von der Piazza abgingen. »Ist Zeit für mein Bett!« Alfredo gähnte und streckte sich. »Ciao«, sagte er und hob winkend die Hand. »Ciao ...«
Sie sahen ihm nach, ein alter Mann, der leicht schwankend in der

Dunkelheit verschwand. »Eines Tages wird er tot umfallen. Ganz plötzlich wird er umfallen«, sagte Edwards. »Er kann das nicht aushalten.«
»Das sagen die Leute hier schon zehn Jahre oder noch länger. Aber er ist noch nicht umgefallen. Er trinkt immer noch jeden unter den Tisch.«
»Von was lebt er eigentlich? Und wie lebt er?«
»Der deutsche Staat muß ihm monatlich eine kleine Rente zahlen. Er hat sich damals geweigert, Heil Hitler zu sagen. Dafür müssen sie jetzt zahlen. Er war ein Könner, sagt man.«
»Ich glaube, daß er ein Könner war.«
Sie gingen zum Haus. Er war ihr dankbar, daß sie nichts über Nicole sagte. Das gab ihm die Möglichkeit, dort wieder anzufangen, wo sie aufgehört hatten. Allerdings wollte er nicht am späten Morgen aus dem Haus gehen. »Ich bleibe nur zwei Stunden«, sagte er unterwegs. »Ich will anfangen zu arbeiten.«
»Du wirst arbeiten«, sagte sie. »Eines Tages wirst du wieder anfangen. Vielleicht erst, wenn du von hier weggegangen bist.«
»Es ist schwierig mit mir. Die anderen haben Kontakte. Sie können lernen. Ich kann nicht lernen. Ich habe nur Kontakt zu mir selbst, und von da her muß ich alles angreifen. Ich habe auch nie ein Vorbild gehabt.«
»Wie konntest du in New York arbeiten?«
»Schlecht.«
»Aber du hast dort dein Stück geschrieben. Wie hast du angefangen?«
»Ich habe in einem kleinen möblierten Zimmer meinen Tisch an die Wand gerückt, und an diese Wand, in Augenhöhe, habe ich einen Zettel geklebt, darauf hatte ich geschrieben: Keine Angst! – Es ist ein Scheißvolk! – Tod!«
»Ach!«
»Ja, dann ging es.«
»Klebe doch wieder den Zettel an die Wand.«
»Vielleicht werde ich es tun.«
»Übrigens«, sagte sie, »ich bin deshalb so verlogen, weil ich immer allein war. Wie hast du gesagt? Wir frösteln in unserer Isolierung . . .«
»Ich habe dich wirklich unterschätzt«, sagte er. Und mit einer Aufwallung von Reue und Zärtlichkeit für sie: »Entschuldige, daß ich dich so unterschätzt habe.«
»Manchmal denke ich an New York. Ich glaube, in letzter Zeit habe ich Heimweh nach New York. Times-Square und . . .«
»Ja: Brooklyn-Bridge und Trinity-Church, Fifth Avenue und

wer weiß noch was ... Dieses riesige, schmutzige New York! Du bist keine typische Amerikanerin mehr. Europa hat dich verändert. Wenn du hier bist, möchtest du in New York sein, und in New York sehnst du dich nach Verbania ...« Ich weiß, dachte er, wie die Emigranten. Sie sprechen von Deutschland wie von einer untreuen Frau, die sie zwar beschimpfen, aber doch noch lieben müssen. Sie gehören alle zu denen, die zwischen zwei Sehnsüchten hin und her pendeln.

»Und du?« fragte sie. »Wo möchtest du sein?«

»Ich weiß es nicht. Nicht in Swansea, wo ich geboren bin; nicht in New York oder irgendwo in Amerika. Vielleicht im Tessin? Ich kann nur sagen, daß ich an einem Platz sein möchte, den ich wiedererkenne. Ich weiß es nicht. Und das ist das Elend ...«

Er blieb zwei Stunden bei ihr. Wieder war sie anders, als er erwartet hatte. Sie war gierig; ihre Hingabe war intensiv, fordernd und ekstatisch – und doch verhalten. Es war eine Spur Mißtrauen in ihrer Hemmungslosigkeit. Die Begeisterung war körperlich, ihre Höhepunkte eine Mischung von Triumph und Resignation. Er spürte es genau. Sie enthüllte sich, als führe sie ein Selbstgespräch, in dem trotz aller Freude über ihn auch Argumente gegen ihn vorgebracht wurden. Er staunte über die Disziplin, mit der sie sich ein Maß befohlen hatte, das sie auch einhielt.

Sie fragte nichts, machte keine Vorwürfe, erwähnte nicht den Namen Nicole, klagte nicht über die leere Zeit, in der sie auf ihn gewartet hatte. Nur einmal, in der Pause zwischen Erschlaffung und neuer Glut, redete sie. Sie kniete vor ihm, küßte ihn, beobachtete genau den Grad seiner wachsenden Erregung, umfaßte ihn hart mit der Hand und sagte: »Ja, du! Du!« Es war, als spräche sie zu einem Wesen, das nicht voll verantwortlich ist, nicht ganz zurechnungsfähig, das Kummer verursacht, dem man aber verzeihen müsse, weil es nichts von Kummer und nichts von Liebe verstand. Es war eine milde Rüge, mit der sie ihn anklagte und entschuldigte.

Er ging den ganzen Weg zu Fuß, war noch beschäftigt mit ihr, rätselte, war müde und doch innerlich erregt von ihren erstaunlichen Möglichkeiten, die er bisher übersehen hatte. Zum erstenmal dämmerte ihm die Erkenntnis, daß er nichts von Frauen verstand, daß er die Welt, die Menschen und ihre Konflikte ganz einfach nur männlich sah.

Es war schon Tag, als er auf die Piazza kam. Die Straßen waren menschenleer, leere Stühle vor den Cafés, ausgerichtet wie Stühle in einem verlassenen Theater.

Am Ende der Piazza saß einer, wie ein einsamer Beschauer des Morgengrauens oder wie dort abgesetzt und vergessen – in sich zusammengesunken. Der Mann sah nichts, weder den See noch das erste zarte Blau des Himmels. Er schaute erst auf, als er die Schritte John Edwards hörte. Es war Johann Jünges, der sein zerquältes Gesicht schwer in die Hand stützte und ihm gespannt und ängstlich entgegensah.
»Haben Sie sie gesehen, Mr. Edwards? Sie ist fort. Sie ist nicht im Haus . . .«
»Was ist denn mit Ihnen los?«
»Ich war zweimal im Haus, Mr. Edwards. Sie ist nicht dort.«
»Wollen Sie nicht endlich nach Hause gehen? Auf was warten Sie hier noch? Hier kommt sie nicht vorbei!«
»Ja, das ist wahr«, sagte Johann Jünges zerfahren. »Auf was warte ich hier noch?«
»Stehen Sie auf. Wir gehen zum Taxistand. Ich bringe Sie dann nach Hause.«
»Sie waren den ganzen Abend mit Moritz? Alfredo, Peggy und Laura waren auch dabei. Sie haben sie nicht gesehen? Und Moritz . . . Ich hatte ihn im Verdacht. Das tut mir leid, daß ich ihn so . . . Es muß ein anderer sein! Ein Taxi? Ja, das ist gut. Sehen Sie, Mr. Edwards, das ist der Dank. Einen Menschen habe ich aus ihr gemacht! Ich habe sie herausgeholt aus ihrer finsteren Umgebung. Wie eine Königin habe ich sie behandelt. Und das ist der Dank!« Er starrte vor sich hin, ließ sich aber willenlos zum Taxistand führen.
»Wieviel haben Sie getrunken, Jünges?«
»Viel, sehr viel, Mr. Edwards.«
»Man merkt es.«
Im Taxi fing er plötzlich an zu toben. »Ich bin nicht zu unterschätzen! Wenn ich sie erwische . . . Ich habe eine Pistole! Was erlauben sich die Menschen mit mir! Ich bin Johann Jünges und kann sie alle aufkaufen! Auch den Schmitt! Er glaubt, ich merke nicht, daß er sich ständig lustig macht über mich . . . Schmitt! Ah! Wenn es Schmitt wäre . . . aus Rache, verstehen Sie? Sie täuschen sich alle in mir! Alle! Eine Pistole habe ich . . . Und das ist der Dank . . .« Er schluchzte ein paarmal.
»Na los, nehmen Sie sich zusammen!«
»Ja, ja«, sagte er. »Sie sind mein Gast. Bleiben Sie in unserem Gästezimmer.«
»Gern, ich bin sehr müde.«
»Ein schönes Haus, Sie werden sehen. So etwas wird ihr nie wieder geboten.«

Vor dem Haus wollte er bezahlen, aber er fand sein Geld nicht. »Ich hatte doch ... Warten Sie ... Zuletzt war ich bei Sergio, aber da habe ich nicht bezahlt. Ich lasse immer anschreiben und bezahle pauschal ...«
Edwards entlohnte den Fahrer.
»Ah!« rief Johann Jünges. »Hier habe ich mein Geld.«
»Kommen Sie«, sagte Edwards. »Sie müssen ins Bett.«
Sie gingen in den Salon. Johann Jünges ließ sich schwer in einen Sessel fallen. »Schauen Sie sich um, Mr. Edwards. Das alles gehörte ihr. Das habe ich für sie gebaut ... Nehmen Sie noch einen Whisky. Ich nehme auch noch einen. Nur einen einzigen, Mr. Edwards.« Er wollte aus dem Sessel aufstehen, machte eine vergebliche Anstrengung, wurde zornig und rief: »Wo sind denn meine Bediensteten! Aus den Federn, ihr faules Pack! Klingeln Sie, Mr. Edwards, klingeln Sie. Es muß jemand kommen, der uns bedient.«
Sie hörten, daß jemand kam, aber es war nicht das Mädchen, sondern Nina. Sie war im Morgenmantel, hatte Lockenwickel im Haar und sagte: »Bist du verrückt geworden, hier so herumzubrüllen! Was soll das Mädchen denken? – Guten Morgen, Mr. Edwards. Sie haben ihn wohl nach Hause gebracht. Vielen Dank. – Was fällt dir denn ein? Und wo kommst du um diese Zeit derartig betrunken her?«
Johann Jünges schien langsam aus dem Sessel herauszuwachsen. Er starrte Nina mit blutunterlaufenen Augen an.
»Du bist da ... Aber du warst doch ...«
»Wo soll ich denn sonst sein?« fragte sie.
»Ich war in der Nacht hier. Du warst fort. Dann kam ich am Morgen, und du warst nicht hier! Wo warst du, wo?«
»Es ist fürchterlich mit diesen Betrunkenen!« Sie schüttelte den Kopf. Unter dem Hausmantel zeichnete sich die Wölbung ihrer Schwangerschaft ab.
»Es ist wohl besser, ich gehe jetzt«, sagte Edwards.
»Nein!« rief Johann Jünges. »Ich brauche Ihren Rat!«
»Kannst du dich nicht benehmen? Ich bin einmal aufgestanden, weil mir übel war. Ich bin ein Stück den Hang hinaufgegangen, um Luft zu schnappen. – Es ist der Kreislauf, Mr. Edwards. Das habe ich jetzt oft. Als ich zurückkam, sah ich ihn gerade wegfahren. Und wie ist er gefahren, wie ein Irrer! – Später habe ich mir mein Bett auf der Terrasse gemacht. Ich hatte Atembeschwerden. Da draußen auf der Liege habe ich mein Bett gemacht.« Sie stampfte mit dem Fuß auf: »Weil es mich anekelt, deinen Alkoholdunst riechen zu müssen!«

»Ist das wahr? Du hast da draußen geschlafen?«
»Jawohl, das ist wahr! Dann warst du noch einmal hier, bist aber nur ins Schlafzimmer gerannt und wieder davongefahren. Als ich aufstand, fuhrst du gerade an. Es war zwecklos, dir nachzurufen.«
»Mr. Edwards ...« Johann Jünges sah von einem zum andern. »Mr. Edwards, das scheint wahr zu sein. Was sagen Sie? Das klingt wie die Wahrheit!« Und jetzt konnte er aufstehen. »Frauchen«, sagte er fröhlich, »dann ist ja alles in bester Ordnung!« Er ging auf sie zu. Aber sie wich zurück. »Ach, laß mich.«
»Wenn du wüßtest«, stammelte er. »Wenn du wüßtest, was ich mir für Sorgen um dich gemacht habe! Gesucht habe ich dich. Überall habe ich nach dir gefragt ... Er hat mich gefunden. Nicht wahr, Mr. Edwards, Sie haben mich gefunden?«
»Er hat sich wirklich sehr um Sie gesorgt.«
»So«, sagte sie und musterte Johann Jünges mißtrauisch. »Ich dachte nämlich schon ...«
»Wie kannst du so etwas denken! Ich bin monogam. Jawohl, ich bin treu. Und ich kann es beweisen! Stell dir vor, was ich erlebt habe ...«
»Darf ich Ihnen etwas anbieten, Mr. Edwards?«
»Nein, vielen Dank. Ich nehme mir am besten jetzt ein Taxi.«
»Eingeladen war ich, von diesem Filmproduzenten und von King. Du stellst dir nicht vor, was ich erlebt habe! Eine Sittenparty ... Jawohl, im Hause von diesem Terruzzi! Als ich merkte, worauf das hinauslief, bin ich sofort gegangen. Das kann ich beschwören! Und kaum war ich fort, da waren sie alle nackt! Im Swimming-pool, Frauchen. Alle nackt im Swimming-pool. Und Margit war auch dabei, jawohl!«
»Auch nackt?« fragte Nina.
»Jawohl, sie war auch nackt. Ich habe es von der Straße aus gesehen. Und dieser King, ich kann dir sagen ...«
»Und du hast da nicht mitgemacht?«
»Ich?« fragte er empört.
»Da bist du aber schön dumm.« Sie lachte laut. Johann Jünges sah sie verdutzt an.
»Ja, ja, natürlich, du bist monogam«, sagte sie mit ironischer Zärtlichkeit. »Und jetzt mußt du ins Bett!«
Sie schob ihn vor sich her. Er wandte sich nach Edwards um: »Stellen Sie sich vor, Mr. Edwards. Sie war hier! Die ganze Zeit war sie hier ...«
Er nahm ein Taxi, obwohl Nina ihn aufgefordert hatte, im Gästezimmer zu schlafen. »Ich muß arbeiten«, hatte er beim

Hinausgehen gesagt. Und als er ins Taxi stieg, mit einem Blick auf das Haus, dachte er: Es ist wirklich eines der schönsten Häuser, die ich je gesehen habe.
Im Hotelzimmer versuchte er zu schlafen. Aber er hatte seine Müdigkeit übergangen. Er war matt, jedoch hellwach. An der Piazza störte der Lärm der Touristen und ihrer Autos. An diesem Morgen las er Briefe. Sie hatten sich gestapelt, und, wie er Alfredo sagte, er hatte sich geweigert, sie zu lesen. Auf dem Bett liegend, öffnete er jetzt ein Kuvert nach dem anderen. Briefe von Studenten, von Verehrern und Verehrerinnen. Eine schrieb aus London: »Ich bin 26 und einen Meter und neunundachtzig groß. Dabei habe ich eine gut proportionierte Figur. Meine Interessen sind geistiger Art. Sie sollen ja auch sehr groß sein. Bei Neigung wäre eine Ehe nicht ausgeschlossen.«
Briefe von Hassern: »Sie dreckiges Schwein sollte man vergasen, genau wie die Juden! Für Neger und Juden gibt es nur diese Lösung ...« Oder: »Schreiben Sie noch so ein Stück, und Sie leben nicht mehr lange. Dafür werden Leute meines Schlages schon sorgen. Unsere Parole heißt: Straffe Führung in Amerika! Ein Führer an die Macht!«
Beide aus New York.
Und dann sein Manager: »... leider fast überall abgesetzt. Ihr Konto ist überzogen. Ich kann vorerst kein Geld mehr überweisen. Seien Sie sparsam, und schreiben Sie Ihr zweites Stück. Wenn es geht, nicht ganz so aufrührerisch. Mehr den versöhnlichen Ton. Vielleicht suchen Sie sich ein Eheproblem. Wie wär's mit einer Komödie? Das wollen die Leute sehen ...« Danach der Hinweis, daß der Anwalt seiner Frau die Adresse angefordert habe. »Das kann teuer werden. Ich habe gesagt: Er verdient nicht viel. Ob sie es geglaubt haben? Jedenfalls werden sie bei Ihnen auftauchen. Der Anwalt sprach von einem Kompromiß. Das heißt wohl, die wollen eine bestimmte Summe, und die Ehe wird sang- und klanglos geschieden ...«
Ich habe kein Geld mehr, dachte er. Aber es beunruhigte ihn noch nicht.
Seine Mutter schrieb: »... und wir haben das Geld gut angelegt. Unser Geschäft in Swansea ist verkauft. Wir leben jetzt in London. Hier haben wir endlich das Geschäft, das wir uns immer wünschten. Die zwanzigtausend Dollar von dir und das Geld vom alten Geschäft haben gereicht. Zu zwei Dritteln ist alles bezahlt, und der Umsatz ist sehr gut. Wir könnten dich jetzt wirklich gebrauchen, denn das ist ein richtiger Selbstbedienungsladen, und da fehlt ein junger Geschäftsführer, der den Einkauf und

alles überwacht und genau nachrechnet. Wann kommst du denn? Warum schreibst du nie? Wo bist du im Augenblick? Ich habe an die Adresse deines Managers geschrieben. Ich hoffe, du bist gesund und streitest nicht mit allen Menschen ...«

»Mein Gott«, sagte er laut. »Sie haben wieder ein Lebensmittelgeschäft gekauft! Ich hätte ihnen hunderttausend schicken können, und sie hätten es wieder in ein Lebensmittelgeschäft gesteckt!«

Der Dramaturg aus New York hatte geschrieben. »Paß auf dich auf!« Das war der Kern des kurzen Schreibens. Der beste Brief von allen. An die Adresse seines Managers. Er wußte, daß er wohl keinen dieser Briefe beantworten würde. Er hatte nie etwas von sich in einem Brief mitteilen können, das ihm wichtig genug schien.

Ich werde ein Stück schreiben: Eine Nachricht an alle ...

14

Alois Bühlmann sagte: »Sie ist fort. Sie hat in der Nacht ihre Koffer gepackt und ist abgereist.« Mehr sagte er nicht. Es wurde überhaupt nicht viel darüber gesprochen. Im Club sagte man: »Susi ist verschwunden.« Das klang, als spräche man über eine Krankheit, von der jeder wußte, daß der Rückfall tödlich war. Es war endgültig, und Alois Bühlmann wußte es so gut wie die anderen.

»Panoni? Er ist auch fort. Er hat den ›Goldenen Hahn‹ verkauft und noch zwei Bilder. Jetzt hat er an die zehntausend Franken in der Tasche. Soviel Geld hat er noch nie gehabt, und nun glaubt er, er könnte die Welt kaufen.«

»Zehntausend Franken, das ist für Panoni eine Million ...«

»Sie machen Flitterwochen ... Eine Million und jung verliebt ...«

»Ja, ja«, sagte Ali und bediente seine Gäste. Er dachte daran, wie sie zurückgekommen war, vor sechs Wochen. »Nicht daß du denkst, ich flehe dich an, mich wieder aufzunehmen ... Ich weiß alles: Im Club wollen sie mich nicht mehr haben. Die sollten sich alle mal an der eigenen Nase ziehen ... Und im Dorf lachen sie über Panoni und mich. Also, was ist, kann ich hier bleiben? Ich kann mich natürlich auch sofort in den Zug setzen und wegfahren.«

Er hatte sie am ersten Tag mit Verachtung gestraft, aber da er es nicht lange aushielt, ein kalter Verächter zu sein, übernahm er die Rolle des Gekränkten; doch auch das war nicht die Basis, sich wieder näherzukommen. Schließlich schien ihm die Position des Strafenden richtig, zumal ihr bei dieser Einstellung automatisch alle Schuld zufiel, dazu noch die Verpflichtung, sich zu bewähren. Zwei Wochen lang nahm sie geduldig die Buße auf sich, ließ sich herumkommandieren, war fleißig, wäre auch im Bett fleißig gewesen, wenn er es verlangt hätte. Aber mit dem Bett zögerte Alois Bühlmann noch. Es schien ihm eine verfrühte Gnade, obwohl sie sich bemühte, darauf hinzuweisen, indem sie ihm auf dem Flur fast nackt begegnete, sich im Bett zufällig aufdeckte und wieder das wirre, ihm wohlbekannte Haarbüschel zeigte, auch die Beine vor seinen Augen recht weit öffnete, sich mitunter bückte und ihm die Ansicht von der anderen Seite bot – er blieb hart.

Nach zwei Wochen fragte sie direkt an, wie lange sie büßen müsse. Er wollte einen Termin ansetzen, er wollte sagen, noch einen Monat, erschrak jedoch selber bei diesem Gedanken. Am nächsten Tag gab er sich und ihr nach.

Es war glühend wie in den ersten Tagen ihrer Begegnung. Und dabei fiel er aus allen Rollen, die ihn ohnehin gedrückt hatten wie ein zu enger Schuh. Er war wieder Alois Bühlmann, der um seine späte Liebe Bangende, der Bedrängte und Einsame, der nie von Frauen verwöhnt worden war.

»Wie konntest du nur so etwas tun!« Sie weinte und war eifrig mit ihren Beweisen. Er war groß im Verzeihen, aber sein Haß auf Panoni war unversöhnlich. Und das war ihre neue Gemeinsamkeit: Sie beschimpften Panoni. Sie beschimpften auch alle anderen, die in fremde Ehen oder Lieben einbrachen. Sie fanden auch gleich eine ganze Anzahl von Männern, die beschimpft werden konnten. Bei den Frauen war Alois Bühlmann zurückhaltender, während Susi auch die Frauen nicht ausnahm und damit bewies, daß sie alle Susis waren.

»Ein Lump!« sagte Alois Bühlmann. »Er ist ein Lump, und malen kann er auch nicht!«

Sie lagen im Bett, es war früher Morgen, und Susi bestätigte: »Nein, malen kann er auch nicht! Und im Vertrauen, es war schrecklich. Das Zimmer war schmutzig, und er hat sich nicht einmal richtig gewaschen.«

»Was!« schrie Ali. »So ein Schwein! Sich nicht einmal zu waschen, wenn er . . .«

»Er ist ein Schwein!« Sie bestätigte alles – auch, daß Alois Bühlmanns Qualitäten auf dem bestimmten Gebiet nicht zu

schlagen seien. Keiner reiche an ihn heran, keiner seiner Vorgänger. Auch Moritz nicht.
»Auch so ein Lump!« sagte Ali.
»Einer der Schlimmsten, die es gibt«, stimmte sie zu. Sie feierten ihre Versöhnung, und als erste Leistung ihrer Übereinstimmung verdammten sie die Welt. Sie einigten sich auf Ablehnung, auf versteckten Haß gegen alle. Es war Alois Bühlmanns heimliche Rache, morgens im Bett. Er hatte das Gefühl, diese Rache schweißte sie enger zusammen.
»Es sah so aus, als würde es halten«, sagte der Komponist Friedmann vor der Bar.
»Ja, es sah so aus. – Gin-Tonic wie immer?«
»Ja, Gin-Tonic.«
Die haben gut reden, dachte Alois Bühlmann, aber Friedmann ist noch einer von den Guten. Die andern sind schlimmer.
Sind sie nicht schlimm der Club ist schuld da hat sie alles gesehen was sie nicht hat denn die haben ja zuviel und zeigen das herum und da kommt ein Konsul ein Konsul von was der hat auch immer so ein Gesicht wie Fett mit seiner Frau und die Brillanten wie Peggy aus Amerika und Margit spielt jetzt im Film mit dem nackten Hintern im Swimming-pool für die Rolle die sie spielen im Club und Moritz hat das gehört und die Gräfin weiß alles mit Bettina im Bett die Nina das Kind von dem Moritz im Bett der trinkt mit Alfredo das können die gut mit dem langen Engländer die Emigranten und Johann Jünges hat Geld ein Teil nur von dem und dem Schmitt seinem Geld das wollte die Susi wie Nina mit Kind in dem Haus wo Laura und Peggy und Edwards hingehen aber der geht auch mit Nicole die ist nicht so gut da kommt er der King und lacht mit Nicole die sieht jetzt den Edwards mit Laura und lacht immer so stumm mit dem Reeder der hat Schiffe in Holland und von Panoni ein Bild wie Hartholz mit Nina aber ist schon vorbei mit dem Film den Edwards machen sollte aber nicht wollte davon das Geld für das Bild so sind sie die Reichen und essen zuviel und dazu noch Whisky mit Arbeit ist nichts ein Dichter der Leewald und fünf Franken für mich und voll ist das heute da kommen noch mehr den Whisky nicht vertragen und schütten ihn doch in sich hinein weil sie alle weil sie alle in sich hineinschütten und denken das muß so sein nur Dr. Jakobsohn nicht weil er weiß das ist dumm und nimmt seinen Minzentee der ist auch nicht schlimm wie die andern die schuld sind daß Susi und Panoni zusammen verreist sind.
Als sich King an die Bar stellte, sagte Moritz: »Hallo! Wo haben Sie Ihren Dreizack gelassen, King?«

»Wie meinen Sie das?«
»Oh, ich habe gehört, Sie hätten Neptun gespielt ... in einem Swimming-pool. Aber da hatten Sie keinen Dreizack, sondern nur Ihren Einzack ...« Er lachte laut und hob das Glas. Alfredo, Johann Jünges, Nina, John Edwards, Peggy und Laura lachten mit; Horazio lachte, und Bühlmann lächelte. Schmitt zeigte ein verdrießliches Gesicht. Zu vulgär, zu wenig Würde, dachte er. Die anderen Gäste schauten zur Bar und erwarteten einen Streit.
»Was Sie mal wieder gehört haben«, antwortete King gelassen. Till Hartholz redete leise von der Seite auf ihn ein, und King sagte in schärferem Ton: »Das ist übrigens Verleumdung. Sehen Sie sich vor ...«
»Aha!« rief Moritz. »Till, hast du ihn über die Rechtsmittel aufgeklärt? Warst du nicht auch dabei? Aber wie ich höre, hattest du nicht einmal einen Einzack, sondern nur einen Kleinzack ...«
Sie brüllten vor Lachen, das Wortspiel lief durch den Club, von Tisch zu Tisch weitergegeben. Die meisten wußten etwas, einige wußten Genaues. Till Hartholz vermutete Johann Jünges, dann Margit, und die hatte es Moritz erzählt, der jetzt mit weitaufgerissenem Mund lachte.
Hartholz hob sein Glas und schüttete es Moritz ins Gesicht, aber Moritz lachte weiter, holte nur sein Taschentuch hervor, wischte sein Gesicht trocken und sagte: »Du glaubst doch nicht etwa, daß ich dich jetzt verprügele? Nein, das wäre zu schade. Laß uns noch ein bißchen über den Swimming-pool reden. Wer war denn noch dabei?«
»Margit war dabei!« sagte Hartholz höhnisch.
»Das weiß ich. Sie kann sich sehen lassen, Till.«
»Und der da!« rief Hartholz und zeigte mit ausgestrecktem Arm auf Johann Jünges.
»Was! Ich werde Anzeige erstatten! Ich gehe sofort zu meinem Anwalt!«
Sie bedrohten sich gegenseitig mit ihren Anwälten und möglichen Beleidigungsklagen. King gegen Moritz, Johann Jünges gegen Hartholz, Hartholz gegen Moritz.
»Meine Herren!« rief Schmitt. »Ich muß Sie doch bitten!« Aber seine Stimme setzte sich nicht durch.
Dr. Jacobsohn hatte mit einem Gast neben dem Kamin gesessen. Er stand auf und ging zu den Streitenden. Er stellte sich an die Schmalseite der Bar und schüttelte nur den Kopf. Sie sahen es und wurden einer nach dem anderen still. »Meine Herren«, sagte er leise, »wollen Sie bitte den Frieden dieses Clubs wahren. Wir haben Gäste ...«

»Es war nur ein Scherz«, lenkte Moritz ein.
». . . und bestehe darauf, daß Till Hartholz sich bei mir entschuldigt!« sagte Johann Jünges.
Sie entschuldigten sich, einer beim anderen. Schließlich versicherten sie sich gegenseitig – und laut genug für alle –, daß diese Party nur ein Gerücht sei, das sich seltsamerweise verbreitet habe.
»Ich hoffe, du machst so etwas nicht mit«, flüsterte Peggy Laura zu.
»Das gleiche hoffe ich von dir . . .«
»Frechheit!« zischte Peggy. »Viel fehlt ja nicht mehr daran. Glaubst du, ich wüßte nicht, daß Edwards mit Nicole und mit dir schläft. Du bist tief gesunken!«
»Er ist weder an mich noch an Nicole gebunden. Er kann schlafen, wo er will. Und über Moral solltest du nicht mit mir sprechen. Es könnte mir einfallen zu antworten . . .«
»Sieh nur zu, daß er dich nicht anpumpt. Er hat nämlich kein Geld mehr. Ich habe es gehört . . .«
»Ich würde ihm auf der Stelle zehntausend Dollar geben, wenn er sie nähme. Aber er nimmt sie nicht . . . Er ist nun mal kein Gigolo.«
»Äh!« sagte Peggy nur und wandte sich von ihrer Tochter ab.
Was sie für Sorgen haben, dachte Alois Bühlmann. Und im Swimming-pool waren sie doch!
Moritz weiß es aber er hat kein Ehrgefühl und Johann Jünges war sicher auch dabei für eine Filmrolle macht sie so etwas King sowieso der macht alles genau wie Hartholz Schriftsteller nennt er sich sie nennen sich alle etwas und jeder glaubt ihnen auch daß sie etwas sind und es sind doch nur ein paar wirkliche Maler dabei und nur ein paar wirkliche Schriftsteller aber die verdienen ja nicht viel dieser Edwards früher hat er mir immer fünf Franken gegeben wie Leewald aber jetzt läßt er anschreiben und sagt ich bezahle demnächst das muß ich Dr. Jacobsohn sagen denn da steht schon ziemlich viel er hat kein Geld mehr schade aber die anderen haben alle viel und wollen noch mehr und immer sprechen sie von Geschäften wie Schmitt der immer schlecht gelaunt ist und sich alles leisten kann deshalb freut er sich nicht mehr und da hat einer zu ihm gesagt: »Was machst du stets für ein Gesicht? Du hast doch alles. Freust du dich über nichts mehr?« Und Schmitt war angetrunken und hat die Wahrheit gesagt an einem Tag an dem er wieder launisch war.
Reisen?
Nichts.
Autos?

Nichts.
Frauen?
Nichts.
Trinken?
Nichts.
Häuser bauen?
Nichts.
Alles nichts und dabei denkt er immer daran ob er nicht noch mehr Geld verdienen kann.
Und ich denke ob ich die Miete bezahlen kann ob ich nachts schlafen kann ob ich gesund bin ob die Schmerzen im Magen von etwas Schlimmem kommen ob ich im Club bleibe ob ich genug zu essen habe ob ich zwanzig oder dreißig Liter tanken kann ob ich Susi noch einmal sehe ob es ein Fehler war ob ich mir neue Schuhe kaufen kann ob ich meine Arbeit richtig tue ob ich im Alter genug zu leben habe ob das Leben überhaupt lohnt ob ich nicht wieder mit der Pauke losgehen soll ob ich mich vielleicht aufhänge ob ich noch einmal eine Frau finde ob die merken was sie tun ob sie wissen was sie mir getan haben . . .
Sie sind schuld daran, dachte Alois Bühlmann. Sie haben sie nicht mehr im Club arbeiten lassen. Sie haben sie verächtlich gemacht. Ich habe in der Nacht gearbeitet und am Tag geschlafen. Da waren wir fast immer getrennt, und das hat sie nicht ausgehalten. Sie ist nicht schlecht. Aber sie ist fort, und sie wird nicht wiederkommen.
Alois Bühlmann stand hinter der Bar und wußte, daß auch der Haß zu zweit nichts ausrichtet gegen die Welt. Hassen muß einer allein. Wie Gift. Und das kann er erst, wenn er soweit gebracht wurde wie ich. Gift! dachte Alois Bühlmann und musterte sie alle, Tisch um Tisch. Zyankali, Rattengift, Pflanzengift – etwas, das erst in einer Stunde wirkt. In jedes Glas einen Tropfen. Dreißig oder vierzig Personen. Der Gedanke stärkte ihn, gab ihm Überlegenheit. Ihr Leben hing davon ab, ob er an einem Abend denken würde: Danach hänge ich mich auf. Sie wissen es nicht. Aber ich weiß. Ich kann bestimmen, wann ihr Leben zu Ende ist. Er war der wichtigste Mensch, der ihnen je begegnet war. Er hatte Macht über sie. Wenn er wollte: der große unüberwindliche Weichensteller.

Moritz sagte: »Sie ist fort. In Spanien drehen sie den Film. Dort ist es preiswerter. Sie hat sich nun doch zwei Rollen ergattert. Frage nicht wie. Aber das stört mich nicht. Ich hatte von Anfang an kein Alleinrecht auf sie, und sie hat mir ja auch genügend

Raum gelassen. Es gab nie sexuelle Ausschließlichkeit bei uns. Sie ist ein anständiger Mensch, trotz allem. Das hat mich bei ihr gehalten. Ihre Karriere war fast auf dem Nullpunkt. Sie ist abgerutscht, von einer Rolle zur anderen, verstehst du? Sie wurde immer kleiner. Aus der eigenen Villa ist sie ausgezogen und mußte sie verkaufen. Dann kam ihr Schmuck an die Reihe. Ich habe sie in Rom getroffen, da war sie schon ziemlich unten. Wir haben zusammengelegt und dann hier eine hübsche Wohnung eingerichtet. Jetzt werde ich sie fast ein halbes Jahr nicht sehen. Ich weiß nicht, ob es danach noch Wert hat, neu anzufangen. Ich möchte auch von hier weggehen, nach Rom, dort hatte ich meine beste Zeit. Es ist natürlich schwer für mich, ohne Frau hier zu leben. Was ich in den letzten Tagen erlebt habe ... Da kommt die Frau eines deutschen Chefarztes mit ihrer Freundin in den Club, um ihren Mann zu betrügen. Sie hatte von Verbania gehört und kam eigens zu diesem Zweck. Nach dem vierten oder fünften Glas hat sie es mir ganz offen gesagt. Zwei Jahre hatte sie darüber nachgedacht. Vernachlässigt von ihrem Mann. Gut aussehend, etwa fünfunddreißig. Noch nie einen anderen Mann gehabt. Und wie es dann passiert, ist auch alles ganz hübsch, aber danach setzt sie sich hin und weint. Ich hatte sie enttäuscht, oder die Sache hatte sie enttäuscht. Jedenfalls sagt sie unter Tränen: ›Ich habe jetzt etwas zerstört. Er hat das nicht verdient ...‹ Ich kam mir zum erstenmal so richtig schäbig vor. Allmählich werde ich auch zu alt für solche Abenteuer. Wenn ich dir einen Rat geben darf, dann bleibe bei Laura. Sie liebt dich. Ich habe es versucht, aber sie liebt dich. Seit du da bist, geht sie mit keinem anderen mehr ins Bett. Und was machst du? Du rennst zwischen den beiden hin und her. Du klebst an Nicole. Das habe ich längst begriffen. Du wehrst dich dagegen, aber du gehst immer wieder zu ihr. Sie ist nicht das richtige für dich. Sie ist ein Chamäleon. Sie nimmt die Farbe des Mannes an, mit dem sie gerade im Bett liegt. Sie paßt sich so genau seinem Wesen an, daß jeder Mann denkt, sie ist für ihn gemacht. Dabei spielen die Männer bei ihr nur die Rolle des Beschälers. Sie läßt nicht jeden in die Wohnung, aber nie ist's einer allein. Vor einem Jahr habe ich sie noch geliebt. Dann habe ich aufgegeben. Niemand ändert sie. Sie ist vollkommen unabhängig. Du solltest kein Gefühl investieren. Ich würde sie benutzen, so wie sie dich benutzt. Was machen die anderen schon aus? Wenn du zu einer Hure gehst, weißt du ja auch, daß sie noch ein paar vor dir gehabt hat. Genauso mußt du es sehen ... Du schüttelst den Kopf, warst du etwa noch nie bei einer Hure?«

»Hm!« machte er, als wolle er zugeben, sich zugleich aber verbitten, daß der andere darüber sprach.

Er trug einen Schlüssel in der Tasche für Lauras Wohnung, und er hatte die Erlaubnis, bei Nicole zu klingeln – auch nachts. Er fand, es war ein seltsames, demütigendes Arrangement. Beide Frauen wußten voneinander. Laura war immer bereit, ihn zu empfangen. Es war jedesmal, als hätte sie auf ihn gewartet. Nicole öffnete nicht immer, das konnte dann bedeuten, daß sie kein Verlangen nach ihm hatte oder daß ein anderer Mann bei ihr lag.

Sie standen an der Bar der »Taverna«. »Trinken wir noch etwas, Moritz?« Er wandte sich um und winkte Guido.

»Kann ich bei Ihnen anschreiben lassen, Guido?«

»Aber selbstverständlich, Mr. Edwards.«

»Bist du knapp?« fragte Moritz.

»Ja, ich muß mich einteilen.«

»Hast du soviel ausgegeben? Dein Stück muß doch eine ganze Menge abgeworfen haben . . .«

»Ja, ich habe viel ausgegeben. Es ging auch viel davon weg. Prozente, Steuern, das übliche . . .«

»Ich bin auch knapp«, sagte Moritz. »Vielleicht werde ich bald ein Bild verkaufen.«

»Wo ist Alfredo?«

»Er fühlt sich nicht gut.«

»Und Johann Jünges?«

»Er ist in Deutschland.«

»Wirst du wieder zu ihr gehen?«

»Ich hoffe nicht«, sagte Moritz. »Und du, wohin wirst du heute nacht gehen?«

»Wahrscheinlich zu Nicole.«

»Ich wußte es. Eigentlich kann man in diesen Dingen niemandem helfen. Du wirst das auf die eine oder andere Art zu Ende bringen müssen.«

»Ja«, sagte Edwards.

»Der Sommer ist fast vorbei. Wohin wirst du gehen?«

»Ich weiß es noch nicht.«

Er hatte oft darüber nachgedacht: Wohin? Hing nicht alles damit zusammen – mit seiner Ortlosigkeit? Wie ein Mann, vor dem sich Wege gabeln, und er steht und weiß nicht, welche Richtung er einschlagen soll. Es hat sich nichts geändert bei mir. Alles ist provisorisch geblieben. Und so werde ich weiterleben, am Boden kriechen, mich aus der Entschlußlosigkeit und dem Verdruß aufraffend, ein Stück schreiben, von den einen geehrt und den anderen beschimpft. Es hat sich nichts geändert seit damals, als ich im Laden stand und schrie: Ihr seid Insekten! Von da habe ich mich abgestoßen, habe mich losgelöst. Und das ist der Preis, dachte er, den jeder zahlen muß, der sich in die Glutzonen hineinwagt: Es gibt eine Stufe des Denkens und der Erkenntnis, die jeden verstört, der sie erreicht. Keiner ist stark genug dafür. Es ist, als ob man sich selber anzündet. Die lautlose, langandauernde Explosion des Ichs.

Und Nicole kam zurück von Ibiza. Ich sagte: Lange bist du weggeblieben.

Sie war nicht feindlich, sie war mehr, sie war kalt. Sie sagte: Du bist ein Mann, der Trost sucht. Aber ich bin keine Frau für die Art Trost, die du brauchst. Du läßt dich mit Dingen beladen, die ich nicht tragen möchte. Ich weiche aus, weil ich weiß, daß ich zu schwach dafür bin. Ich bewundere Blumen, du aber willst sie auseinandernehmen. Du willst sofort einen Menschen besitzen, seine Probleme willst du ebenfalls besitzen. Und nur durch dich darf er geheilt werden. Dann ist er dein Geschöpf. Laß mich zufrieden mit deinem Mitleid, für das ich schwer bezahlen müßte, wenn ich es annähme. Sie sagte: Hör mal gut zu, wir wollen ins Bett gehen. Und wenn du wieder Lust darauf hast, dann wollen wir es wieder tun. Aber du mußt mir meine Sphäre lassen. Ich will nicht festgebunden sein. Ich will mich nicht anschmieden lassen, auch von Liebe nicht. Ich habe dich schon verstanden, aber es läuft darauf hinaus, daß du mir dein System aufdrängen willst ...

Als ich mein erstes Stück geschrieben hatte, war ich voller Vertrauen darauf, daß mein Talent unversiegbar wäre. Und so geht es mir mit Menschen. Wenn ich sie liebe, habe ich großes Vertrauen zu ihnen; ich setze Hoffnungen auf sie. Ich halte sie für stabil und ihre Zuneigung für unerschöpflich. Aber ich habe Nicoles System akzeptiert. Sie hat mich dazu gezwungen. Ich weiß, daß andere zu ihr kommen, aber ich gehe noch immer zu ihr hin. Er dachte: Es ist so unauflöslich wie eine chemische Verbindung oder etwas wie Magnetismus. Der Wille kann nichts dagegen tun; ich kann es nicht ausrotten. Noch nicht.

Und Laura? Sie wartet. Sie fragt nicht, sie duldet fast wortlos. Sie weiß alles. Und ich pendle und kann nicht den richtigen Entschluß fassen. Sie sagte: Du bist nicht kalt genug für ein solches Verhältnis, und ich auch nicht ...

»Komisch an der ganzen Geschichte ist, daß ich für Terruzzi ein Drehbuch schreiben sollte, in dem es einem Mann so ähnlich ergeht wie mir jetzt.«

»Ich weiß«, sagte Moritz. »Dreißigtausend Dollar. Du hast sie ausgeschlagen. Hartholz schreibt es jetzt für die Hälfte. Er hat sich das verdient – im Swimming-pool.«
»Vielleicht bin ich doch ein Romantiker ...« Edwards lächelte und trank dann sein Glas aus. »Zuviel«, sagte er. »Viel zuviel Whisky. Ich werde gehen.«
»Zu Nicole?«
»Ja.«

Potansky hatte im Hotel angerufen und gefragt, ob er Lust hätte, an einem Nachmittag zum Tee zu kommen. Melting und Dr. Jacobsohn seien auch da.
An dem Nachmittag kam er etwas zu früh und sah zu, wie Potansky den Servierwagen ins Zimmer schob, wie er vorsichtig mit weißem Damast deckte, die Tassen holte, die kleinen silbernen Löffel prüfte, die Zuckerdose füllte, Zitrone aufschnitt. »Meine Frau ist nicht da«, sagte er. Die Wände des Zimmers waren von Büchern fast ganz verdeckt. Edwards griff sich das eine und andere heraus. Thomas Mann. »Er war arrogant«, sagte Potansky. »Ich habe ihn gekannt. Sein Bruder stand mir näher ...« Bertold Brecht. »Er war der amüsanteste Gauner, dem ich je begegnet bin ... Alle auf der Flucht«, sagte Potansky. »Alle waren sie Flüchtlinge ...«
Als sie beim Tee saßen, Melting lebendig und erregbar wie immer, Dr. Jacobsohn langsam und bedächtig in der Tasse rührend und Potansky ein in seiner Aufmerksamkeit rührender Gastgeber, sprachen sie fast nur von ihrer Flucht.
Große Namen der Literatur fielen in diesem Gespräch. Ihre Schwächen tauchten auf. Und ihre Schwächen waren Frauen und Alkohol. Melting erzählte von dem großen Romancier, dem er in Paris zugesehen hatte, wie er sich zu Tode soff. Mitunter hatte einer der Großen abgeschrieben und einen Plagiatsprozeß durchgestanden. Sie sprachen davon, anekdotisch: Sie waren Zeugen, waren der Rest einer Elite, die unberechtigterweise nicht mehr ernst genommen wurde. Vom ersten Augenblick an hatte Edwards das Gefühl, bei Gleichgesinnten zu sitzen. Er bedauerte, daß ihm keine andere Möglichkeit eingefallen war, als seine Zeit in Bars zu verbringen, und daß er nicht den Kontakt zu diesen Menschen gefunden hatte. Sie waren die Vertreter eines anderen, verborgenen Verbania.
»... und in Paris mußten sich alle Emigranten stellen. Sie wurden in großen Lagern zusammengefaßt. Die Deutschen waren schon ziemlich nahe. Ich stand auf der Liste ...« sagte Melting.

»Und wie ich im Bahnhof durch die Sperre ging, schaute der französische Beamte in meinen Paß, dann auf die Liste. Und da sieht er natürlich meinen Namen. Er guckt mich an, guckt auf die Liste. Er zögert. Dann sagt er leise: Es muß ein Irrtum sein ... Er ließ mich passieren.«

»Mich hat die außerordentliche Freundlichkeit in Amerika verblüfft, als ich drüben ankam«, sagte Potansky. »Have a nice weekend ... come and see us sometime ... darauf bin ich 'reingefallen. Ich bin tatsächlich hingegangen, wenn mich jemand auf diese Weise einlud. Aber die hatten nie damit gerechnet, daß ich auch kommen würde. Es waren nur Phrasen, die sie gedankenlos plapperten. Dann habe ich mir abgewöhnt, dort jeden für meinen Freund zu halten, der mir freundlich die Hand schüttelte ...«

Es lag eine gewisse Heiterkeit über ihrem Gespräch. Die Erfahrungen ihres Exils waren in die Erinnerung geglitten und dort fast schmerzlos geworden. Nur wenn sie von dem Deutschland dieser Tage sprachen, wurden sie erregt. Es klang hoffnungslos, was sie sich sagten.

»Ein unbelehrbares Volk«, sagte Melting.

»Chaos steht dort bevor«, meinte Dr. Jacobsohn.

»Ich gehe nicht mehr hin«, erklärte Potansky.

»Sie sind maßlos im Erfolg und kläglich in der Niederlage!« sagte Melting.

»Was schreibst du im Augenblick?« fragte Dr. Jacobsohn.

»Was soll ich schon schreiben«, antwortete Melting. »Daß wir armselig sind, etwas anderes ist nicht zu berichten.«

Sie lächelten darüber, und Melting stellte erheitert fest, wie viele Nazis sich doch in den letzten Jahren in Verbania angesiedelt hätten. »Sie wollen nicht daran erinnert werden. Vielleicht ist es auch falsch, sie zu erinnern ...«

Dr. Jacobsohn breitete die Arme aus zur jüdischsten aller Gesten. Er legte den Kopf schief, zog die Schultern hoch, drehte die Handflächen nach außen: die Geste der Versöhnlichkeit, des Verständnisses. »Man soll es ruhen lassen. Es ist die Stärke des Geschlagenen, daß er Mitleid mit seinem Peiniger hat und ihm verzeiht. Mr. Edwards hat ein Stück darüber geschrieben ...«

»Glauben Sie nicht, Herr Melting, Sie sollten wieder nach Deutschland gehen?« fragte Edwards. »Fehlen Menschen wie Sie nicht in Deutschland?«

»Nein«, sagte Melting. »Die Intelligenz in Deutschland hört unsere Stimmen nicht mehr. Wir sind altes Eisen für sie. Sie ist borniert und blind wie immer. Ich bin ohne Haß, aber von dort habe ich meinen Status als Flüchtling. Ich habe ihn angenommen.

Ich bin Jude, ich bin ein Flüchtling, bin schon als solcher geboren.«
»Überbewerten Sie nicht die Tatsache, daß Sie Jude sind?« fragte Edwards.
»Nein, ich glaube nicht. Wissen Sie, das ist in der ganzen Welt gleich. Und jemand hat gesagt: Die einen werfen mir vor, daß ich Jude bin, die anderen verzeihen es mir, wieder andere loben mich deshalb – aber alle denken daran.«

15

Das Gerücht war dünn und unglaubwürdig. Alois Bühlmann gab es deshalb nicht sofort weiter. Die Quellen schienen ihm zweifelhaft. Ein Portier in einem Krankenhaus, eine Krankenschwester und ein Dienstmädchen – unbekannte Zuflüsterer, die mit unzureichenden Informationen beliefert worden waren.
»Ich glaube es nicht«, sagte Ali und schüttelte den Kopf.
»Ich kann dir nur sagen, was ich gehört habe«, erwiderte Horazio. »Er hat sie in der Nacht erwischt und mit der Pistole auf ihn geschossen . . .«
»Und sie?«
»Das weiß ich nicht. Jedenfalls mußte Moritz mit der Ambulanz eingeliefert werden . . .«
War es möglich, daß ein Mann wie Johann Jünges auf einen Menschen schießen konnte? Vielleicht wenn er betrunken ist. Aber habe ich nicht schon an Gift gedacht, ohne betrunken zu sein? Eigentlich, so folgerte Alois Bühlmann, ist alles möglich. Weiß man denn, was in Menschen steckt? Und vielleicht war es schon Jahre in ihm, und niemand hat es bemerkt. Habe ich gewußt, wie Panoni eines Tages sein würde? Und wie war es mit Susi? Und habe ich nicht . . . hatte er nicht schon vor der Apotheke gestanden, mit dem Gedanken spielend, daß er sich für den Verlust Susis rächen müsse, weil er nicht mehr allein leben konnte, weil er am Tag wie verloren in seiner Wohnung saß, mit den quälenden Gedanken und dem Zug der Bitterkeit, der Kränkung um seine Mundwinkel?
Es wäre immerhin möglich, sinnierte Alois Bühlmann. Aber ich werde nichts sagen.
Er musterte seine Gäste. Etwa dreißig Personen. Sie tranken und rauchten und redeten, und alle fanden sich wichtig. Er sah sie mit der Hellsichtigkeit des nicht Verzeihenden. Und so erschien ihm

der Club: eine Bühne, und Alois Bühlmann war der einzige Zuschauer, der verstand, daß sie hierherkamen, nicht um Freunde zu treffen, sondern um ihre Selbstgespräche zu führen, überzeugt von ihren Rollen, für die sie von den anderen Beifall erwarteten. Als Alfredo mit John Edwards kam, fragte Alois Bühlmann nach Moritz.

»Ich habe ihn schon ein paar Tage nicht mehr gesehen«, sagte Alfredo. »Er wird wieder einmal arbeiten.«

Und Johann Jünges?

»Soviel ich weiß, ist er noch in Deutschland.«

»Ich habe vor vier Tagen bei Moritz angerufen. Er war nicht zu Hause«, sagte Edwards. »Warum, wer will es wissen?«

»Es wurde nach ihm gefragt«, antwortete Alois Bühlmann leise. Drei Tage später war es fast Gewißheit. Es hatten auch noch andere geflüstert.

»Sie werden verstehen«, sagte Alois Bühlmann eifrig zu Alfredo und John Edwards, »so was erzählt man nicht gern weiter. Wenn das nämlich nicht wahr ist ... Ich bin korrekt ...«

»Natürlich, du bist korrekt, Ali«, lobte Alfredo. »Was machen wir jetzt?« fragte er Edwards. »Man muß etwas unternehmen.«

Sie telefonierten, aber weder Nina noch Moritz kamen an den Apparat. Alfredo rief in verschiedenen Kliniken an und fragte nach Moritz, als wisse er mit Bestimmtheit, daß Moritz dort Patient war. Und im dritten Krankenhaus sagte eine Nonne, der Patient sei schon entlassen. »... nur noch in ambulanter Behandlung.«

»Es ist nicht zu glauben«, murmelte Alfredo vor sich hin.

»Es stimmt also.«

Moritz öffnete im Pyjama. Er trug den linken Arm in einer Schlinge und machte ein verlegenes Gesicht. »Kommt herein. Es ist nicht so schlimm.« Er legte sich im Wohnzimmer wieder auf die Couch, ächzte ein wenig, als er sich, mit einem Stapel Kissen im Rücken, auf der Couch zurechtsetzte.

»Es war vor genau acht Tagen. Ich war am Abend im Club und in der ›Taverna‹. Aber ich hatte niemand getroffen. Ihr wart auch nicht da. Es war langweilig, und ich hatte schon ein bißchen was getrunken. Ich wußte, daß Johann in Deutschland war, und aus Langeweile bin ich dann zu ihr gegangen. Ich gebe euch mein Wort, es war wirklich nur Langeweile. Sie hat ja bereits einen solchen Umfang, daß es nicht nach meinem Geschmack wäre, mit ihr ins Bett zu gehen.«

»Und die Schießerei?« drängte Alfredo.

»Ja, ja, kommt alles der Reihe nach.«

Er war gedämpft. Nicht so sehr mitgenommen von seiner Verletzung, vielmehr niedergeschlagen, fast unsicher, als hätte er das erste Mal ein Gefühl der Schuld.

»Wir tranken also ein paar Gläser. Das heißt, ich trank noch ein paar Gläser. Sie verträgt es ja nicht mehr. Ich stellte Musik an, ziemlich laut. Und später, da kriegt sie wieder ihr Verlangen nach Zärtlichkeit. Sie kommt zu mir auf den Schoß, und die Schallplatten laufen ab, und ich trinke immer mal wieder einen Schluck. Mehr war nicht. Ich gebe euch mein Wort ...«

»Es muß so gegen drei Uhr morgens gewesen sein, da steht er plötzlich vor uns im Zimmer. Ich hatte ihn nicht gehört. Ich sehe, wie er grau wird im Gesicht. Wir springen vom Sessel auf, und er rennt hinaus. Aber er ist gleich wieder da, die Pistole in der Hand. Ich gehe auf ihn zu und will noch sagen: Mensch, Johann, laß den Quatsch ... Aber da knallt es schon zweimal. Ich kriege einen Stoß und falle um. Ich war schon so besoffen, daß ich mich nicht mehr rühren konnte. Wie von weitem höre ich noch, daß Nina loskreischt. Dann wurde mir schwarz vor den Augen ...«

»Als ich wieder zu mir kam, lag Nina neben mir auf dem Boden. Sie hatte gedacht, ich wäre tot und war ohnmächtig geworden. Ein glatter Durchschuß, unter dem Schlüsselbein. Es hat im Anfang stark geblutet. Sie hat mir dann alles erzählt. Natürlich brauchte ich eine ganze Weile, bis ich sie soweit hatte. Sie drehen ja alle durch, wenn's brenzlig wird ... Johann war aus seinem Zorn aufgewacht, er hatte gesehen, wie ich fiel, hatte das Blut auf meiner Brust gesehen und hatte gerufen: Er ist tot! Mein Gott, er ist tot! Dann war er zu seinem Safe gerannt, hatte alles Bargeld zusammengerafft und war aus dem Haus gestürmt. Er hat sich nicht wieder gemeldet ...«

»Ich habe im Krankenhaus gesagt, daß es ein Unfall war. Johann ist überhaupt nicht in Erscheinung getreten. Niemand weiß, daß er hier war. Der Schuß wurde so nahe abgefeuert, daß ich leichte Verbrennungen hatte. Es war beinahe glaubhaft. Johann hat einen Waffenschein. Er hat die Pistole im Flur weggeworfen. Wir fanden sie, legten alles zurecht und riefen die Ambulanz an. Nina sagte genauso aus wie ich. Auch vor der Polizei: ein Unfall ...«

»Und der zweite Schuß?« fragte Alfredo.

»Er hat mich nicht getroffen.«

»Und Nina?«

»Sie ist im Haus. Sie nimmt den Telefonhörer nicht mehr ab. Natürlich hat man mir nicht ganz geglaubt, aber niemand hat eine Anzeige gemacht. Man müßte Johann Jünges erreichen, um ihm zu sagen, daß ... Am besten geht ihr zu Nina. Sie soll es versuchen. Ich habe schon, aber ich kenne nur die Fabrik, und dort war er nicht. Ich weiß auch gar nicht, ob ich den richtigen Mann gesprochen habe. Man legt hier keinen Wert auf einen Skandal, das muß er wissen, damit er keine Dummheiten ... Wie? Nein, es tut nicht sehr weh. Es ist alles nur sehr ärgerlich. Wer hätte auch gedacht, daß er eine Pistole im Schrank hat. Aus Langeweile, wenn ich es euch sage ...« Moritz seufzte: »Sein ganzes Leben lang war er ein Trottel, und ausgerechnet bei mir muß er sich aufraffen und zu einem Mann werden ...«

Sie öffnete nicht, reagierte nicht auf Klingeln und nicht auf Rufe.
»Wir müssen in das Haus hinein, in den Garten! Aber die Mauer ...«, überlegte Alfredo. »Wenn Sie mich hochheben ...«
Edwards ging in die Hocke, und Alfredo stieg langsam und umständlich auf Edwards Schultern. Edwards richtete sich vorsichtig wieder auf. »Es funktioniert«, sagte Alfredo oben. Aber bevor er sich rittlings auf die Mauer setzte, fiel ihm sein Hut herunter. »Mein Hut! Heben Sie bitte meinen Hut auf, Mr. Edwards. Wer hätte gedacht, daß ich mit siebzig noch einmal Mauern überklettern muß ...«
Er rief: »Nina! Mache uns auf! Wir wissen, daß du da bist!« Er wandte sich Edwards zu: »Die Terrassentür ist auf. Sie ist im Haus. So was Dämliches ... Nina!«
»Ich will niemand sehen!« schrillte ihre Stimme aus einem Fenster.
»Willst du wohl sofort öffnen, du dumme Gans!« rief Alfredo, noch immer auf der Mauer sitzend. »Man muß retten, was zu retten ist! Vorwärts!« befahl er. »Los, Mr. Edwards, gehen Sie hinein. Sie können mir dann wieder von dieser Mauer herunterhelfen!«
Heulend kam sie an die Tür. Sie trug ein Umstandskleid, wirkte plump und unförmig darin. »Mr. Edwards, was soll ich denn machen?«
»Das wollten wir besprechen. Aber wenn Sie uns nicht hereinlassen ...«
»Ich wußte nicht ...«
»Kommen Sie, geben Sie mir einen Tisch und einen Stuhl, damit ich Alfredo von der Mauer herunterholen kann.«
Sie hörten ihn schon von draußen: »Edwards! Wann kommen Sie endlich!«
Er schimpfte noch, als sie durch den Garten zum Haus gingen.

»Diese Weiber! Zu dämlich! Schließt sich ein und denkt, damit kommt alles in Ordnung ... So!« befahl er. »Jetzt rufst du sofort in Aachen an. Die Direktoren! Alle, die du kennst. Dann seinen Anwalt. Und auch seine Frau. Jawohl, auch seine Frau!«
»Und was soll ich denn sagen?« jammerte sie.
»Du sagst: Moritz läßt herzlich grüßen. Es geht ihm gut. Und Johann möchte ihn dringend anrufen! Dein Johann Jünges fährt nämlich jetzt in der Weltgeschichte umher und denkt, er wäre ein Mörder!«
Sie telefonierte, redete mit brüchiger Stimme und ängstlichen Blicken auf die beiden, genau den Text, den Alfredo ihr befohlen hatte. Johann Jünges hatte sich noch nicht in Aachen gemeldet. Niemand wußte, wo er sich befand.
»Er wird doch nicht ...« überlegte Alfredo. »Er ist geflüchtet, das ist klar. Aber ganz gleich, wo er jetzt ist, er wird intelligent genug sein, sich Zeitungen zu kaufen. Mord eines Großindustriellen ... das würde in allen Schweizer Zeitungen stehen ...«
»Seine Frau war sehr unfreundlich«, sagte Nina.
»Und das überrascht dich, wie? – Gib mir eine Kleiderbürste. Ich muß meinen Hut reinigen.«
Folgsam ging sie hinaus und brachte die Bürste.
»Das ist ein guter Hut, und ich kann mir nur alle drei bis vier Jahre einen neuen leisten. Das hier, Mr. Edwards, ist nämlich der letzte, den ich mir gekauft habe.« Er betrachtete ihn, bürstete daran, war schließlich zufrieden.
»Sie werden sich noch eine Menge Hüte kaufen«, sagte Edwards.
»Nä!« sagte Alfredo: »Der da ist mein letzter!«
Nina holte eine Flasche Whisky, Gläser, Soda, Eis. Sie schenkte ein. Nach dem ersten Schluck sagte Alfredo, ein wenig freundlicher: »Na ja. Na ja, vielleicht können wir ihn auf diese Art erreichen. Er müßte ja hirnverbrannt sein, wenn er nicht die Nachricht heraushört ... Und du, du schließt dich ein! Warum eigentlich?«
Sie schluchzte: »Ich schäme mich. Ich weiß nicht, was ich tun soll. Alle Leute werden es jetzt wissen ...«
»Hast du dich nicht schon vorher geschämt? Wir wußten doch alle, daß ihr es miteinander treibt.«
Sie schüttelte den Kopf. Das Taschentuch vor dem Mund, schluchzte sie: »Ich liebe ihn.«
»Und Johann Jünges?«
»Den liebe ich auch, aber anders. Wie einen Vater ...«
»O Gott!« seufzte Alfredo.
Nina erzählte stockend. Ihr Gesicht war vom Weinen geschwol-

len. »Er rannte fort. Ja, er dachte, Moritz ist tot. Im Flur ließ er die Pistole fallen. Ich habe sie aufgehoben. Später, als ich wußte, daß Moritz nicht tot ist. Es war schrecklich! Die Beamten waren sehr freundlich. Ich habe alles so gesagt, wie Moritz es mir geraten hatte. Sie haben gefragt, ob Johann einen Waffenschein hat. Er lag im Safe. Ich habe ihn vorgezeigt. Wir haben gesagt, Moritz hätte mit der Waffe gespielt, und dabei wäre sie plötzlich losgegangen.«
»Ich wußte, daß er eine Pistole hatte«, sagte Edwards. »Aber ich habe das nicht ernstgenommen. Niemand hat wohl Johann Jünges ernstgenommen . . .«
»Johann soll nur noch kurz gehört werden, haben sie gesagt, dann wäre alles in Ordnung. Es wäre ja alles gut abgegangen. Wir hätten noch einmal Glück gehabt . . .«
»So ist es, mein Kind! So ist es!« Alfredo lachte grimmig.

Es war jetzt kein Gerücht mehr, sondern eine Wahrheit, aber eine, die im Club nur leise besprochen wurde. Sie hatte jedes Maß überschritten: die Schadenfreude und Pikanterie. Es war kein genüßlicher Klatsch mehr, sondern eine Tatsache, die sie verstörte, und die sie zwang, Johann Jünges ernst zu nehmen, den sie niemals vorher ernstgenommen hatten. Niemand wünschte, daß die Wahrheit offiziell auf ihren Gehalt geprüft wurde. Man rechnete es Moritz hoch an, daß er geschwiegen hatte.
Sie standen am frühen Abend an der Bar zusammen. »Ich habe es kommen sehen!« sagte Schmitt.
»Und warum haben Sie es dann nicht verhindert?« fragte Dr. Jacobsohn.
»Es war nicht zu verhindern«, erklärte Alfredo. »Es war etwas, was in die drei, die es betrifft, hineingelegt war. Ich habe Moritz ein paarmal gewarnt, aber was nützen Warnungen?«
Peggy sagte: »Jedenfalls hat er endlich einmal wie ein Mann gehandelt. Das hat doch niemand mehr von ihm erwartet.«
Die Gräfin fand die ganze Sache töricht. »Es ist lächerlich, wegen ein bißchen Liebe zu schießen . . .«
Alois Bühlmann hörte schweigend alles mit an. Hatte sich hier nicht ein Akt höherer Gerechtigkeit vollzogen? Er stimmte aus tiefstem Herzen zu.
»Wie findest du es?« fragte Nicole Edwards. Aber in ihrer Betonung lag bereits die Ablehnung. Sie zeigte ein gelangweiltes Gesicht, ein Achselzucken, eine abwertende Geste mit der Hand, und alles war vollständig in seiner Bedeutung.
»Fatal, das meinst du doch?« sagte Edwards.

»Ja, das meine ich. Und Moritz hätte ich mehr Gehirn zugetraut.«
»Es läßt sich nicht alles mit Gehirn machen.«
»O doch, ich glaube daran!« sagte Nicole.
Melting und Potansky unterhielten sich leise. Sie sagten nichts zu dem Fall. Laura schwieg; sie redete erst, als Edwards einmal zu ihr ging. Sie lächelte und fragte: »Weißt du schon, wo du heute nacht schläfst? Ich habe mir nämlich vorgenommen, das Spiel bald nicht mehr mitzumachen. In den nächsten Tagen ist es vorbei. Ohne jeden Lärm, ohne peinliche Auftritte: Ich habe genug!«
»Wir werden darüber sprechen«, wich er aus.
Dr. Jacobsohn hielt fast eine Ansprache: »Wir wollen das im Club halten ... Es begrenzen. Eine Anzeige wurde nicht gemacht. Ich denke, es ist ein interner Vorgang. Es wäre dem Ruf des Clubs sehr abträglich, meine Herren. Ich denke, Sie sind da meiner Meinung. Es wäre beschämend ... Eine Vereinigung geistig orientierter Menschen: Maler, Musiker, Schriftsteller, an einem der schönsten Plätze der Welt ... Und was machen sie daraus? Ich finde, es ist für uns beschämend!«
»Das finde ich auch!« sagte Alfredo trocken. »Aber das gab es ja früher nicht, als tatsächlich nur Künstler hier waren.«
»Wir wollen es begrenzen«, sagte Dr. Jacobsohn abschließend.
Es wurde ein paar Tage geflüstert, dann wurde laut gesprochen. Frau Jünges, die richtige Frau Jünges, war in Verbania angekommen. Das Haus stand zum Verkauf: gegen Höchstangebot. Ein Immobilienhändler, der hin und wieder in den Club kam, hatte den Auftrag. Er sagte an der Bar: »Sie hat Nina hinausgefeuert. Und wie! Ich war dabei. Eine Stunde hat sie ihr gerade gelassen. Und was war diese Nina dumm ... Sie ging an den Safe und nahm sich nur ihren Schmuck heraus. Aber da lag noch anderes. Ein paar Goldbarren, mindestens für fünfzigtausend Franken. Ich stand mit ihr und der Frau vor dem Safe und Nina sagte: ›Das gehört nicht mir!‹ ... Das Haus hat heute einen Wert von mindestens zwei Millionen, aber das kriegt sie nicht dafür. Sie wird es verschleudern. Ich habe bereits drei Angebote. Das höchste ist achthunderttausend ...«
»Moment!« sagte Alfredo. »Moment!« Er reckte seinen Kopf hoch. »Die Frau ist da und will das Haus verkaufen?«
Sie schwiegen plötzlich alle, sahen alle auf Alfredo. Edwards hörte, wie Moritz leise neben ihm sagte: »Verdammt ...« Er war zum erstenmal wieder im Club, trug keine Schlinge mehr für seinen linken Arm.
»Das bedeutet ...« sagte Alfredo. »Das bedeutet, daß er tot ist ...«

»Ich weiß es nicht«, sagte der Makler. »Sie hat nichts gesagt. Sie hat überhaupt nicht geredet, sondern nur Befehle erteilt. Sie haßt das Haus. Keine angenehme Person . . .«
»Moment!« sagte Alfredo. »Ich werde telefonieren. In welchem Hotel ist sie abgestiegen?«
»Wieso wissen Sie, daß sie nicht im Haus, sondern in einem Hotel ist?« fragte der Makler erstaunt.
»Ich habe es vermutet . . . In welchem Hotel?«
Hastig ging er hinaus in die Telefonzelle, die neben der Küche lag. Langsam kam er nach ein paar Minuten wieder herein. Alle blickten auf sein Gesicht. Es verriet keine Regung. »In Antwerpen!« sagte Alfredo.
»Was, um Himmels willen, hat er in Antwerpen gemacht?« fragte Schmitt.
»Gestorben!« antwortete Alfredo schroff.
»Das darf doch nicht wahr sein!« rief Peggy. Es klang wie Empörung: nicht über den Tod, sondern über die Ungerechtigkeit des Zeitpunkts. Sie schaute nach rechts und links, traf auf Schweigen, sagte dann auch nichts mehr, erinnerte sich aber: Schon einmal hatte sie erfahren müssen, daß der Zeitpunkt immer ungerecht ist.
Moritz war blaß geworden. Er stand auf und flüsterte Edwards zu: »Ich werde gehen. Gute Nacht . . .«

Viele Mitglieder waren gekommen. Sie wollten hören, wollten schaudern – viele sind hier vorbeigekommen, Berühmte und Reiche, und wir sind noch dabei. Edwards und Alfredo waren schon früh am Abend betrunken. Sie hörten den anderen zu, und für Edwards waren die Reden wie ein dunkles Gemurmel, das riesenhafte Selbstgespräch einer Versammlung von erschreckten Hinterbliebenen, die sich aus Flaschen stärkten, die Horazio und Ali für sie öffneten.
Wir haben ein Haus gebaut. Er hat ein Haus gebaut. Wer hat ein Haus gebaut? Er hat ein Haus gebaut . . .
Er trinkt. Warum trinkt er? Jeder trinkt. Er hat auch getrunken. Man muß trinken. Man kann trinken. Es ist ein Vergnügen . . .
Ach du lieber Himmel, all dieser Verdruß und Ärger. Suff und Ehebruch.
Er wollte Sex, nur Sex. Was ging ihn das alles an? Die Welt mit ihrem Dreck, hatte er gesagt.
Sie können alles ersetzen, jedes Organ. Nur das Gehirn nicht. Man braucht nicht unbedingt so früh zu sterben. Das Gehirn läßt sich nicht auswechseln.

Deshalb vertragen sich Schriftsteller nicht. Verbania ist einer der schönsten Plätze auf dieser Erde.
Ein großes Schicksal? Was ist ein großes Schicksal? Ein Mann, der Großes geleistet hat und dann ohne Schuld vor die Hunde geht.
Panoni wird ein großer Maler. Ihr werdet sehen, er wird zurückkommen und sie alle überflügeln.
Die Autos werden besser, die Kleidung wird besser, die Wasserspülungen, die Badezimmer, die Nahrung wird besser, die Kühe geben mehr Milch. Alles wird besser – nur die Literatur wird immer schlechter.
Sie wird sich über das Kind freuen. Natürlich wird sie sich über das Kind freuen . . .
Und dabei hackten sie mit den Köpfen vor, Runden, ganze Tischrunden, die Köpfe zusammengesteckt, die Köpfe vorschnellend, wie zuhackende Hühner, die einen gemeinsamen Wurm zerreißen.
»Hallo, Mr. Edwards! Hier sind zwei deutsche Kritiker, die Sie gerne kennenlernen möchten. Sie haben sich mit dem Lektor, Herrn . . . hier getroffen . . .«
Und einer der Kritiker, höchstens fünfunddreißig Jahre alt, schlug dem alten Melting freundschaftlich herablassend auf die Schulter: »Na, Sie haben doch den dicken Tucho auch gut gekannt!«
Melting machte zuerst ein erstauntes Gesicht, dann blinzelte er ein wenig mit den Augen, empfing wieder einen freundlichen Schulterhieb und lächelte dazu: »Sie meinen Tucholsky? Ja, er war mein Freund . . . Sehen Sie jetzt, Mr. Edwards, was ich Ihnen neulich sagte?«
Er stand, wie vor sich hindämmernd, das Glas in der Hand. Er spürte genau ihre Regungen, ihre Absichten. Die beiden Kritiker hüpften um ihn herum. Einer lobte und sagte: »Das war ein genialer Einfall, Mr. Edwards. Das doppelte Theater, beinahe die Auflösung der Dimensionen . . .«
Edwards sagte nichts, und der Kritiker war verblüfft. Sie schauten sich an und begannen zu denken, daß es Edwards an Intelligenz mangele. Einer fing an, ihm gute Ratschläge zu geben. Unmerklich war sein Respekt vor dem Dichter geschwunden. Sie fühlten sich schließlich überlegen, weil Edwards nicht elegant und geistreich reden wollte. Das schien ihnen wichtig, die akademische Verklausulierung, die Terminologie des Erlernten.
Er stand wie ein brummiger Stier, um den sie herumgingen. Sie hatten selbst nie eine Zeile Eigenes geschrieben, aber wer ihnen

zuhörte, konnte glauben, sie wären für mindestens ein Dutzend unsterblicher Werke gut. Sie fragten nach der Theorie, weil sie in nichts anderem als in Theorien denken konnten. Sie waren so akademisiert, daß sie nicht mehr an die Intuition glaubten, die in einem Menschen wirken könne – außerhalb ihrer erlernten Denkmuster.
Edwards ließ sie plötzlich stehen. Sie schwiegen einen Augenblick, sahen sich an und sagten dann zu Melting: »Er ist doch nicht so sehr begabt.«
Und nun lachte Melting und schlug ihnen freundschaftlich auf die Schultern. »Ihr wart herrlich!« sagte er. »Es war herrlich, wie ihr euch mit dem Schatten von John Edwards auseinandergesetzt habt ...«
Alfredo grinste und sagte: »Edwards hält sie für Snobs, sic halten ihn für einen Snob, und du, Melting, denkst, diese beiden sind Snobs, sie denken das gleiche von dir ... Die Verwirrung der Sprache, Melting. Alles Verwirrung ...«
An diesem Abend, er hätte nie damit gerechnet, kamen seine Frau und seine Schwiegermutter mit ihrem Anwalt in Verbania an. Sie kannten sein Hotel, mieteten sich darin ein und ließen ihn aus dem Club rufen. Es war das gleiche Hotel, in dem auch Frau Jünges wohnte.
Der Bote sagte: »Es ist Besuch für Sie da, Mr. Edwards.«
»Besuch?«
»Ja, aus Amerika.«
Er fragte nicht weiter, ging wortlos, in Gleichgültigkeit verschanzt, hinter dem Boten her.
Sie saßen in dem kleinen gemütlichen Tea-Room und schauten ihm neugierig entgegen. Er blieb in der Tür stehen. Da saßen sie, freundlich, aber gluckenhaft, mit dem Ausdruck der Überlegenheit im Gesicht, dazu noch die zur Schau gestellte Gewißheit, daß er ihnen etwas schuldete. Er begriff sofort. Als wollte sie alte Rollen noch einmal aufleben lassen, sagte seine Schwiegermutter geringschätzig: »Er ist schon wieder betrunken ...«
»Was wollt ihr?«
Der Anwalt erhob sich. »Mr. Edwards, mein Name ist ... Ich bin der Anwalt Ihrer Frau ...«
»Ja, ja, ich weiß, ihr wollt Geld. Was habt ihr je anderes gewollt?«
»Hallo, John«, sagte seine Frau. Er antwortete ihr nicht. Sie erschienen ihm unwirklich, weckten aber scharf belichtete Erinnerungen. Da war das häßliche Mietshaus und sie mit den Lockenwicklern im Haar, jede Nacht mit Lockenwicklern. Die

Kräche, die Schimpfworte über den Flur gerufen, im ganzen Haus hörbar. Diese Nullen, die ihm nie verziehen hatten, daß er anders war als sie, da saßen sie, billig aufgeputzt. Er betrachtete sie und begann langsam zu grinsen. Als würde er Speichel in seinem Mund sammeln, um sie zu bespucken, sagte er: »Die Gespenster. Da sind sie ja, die Gespenster ...«

»Mr. Edwards ...«, begann der Anwalt.

Edwards schnitt ihm mit einer Handbewegung das Wort ab: »Machen Sie es kurz. Ich habe nicht die Absicht, mich lange mit Ihnen zu unterhalten! Was wollen Sie? Sie wollen Geld! Ich habe kein Geld!«

»Allerdings hat mir Ihr Manager in New York gesagt, daß Ihre Einkünfte im Augenblick ...«

»... gleich Null sind!«

»Jawohl, allerdings. Aber Sie brauchen nur hier zu unterschreiben ... Ich habe alles vorbereitet ...« Unter dem Tisch holte der Anwalt eine Mappe hervor, fand sofort die Schriftstücke, deutete auf die Stelle. »Hier, wenn Sie hier unterschreiben, ist alles erledigt. Ihre Frau, der ja nach dem Gesetz ein Teil Ihres Einkommens zusteht, erklärt sich mit einer Abfindung von zwanzigtausend Dollar einverstanden. Die Ehe wird dann ohne jede weitere Schwierigkeit geschieden. Sie sind ein berühmter Mann geworden. Sie werden sicher viel Geld verdienen. Ich könnte mir denken, daß eine glatte Trennung ...

Eine Abtretungsurkunde für die nächsten zwanzigtausend. Und hier die Zustimmung zu ... Und hier noch, bitte ... Die Ehe wird dann geschieden. Selbstverständlich sind Sie der allein Schuldige. In Anbetracht dieser Tatsache finde ich das Angebot Ihrer Frau außerordentlich großzügig, und es könnte für Sie ...«

Er winkte wieder ab, nahm den gebotenen Federhalter und setzte seinen Namen unter die drei Schriftstücke. Er hatte keine Zeile davon gelesen. Dann richtete er sich auf, musterte noch einmal die beiden Frauen, die junge und die alte, schüttelte den Kopf und sagte: »Ich frage mich, wie ich eine solche Ehe eingehen konnte ...«

»Es ist ja alles bestens gelöst, Mr. Edwards«, sagte der Anwalt.

Er ging hinaus, ohne ein weiteres Wort, ging zum Club zurück. Es war beinahe, als wäre es nicht geschehen, als hätte er einen schlechten Film gesehen, dessen Bilder nicht bis zu seinem Bewußtsein gedrungen waren. Er vergaß die beiden Frauen schon nach wenigen Minuten.

Als er wieder neben Alfredo stand, wieder nach einem Glas griff, sah er, daß zwei, drei Paare tanzen wollten. Dr. Jacobsohn sagte

etwas zu Schmitt, und Schmitt rief: »Meine Damen und Herren, es darf heute nicht getanzt werden!« Sie folgten und verließen die Tanzfläche.
»Sie wollten tanzen«, sagte Alfredo. »Warum auch nicht? Man kann den Lebenden nicht übelnehmen, daß sie tanzen wollen, während die anderen sterben.«
Und später hörte er Alfredo sagen: »Es stimmt mich traurig. Er war kein übler Mensch. Dieses Kind von zweiundfünfzig Jahren. Im Garten Eden gelebt ... Jawohl! Und er hat hoch dafür bezahlt. Eingenommen hat er nicht viel. Sie haben ihm alle Falschgeld gegeben. Er hat es nicht gemerkt, darin bestand sein Glück ... Aber wie hätte man ihm helfen können?«
Edwards dämmerte vor sich hin, und das Gesprochene verwob sich zu einem Singsang vom Tode. Er ging von Gruppe zu Gruppe, stand dabei, hörte zu, als erwarte er eine Mitteilung, eine Nachricht, erinnerte sich: Dies war das Haus, in dem der Onkel gestorben war, das Blut seines Vaters. Und so, von Gruppe zu Gruppe gehend, hatte er das Gefühl, als höre er den Gesprächen ihrer Agonie zu, als erlebe er ihr langsames Absterben hier in diesem Club.
Er war unruhig und ging hier unruhig umher.
Sie haben sich verändert. Alle verändern sich.
Und ging unruhig umher.
Viele kamen hier vorbei. Sie waren berühmt.
Für seine Freunde hat er ein Testament umgeschrieben und starb in völliger Armut.
Sie haben für ihn gebetet.
Es war nicht verdient auf diese Weise.
Und dann wieder ein Gespräch über Kunst, und er konnte nicht mehr hören, wie sie die Kunst für sich benutzten, sie ritten wie einen Gaul, den sie zuschanden machten. Er bemerkte erst, daß er sie anschrie, als er seine eigene Stimme hörte: »Was schwätzt ihr, ihr Narren! Über das Große schwätzt ihr! Für mich hat das Große in der Kunst nichts anderes zu sein als Güte! Für euch sind es Formeln und Theorien, ihr Dummköpfe!«
Sie wichen vor ihm zurück. Es sah aus, als würde er angreifen. Dr. Jacobsohn beruhigte ihn: »Mr. Edwards«, sagte er. »Mr. Edwards ...« Er nahm ihn am Arm, führte ihn hinaus. Sie sahen alle zu.
»Es ist Zeit«, sagte Alois Bühlmann zu Dr. Jacobsohn. Er drängte zum Aufbruch: »Ora di Polizia! Signori! Polizeistunde!« Er ging mit seinem vergrämten Gesicht im Club herum, hin und her, aber er brachte nur allmählich Bewegung in die Gäste. Sie

leisteten einen zähen Widerstand, verlangten das letzte, das allerletzte Glas, und er mußte ihnen gehorchen. Er haßte Nächte wie diese, wo sie alle sich festbissen und es Stoff gab für langwierige Diskussionen. Sie sagten: »Ali! Noch einen Whisky!« Sie hielten ihm das Glas hin. Was soll ich tun? dachte er. Jetzt sind die meisten betrunken, jetzt nehmen sie übel, und an einem anderen Tag lassen sie es mich fühlen.

Es macht keinen Spaß mehr! sagte er sich und dachte an Susi, an Panoni, an Johann Jünges, und daß es meistens nicht die Schuldigen, sondern die Unschuldigen trifft. Das glaubte er jetzt zu wissen. Es nutzt alles nichts. Man kommt nicht gegen sie an. Sie sind mächtig, sie sind hart. Vor John Edwards haben sie Angst, vor mir hat keiner Angst. Er glaubte jetzt nicht mehr an Gift, nicht mehr an Haß. Was ihm blieb, war der Rückzug: die Flucht.

Alois Bühlmann war unsäglich müde, aber ganz plötzlich, von einer Minute zur anderen, entschloß er sich, den Club und Verbania zu verlassen. Die letzten Gäste gingen schließlich eine Stunde später. Horazio hatte längst frei. Nicht der Diener von irgend jemand! Aber die Rechnung war noch nicht beglichen. Das große Defizit, das sie ihm aufgezwungen hatten – den Verlust eines Menschen.

Ganz langsam stahl sich ein Grinsen in sein Gesicht. Es war eine Idee, die beste Idee seines Lebens, wie er fand. Sich selbst zunickend, mit sich selbst einig, ordnete er schnell seine Sachen. Er packte das, was er sein Bündel nannte.

Dann ging er in die Mitte des Raumes, öffnete seine Hose, ließ sie herunter, hockte sich nieder und erleichterte sich gründlich.

In dieser Nacht verließ Alois Bühlmann Verbania. Er packte die Pauke in seinen Wagen, brauchte nur eine Viertelstunde, bis er alles verstaut hatte. Er fuhr aus Verbania hinaus, hörte hinter sich das Rasseln und Klappern seiner Instrumente, lächelte vor sich hin, dachte fröhlich an seine Rache und an das, was er ihnen hinterlassen hatte. Es war für ihn das gleiche, als hätte er sie alle vergiftet.

16

Die Frau mit dem strengen Gesicht, das vor Bitterkeit spitz war wie ein Vogelschnabel, hatte zu ihr gesagt: »Ich gebe Ihnen eine Stunde Zeit. Danach möchte ich Sie nicht mehr in diesem Haus sehen.« Eine kühle Musterung, die beim Gesicht anfing, den gewölbten Leib streifte und auch die Beine prüfte, mit einer feindlichen Neugier, als wolle sie feststellen, was an diesem jungen Mädchen besser gewesen sein konnte als bei ihr, der rechtmäßig angetrauten Frau. Das Urteil summierte sich in einem Blick, der Nina genau sagte, daß sie auf kein Erbarmen rechnen durfte.
Er war tot, und er hatte sie nicht geschützt, nicht abgesichert. Vor den Augen der Frau, die bewegungslos wie eine Statue im Salon stand, trug sie ihre Koffer hinaus. Sie wollte fragen, wie er gestorben war, aber sie verzagte vor dem schweigsamen Haß der Witwe.
Mit einem Taxi ließ sie sich zu einem Hotel fahren, blieb einige Tage in dem Zimmer, dann machte sie die ersten zögernden Spaziergänge, langsam und mit dem schwerfälligen Gang der Schwangeren.
Auf diesen kurzen Wegen begegnete sie einmal Laura. Sie sagte: »Ciao, Nina!« Dann ging sie weiter. Peggy, die sie schon von weitem erkannte, ging auf die andere Straßenseite. Die Gräfin verschwand eilig in einem Lebensmittelgeschäft, und Konsul Flappner übersah sie vollkommen. Obwohl sie ähnliches nie erlebt hatte, begriff Nina, daß sie jetzt nicht mehr mit dazu gehörte. Sie ließen sie fallen. Es erschien ihr selbstverständlich; sie war nicht einmal gekränkt, nur eingeschüchtert und ratlos.
Nach ein paar Tagen im Hotel erkannte sie, daß auch hier jeder wußte, wer sie war. Der Hotelier sagte mit ungerührtem Gesicht: »Sind Sie bald Wöchnerin? Es macht Ihnen sicher nichts aus ... Wenn Sie länger bleiben, zahlen Sie bitte immer eine Woche im voraus ...«
An einem Nachmittag rief sie ein Taxi, ließ sich herumfahren, bis sie ein kleines, billiges Hotel außerhalb Verbanias gefunden hatte, in dem niemand sie kannte. Sie packte ihre Koffer nicht alle aus, legte nur das Notwendige heraus. Dann saß sie auf dem Bett, zählte langsam ihr Geld, rechnete, wie lange sie damit auskommen würde. Sie prüfte auch die anderen Reserven in ihrer Handtasche: eine Platinuhr mit Brillanten besetzt, Brillantohrringe, drei Ringe mit großen Steinen, die sie aber überschätzte, weil Johann Jünges prahlsüchtig den doppelten Preis genannt

hatte; dann besaß sie noch vier schwere Armbänder aus Gold, eine doppelreihige Perlenkette mit Brillantschloß und einen Nerzmantel, den sie nachts noch über die Bettdecke legte, weil sie fror.
Die Nächte waren schon kühl, Mitte Oktober, und im Zimmer war nicht geheizt. Sie versteckte sich dort fast drei Wochen. Kurz bevor ihr das Geld ausging, rief sie Moritz an. Er kam sofort.
»Mein Gott«, sagte er. »Hier hast du dich verkrochen! Ich habe dich überall gesucht . . .« Er sah, daß sie sich nicht gepflegt hatte, sie trug kein Make-up, war schlecht gekämmt. Das Gesicht ein wenig gedunsen, saß sie still auf dem Bett, die Hände im Schoß, abwartend und gefaßt.
»Warum hast du mich gesucht?«
»Ich wollte nach dir sehen . . . Was willst du tun?« Er wartete die Antwort nicht ab. »Hör zu, Mädchen: Geh von hier weg. Hier würdest du im besten Fall zur Edelnutte. Du verträgst es nicht, hier zu leben. Viele vertragen es nicht. Ich werde auch gehen . . .«
»Ich habe fast kein Geld mehr . . .«
»Ich kann dir . . . Leider habe ich auch nicht viel, aber zweihundert Franken kann ich dir geben. Ich versuche schon die ganze Zeit, ein Bild zu verkaufen. Die einzigen, die mir etwas leihen würden, haben auch kein Geld. Edwards ist fast pleite, und Alfredo hat auch nichts . . .«
Sie nickte nur.
»Verkaufe deinen Schmuck und gehe nach Aachen zurück. Mit dem Geld kannst du etwas anfangen. Kaufe dir ein kleines Zweifamilienhaus, und eines Tages wirst du auch den richtigen Mann finden . . . Hier nicht.«
»Ich weiß«, sagte sie.
»Johann . . . Du möchtest sicher wissen . . .«
»Ja, sage es mir.«
»Er ist geflüchtet, völlig kopflos. Alfredo hat mit einem Direktor gesprochen. Wir haben telefoniert. Er hat die Nerven verloren. Seine Spur war schwer zu verfolgen. Einmal hat er angerufen, aus Belgien. Der Direktor hat genau ausgerichtet, was du durchs Telefon gegeben hattest. Dann fragte der Direktor: ›Wo sind Sie denn?‹ Da hat er mitten im Gespräch aufgelegt. Er muß gedacht haben, er will ihn aushorchen. Dann war er in Antwerpen bei einem Rechtsanwalt. Angetrunken und völlig verwirrt kam er da herein und sagte: ›Ich habe Ihnen eine Eröffnung zu machen. Vielleicht können Sie mir einen Rat geben . . .‹ Der Anwalt hatte im Nebenzimmer noch etwas zu erledigen. Johann flüchtete nach

einer Viertelstunde. Er muß auch da gedacht haben, daß ihn der Anwalt der Polizei melden wollte ...«
Sie saß noch immer ganz still, sah Moritz nicht an, sah geradeaus, hielt die Hände im Schoß. Er erinnerte sich, daß er Frauen gesehen hatte, die so in der Straßenbahn saßen, geduldig auf ihre Station wartend.
»Und wo?« fragte sie.
»In einem Hotel. Das Herz ... Er war überfordert. Herzschlag.«
»In einem Hotel«, wiederholte sie und schien darüber nachzudenken.
»Und noch etwas: Er hätte nicht mehr lange gelebt. Die Ärzte haben eine Leberzirrhose bei ihm festgestellt. Weit fortgeschritten ...«
Sie schwieg, und er dachte: Sie ist einfältig. Er dachte es nicht vorwurfsvoll, sondern feststellend, daß sie jetzt, ohne den äußeren Rahmen, zu einem Nichts geschrumpft war.
»Es war alles ein Mißverständnis.«
»Nein«, sagte sie. »Es war kein Mißverständnis.«
»Aber er hätte doch nicht schießen müssen! Man hätte sich ausgesprochen. Es war ja nichts mehr zwischen uns ...«
»Vielleicht«, sagte sie, aber es klang, als glaube sie ihm nicht, sei aber zu müde, ihm zu widersprechen.
»Man spricht schon nicht mehr davon in Verbania. Das Haus ist verkauft. Sie hat es verschleudert. Irgend so ein deutscher Großkotz hat es für weniger als die Hälfte gekauft.«
»Man spricht nicht mehr davon? Über was spricht man denn?«
»Oh, es gibt so viel zu reden ... Über den letzten großen Suff, über Ehebruch, über Kunst ...«
»Wie geht es in Verbania?«
»Wie immer. Konsul Flappner ist jetzt im Club-Präsidium. Der Club war vor ein paar Wochen zwei Tage geschlossen, weil Ali über Nacht verschwunden war. Ehe er ging, hat er noch einen Haufen in den Club gemacht ...«
Sie verstand nicht sofort.
»Na ja, mitten in den Club hat er geschissen!«
»Warum?«
»Niemand weiß es. Schmitt und Konsul Flappner wollten ihn strafrechtlich verfolgen lassen, aber Dr. Jacobsohn hat das verhindert. Er hat gesagt: ›Nehmen wir einmal an, er wollte uns damit zeigen, was er von uns hält. Muß denn alle Welt wissen, wie er über uns gedacht hat ...?‹ Sie ließen es bleiben. Horazio ist nun der Barmann. Alfredo hat ein paarmal nach dir gefragt, und

auch Edwards. Es geht ihm nicht gut. Er krakeelt besoffen in Verbania herum und brüllt sie alle an, sie wären noch keine Menschen. Darüber freuen sich die Leute natürlich nicht ... Konsul Flappner und Schmitt wollten ihm bereits die goldene Ehrenkarte entziehen, aber auch das hat Dr. Jacobsohn verhindern können. Als Edwards in Verbania ankam, dachte ich, er wäre stark. Aber er ist auch nicht stärker als die anderen ... Mit Laura ist es vorbei. Mit Nicole schleppt es sich hin ...«
»Grüße Alfredo von mir, aber sage nicht, wo ich bin. Verbania ist klein«, sagte sie sinnend. »Jeder weiß etwas vom anderen ...«
»Ja, ja«, sagte er. »Es tut mir leid um Johann. Sinnlos und unnötig. Es ist ein Jammer!«
»Ich weiß.«
»Hör zu: Ich kenne hier zwei Juweliere. Dort kann ich deinen Schmuck schätzen lassen. Ein kleines Stück würde ich verkaufen, damit du dir Zeit lassen kannst ...«
Sie kramte in ihrer Tasche, packte alles zusammen in ein seidenes Halstuch. Er steckte es ein. »Ich werde die Sachen von beiden Juwelieren schätzen lassen. Da kannst du sicher sein. Ein kleines Stück werde ich verkaufen. Ist das recht so?«
»Ja«, sagte sie.
Als er gegangen war, blieb sie bewegungslos sitzen. Es sah fast aus, als schlafe sie. Sie dachte nicht viel, nur daß immer etwas geschähe, daß sich die Dinge vorbereiten und dann mächtig werden wie Lawinen. Sie lehnte sich nicht auf. Ihr schien, sie war von Anfang an dazu bestimmt gewesen, eines Tages in einem Hotelzimmer zu sitzen wie ein Flüchtling, der darauf wartet, über irgendeine Grenze geschmuggelt zu werden.
Moritz kam am nächsten Abend zurück. »Gar nicht so schlecht«, sagte er. »Sie haben beide fast das gleiche geschätzt. Zwischen fünfzig- und sechzigtausend Franken ist dein Schmuck wert. Ein Armband habe ich verkauft. Hier sind dreitausend Franken. Und hier ... Hier ist die Quittung.«
»Vielen Dank«, sagte sie und zögerte. Es sah fast aus, als wollte sie ihm ein Trinkgeld geben. Ein paar Scheine hielt sie in der Hand, sah ihn auffordernd an, sagte aber nichts. »Du bist wohl verrückt«, sagte er, und sie steckte das Geld wieder weg. »Es geht ein Zug um 21 Uhr 11. Wenn du den nimmst, bist du morgen früh in Aachen bei deinen Eltern.«
»Ich gehe nicht zu meinen Eltern.«
»Nimmst du den Zug?«
»Ja, ich nehme ihn.«
»Gut, ich bringe dich zum Bahnhof.«

Sie hatte noch eine Stunde Zeit, aber sie redeten nicht viel in dieser Stunde. Er trug dann ihre drei Koffer hinunter, half dem Taxifahrer, sie im Kofferraum zu verstauen. Sie stand in der Küche und zahlte ihre Rechnung. Ein kleines Hotel; sie hatte nicht viel zu bezahlen. Es war der Aufbruch, endgültig: das Ende eines Abschnitts.
Der Zug stand bereits auf dem Bahnhof. Moritz suchte ein leeres Abteil für sie und trug ihre Koffer hinein. Sie gingen noch einmal auf den Bahnsteig hinaus. Es war kalt und windig draußen.
»Vergißt du auch nicht, was ich dir gesagt habe? Wenn du gut verkaufst, hast du etwa sechzigtausend Mark.«
»Ja«, sagte sie.
»Damit kannst du ein kleines Haus anzahlen. Laß dich beraten von einem Rechtsanwalt oder einem Fachmann. Fange um Gottes willen kein Geschäft oder so etwas an. Du bist für so etwas nicht gemacht. Nur ganz sichere Sachen. Eine solche Summe wirst du nie wieder im Leben haben. Es ist für dich die Basis . . .«
»Ja«, sagte sie.
Dann stand sie am Fenster, die Hände auf die heruntergedrehte Scheibe gestützt. Der Zug ruckte einmal leicht an. Ein eiliger Reisender drängte sich an Moritz vorbei.
»Und das Kind?« fragte er. »Glaubst du, es ist von ihm?«
»Ja, es ist von ihm. Ich weiß es genau. Ich habe das damals nur so gesagt. Es ist sehr lebhaft . . .«
Der Zug bewegte sich, schien noch ein paar Sekunden zu zögern; dann fuhr er an.
»Vergiß nicht, was ich dir gesagt habe!«
»Ja«, sagte sie.
Er ging neben ihrem Fenster her, wollte noch etwas sagen, sagte es aber nicht, machte eine hilflose Geste mit beiden Händen, als wolle er sich entschuldigen, daß die Dinge so und nicht anders waren und daß er nichts daran ändern könne. Sie nickte und winkte ihm zu. Er blieb stehen und hob die Hand.
Sie sah noch, wie der Wind in sein Haar fuhr und es hochstellte. Er sah, wie ihr Gesicht kleiner wurde und dann in der Dunkelheit verschwand. Er ging langsam aus dem Bahnhof hinaus, und er dachte etwas, was er nicht zu Ende brachte, ein Ansatz, wie die hilflose Geste, mit der er sich und alles andere hatte entschuldigen wollen.

Er hatte den Schlüssel zurückgegeben: Der Versuch einer Bereinigung, die Auflösung, ohne peinliche Auftritte, ohne Lärm, so, wie sie es gewünscht hatte. »Auf die Dauer wird man

von so etwas elend«, sagte sie. »Nicole hält das ganz gut aus. Ich leider nicht. Ich sage leider, denn es ist praktisch, sich nicht von Gefühlen belasten zu lassen. Ich dachte, ich könnte mitspielen, aber es stellt sich heraus, es geht nicht. Ist das nicht komisch?«
Sie lachte, war von einer hektischen Fröhlichkeit. Er spürte, daß sie die Ergebnisse genauer Überlegungen vortrug. »Ich reise in den nächsten Tagen ab.« Sie hatte sich entschieden, hatte ihren Entschluß so gehärtet, daß eine Umkehr unmöglich war. »Peggy bleibt hier. Ich fahre allein. Die Saison ist zu Ende. Es war eine der interessantesten, die ich hier erlebt habe.«
»Interessant?« fragte er.
»Ja, es ist viel passiert. Wenn man genau hinsah ...«
»Ich werde auch bald abreisen«, sagte Edwards.
»Nimm mir die Frage nicht übel ... War sie so viel besser als ich?«
»Sie ist nicht besser als du!«
»Aber sie steht dir näher. Kannst du es erklären?«
»Nein, ich kann es nicht erklären. Ich wünschte, ich könnte es.«
»Es wäre gut für dich, wenn du auch bald fahren würdest. Ich weiß, daß ein paar Männer zu ihr kommen, die du auch kennst. Vielleicht lebt sie von ihnen ... Ja, ich wollte es dir nicht sagen, aber du bist so ahnungslos.«
»Sie lebt von ihnen?« Er glaubte es nicht.
»Nicht so kraß, wie du es dir jetzt vorstellst. Sie kaufen ihr Bilder ab, das meine ich. Monsieur Drumont hat ihr viele Bilder abgekauft, aber er hat auch Jungens mitgebracht. Er sah zu, wenn du verstehst, was ich meine ...«
»Ja«, sagte er bitter. »Ich weiß wohl, was du meinst.«
»Sie ist nur ein mittelmäßiges Talent, aber sie hat einen ungeheuren Ehrgeiz. Sie ist intelligent. Eine kalte Intelligenz ... Ich habe lange über sie nachgedacht.«
»Du scheinst viel nachzudenken.«
»Ja, seit ich dich kenne.«
»Revanche?«
»Nein! Ich möchte dich warnen, vor ihr und vor den anderen: Du hast sie jetzt fast alle gegen dich. Peggy würde nicht einmal mehr mit dir essen gehen ... Es hat sich auch herumgesprochen, daß du kein Geld mehr hast. Das ist eine Sünde in Verbania, wenn man als berühmter Mann angemeldet wurde und wenn man sich so benimmt, wie du dich benimmst. Du bist in etwas hineingeraten, das du nicht kennst. Ich wünsche dir, daß du da wieder herauskommst.«
Er begann, langsam auf und ab zu gehen. Sie waren in Lauras Wohnung; schon spät am Abend. Sie hatten getrunken, hatten

sich mit Alkohol gegen dieses Gespräch gewappnet, von dem sie beide wußten, daß es das letzte vertrauliche, heimliche sein würde.

»Sie sind gegen mich? Weil ich ihnen sage, was ich von ihnen denke. Ich werde hier nicht untergehen, darauf kannst du dich verlassen!«

»Du solltest gehen«, sagte sie.

Sie unterließen es, sich verlogene gute Wünsche auf den Weg zu geben.

»Wir sehen uns noch ein paarmal.«

»Natürlich«, sagte sie. »Wir sehen uns bestimmt noch. Wirst du schreiben? Dein Stück?«

»Ja, ich werde schreiben.«

Er ging in sein Hotel zurück. Und dort rief er Nicole an. »Ich möchte zu dir kommen ...«

»Nein, bitte nicht.«

»Ist jemand bei dir?«

»Nein, es ist niemand bei mir. Ich schlafe schon.«

»Willst du mich heiraten? – Ich will dich heiraten!«

»John! Mache doch jetzt keine Scherze. Es ist schon spät.«

»Es ist kein Scherz!«

»John, ich bin müde. Ich habe gearbeitet heute!«

»Wann sehen wir uns?«

»Morgen, oder in diesen Tagen. Wann du willst ...«

»Es ist jemand bei dir!«

»Nein, es ist niemand bei mir. Gute Nacht!«

Er legte den Hörer auf, sagte: »Ach ja!« Er schaute sich um, sah dieses Hotelzimmer, dachte, daß es schon längst zu teuer für ihn war, daß er es schon längst hätte verlassen müssen. Es war kein Zimmer zum Arbeiten, nicht zum Wohlfühlen, obwohl es behaglich eingerichtet war. Er murmelte vor sich hin: »Ja, ja. Ich muß noch etwas trinken ...«

Er ging die Treppen hinunter, diese mit Teppichen gedämpften teuren Treppen, und dachte: Ich bin betrunken! Ich bin betrunken! Aber er war jetzt plötzlich heiter, hatte in einer euphorischen Stimmung das Gefühl, die Dinge würden sich ordnen, und am Ende, ohne Zweifel, am Ende würde alles glatt aufgehen. Es war so viel Quälerei, so viel Mißverständnis und Verdruß. Die Bühnen der Welt würden wieder sein Stück spielen: die Möglichkeiten des Menschen, seine grenzenlosen Möglichkeiten des Brüderlichen. Sie würden ihm wieder glauben. Ich sehe voraus ...

In der »Taverna« fragte er: »Guido, kann ich bei Ihnen anschreiben lassen?«

»Selbstverständlich, Mr. Edwards. Sie brauchen nicht mehr zu fragen. Ich weiß, daß Sie ein Mensch sind, der seine Rechnungen zahlen wird. Nur, trinken Sie nicht so viel, Mr. Edwards. Es ist nicht gut für Sie ...«
»Ja, ja«, sagte er. »Ja, ja! Guido, ich schreibe ein Stück. Verstehen Sie, eine Stadt, in der sich plötzlich die Sprache verwirrt, und sie können sie nicht mehr begreifen ...« Er winkte Bishop heran. »Er soll kommen und etwas mit mir trinken!«
Er war wie von einem Vakuum umgeben, in dem er sich allein bewegte, mit sich selbst sprechend, beobachtet von Neugierigen, die sich zuflüsterten: »Bruder Kain ...« Und er, ohne es zu wissen, hielt eine Rede auf den Verstorbenen: »Johann Jünges!« Mit erhobenem Zeigefinger: »Ich habe ihn erst jetzt begriffen! Kein schlechter Mensch! Es ist schade um ihn. Die Kinder ... Ich sage euch, die Kinder werden alle umgebracht!«
Er redete mit sich selbst, länger als eine Stunde, hatte kein Gegenüber, wurde nur mißtrauisch beobachtet, trank mechanisch, ohne es zu wissen, als hätte seine Hand den Auftrag, das Glas zu heben, sein Mund die Verpflichtung, aufzunehmen, die Vorstufe des Schluckens zu leisten. Eine lächerliche Figur, riesengroß, nicht zu übersehen und völlig isoliert.
Um fünf Uhr morgens hatte er eine Flasche Whisky getrunken, ging gerade, aber sehr steif aus der »Taverna« hinaus, murmelte noch immer mit sich selbst, besprach ein Stück, und wie ihm schien, hatte er pausenlos grandiose Einfälle. Eine Stadt ließ er vor sich aufstehen. Er sah sie, hörte sie, ein vielstimmiges Ungeheuer, das zum Himmel schrie, ein einziger Schrei, wie Rauch, der senkrecht nach oben steigt. Und das wollte er schreiben, und das wollte er jetzt Nicole sagen. Es schien ihm unendlich wichtig, jetzt darüber zu sprechen.
Sie öffnete nicht. Er stand vor dem Haus, klingelte, ließ die Klingel lange schrillen, mit zornigem Druck auf den Knopf, als sei der Klingelknopf schuld, daß sie nicht kam. Dann begann er zu rufen: »Nicole! Laß mich herein!«
Als sie aus dem Fenster sah und ihm leise zurief: »Bist du wahnsinnig geworden!« verstand er nicht gleich. »Nicole, ich muß dir etwas sagen! Etwas sehr Wichtiges muß ich dir sagen!«
»Das kannst du mir auch noch morgen erzählen! Ich mache jetzt nicht mehr auf! Geh ins Hotel und schlafe!«
»Nicole!« rief er. »Nicole!« Er begriff erst Minuten später, daß sie nicht mehr aus dem Fenster sah, daß sie ihm unter keinen Umständen öffnen würde. Gekränkt torkelte er davon, war

sicher, daß sie bereuen, schwer bereuen würde, ihm diese Nacht nicht geöffnet zu haben, in dieser ... dieser ... die ihm die wichtigste aller Nächte schien, weil er etwas wußte, was festgehalten werden mußte, auf Papier niedergeschrieben, in Stein gemeißelt, der Nachwelt erhalten ...

Er ging, ohne zu wissen, daß er den Schlüssel zurückgegeben hatte, ging den bekannten Weg über die Uferstraße zu dem Haus mit den neunzig Stufen, stieg sie hinauf, hastig und gewiß, daß er aufgenommen würde, und fast schon erleichtert, wie jemand, der müde ist und endlich sein Ziel erreicht. Er klopfte, wurde gehört, aber Laura öffnete nicht mehr. Er rief, mußte sich aber vorher überlegen, wie ihr Name war, hätte jetzt überall, bei sämtlichen bekannten Adressen gerufen und angeklopft, bei verheirateten Frauen, bei Großmüttern, bei Krankenschwestern, bei stadtbekannten Huren, bei Witwen, Pfarrersfrauen und Lehrerstöchtern – hätte überall gerufen, um Einlaß, um Aufnahme, als hinge sein Leben davon ab, jetzt irgendwo aufgenommen zu werden, in eine Tür hineinzustolpern, in geöffnete Arme zu fallen, sich in den Trost einer Frau zu schmiegen, weil nichts anderes ihn jetzt beruhigen konnte.

Sie öffnete nicht.

Er wartete lange, sah es hell werden, Licht über dem See, die Konturen der Berge wie einen Scherenschnitt gegen den perlfarbenen Himmel, der sich allmählich mit einem zarten Blau einfärbte. Er verließ das Haus, ging wieder zurück zur Piazza. Dort lehnte er sich an eine Platane und schaute über den See, hinüber zu den Bergen. Er hatte ein freundschaftliches Gefühl für sie. Sie waren so alt wie das Bewußtsein der Welt, und er, John Edwards, war beteiligt an diesem Bewußtsein, das immer vorhanden gewesen war. Ich bin eine Fortsetzung, dachte er: eine Artikulierung. Das Bewußtsein ist nicht mein Verdienst. Weil es schon immer dagewesen ist, kann es auch in mir sein. Ich habe es übernommen ...

Er ging in sein Hotel zurück. Es war acht Uhr morgens. Einige Gäste saßen im Frühstücksraum, pellten Eier aus der Schale, strichen Butter aufs Brot. Die Frau des Hoteliers stand in der Rezeption: »Mr. Edwards, entschuldigen Sie, daß ich daran erinnere ... Sie wollten doch die Rechnung für den vergangenen Monat begleichen ...«

»Ja, ja«, sagte er. »Ich mache das schon.« Er drehte sich auf der Treppe noch einmal um. »Später!« Dann ging er in sein Zimmer, zog sich aus, empfand es als eine lästige Anstrengung, sich ausziehen zu müssen. Eine Zeitspanne, die ihn noch vom Schlaf trennte. Er ließ sich in sein Bett fallen, atmete einmal lang und gequält aus und war schon eingeschlafen, hatte im Schlaf einen unzufriedenen Gesichtsausdruck, als hätte er Aufgaben nicht bewältigt, hätte noch Leistungen zu vollbringen, die er auch im Schlaf nicht vergaß.

Erst spät am Nachmittag wachte er auf. Nicole stand im Zimmer.

»Du?« sagte er überrascht und schlaftrunken.

»Ja, ich habe schon bei dir angerufen. Aber du hast den Hörer nicht abgenommen. Ich wußte, daß du nach dieser Nacht nicht schon auf den Beinen sein konntest.«

»Ich habe geträumt, das Telefon hätte geklingelt.«

»Heute nacht hast du auch geträumt, aber ein bißchen zu laut. Du benimmst dich unmöglich in der letzten Zeit!«

»Wieso?« fragte er. »Was war? Hatte ich Streit?«

»Weißt du nichts mehr?«

»Leider nein. Das heißt . . . nicht alles.«

»Weißt du nicht, daß du vor dem Haus gerufen hast, ich solle dich hereinlassen? Alle Welt hat es gehört!«

»Ich habe gerufen? Oh!« sagte er vergrämt. »Und was habe ich noch angestellt?«

Sie sagte unvermittelt: »Ich bin schwanger. Ich komme gerade vom Arzt. Ich bin im zweiten Monat.«

»Schwanger? Von mir?«

»Wahrscheinlich von dir. Aber du brauchst nicht zu befürchten, daß ich eine Vaterschaftserklärung haben möchte.« Sie runzelte die Stirn: »Es ist ärgerlich, das ist alles. Ich werde das Kind nicht austragen. Deshalb bin ich hier. Weißt du eine Adresse?«

»Warum willst du es nicht austragen? Du bist alt genug für ein Kind. Eines Tages wirst du zu alt dafür sein . . . Und ist das nicht gefährlich?«

»Austragen? Ich denke nicht daran!«

»Ich würde die Vaterschaft übernehmen. Ich würde auch dich übernehmen . . .«

»Ja, das hast du heute nacht durch das Telefon gebrüllt: Ich will dich heiraten!«

»Dann habe ich ausnahmsweise etwas Vernünftiges im Suff gesagt.« Er stand auf, griff sich an den Kopf, zog eine Grimasse, ging ins Badezimmer und hielt seinen Kopf unter die Wasserleitung. »Ich bin dagegen!« rief er vom Badezimmer aus.

»Das bestimme doch wohl ich, oder? John, sei nicht kindisch!«

»Warum bist du eigentlich zu mir gekommen? Ich denke, du hast noch andere Bekanntschaften.«

»Wie das klingt: noch andere Bekanntschaften! Natürlich habe ich die. Aber außer dir habe ich keinen ständigen Freund. Gewiß, Bekanntschaften und so ... Aber zu keinem möchte ich hingehen und sagen: Kannst du mir helfen, ich bin schwanger.«
»Und wie ist es mit Monsieur Drumont und den Jungen, die er bringt?«
Ihr Gesicht spannte sich. »John! Spionierst du mir nach?«
»Könntest du nicht den ganzen Quatsch lassen? Wir könnten es miteinander versuchen. Vielleicht würdest du Spaß an dem Kind haben.«
»Nein, es hat keinen Sinn. Ich kenne dich, und ich kenne mich. Wir brauchen einen Abstand. Mansieur Drumont...« sagte sie langsam, »ja, ich gebe es zu. Darf ich als Frau nicht auch sexuelle Abenteuer lieben?«
»Kauft er dir Bilder ab nach solchen Abenteuern?«
»Er hat mir auch schon Bilder abgekauft. Aber es steht nicht im Zusammenhang. Außerdem war das alles vor deiner Zeit!«
»Ich habe keine Adresse«, sagte er. »Verstehe mich nicht falsch. Ich habe keine ethischen Einwände gegen eine Abtreibung in diesem Stadium.«
»Ich weiß, daß Moritz eine Adresse hat. Margit hat es mir einmal erzählt. Ich möchte Moritz nicht selbst fragen ...«
»Er wird das Richtige vermuten.«
»Moritz ist verschwiegen.« Sie zögerte, sah ihn an, als wolle sie prüfen, ob es ihm zugemutet werden könne: »Ich habe kein Geld, John. Im Augenblick nicht genug. Ich wollte dich bitten, es mir zu leihen.«
Er überlegte. Wenn sie zu ihm kam, ihn darum bat, dann konnte ihr Vertrauen zu den anderen nicht groß sein. Das versöhnte ihn etwas. Ihn hatte sie gewählt in der kritischen Stunde.
»Warum nimmst du nicht die Pille?«
»Ich vertrage sie nicht gut. Sie macht mich auch fett, und das mag ich nicht.«
»Gut«, sagte er. »Ich werde es versuchen. Wir sehen uns heute abend. Übrigens, ich reise danach ab. Ich bin nicht für ein solches Verhältnis. Eine Zeitlang ist das zu ertragen. Geil sind wir alle, und ehe wir gar nichts bekommen, nehmen wir wenigstens den Unterleib oder wohl auch zuerst den Unterleib. Aber der Unterleib ist auf die Dauer nicht genug. Mir ist das nicht genug!«
Eine Stunde später telefonierte Edwards mit Moritz. Er gab es verschlüsselt durch das Telefon. Moritz verstand sofort. »Ja, ich habe eine Adresse. In Rom, Trastevere. Ich müßte für dich einen Termin ausmachen. Ich kann mir denken, wer ... Es wird drei-

hundert Dollar kosten. Muß sie denn ausgerechnet dich damit belästigen? Sie hat doch Freunde, die mehr Geld haben als du!«
»Sie hat zu den anderen kein Vertrauen.«
Moritz lachte. »Was bist du doch für ein Kind. Aber schön, ich werde das arrangieren, dir zuliebe . . .«

Sie war lässig wie immer, saß ohne eine Spur von Nervosität neben ihm im Wagen und rauchte Zigaretten. Er ärgerte sich über sie. »Du bist kalt wie eine Hundeschnauze«, sagte er einmal. Sie zuckte nur mit den Schultern: »Soll ich mich aufregen? Millionen Frauen erleben das . . . Es ist wie Zahnziehen.«
»Ich denke, da besteht doch ein gewaltiger Unterschied!« sagte er mürrisch.
Sie sprachen nicht viel auf dieser Fahrt nach Rom. Eine zähe, nicht zu reparierende Verstimmung war zwischen ihnen. Er fuhr den Wagen. Sie hatte gesagt: »Ich bin dann frischer . . .«
Eine Woche war vergangen, seit sie ihm im Hotelzimmer erklärt hatte, daß sie schwanger war. Moritz hatte den Termin für sie ausgemacht.
Am Nachmittag kamen sie an. Rom – er hatte die Stadt schon längst einmal sehen wollen, aber jetzt hatte er keinen Sinn für prachtvolle Gebäude, für Denkmäler einer ehrwürdigen Vergangenheit. Die Sonne schien, es wäre ein guter Tag für eine Besichtigung gewesen.
Auf dem Stadtplan suchten sie die Adresse. Als sie Trastevere erreicht hatten, sagte er: »Eine finstere Gegend . . .«
»Ich finde sie malerisch.«
»Ja, natürlich«, sagte er bissig.
Sie fuhren über die Via di Luce. Das Haus war in einer der zahlreichen Seitenstraßen. Sie konnten nicht vor dem Haus parken, hielten nur kurz davor, prüften, ob die Hausnummer stimmte, suchten nach dem Arztschild, fanden es aber nicht.
»Er wird nicht praktizieren«, sagte sie.
Das Haus war schmal, eine graue Fassade mit bröckelndem Stuck – nicht vertrauenswürdig. Mein Gott, dachte er. Da muß sie hinein. Da muß sie sich vor einem hinlegen. »Moritz sagte mir, er würde praktizieren. Auf jeden Fall muß geklärt werden, ob der Mann die entsprechenden Fähigkeiten hat.«
»Er wird sie haben. Ich will das schnell hinter mich bringen. Es ist ganz einfach. Wenn man geschickt ist, kann man es sogar mit einer Nadel machen.«
Sie parkten den Wagen, gingen dann zu Fuß zu dem Haus zurück. Auch auf diesem kurzen Weg fand er die Gegend räudig,

verschmutzt. Lungernde Italiener, Geschrei, Lärm, ein unangenehmer Kontrast zu der gepflegten Südschweiz. Ausgerechnet hier! dachte er.
Die Praxis des Arztes war eine Überraschung. Nachdem sie durch den muffig riechenden Hausflur gegangen waren, geklingelt hatten vor der Tür mit dem richtigen Namen, einer altmodischen, aus einem schmalen, hohen Rechteck bestehenden Tür, hinter der sie beide Schlampigkeit, Unsauberkeit und vielleicht einen schnapsseligen, davongejagten Arzt vermuteten, öffnete ein Mann im weißen Kittel, der höchstens fünfundvierzig Jahre alt war, intelligent aussah und sie mit bestimmter Höflichkeit hereinbat.
So viel konnte Edwards sofort sehen: Der Praxisraum war mit modernem technischem Gerät ausgestattet, er spiegelte vor Sauberkeit, blendendes Weiß, ein regelrechter kleiner Operationssaal. Und in der Mitte, unter der Speziallampe, stand der gewisse Stuhl, chromblitzend, mit Schenkelstützen, auf denen die Beine weit gespreizt werden konnten.
Edwards konnte nicht verhindern, daß seine Gedanken Nicole schon auf diesem Stuhl sahen, in der peinlichen, aber notwendigen Lage.
Es gab eine kurze Verhandlung. Der Arzt sprach fließend englisch mit dem typisch drolligen Akzent der Italiener. Er sagte: »Ich werde Sie zuerst untersuchen. Danach, wenn alles in Ordnung ist, werde ich den Eingriff machen. Er kostet dreihundert Dollar. Zwei bis drei Tage sollten Sie sich schonen. Auch mit dem Geschlechtsverkehr sollten Sie warten . . .«
Nicole sagte etwas auf italienisch. Der Arzt wechselte sofort die Sprache. Edwards griff in seine Brusttasche und zog die dreihundert Dollar hervor und reichte sie dem Arzt. Er zählte nicht nach, nahm das Geld und legte es in eine Schublade seines weißemaillierten Schreibtisches. Dann schaute er auf seine Armbanduhr und sagte: »Es ist jetzt fünfzehn Uhr. Kommen Sie um siebzehn Uhr zurück. Sie können dann Mademoiselle wieder mitnehmen.« Mit einem kleinen Lächeln: »Sie verstehen, daß es besser ist, wenn Sie nicht dabei sind . . .«
»Gehe ein wenig spazieren, oder schau dir den Petersdom an . . .«
»Danke, das lasse ich wohl bleiben!« Er wandte sich an den Arzt: »Wie sicher ist der Eingriff? Ich meine, kann etwas dabei passieren?«
»Kaum. Ich bin Spezialist, aber Sie wissen, jeder Eingriff ist ein Risiko, auch das Zahnziehen . . .«

Da war schon wieder dieser unpassende Vergleich. Sie sahen es ganz einfach nur klinisch. Nicole nickte ihm noch einmal zu, dann ging er durch die schmale Tür hinaus. Auf der Straße dachte er: Zwei Stunden. Sie würde sich jetzt ausziehen, würde auf diesen Stuhl steigen, auf dieses Folterinstrument. Der Arzt würde sie unten öffnen. Er versuchte, die minuziösen Vorstellungen abzuschütteln. Er begann zu gehen.

Wenigstens scheint dieser Bursche etwas zu können! Er macht es jeden Tag. Auch eine Arbeit. Im Laufe von Jahren werden es Tausende, denen er dazu verhilft, im Nichts zu bleiben. Das ist für viele ohnehin das beste! Die Hälfte der Menschen verdient das Leben nicht. Oder noch mehr, vielleicht achtzig Prozent. Ganz allmählich steigerte er sich in Zorn. Habe ich Angst? Bin ich eifersüchtig, daß er ihr die Finger 'reinsteckt, daß er sie sieht, daß sie preisgegeben vor ihm liegt? Das Ganze ist einfach eine verletzende Situation! Es geht mir gegen das Gefühl!

Trotz der späten Jahreszeit war es warm. Er begann in seinem Mantel zu schwitzen. Trastevere! Malerisch, hatte sie gesagt. Ich finde es dreckig und verrottet. Er ging durch einige Gassen, in denen es stank, nach Fisch, nach Gemüseabfällen und ranzigem Fett und Knoblauch: stank, als hätte seit Jahren kein erfrischender Wind mehr durch diese Gassen geweht. Tellerklappern aus den Häusern, laute Radiomusik. Und an einer Ecke stand ein Blinder und spielte auf der Geige. Frauenstimmen, manchmal kreischend mit ihren Kindern. Viel zu viele Kinder, schwarzhaarig, verfilzt, ungewaschen. Ristorante! Und darin saßen auch lärmende Menschen. Faul, Diebstahl an der Zeit, Häuser, stockfleckig, verpißte Ecken, wieder Radiomusik, Schmalztenor singt von Amore.

Scheiße! dachte er. Es ist fast, als würde sie jetzt beschlafen, und ich gehe hier umher und warte, bis die beiden fertig sind. Jawohl, ich habe zu warten, bis die Abtreibung beendet ist. Legen sich hin und machen die Beine auseinander. Es bleibt ihnen nicht erspart. Die meisten erleben es. Die vielen Stimmen dröhnten in seine Gedanken, plärrten, schrien hinein, ihre leeren südländischen Erregungen. Allmählich begann aus seinem Zorn Haß zu werden. Das lebt, quirlt durcheinander, schreit, stiehlt, betrügt, macht Amore, zeugt wieder Kinder, schmuggelt sich durch die Jahre. Wozu? Sinnlos! Er haßte sie, als wären sie Zeugen seiner Demütigung. Alles setzte er in Beziehung zu dem Vorgang, der ihm eine Abscheulichkeit schien, weil er alle demütigte: die Frau, den Arzt, und ihn, den Mann. Warum kann eine Frau nicht in eine Klinik gehen, wenn sie das Kind nicht austragen will?

Er kam an einer Kirche vorbei. Santa Cecilia in Trastevere. Und wie hatte die andere geheißen? Santa Maria in Trastevere. Heilig! Katholische Moral! Ponte Garibaldi. Der Tiber war schmutzig. Er hatte es nicht anders erwartet. Er ging ein Stück auf der anderen Seite des Tibers und sah die Kuppel von Sankt Peter. Da machte er kehrt.
Wahrscheinlich ist es mein Kind.
Er sah ein altes Auto, das an ihm vorbeifuhr. Und auch das bezog er ein. Er übertrug die Beulen, den abgekratzten Lack, das Verbrauchte, Mißhandelte. Mit zwanzig oder mit fünfundzwanzig Jahren, irgendwann erleben es die meisten. Danach sind sie nicht mehr dieselben. Alte Automobile. Sie strahlen nicht mehr. Kein Glanz mehr.
Ist das wieder eine Kirche? Ein Renaissancebau. Der Postkartenverkäufer träumt von einem Geschäft. Er redet auf den Fremden ein. San Pietro. Und hier soll der Apostel Petrus den Kreuzestod erlitten haben, sagte der Postkartenverkäufer. Wozu? Für wen? Für den Postkartenverkäufer!
Sie haben keine Macht mehr! Aber sie konnten Menschen töten lassen, und sie haben sie getötet: Legionen. Jetzt ist die Zeit ihrer Macht vorbei, die Zeit der Inquisition. Sie haben nichts geändert. Sie haben nur den Fortschritt um Hunderte von Jahren aufgehalten. Sie haben das Wissen begraben und die Dummheit geehrt. Machtlos! Wie eines Tages der Staat. Er wird nicht mehr töten können, keine Kriege eigenmächtig gegen den Willen des Volkes beginnen können. Die Revolution!
Eines Tages werden es die Frauen nicht mehr heimlich machen müssen. Es wird Kliniken dafür geben. Sie müssen sich nicht mehr in Gefahr bringen. Die Frauen werden nicht mehr Gesetzen gehorchen müssen, die von Eunuchen für sie erdacht wurden.
Er sah das Schild eines Restaurants und ging hinein. Er musterte die lärmenden Gäste feindlich, eine gewürfelte Gesellschaft aus Gegensätzen, elegante Menschen, arme und ganz zerlumpte, aber einträchtig nebeneinander. Eine alte Frau am Nebentisch stocherte in ihren Zähnen herum. Sie redeten laut und an sämtlichen Tischen, als wäre ihre Rede von großer Wichtigkeit für die Welt. Edwards hatte noch nie so dumpf gehaßt wie in diesen zwei Stunden.
Er bestellte mehrere Grappas und trank jedes Glas in einem Zug leer. Die Gäste nickten ihm zu, waren alle freundlich, seit sie wußten, daß er ihre Sprache nicht verstand. Und das fand er seltsam. Sie kannten ihn nicht, aber sie nickten ihm zu, forderten ihn damit wohl auf, sich sicher zu fühlen, wollten ihm mitteilen,

daß er aufgenommen sei in ihre Sympathie. Sie grüßen den Fremdling. Es ist eine seltsame Welt, dachte Edwards und schaute auf die Uhr. Dann bestellte er wieder Grappa. Er hätte jetzt gerne jemanden eingeladen, hätte sie am liebsten alle eingeladen, aber er besaß nicht mehr genug Geld. Er blieb in dem Restaurant sitzen. Sein Haß war verflogen, hatte einer tiefen Resignation Platz gemacht. Was hilft das alles? Nicole liebt nicht. Das ist es. In ihrem Denkmuster war der Raster für Liebe nicht vorhanden.
Als er um siebzehn Uhr zu der Praxis zurückkam, war alles vorüber. Sie lag auf einem weißen Bette, in einem Nebenraum, und lächelte. »Es war nicht besonders schlimm. Natürlich ist es kein Vergnügen . . . Gib mir eine Zigarette. Wir können in einer halben Stunde fahren.«
Er war noch immer erregt. Sie aber, die Ausgeschabte, war sachlich, kühl, über der Situation stehend. Es war nur eine mittlere körperliche Strapaze für sie gewesen . . .

17

Sie gingen hausieren mit dem Bild, das Edwards gelobt hatte, obwohl es ihm nicht sonderlich gefiel, von dem Moritz aber behauptete: »Wir können es ganz bestimmt verkaufen. Ich gehe mit dem Preis herunter. Dann kann ich dir achthundert Franken leihen.« Sie waren beide voller Hoffnung auf dieses Unternehmen, das ihnen die einzige Möglichkeit schien, zu Geld zu kommen. Andere Quellen hatten sie abgelehnt, hatten mit dem Ausschluß ihren Stolz gestärkt. »Man kann hier niemanden anpumpen. Es gibt Leute hier, die haben so viel, daß sie nicht wissen, wohin damit. Aber sie verleihen keinen Rappen . . .«
Moritz begann bei den Hoteliers. Edwards wartete jedesmal draußen, sah ein paarmal, wie Moritz das Bild anhob, es gegen eine Wand hielt, wie der umworbene Hotelier es musterte, ein paar Schritte zurücktrat, noch immer prüfend, noch zögernd und schließlich den Kopf schüttelnd. Nach jedem Mißerfolg murmelte Moritz: »Es ist ein gutes Bild. Sechzehnhundert Franken sind nicht zu viel dafür.«
Kein Hotelier kaufte es. Moritz dachte an die Gastwirte, die er fast alle kannte. »Zu Dr. Jacobsohn kann ich leider nicht gehen. Ich habe einen Vorschuß von ihm, und es hängen noch zwei Bilder von mir dort.«

In den Gaststätten, Eßlokalen und Schnellrestaurants, kleinen Beizen in beschaulichen Winkeln mußte Moritz länger warten als in den Hotels. Es war schon spät am Abend, als er aus dem letzten ihm bekannten Lokal herauskam, das Bild noch immer unter dem Arm, noch immer davon überzeugt: »Es ist ein gutes Bild. Siebenhundert Franken sind nicht zu viel dafür . . .«
Sie trugen es wieder nach Hause. Zur Abwechslung schleppte es Edwards. »Meine Arme sind fast steif«, ächzte Moritz. »Ich brauche jetzt einen Schluck. Laß uns später ein wenig in die ›Taverna‹ gehen. Es ist eine große Plage, für Geld malen zu müssen. Überhaupt, meine ganze Malerei ist Scheiße!« beklagte sich Moritz. »Komm!« sagte er plötzlich. »Ich zeige dir den einzigen Maler von Verbania, der nicht für Geld malt. Er heißt Beli und hat eine Kunstschreinerei.«
Beli war ein kleiner, freundlicher Mann, flink, mit lustigen Augen.
»Nein«, sagte er. »Ich male nicht für Geld.« Sie folgten ihm über eine Stiege nach oben. Es roch nach Holz und Farben. »Vielleicht sagen Ihnen meine Bilder nichts. Ich male nämlich keine schönen Bilder . . .«
»Ich schreibe auch keine schönen Stücke«, erwiderte Edwards.
»Nach der Atombombe . . .« Etwas lag am Boden, eine ungeheure Masse von Menschen oder Tieren, verzerrt, gelblich verwesend. Es dauerte ein paar Augenblicke, bis Edwards in die Komposition des Bildes eindrang. Dann war es stark, zwingend und beängstigend.
»Die Vermolchung der Menschen . . .« Sie waren nur noch Tiere, hatten ihren Geist selber zerstört, Wesen, wie aus dem Urschlamm auftauchend. Und so, Bild um Bild, nicht verkäuflich, Visionen des Grauens. Die Erde eine Hölle, aber hinter dem Schrecken die Schuld des Menschen als Ausgangspunkt.
»Die Welt ist kaputt. Die Welt ist nicht ganz . . .«
»Und Sie haben immer hier gelebt?« fragte Edwards.
»Ja, ich war immer hier. Ich brauche auch nicht von hier fortzugehen. Ich habe das in mir.« Sie gingen wieder hinunter in die Werkstatt. Beli wies auf Stühle und Tische, die er anfertigte. »Ehe ich für Geld male, mache ich lieber ein paar Stühle . . .«
Auf dem Weg zur »Taverna« sagte Moritz: »Er hat die Hölle in sich, aber er ist sehr nachsichtig mit Menschen. Er hat einmal in einer Galerie ausgestellt, in der auch schon Picasso ausgestellt hat. Es war ein Erfolg.«
Sie standen dann nebeneinander vor der Bar der »Taverna« und tranken. Es blieb ihnen nichts anderes. »Es ist sowieso egal«,

sagte Moritz. Sie gingen beide nicht mehr in den Club. »Sie betrachten mich da wie einen Mörder«, sagte Moritz. »Natürlich bin ich schuldig. Niemand braucht es mir zu sagen.«
»Mir nehmen sie übel, daß ich kein Geld mehr habe«, sagte Edwards. »Ich gehe nicht mehr hin.«
»Ja, Schmitt und Leute wie Konsul Flappner, Peggy auch und noch viele andere. Hast du es erfahren?«
»Ja, ich habe davon gehört, sie wollten mir die Ehrenkarte entziehen.«
»Laura ist abgereist, an dem Tag, an dem du in Trastevere warst. Wie war es in Trastevere, ich habe noch nicht gefragt?«
»Schlecht war es in Trastevere. Nicole ... Sie hat ihre Faszination für mich verloren. Ich bin dort eine Menge losgeworden ...«

»Ich habe Sie gesucht, Mr. Edwards.« Dr. Jacobsohn setzte sich in den kleinen Sessel neben dem Rauchtisch. »Ich mache mir Sorgen um Sie. Wollen Sie sich zu Tode trinken? Wovor haben Sie Angst, Mr. Edwards? Ich bin Ihretwegen nach Zürich gefahren und habe mir das Stück angesehen. Ich wollte mehr über Sie wissen. Sie sind ein verzweifelter Optimist. Sie glauben an die theoretischen Möglichkeiten der Menschen. An die Rettung glauben Sie, an die Erlösung der Menschen durch den Menschen ... Ist es so, Mr. Edwards?«
Er war noch benommen von der Nacht, hatte ein Gefühl, als sei sein Gesicht angeschwollen, eine gedunsene Säufervisage. Dr. Jacobsohn war ohne Anmeldung gekommen. Er hatte an die Tür geklopft. Edwards hatte sich schnell angezogen, saß jetzt mit wirrem Haar, Überraschung im Gesicht, auf dem Bettrand und fühlte sie wie ein Mann, dem niemand die guten Gedanken glaubt.
»Sie halten nichts von den Möglichkeiten der Menschen?«
»O doch, im einzelnen, aber nicht für ihre Gesamtheit. Es ist unausweichlich, daß wir auf die große Katastrophe zusteuern. Die Menschen werden die Welt zerstören – die Dummheit, das Kainitische, wie Sie es nannten, das wird die Welt zerstören.«
»Sie meinen, daß wir aus unserer Vergangenheit unsere Zukunft erfahren können, daß sich selbstverständlich immer die Dummheit durchgesetzt hat ...«
»Ja, das schlimme ist: Niemand kann durch einen anderen Entscheidendes lernen. Niemand kann lernen, gut zu werden, die Fehler des Bösen nicht zu machen. Wenn das möglich wäre, hätten wir eine andere Welt, denn alle Fehler sind tausendfach schon gemacht worden.«

»Die Revolution des Bewußtseins ... nie gewesen?«
»Alle Revolutionen sind gescheitert. Sie haben alle nur ein untaugliches Prinzip durch ein anderes, ebenso untaugliches ersetzt. Die Dummheit ist nicht in Güte und Klugheit umzuwandeln. Die Revolution des Bewußtseins, von der Sie sprechen, wird nur von wenigen Menschen erlitten, die aber meistens daran verbluten. Die kleinen Revolutionen, von denen in aller Welt gesprochen wird, werden weitergemacht, die sogenannten politischen Menschen organisieren sie. Die Starrköpfe, die unfähig sind zu lernen, daß sie sich ständig wandeln müssen. Das Paradies ist unmöglich, aber viele glauben, nach dort unterwegs zu sein. Es gibt tausend Theorien dafür, keine funktioniert. Wir wissen, daß die Klugen eine winzige Minderheit sind, daß die technischen Möglichkeiten der Zerstörung immer perfekter werden. Die wenigen Klugen werden das Ende nicht verhindern können. Die endgültige Katastrophe ist nicht aufzuhalten. Wir verstoßen gegen das Gesetz des Organismus, den wir bewohnen, denn die Erde ist ein Teil eines uns nicht verständlichen, aber lebendigen Systems. Wir haben Kräfte geweckt, die diesen Organismus stören. Wir sind Krebszellen. Wir müßten freiwillig auf alle unsere gefährlichen Möglichkeiten verzichten, aber die Dummheit wird das nicht tun. Ich glaube, diese Leute nennen sich Realpolitiker ... Sie werden sich für klug halten, nicht zu verzichten. Damit aber fallen wir unter das Gesetz ... Und deshalb stimmt Ihr Stück nicht ganz, Mr. Edwards. Aber es ist eine großartige, erschütternde Klage ...«
»Und welche Haltung könnte ich einnehmen gegen die Sinnlosigkeit?« fragte er.
»Es gibt nur eine Haltung für den Menschen: zu erkennen und den Untergang mit Tapferkeit zu ertragen. Der einzelne kann zu Vollkommenheit gelangen, das Ganze nie.«
»Ich bin noch immer der Meinung, wir sind auf dem Weg zu einem universellen Humanismus.«
»Nein«, sagte Dr. Jacobsohn. Er stand langsam auf. »Mr. Edwards, warum ich gekommen bin: Versuchen Sie nicht weiter, die Sinnlosigkeit mit Alkohol zu bekämpfen. Er ist eines der untauglichsten Mittel. Ich weiß, daß es Menschen gibt, die dazu verurteilt sind, für die anderen zu leiden. Aber ich denke, daß wir das Leid dem Nichts vorzuziehen haben ... Sie haben eine Haut verbraucht, hier in Verbania.« Dr. Jacobsohn lächelte. »Werfen Sie sie ab. Sie haben die Fähigkeiten, sich zu erneuern. Vielleicht liegt ihr ganzes Problem in der richtigen Einstellung zum Tod. Denken Sie an Ihren Onkel. Ich erlaube mir nicht, Sie

zu kritisieren, ich möchte Ihnen nur einen Rat geben. Bauen Sie keine halben Häuser. Sie haben ein so gutes Fundament . . .«
Ehe Dr. Jacobsohn ging, sagte er: »Übrigens, Alfredo liegt in der Klinik. Er hatte einen Schlaganfall. Es ist sehr ernst . . .«
Er war wie wachgerüttelt, unterstützte die Vorwürfe gegen sich selbst. In Kleidern legte er sich auf das Bett. Die Arme unter den Kopf gestützt, starrte er gegen die Decke. Er ist siebzig. Ein Schlaganfall.
Alfredo!
Wieviel Deutungen läßt mein Stück zu? Und wie viele gibt es für mich?
In dieser Nacht wollte er schreiben. Er wollte sich zwingen, die Zusammenhänge seiner neuen Idee zu erfassen. Er stellte einen Aschenbecher auf den Rauchtisch und einen auf das Fensterbrett, legte einen kleinen Stoß Papier zurecht. Dann begann er, im Zimmer auf und ab zu gehen, zwischen den beiden Aschenbechern. Es war eine Angewohnheit. Früher hatte er in seinen möblierten Zimmern die Zigarettenasche verstreut, bis er begann, zwei Gefäße aufzustellen.
Er ging zu den Anfängen zurück. Er war nach Verbania gekommen, um an seinem neuen Stück zu arbeiten.
Das schrieb er auf einen Bogen.
An einem der schönsten Plätze der Welt. Aber er war abgedrängt worden von sich selbst. Er schrieb es auf das Papier.
Er hatte Zeit vergeudet, hatte sich mit läppischen Dingen befaßt, war in den Strudel der Eitelkeiten hineingezogen worden, hatte sich hineinziehen lassen. Das Wichtige versäumt.
Ich bin schwach.
Er wurde jetzt zornig auf sich selbst. Er hatte sich verludern lassen. Mit was umgaben sie sich? Mit den Ausgeburten der Langeweile. Sie machten ein Spielchen aus ihrem Leben. Und er hatte sich beteiligt.
Er schrieb es auf das Papier.
Ein von seiner Körperlichkeit behinderter Funke Geist. Geilheit, Sucht nach Alkohol, Faulheit, Trägheit. Was für ein armseliges Gefäß für das winzige Fünkchen, das allein wichtig war.
Auf das Papier.
Ich habe mein System verlassen und mich bei den anderen nicht zurechtgefunden. So habe ich mich selbst abgebaut. Substanz verloren. Die Führung abgegeben an die Umstände. Sie werden gelebt. Ich habe es mitgemacht. Die Lösung Alkohol. Was habe ich hier zu suchen, wo ich stumpf gemacht werde?
Er schrieb es auf.

Die beiden Aschenbecher füllten sich allmählich mit Asche und Zigarettenresten. Er ging stundenlang hin und her, wollte über sein neues Stück nachdenken, die Idee konzipieren, Menschen erfinden und hineinweben. Aber während er glaubte, sein Stück vorzubereiten, füllte sich der Bogen Papier nicht mit Bruchstücken einer noch zu erfassenden Idee, sondern mit seinen Mängeln. Er merkte erst spät, daß er angesetzt hatte zu einer detaillierten Selbstverdammung. Er war darüber erstaunt, dachte jedoch, daß dies vielleicht ein Anfang sein könnte.

Am nächsten Nachmittag besuchte er Alfredo. Er lag allein in einem Krankenzimmer, das bereits mit Blumengrüßen gefüllt war, und konnte sich fast nicht mehr bewegen. Sie hatten ihm eine Tafel mit einem Alphabet gegeben. Mit dem rechten Zeigefinger deutete er auf die Buchstaben, machte mühsam Worte aus ihnen. Er konnte nicht mehr sprechen, aber er lächelte.

Edwards hatte es sich nicht so schlimm vorgestellt. Steif stand er neben dem Bett und suchte nach Worten. Alfredo nickte ihm aufmunternd zu.

»Ich habe angefangen, mein Stück zu schreiben«, log er, fühlte sich sogleich erbärmlich, daß er von sich geredet hatte. Alfredo jedoch nickte eifrig und erfreut, nickte weiter, wollte mehr darüber hören.

»Es handelt von Menschen auf der Flucht . . .«

Alfredo nickte. Dann deutete er: »Gut.«

»Ich weiß noch nicht sehr viel davon.«

Alfredo zuckte ein wenig mit den Schultern, was sagen konnte: Nur Geduld. Danach deutete er wieder auf die Tafel: »Erinnern Sie sich? Mein letzter Hut?«

»Sie werden sich wieder erholen. Sie werden sich noch viele Hüte kaufen.«

Alfredo schüttelte den Kopf, und Edwards hörte ein leises Lachen, die Andeutung eines Lachens.

Als er aus dem Krankenhaus hinausging, begriff er, wie nahe ihm dieser Mann gestanden hatte, und es wurde ihm auch wieder klar, warum er hiergeblieben war: Verbania war ein Ort der Flüchtlinge, und er zählte sich zu ihnen, erkannte, daß er schon immer ihrer Kategorie angehört hatte.

Zum Portal herein kam der Reeder Drakenhuis mit seiner Frau. Er trug ein mächtiges Blumengebinde und versuchte vergeblich, eine Hand frei zu machen, um beim Gruß den Hut ziehen zu können. Drakenhuis und Frau machten Gesichter, als gingen sie bereits zur Beerdigung Alfredos.

Draußen begegnete er Peggy. Sie stieg gerade aus ihrem Wagen, hinter dessen Lenkrad ein junger, dunkelhaariger Mann saß. Sie hatte ihn aus Mailand mitgebracht, und wie jeder im Dorf wußte, erlebte sie gerade eine ihrer kurzen glücklichen Phasen.
»Hallo, Mr. Edwards«, grüßte sie. »Wie geht es ihm? Ist es nicht furchtbar?«
Er ging den ganzen Weg zu Fuß. Noch ein paar Franken, dachte er. Ich muß mir Geld leihen. Es geht nicht anders. Er nahm nur noch das Frühstück im Hotel. Es war im Preis inbegriffen, zum Abendessen ging er nicht mehr, weil der Hotelier und seine Frau schon dreimal an die offenstehende Rechnung erinnert hatten. Er wollte bei Moritz etwas leihen, um essen zu können. Moritz war nicht in seiner Wohnung. Zu Nicole? Sie waren nicht verfeindet: er war nur verbittert, wollte ihr Brot nicht essen. In den Club? Sie waren ihm zuwider, und er wollte keinen Alkohol trinken.
Vor dem »Café Verbano« stand der Kellner, der ihn oft bedient hatte. Er sah ihn, zögerte, hob dann den Arm, um ihn dezent heranzuwinken. Zwanzig Franken, bis morgen. Der Kellner dachte, Edwards wolle ihn grüßen und winkte freundlich zurück. Edwards fragte nicht, ließ es beim Gruß.
Natürlich könnte ich meine Mutter anrufen und um Geld bitten. Zwanzigtausend Dollar habe ich ihnen geschickt. Aber sie würden sagen: Was hat er mit all seinem Geld gemacht? Sie werden behaupten, es immer schon gewußt zu haben. Und hatten sie nicht recht?
Auf der Piazza begegnete ihm Potansky. »Wie geht es Ihnen, Mr. Edwards?«
»Ich komme gerade von Alfredo. Es steht nicht gut.«
»Ja, ich weiß. Ich habe den Stationsarzt angerufen.«
»Können Sie mir zwanzig Franken leihen?« Es kostete ihn Überwindung, aber er hatte seit dem Morgen nichts gegessen.
»Selbstverständlich«, sagte Potansky und griff schon in die Tasche.
»Ich habe mein Geld vergessen. Sie verstehen ...« Er kam sich vor, als hätte er gebettelt.
»Mr. Edwards«, sagte Potansky eindringlich. »Es geht Ihnen nicht gut. Ich habe es gehört. Kann ich Ihnen helfen?«
»Vielen Dank, das ist sehr freundlich von Ihnen. Nein, danke. Es geht mir recht gut.«
Er ging in das nächste Lokal und bestellte Spaghetti mit Sauce Bolognaise, dazu ein Glas Rotwein. Er war froh, kein bekanntes Gesicht zu sehen, aß hastig und dachte daran, daß eine schwere Zeit vor ihm liegen würde. Vielleicht Sorgen um Nahrung, um

Kleidung, um Unterkunft – wenn er nicht nach London ginge, unter dem Vorwand, im Geschäft helfen zu wollen. Er ertappte sich dabei, daß er daran dachte, wieviel Nahrungsmittel in diesem neuen Geschäft stehen mußten: Regale mit Dosenfleisch, Käse, Brot, Eier ...
Er starrte vor sich hin und dachte in Bitterkeit: Ich bin nicht einen Schritt weitergekommen.

18

Schmitt führte den Vorsitz. Es hatte ihn niemand dazu gewählt, aber es war die Rolle, die ihm automatisch zufiel. Er hatte die Stimme, das Wesen und Aussehen – er hatte die Wichtigkeit eines Vorsitzenden. Außerdem war er der Initiator dieser Hilfsaktion.
»Wir müssen ihm helfen!« sagte er. »Bis jetzt sind die Schulden auf zweitausendvierhundert Franken angewachsen. Ärzte, Medikamente. Außerdem liegt er erster Klasse.«
»Wäre die zweite Klasse nicht auch gut genug?« fragte Frau Drakenhuis.
Darauf wollte niemand antworten. Sie saßen und standen um den großen Tisch im Club. Schmitt hatte sie der Reihe nach angerufen. Konsul Flappner und Frau, Drakenhuis und Frau, Leewald, Peggy, Potansky, Arturo Lombroso und viele andere. Es waren fast zwanzig Personen gekommen, alle Mitglieder des Clubs. »Zuerst geht es darum, die bereits entstandenen Kosten zu decken.«
»Ich meine nur, zweiter Klasse ist auch nicht schlecht.«
»Es muß ja schließlich auch etwas für das Begräbnis bleiben. Und das soll für Alfredo erster Klasse sein!« bestimmte Peggy.
»Davon hat er nichts mehr!« sagte Potansky.
»Also, ich habe hier eine Liste angefertigt ... Noch ohne Namen. Jeder trägt seinen Namen ein und den Betrag, den er spenden will.« Schmitt wollte die Liste herumreichen, aber niemand griff nach der Liste. »Jemand muß doch anfangen!« sagte er vorwurfsvoll.
»Geben Sie hier«, sagte Leewald leise. Er schrieb, murmelte: »Ich habe ihn nicht sehr gut gekannt, aber ich denke ... Fünfhundert Franken ... Mir hat noch niemals jemand fünfhundert Franken geschenkt.«
»Soviel gebe ich auch«, entschied Schmitt.

»Ich gebe tausend!« trumpfte Peggy auf.
Konsul Flapper sagte nichts: Er schrieb: Einhundert.
Arturo Lombroso räusperte sich gewichtig: »Ich gebe fünfhundert.« Dabei schaute er umher, ob jeder ihn gehört hatte.
Ein deutscher Rechtsanwalt, der ein Haus in Verbania besaß, erklärte: »Er schuldet mir noch fünfhundert, die schenke ich ihm. Dazu gebe ich noch hundert.«
»Nicht gleich alles ins Krankenhaus tragen!« warnte Konsul Flappner. »Immer langsam und noch etwas zurückhalten.«
»Sie werden ihn nicht gleich hinauswerfen. Sie sehen ja, daß das Geld kommt. Aber das ist richtig, man sollte immer noch einen Betrag offenlassen.«
»Natürlich, es muß ja auch etwas für das Begräbnis bleiben.«
»Ihr wißt doch gar nicht, ob er sterben wird!« rief Potansky wütend.
Schmitt wiegte wissend den Kopf hin und her. »Die Ärzte . . . Ich habe mit ihnen gesprochen . . .«
»Ich auch!« sagte Potansky. »Aber Ärzte haben sich schon oft getäuscht. Besonders bei Alfredo. Er sollte doch schon vor zwanzig Jahren tot sein . . .«
»Wie lange kann man ihm noch geben?«
Schmitt überlegte: »Wir müssen damit rechnen, daß er noch vierzehn Tage lebt.«
»Und was ist, wenn er noch sechs Wochen lebt? Wir dürfen nicht gleich das ganze Geld ins Krankenhaus tragen!«
»Wenn er noch sechs Wochen legt, dann übernehme ich den Rest!« rief Potansky. »Ich bin zwar kein Millionär wie ihr alle, aber das übernehme ich!«
»Gut!« sagten sie. »Gut!« Es war ehrliche Anerkennung.
»Gut!« Freundliche Blicke. »Jawohl, gut!« Sie lobten die menschliche Haltung.
Die Liste ging herum. Einige schrieben nichts. Sie schüttelten nur schweigend den Kopf.
»Schade, daß Johann Jünges nicht mehr dabei ist«, sagte Peggy. »Johann war großzügig.«
»Er war ein wunderbarer Mann!« sagte ein französischer Maler. »War er nicht ein wunderbarer Mann?«
»Wer?« fragte Drakenhuis.
»Nun, ich meine Alfredo.«
»Man müßte noch mehr Spender einschalten«, überlegte Schmitt.
Einige der Alarmierten waren nicht erschienen.
»Wo bleiben die nur?«
»Wo ist überhaupt Dr. Jacobsohn?« rief plötzlich Konsul Flappner.

»In England! Er ist doch in England. Ja, in England«, sagten ein paar.
»Wir können ja auch noch die Gastwirte . . . die Gastwirte haben ja dreißig Jahre lang von ihm profitiert . . .«
»Hat er nicht vielleicht etwas gespart?« fragte eine Frau vorsichtig.
»Nein, der nicht.«
Da lachten sie ein wenig.
»Jedenfalls habe ich mein möglichstes getan!« sagte Schmitt.
»Wir haben unser möglichstes getan.«
»Jawohl!«
»Ja, ja.«
»Natürlich haben wir . . .«
»Haben wir nicht?«
»Wir haben!«
»Den Umständen entsprechend.«
»Erster Klasse!«
»Viel gearbeitet hat er ja nicht . . .«
»Jedenfalls haben wir!«
»Jawohl, wir haben!«
Schmitt rechnete. Er prüfte das Ergebnis, unterstrich die Endsumme. »Wir haben . . .« sagte er. »Wir haben dreitausendachthundert Franken zusammengebracht. – Ich denke, das waren wir ihm schuldig. Da sind Sie wohl alle meiner Meinung?«
Sie nickten zustimmend, auch die, die nichts gegeben hatten.
»Kriegen wir eine Quittung?« fragte Konsul Flappner. »Ich meine, nur der Ordnung halber.«
Sie legten ihre Schecks oder das Bargeld auf den Tisch. Schmitt zählte sorgfältig nach. »Es stimmt!« sagte er anerkennend. »Es stimmt. Wir haben dreitausendachthundert Franken für Alfredo zusammengebracht!«
»Es ist ein Jammer«, sagte Potansky melancholisch. »Es ist ein Jammer, daß Alfredo das nicht miterleben konnte. Er hätte sich totgelacht . . .«

»Alfredo è morto!« Edwards hörte es auf der Piazza. Ein Kellner hatte einen Bekannten getroffen, irgendwelche Gesichter, an die sich Edwards nur schwer erinnern konnte. So wurde die Nachricht weitergeben, lief durchs Dorf. Weißt du schon: Alfredo ist tot. Edwards ging in ein kleines Café und trank einen Grappa. Dann noch einen; danach noch vier. Er besaß Geld. Potansky war vor zwei Tagen zu ihm ins Hotel gekommen und hatte gesagt: »Mr. Edwards, so geht das nicht. Ich kenne den Hotelier. Einen anderen hätte er schon längst hinausgeworfen. Seien Sie nicht dickköpfig. Hier sind dreitausend Franken. Sie werden es mir zurückgeben, wenn Sie können. Bezahlen Sie hier und wo Sie sonst noch Rechnungen offen haben. Der Rest reicht für das Fahrgeld. Ich habe gehört, Sie wollen abreisen.«

Er hatte nicht viel gesagt. In seiner zähfließenden Sprechweise: »Sie helfen mir sehr. Ich danke Ihnen. Ja, es ist wahr, ich bin völlig abgebrannt. Von London aus werde ich Ihnen das Geld zurückschicken.«

»Schreiben Sie Ihr nächstes Stück in England, und kommen Sie hierher, um sich zu erholen. Ich würde mich freuen, von Ihnen zu hören. Sie hatten ein paar Schwierigkeiten. Ja, ja«, lächelte Potansky. »Ich weiß: Af draj sachn schtejt di welt: auf gelt, af gelt un af gelt ... Das ist jiddisch, aber es stimmt trotzdem.«

Er trank Grappa, ging in dieser Nacht in Verbania umher, besuchte alle Lokale, die er kannte, bezahlte Rechnungen mit Potanskys Geld, war in Aufbruchstimmung wie ein Reisender, der schon die Fahrkarte in der Tasche trägt, der sich aber noch nicht gelöst hat. Er erinnerte sich: Es war ein vielversprechender Anfang gewesen, dann ein langsamer Niedergang, ein Verschleiß an Menschen, der ihm die Täuschung hätte vorspiegeln können, das Leben hier sei noch härter als anderswo. Er dachte: Verbania hat mich nicht verbraucht, aber wie Dr. Jacobsohn sagte, es hat mich eine Haut gekostet.

Er war von einer gelassenen Heiterkeit, als hätte er einen neuen guten Vertrag abgeschlossen und würde morgen mit der Arbeit beginnen. In der »Taverna« begegnete er Peggy mit ihrem neuen Liebhaber. Seit Laura fort war, zeigte sie sich in der Öffentlichkeit mit ihm. Sie hatte Hoffnungen, und ein Schimmer Freude war in ihrem Gesicht. Sie tranken sich zu, während der Italiener, der weder Englisch noch Französisch verstand, stumm zusah. »Sie dürfen nicht glauben, Mr. Edwards, ich hätte je etwas gegen Sie gehabt.«

»Nein, niemand hat etwas gegen mich gehabt.«

Und später sagte er: »Manchmal ist mir, als könnte jeden Augenblick die Tür aufgehen, und da kommt er langsam herein, den Hut auf dem Kopf, kommt herein und schaut sich um ...«

»Alfredo!« sagte sie traurig.

»Ja. Ihr kriegt keinen Alfredo mehr in Verbania. Es kommt nichts mehr nach. Die Originellen sterben hier aus. Was ihr jetzt kriegt, das sind die Schmitts, die Flappners.«

»Und Sie?«

»Ja, manchmal verirrt sich auch ein Neuer wie ich hierher. Aber das ist selten, und eines Tages werdet ihr wünschen, es kämen mehr Narren. Verbania verliert seine Originalität, es wird nivelliert. Daran wird Verbania sterben.«

»Sie können einen so richtig traurig machen«, sagte Peggy.

Er grinste sie an. »Ich bin traurig, auf meine Art . . .«

»Übermorgen ist die Beerdigung. Kommen Sie auch?«

»Ja, ich habe meine Abreise deshalb verschoben.«

Sie ging dann bald, mit ihrem Freund, der ihr beflissen die Nerzjacke umlegte, der ihr die Tür aufhielt, der auf ihre Befehle wartete. Und da Edwards sie tatsächlich traurig gemacht hatte, sie aber nur ein Mittel dagegen wußte, fuhren sie in Peggys Haus. Sie sagte auf englisch: »Wir wollen ins Bett gehen . . .«

Er sagte: »Ich verstehe dich nicht.«

Später, im Bett, in ihren leuchtenden Augenblicken, verfiel sie wieder in englisch.

Er sagte: »Ich verstehe dich nicht . . .«

Es war schon drei Uhr morgens, als sie wieder aufstanden, sich wieder anzogen, weil sie unruhig waren und nicht schlafen konnten. Edwards sah sie wieder in der »Taverna«. Sie winkten sich nur von weitem zu.

Um sieben Uhr war Edwards noch unterwegs. Er ging in eines der kleinen Cafés und wollte seinen letzten Grappa trinken. Ein Italiener bediente ihn, füllte das Glas. Edwards trank es aus, ließ es noch einmal füllen, und dabei sagte er: »Wissen Sie, daß Alfredo tot ist?«

Der Mann hinter der Theke sah ihn an, hatte die Flasche noch in der Hand. »Wer?« fragte er. »Ich kenne ihn nicht . . .«

Er trug seine Koffer zur Rezeption, dann ging er vor das Hotel und wartete auf Moritz. Er sah ihn über die Piazza kommen und hob grüßend die Hand.

»Mein Zug geht in einer Stunde und zehn Minuten. Den muß ich nehmen, wegen der Verbindungen.«

»So lange dauert die Totenmesse nicht. Du wirst deinen Zug kriegen. Nur zum Friedhof kannst du nicht mehr mitgehen. Das ist ein langer Weg.«

»Ein Stückchen werde ich mitgehen.«

Sie gingen zur Kirche, über das Pflaster aus gebuckelten Flußsteinen, aus denen auch der alte Campanile gebaut war. Der schwarze Wagen fuhr gerade vor, bedeckt von Blumen und Kränzen. Edwards und Moritz blieben stehen. Sie sahen, wie der Sarg aus dem Wagen gehoben wurde. Der Bürgermeister von Verbania war bei den Trägern und half, Alfredo in die Kirche zu

bringen. Die Kerzen vor dem Altar flackerten; es roch nach Weihrauch. Fast alle Bänke waren besetzt: viele Mitglieder des Clubs, eine internationale Trauergemeinde.
Der Pfarrer, assistiert von zwei Meßdienern, zelebrierte die Totenmesse.
»Unser Sünder Alfredo ...«
Die Liturgie der Totenmesse lief ab, eine Formalität. Sie weckte in Edwards keine Trauer. Er blickte auf die feierliche Holzkiste, fand es seltsam, beinahe unglaubhaft, daß Alfredo darin lag. Er dachte an ihn, wie er rittlings auf der Mauer gesessen und gerufen hatte: »Mein Hut! Heben Sie bitte meinen Hut auf, Mr. Edwards!«
»Gottes Engel sollen dich geleiten ...«
Gleich vorn, dicht neben dem Sarg, saßen Schmitt und seine Frau. Und dann die anderen alle. Konsul Flappner und Frau, Lombroso, die Gräfin mit Bettina. Er sah auch Nicole und Peggy. Viele Maler, ein paar Schriftsteller, darunter Leewald und Melting. Daneben Potansky und Dr. Jacobsohn, der, wie Edwards gehört hatte, am Grab die Trauerrede halten sollte.
Edwards erinnerte sich: »Ich bin ein aus meinem Bereich Vertriebener. Oder besser: Ich bin ein Geflüchteter. Ich habe mich hierher ins Paradies geflüchtet ...«
»Unser Sünder Alfredo ...«
Moritz flüsterte: »Der heilige Säufer ...«
Als es zu Ende war, formierte sich der Trauerzug. Der Pfarrer und die beiden Meßdiener gingen voraus. Danach folgten Schmitt und seine Frau, Konsul Flappner und die verschiedenen Mitglieder des Clubs. Mit wichtigen Gesichtern, mit würdiger Miene. Ein langer Zug von Freunden und Bekannten aus dreißig Jahren.
Edwards ging mit bis zum »Café Verbano«. Dort scherte er unauffällig aus, blieb einen Augenblick stehen, sah das Auto mit dem blumengeschmückten Sarg, sah viele bekannte Gesichter, sah dann ihre Rücken. Er dachte: Es ist Zeit für mich.
Im Hotel rief er ein Taxi an. Der Fahrer nahm seine Koffer. Er wollte erklären, daß sie einen kleinen Umweg machen müßten. Ein paar Kreuzungen seien von der Polizei abgesperrt. Edwards verstand nicht gleich. Der Fahrer sagte: »Alfredo è morto.«
Im Wagen sitzend, schaute Edwards noch einmal zurück.
Sie fuhren an.
Er dachte: Eine Saison!
Die Straßen waren alle leer.